DONGSUH MYSTERY BOOKS 15

# A STUDY IN SCARLET

# 주홍색 연구

아더 코난 도일/김병걸 옮김

동서문화사

옮긴이 김병걸(金炳傑)
일본 니혼대 고등사범부 수학. 서울산업대 교수 역임. 〈현대문학〉에 문학평론 〈에고에의 귀환〉으로 등단 〈문학의 역사적 사명〉 등을 발표. 지은책 《리얼리즘문학론》《민중예술과 사회사》《민중문학과 민족현실》 등이 있다.

DONGSUH MYSTERY BOOKS 15

주홍색 연구

코난 도일 지음/김병걸 옮김
초판 발행/1977년 12월 1일
중판 발행/2003년 1월 1일
발행인 고정일/발행처 동서문화사
창업 1956. 12. 12. 등록 16-345(윤)
서울강남구신사동540-22 ☎546-0331~6 (FAX) 545-0331
www.epascal.co.kr

*



편찬·필름·제작 일체 「동판」 자본으로 이루어짐에 따라
출판권 소유권자 「동판」에서 제조출판판매 세무일체를 전담합니다.
사업자등록번호 211-90-02201
ISBN 89-497-0096-4 04840
ISBN 89-497-0081-6 (세트)

# 주홍색 연구

차례

## 등장인물

**셜록 홈즈** 분석 추리에 뛰어난 솜씨를 지닌 사립 탐정
**존 H 왓슨** 의사. 전 육군 군의
**글렉슨**
**레스트레이드** } 런던 경찰청의 경감
**이낙 J 들레퍼**
**조제프 스탠거슨** } 살해된 두 남자
**샤르팡티에 부인** 살해된 두 남자들의 하숙집 주인
**아서** 샤르팡티에 부인의 아들
**앨리스** 샤르팡티에 부인의 딸
**존 파리아** 사막에서 모르몬교도들에게 구출된 사나이
**루시** 존의 양녀
**제퍼슨 호프** 루시의 약혼자

# 제1부 전 육군 군의 존 H 왓슨 박사 회상록

## 제1장 셜록 홈즈

1878년에 런던 대학에서 의학박사 학위를 받은 나는 군의(軍醫)로서의 필수 과목을 이수하기 위해 이내 네트리의 육군 병원으로 갔다. 거기서 수업을 마치자 당연한 순서로서 제5노섬버랜드 프지리아 연대 소속의 군의보(軍醫補)로 임명되었다.

그 무렵 연대는 인도에 머물고 있었는데 내가 부임하기 전에 제2차 아프간 전쟁이 일어나고 말았다. 봄베이에 상륙해 보니 우리 연대는 이미 산악지대를 전진하여 적지 깊숙이 들어가 있다는 소식이었다. 그래서 나와 같은 입장에 놓인 많은 사관들과 함께 그 뒤를 쫓아서 칸다하르까지 나갔더니 그곳에 우리 연대가 있었으므로 즉시 새로운 군대에 편입된 것이다.

전쟁은 많은 사람들에게 훈장을 받거나 승진할 기회를 갖다 주었지만 내게 있어서는 오로지 재난뿐이었다. 나는 명령을 받고 버크셔 연대로 전근하여 그 부대의 일원으로서 마이완드의 대전투에 참가했다. 그때 어깨에 총탄을 맞고 뼈가 바스러지는 바람에 쇄골 밑의 동맥까지 조금 다쳤다. 그때 용감한 당번병 머레이의 헌신적인 행동이 없었다면 나는 필경 잔인하기 짝이 없는 이슬람군의 손아귀에 떨어지는 수밖에 없었을 것이다. 그러나 충실한 머레이가 부상한 나를 짐 싣는 말에 태우고 무사히 영국군 전선까지 따라가 주었기 때문에 나는 다행히도 오늘이 있게 된 것이다.

오랫동안의 고생으로 몸이 쇠약해진데다가 통증 때문에 피로가 점점 더해서 나는 숱한 부상병들과 함께 페샤와르의 병원으로 후송되었다. 그곳에서 제법 건강을 회복하여 병실 안을 거닐기도 하고 가끔은 베란다에 나가 햇빛을 쬐게까지 되었을 때 유감스럽게도 이곳 인도령의 저주라고 할 수 있는 장티푸스에 걸리고 말았다.

몇 달 동안 나의 생명은 절망의 구렁텅이를 헤매고 있었다. 그러나 마침내 의식이 회복되어 점차 차도는 있었지만, 너무 심한 쇠약으로 뼈와 가죽만 남아 하루도 지체할 수 없다는 의무국의 판정에 따라 나는 곧 본국으로 송환되었다.

그래서 운송선 올론티즈 호에 실려, 이래 가지고도 원상태로 회복할 수 있을까 의심스러울 정도로 건강을 해친 몸을 끌고 한 달 뒤에 포츠머스 잔교에 상륙하였던 것인데, 정양을 위해 앞으로 9개월 동안의 휴가를 정부로부터 받은 상태였다.

고국에는 한 사람의 친척도 친구도 없었다. 나는 마치 공기처럼 자유로운 몸이었다. 아니, 하루 11실링 6펜스의 지급액이 허용하는 한 자유로운 몸이었던 것이다. 그러한 상황 아래 놓인 내가 전국의 떠돌이나 한량들이 흘러 내려가는 그 시궁창 같은 대도시 런던으로 이끌린 것은 조금도 무리가 아니었다.

런던에서 처음 얼마 동안 나는 스틀랜드의 어느 호텔에 묵으며 위안도 없고 뜻도 없는 생활을 그냥 막연하게 보내면서 가지고 있던 돈을 분수에 맞지 않게 꽤 낭비하고 있었다. 그 바람에 주머니 사정이 매우 악화되어 이래서는 런던을 떠나 어느 시골구석에라도 들어가든가, 아니면 생활 방식을 근본적으로 고칠 필요가 있다는 것을 깨달았다.

그래서 생활 방식을 고치기로 하고 우선 당장 호텔을 나옴과 동시에 좀더 검소해도 좋으니 비용이 들지 않는 곳으로 거처를 옮기기로 결심한 것이다.

바로 이 결심이 서던 날이었다. 술집 클라이테리온 앞에 우두커니 서 있는데 어깨를 툭 치는 사람이 있었다. 고개를 돌려보니 성 바르톨로메오 병원에 근무하던 시절 내 밑에서 조수 노릇을 하던 스탬포드 청년이었다.

런던처럼 넓디넓은 대도시 복판에서 낯익은 얼굴을 만난다는 것은 고독한 사람에게는 참으로 유쾌한 일이다. 그 시절에 스탬포드와 특별히 친하게 지낸 것은 아니었지만 나는 무척 반가웠다. 상대방도 나를 만난 것을 기뻐하는 눈치였다. 나는 너무 반가운 나머지 호본 식당에서 점심을 한턱내기 위해 역마차를 타고 갔다.

"왓슨 씨, 왓슨 씨는 대관절 뭘 하고 계십니까? 몸은 선향처럼 빼빼 마르고 얼굴과 손은 호두빛으로 타 있지 않습니까?"

복잡한 거리를 덜컹덜컹 달리는 마차 속에서 스탬포드는 의아함을 숨기려고도 하지 않고 바로 물었다.

나는 간단하게 나의 모험담을 들려주었다. 하지만 목적지에 닿기까지 그 이야기를 다 할 수는 없었다.

"굉장한 고생을 하셨군요! 지금은 뭘 하고 계십니까?"

내 말을 다 듣고 나자 그는 동정을 담고 말했다.

"하숙을 찾고 있는 중일세. 적당한 하숙비로 기분 좋은 방을 구할 수 없을까 하고, 그 문제를 해결하려 마음먹고 있는 중이네."

"거참, 이상한데요! 오늘 이런 말을 듣는 건 왓슨 씨가 두 사람째예요."

"그래? 처음에 말한 게 누구였나?"

"병원의 화학 연구실에 있는 사람인데요. 좋은 방을 하나 구해 놓았지만 혼자서 쓰기엔 부담이 너무 크고, 그렇다고 반반씩 부담할 사람이 있는가 하면 그럴 만한 사람이 없으니 야단났다고 오늘 아침에 투덜투덜하고 있지 않겠어요."

나는 소리쳤다.

"됐어! 만일 정말로 방을 공동 부담으로 같이 쓸 사람이 있다면 나 같은 사람이 안성맞춤이지. 나 역시 혼자 있기보다는 같이 있기를 원하거든."

스탬포드는 글라스 너머로 좀 묘한 얼굴을 하고 나를 보며 말했다.

"왓슨 씨는 아직 셜록 홈즈 씨를 모르시니까요, 늘 함께 계시게 되면 왓슨 씨도 그다지 좋아하지 않으실 겁니다."

"무엇 때문에? 어떤 점이 나쁜가?"

"뭐, 별로 꼬집어서 나쁘다 할 건 없지만 말입니다. 그분은 생각하는 것이 좀 색달라서요. 일종의 과학에 아주 열중하는 분이지요. 내가 알기엔 물론 존경할 만한 사람입니다만."

"의대생인가 보지?"

"아닙니다. 그런데 뭘 지망하고 있는지 나로서는 도무지 짐작을 할 수 없어요. 해부학에도 대단히 조예가 깊은 것 같고 화학자로서도 일류입니다만 내가 보건대 의학 쪽은 조직에 대해서조차도 배우지 않은 것 같아요. 그리고 연구 제목은 또 어떤가 하면 제멋대로라서 비정상적인데도, 교수들을 깜짝 놀라게 하는 이상한 지식을 잔뜩 가지고 있는 아주 특이한 사람이지요."

"본인에게 직접 뭘 할 생각인지 물어 본 적은 없나?"

"아니오. 물어 봤자 쉽게 말해 줄 사람도 아니니까요. 하긴 신이 나면 꽤 허물없이 이야기를 하기도 합니다만."

"한 번 만나 봤으면 좋겠군. 나도 기왕 함께 지내려면 공부에 열성적인 조용한 사람이 좋으니까 말이야. 아직 몸도 시원찮고 해서 너무 시끄러운 건 질색이야. 시끄러운 건 좀 곤란해. 시끄러운 것은 내 앞날 일생의 몫을 아프가니스탄에서 지겹도록 겪고 왔어. 그래, 그 사람은 어떻게 하면 만날 수 있을까?"

"지금 틀림없이 연구실에 있을 겁니다. 그 사람은 몇 주일이고 얼굴도 내밀지 않는가 하면 아침부터 밤까지 연구실에 틀어박히는 그런 성질이랍니다. 지장이 없으시다면 식사가 끝나는 대로 마차로 가 보시지요."

"그게 좋겠구먼."

나는 곧 응했다. 그리고 이야기는 다른 방향으로 옮겨갔다.

호본을 나와서 병원으로 가는 도중, 스탬포드는 내가 합숙을 하겠다고 말한 상대방의 인물에 대해 아까보다 좀더 자세한 것을 설명해 주었다.

"가령 그분과 잘 맞지 않더라도 나를 책망하지는 마십시오. 나는 가끔 연구실에서 만나 그 사람을 알고 있는 것밖에 그 사람에 대해서는 모르니까요. 이건 왓슨 씨가 원하신 일이니까, 나한테 책임을 전가시킨다면 좀 곤란합니다."

"안 맞으면 헤어지는 것쯤은 문제없어. 내가 볼 때,"

나는 스탬포드의 얼굴을 찬찬히 보며 덧붙였다.

"뭔가 이유가 있어서 자네가 이 문제에서 빠져나가려 하고 있는 것 같은데, 그 사람이 뭐 성이라도 잘 내는 사람인가? 아니면 달리 좋지 않은 점이라도 있는지 숨기지 말고 말해 주게."

"말로는 설명할 수 없는 것을 설명하라고 하시니 곤란한데요."

스탬포드는 웃으면서 말을 이었다.

"홈즈라는 사람은 내가 볼 때 지나치게 과학적이에요. 오히려 냉혈에 가까울 정도지요. 예를 들면 아주 친한 친구한테라도 새로 발견한 식물성 알칼로이드를 먹여 보고야 말 그런 사람이니까요. 물론 원한이 있어서 그러는 건 아닙니다. 그냥 연구심이 너무 왕성한 나머지 그 독물의 반응을 정확하게 알기 위해 그 정도 일을 하고도 남을지 모른다는 한 예지요. 남에게 먹인다고 하니까 듣기에 거북합니다만 나는 연구를 위해서라면 본인 자신도 먹을 사람이라고 생각합니다. 아무튼 그 정도로 지식의 정확성에 대해 정열을 가지고 있는 분이에요."

"그것도 좋지 않은가."

"그렇지만 그것도 도가 지나치면 곤란하지요. 예를 들어 해부실 시체를 막대기로 두드려 댄다고 생각해 보십시오. 그게 온당한 짓입니까?"

"시체를 두드려?"

"그렇습니다. 죽은 뒤에도 어느 정도로 타박상이 가는지 확인한다고 하면서요. 이건 바로 내가 그 현장을 본 겁니다."

"그런데 의대생이 아니라는 것은?"

"의대생은 아닙니다. 그분이 무엇을 연구의 목적으로 하고 있는지 아무도 모릅니다. 이야기를 하다 보니 벌써 다 왔군요. 어떤 사람인지는 직접 만나 보시는 게 제일이겠지요."

이때 우리는 좁다란 골목을 지나, 조그만 뒷문을 들어서고 있었다. 안은 큰 병원의 어느 한 동이었다. 나는 처음 가는 곳이 아니었으므로 살풍경한 돌계단을 올라가 흰 벽의 군데군데에 암갈색 문이 즐비하게 달려 있는 복도를 걸어 들어가는 데는 안내도 필요 없었다. 복도 막다른 곳 부근에서 천장이 나직하게 활처럼 휜 다른 복도로 갈라져 있고, 거기서부터 화학 연구실로 통하고 있는 것이다.

연구실은 커다란 방으로, 수없이 많은 유리병들이 어떤 것은 질서

정연하게, 또 어떤 것은 어수선하게 놓여 있었다. 다리가 낮은 큼직한 테이블이 여기저기 놓여 있고 그 위에는 레토르트, 피펫, 파란 불꽃이 아른거리는 분젠 램프 같은 것이 잡다하게 놓여 있었다.

실내에 있는 학생은 한 사람뿐이었는데, 그 사람은 안쪽에 있는 실험대 위에 몸을 내밀다시피하고 실험에 몰두하고 있었다. 그러다가 우리의 발소리를 듣고 얼굴을 드는가 싶자 기쁜 듯이 소리를 지르면서 그대로 일어섰다.

"발견했어! 드디어 발견했어! 혈색소를 만나면 가라앉지만 혈색소 이외의 것으로는 절대로 침전하지 않는 시약을 발견했어."

그는 피펫 하나를 손에 들고 달려나오면서 스탬포드에게 소리쳤다. 비록 금광을 발견했다 해도 이처럼 기쁜 얼굴은 못 지을 것이다.

"이분은 왓슨 박사, 이분이 셜록 홈즈 씨입니다."

스탬포드가 우리를 소개시켜 주었다.

"처음 뵙겠습니다."

홈즈는 공손하게 말하고 내 손을 잡았으나, 그 손잡는 태도가 말씨하고는 어울리지 않게 좀 난폭하다고 여겨질 만큼 억세었다.

"댁은 아프가니스탄에 갔다 오셨군요?"

"아니, 어떻게 그걸 아십니까?"

나는 깜짝 놀랐다.

"뭐, 별 것 아닙니다. 그보다도 문제는 혈색소입니다. 내가 발견한 중요성은 물론 당신도 인정해 주시겠지요?"

그는 혼자 흐뭇해하면서 말했다.

"그야 화학적으로는 물론 재미있는 발견이지만, 실용적으로는……."

"천만에 말씀! 이건 근래에 없는 실용적인 법의학상의 발견입니다. 핏자국에 대해 정확한 시험을 할 수 있잖습니까. 아무튼 이리와 보십시오. 새로운 피로 해보지요."

그는 나의 소매를 잡고 자기가 지금까지 연구하고 있던 실험대로 끌고 가서 긴 송곳으로 자기 손가락을 찔러서 나온 핏방울을 피펫에다 받았다.

"우선 이 미량의 혈액을 1리터의 물 속에 넣습니다. 그 결과는 보시는 바대로 보통의 물과 보기에 조금도 다름이 없습니다. 혼합의 비율이 백만분의 1 이하라는 미량입니다. 그런데도 특유한 반응을 나타내는 것입니다."

이렇게 말하면서 그는 그 속에 소량의 흰 결정물을 떨어뜨리고 나서 다음에 투명한 액체를 몇 방울 넣었다. 그러자 순식간에 물은 흐릿한 마호가니색을 나타냈고, 유리그릇 밑바닥에는 연한 갈색의 찌꺼기가 가라앉았다.

"하하하! 어떻습니까?"

홈즈는 새 장난감을 얻은 어린아이처럼 손뼉을 치며 기뻐했다.

"아주 예민한 물질인 모양이지요."

"근사해! 아주 근사해! 구식의 구아야콜팅크 시험 같은 건 불분명하고 불확실해서 말도 안되고, 혈구의 현미경 검출법도 역시 마찬가지지. 특히 현미경법은 묻은 지 몇 시간 경과된 핏자국에는 소용이 없거든. 거기다 대면 이 방법은 핏자국이 새것이든 헌것이든 관계가 없어요! 이 방법이 좀더 일찍 발견되었더라면 지금 큰소리치고 다니는 놈들 중에 진작 교도소에 갇혔을 놈이 얼마나 될지 모를 텐데!"

"그건 그렇겠군요."

"범죄 사건이라는 것은 늘 이 점에 걸려서 고민을 하는 겁니다. 범죄가 있은 뒤, 그래요, 몇 달 뒤에 어떤 사람에게 혐의가 걸렸다고 합시다. 그 셔츠나 손수건이나 또는 옷 같은 것을 조사해 보면 갈색 비슷한 얼룩이 묻어 있습니다. 그 얼룩이 과연 핏자국인지 아니면 진흙인지 녹인지 또는 과일의 얼룩인지를 밝혀내지 않으면 안됩니다. 여기에 이르러서 이제까지 숱한 전문가들이 고민해 왔지요. 그 이유는 무엇인가? 믿을 만한 시험 방법이 없었기 때문입니다. 하지만 여기 셜록 홈즈법이 발견된 이상 이제 앞으로는 아무 곤란도 없어지게 되는 셈입니다."

이렇게 말하는 동안에도 그는 이상하게 두 눈을 빛내며 한 손을 가슴에 대고 상상으로 불러모은 청중들의 갈채에 답하는 것처럼 점잖게 한 번 절을 했다.

"아무튼 반가운 일이군요."

나는 그의 열광적인 태도에 적이 놀랐다.

"작년에 프랑크푸르트에 폰 비숍 사건이라는 것이 있었는데, 그때 만일 이 방법이 알려졌더라면 그는 틀림없이 교수대로 보내졌을 겁니다. 그리고 블랫포드의 메이슨도, 유명한 뮐러도, 몽펠리에의 르페블도, 뉴올리언즈의 샘슨도—— 그밖에 이것이 해결수단이 될 사건을 얼마든지 들 수 있습니다만."

"범죄 사건에 대해서는 아주 만물박사 같으시군요. 이 방면의 신문을 발간하시는 게 어떻겠어요? 그렇게 하신다면 '과거의 경찰신보'라는 이름이 좋겠는데요."

"읽을거리로서도 아마 재미있는 게 되겠지."

홈즈는 손가락에 난 송곳 자국에 조그맣게 반창고를 바르고는 내 쪽을 보고 미소지으면서 그 손을 내보였다.

"이렇게 해 둬야지 독물을 너무 많이 만지니까요."

그 손에는 똑같은 반창고가 온통 반점처럼 가득히 붙어 있고, 군데군데 독한 산(酸) 따위로 피부가 변색되어 있었다.

"실은 오늘 할 이야기가 좀 있어서 왔는데요."

스탬포드는 다리가 세 개 있는 높다란 의자에 걸터앉아 다른 똑같은 것을 내 쪽으로 밀어 주면서 말했다.

"이 왓슨 씨께서는 하숙을 구하고 계십니다. 그런데 홈즈 씨도 오늘 아침에 같이 하숙을 했으면 좋겠는데 마땅한 사람이 없다고 하셨잖아요? 그래서 마침 잘 되었다 싶어 모셔 온 겁니다."

셜록 홈즈는 이 제안이 마음에 드는 모양이었다.

"내가 보아 놓은 방은 베이커 거리에 있는데요. 아주 꼭 알맞은 방입니다. 댁은 독한 담배 냄새 같은 건 괜찮겠지요?"

"나도 평소에 스프스를 애용하고 있으니까요."

"그거 잘됐군요. 그리고 난 늘 약품들을 가까이 두고 가끔 실험도 하는데, 그 점도 곤란하지 않겠습니까?"

"조금도 곤란할 것 없습니다."

"그러면 보자, 그밖에 내 결점이 뭐더라. 나는 가끔 가다 우울해져서 여러 날 계속하여 말을 않는 때가 있는데, 그럴 때 내가 성난 줄 알면 안 됩니다. 그냥 내버려두면 곧 본디대로 돌아오니까요. 그러면 이번에는 왓슨 씨의 이야기를 좀 들어 봐야겠군요. 같이 지내려면 서로의 단점을 미리 충분히 알아두는 게 편리할 테니까요."

나는 질문받게 된 것에 웃으며 말했다.

"나는 작은 불독 새끼를 한 마리 키우고 있습니다. 그리고 신경이 몹시 지쳐 피로해 있기 때문에 시끄러운 것만은 정말 질색입니다. 그리고 자리에서 일어나는 시간이 대중없고 아주 게으름뱅이지요. 몸이 건강하면 나쁜 점도 더 많겠지만, 우선은 주로 이런 점뿐인 것 같습니다."

그러자 홈즈는 염려스러운 듯이 물었다.

"바이올린을 켜는 것도 시끄러운 일에 넣나요?"

"그거야 연주자에 따라서이긴 합니다만, 바이올린도 능숙한 사람이

켜면 더할 나위 없이 좋지만 서투른 솜씨일 때는…….”

“음, 그렇다면 염려없군. 그럼, 결정된 걸로 알아도 되겠군요. 다만 방이 왓슨 씨의 마음에 안 든다면 문제가 다르지만.”

그는 싱글벙글하면서 말했다.

“방은 언제 보러 갈까요?”

“내일 정오에 이리로 와 주십시오. 같이 가서 모든 것을 정하기로 합시다.”

“알았습니다. 그럼, 내일 정오에 꼭.”

나는 악수를 하면서 약속했다.

이야기가 끝나자 이내 약품을 상대로 연구에 몰두하는 그를 남겨 놓고 우리는 내가 묵고 있는 호텔 쪽으로 걸어갔다.

“그건 그렇고 내가 아프가니스탄에서 돌아왔다는 것을 그 친구는 대관절 어떻게 알았을까?”

나는 갑자기 걸음을 멈추고 스탬포드에게 물었다. 스탬포드가 애매한 미소를 머금고 말했다.

“그 점이 바로 그분의 재능이랍니다. 어떻게 해서 사물을 그렇게도 잘 알아내는지 다들 이상해 하고 있지요.”

“호오! 그럼, 아무도 그 까닭을 모르는군?”

나는 굉장히 흥미를 느꼈다.

“이거 아주 재미있겠는데! 재미있는 인물을 소개해 줘서 고맙네. ‘인류의 올바른 연구는 개인을 보는 것’이니까 말이네.”

“그럼, 그 사람을 한 번 연구해 보십시오.”

스탬포드는 호텔 가까이에서 작별 인사를 하면서 말했다.

“하지만 이건 좀 어려운 문제일 겁니다. 난 왓슨 씨께서 연구하시기보다도 반대로 그분한테 연구를 당하는 쪽에다가 걸겠습니다. 그럼, 안녕히.”

"잘 가게."

나는 홈즈에 대해 크게 흥미를 느끼면서 호텔까지 어슬렁어슬렁 걸어서 돌아갔다.

## 제2장 추리학

이튿날 나는 약속대로 연구실을 찾아가서, 어제 홈즈가 말한 베이커 거리 221번지에 있는 그 방을 함께 보러 갔다. 그곳은 아늑한 침실 두 개와, 가구도 기분 좋게 갖추어져 있고 큼직한 창이 두 개가 나 있어서 밝고 통풍이 좋은 널찍한 거실 하나로 되어 있었다. 방을 구하기에는 모든 점에서 바람직했고, 게다가 방세를 둘이서 공동부담으로 하고 보니 아주 알맞았으므로 우리는 그 자리에서 계약을 하고 방을 같이 쓰게 되었다.

나는 그날 저녁 안으로 호텔에서 짐을 날랐다. 이어서 홈즈는 이튿날 아침에 몇 개의 상자와 여행 가방을 들고 왔다. 그리고 하루이틀은 짐을 풀고 그것들을 챙기느라고 바빴지만 그것이 끝나자 차차 안정이 되어서 새로운 생활에 점점 동화되어 갔다.

홈즈는 결코 같이 지내기 어려운 사람은 아니었다. 평소에는 조용했고 생활이 매우 규칙적이었다. 밤에 10시가 넘도록 일어나 있는 일은 좀처럼 없었고 아침에는 반드시 내가 일어나기 전에 식사를 끝내고 나가는 것이었다. 그리고 그 하루를 때로는 화학 연구실에서 지내는 수도 있고 해부실에서 지내는 수도 있으며 가끔은 오랫동안 산책을 하는 수도 있었는데, 그 산책은 멀리 떨어진 상가까지도 나가는 모양이었다.

그가 연구에 빠져 있을 때의 끈기는 그 무엇에도 뒤지지 않는 강함을 가지고 있었다. 그러나 이따금 그 반동이 나타나면 며칠이고 계속해서 거실의 소파에 누운 채 아침부터 밤까지 입도 떼지 않거니와 손가락 하나 까딱하지 않고 가만히 있었다. 그럴 적에 그의 눈이 황홀한 꿈에 잠겨 있는 것 같은 것을 본 나는, 만약에 그의 평소의 절제와 결백을 몰랐던들 무슨 마약 종류에 취해 있는 줄 믿었을는지도 모른다.

날이 갈수록 그에 대한 나의 흥미는 깊어지고, 그가 무엇을 목적으로 살고 있는가에 대하여 호기심이 강해졌다.

본디 그의 차림새라든가 용모는 아무리 부주의한 사람이라도 반드시 눈길을 끌었다. 키가 6피트를 넘기도 하지만, 살이 없어서 실제보다 더 커 보였다.

눈은 아까 말한 동면적인 기간은 별도지만 쏘는 듯한 날카로운 광채를 가지고 있고, 살이 없는 매부리코는 전체적인 풍모에 명석하며 민첩하고 과감한 인상을 주었다. 그리고 그의 주걱턱은 결단력 있는 사람임을 나타내고 있고, 두 손은 늘 잉크와 약품으로 얼룩투성이지만, 이 손이 놀라울 정도로 민첩하여 정밀한 학술 기계류를 아주 능란하게 다루는 것을 나는 여러 차례 보아 알고 있다.

이 친구에게 얼마나 나의 호기심이 쏠렸는지 모른다. 자신에 대한 일을 한 마디도 이야기하려 들지 않는 그의 입을 열게 하려고 내가 얼마나 애를 썼는지 모른다.

이렇게 말하면 독자들은 나를 구제할 수 없는 참견꾼이라고 생각할는지도 모른다. 하지만 그렇게 단정하기 전에 일단 고려해 주기 바라는 것은 당시 나의 생활이 얼마나 목적을 잃고 있었으며, 얼마나 나의 일상 생활이 권태로 가득 차 있었는가 하는 점이다. 날씨라도 특별히 좋은 날이 아니고는 건강이 외출을 허락하지 않았고, 게다가 찾아와서 기분 전환을 시켜줄 친구도 없었는지라 나로서는 그를 둘러싼 자질구레한 수수께끼라도 받아들여 그것을 풀며 시간을 보내는 수밖에는 어쩔 도리가 없었던 것이다.

그는 의학 공부를 하고 있는 것은 아니었다. 이 점은 스탬포드의 말이 맞다는 것을 그 자신의 입으로 들었다. 그렇다면 무슨 다른 방면에서 장차 학자의 길에 들어서도록 학위를 딴다든가, 또는 그 밖의 등용문을 통과하기 위한 공부를 하고 있는가 하면 그런 기색도 전혀 보이지 않았다. 그러면서도 그가 하고 있는 연구에 대해서는 이상할 정도의 정열을 갖고 있으며, 묘하게 한쪽으로 치우쳐 있기는 하나 놀랄 만큼 해박한 지식을 가지고 있어서 나는 그의 말끝마다에서 그것을 알고 정말이지 혀를 내둘렀을 정도이다. 무슨 뚜렷한 목적 없이 그토록까지 열심히 공부를 하거나 정확한 지식을 얻는 데 노력하는 사람은 없을 것이다. 막연하게 독서하는 사람치고 지식의 정확함을 자랑할 수 있는 사람은 거의 없는 것이다. 어지간한 이유가 없고서는, 사람이란 사소한 일에 정신을 괴롭히지 않는 법이다.

그는 놀랄 정도로 유식한 동시에 한편으로는 아주 무지했다. 당대의 문학, 철학, 정치에 대한 그의 지식은 거의 없는 성싶었다. 내가 토머스 칼라일을 이야기했더니 그는 매우 순진하게 그가 누구이며 뭘 하는 사람이냐고 물었다.

그러나 그런 것은 또 좋다고 치고, 우연한 일로 그가 지동설이며 태양계 조직을 전혀 모른다는 것을 알았을 때 나의 놀라움은 정점에 이르렀다. 적어도 이 19세기의 교양있는 인물로서 지구가 태양 주위를 공전하고 있다는 사실을 모르는 사람이 있을 줄이야. 너무나 이상스러워서 나는 믿기 어려울 정도였다.

"허허허, 놀라고 있군. 그럼, 이만큼 알았으니 이번에는 될 수 있는 대로 잊어버리도록 노력해야지."

그는 내가 놀라는 것을 보고 웃으면서 말했다.

"잊어버리도록?"

"내가 알기로 사람의 두뇌라는 건 본디 조그만 빈 다락방 같은 것이므로, 거기에는 자기가 마음대로 고른 가구를 넣어 둬야 한다고 생각하네. 그런데 어리석은 사람들은 닥치는 대로 여기에다 오만가지 잡동사니까지 집어넣으니까 소용되는 요긴한 지식은 죄다 빠져나가 버리든가, 빠져나가기까지는 않더라도 딴 것들과 마구 뒤섞여서 여차할 때는 꺼내기가 매우 힘이 든단 말이야.

거기다 대면 익숙한 장인은 자신의 두뇌 방으로 들여놓을 물건에 대해 비상한 주의를 기울이지. 일을 하는 데 소용되는 것 말고는 절대로 손을 내밀지 않아. 물론 그 종류는 굉장히 많지만, 그들은 아주 순서 있게 꼬박꼬박 정리해 두거든.

애당초 이 두뇌 방의 벽이 신축 자재라서 얼마든지 넓어질 수 있다고 생각하는 게 잘못이지. 이 점에서 말한다면, 아무거나 가리지 않고 집어넣다가는 틀림없이 뭐 새로운 것을 하나씩 알 때마다 전에 알던 것을 잊어버리고 말 거란 말이야. 그러니까 쓸모없는 지식 때문에 유용한 것이 밀려나가지 않도록 근심할 필요가 있다는 거지."

"그렇지만 태양계의 지식쯤은……."

"그 따위 것이 무슨 소용이 있어 !"

그는 조급하게 나의 말을 가로막았다.

"자넨 지구가 태양의 주위를 돌고 있다고 하는데, 만약 지구가 달의 주위를 돌고 있다 하더라도 그런 건 나 자신이나 내가 하고 있는 일에 대해 아무런 착오도 일으키지 않으니 말일세."

그렇다면 자네가 하고 있는 그 일이란 무엇이냐고 물어보고 싶었지만, 그때의 그의 태도에는 어딘지 그런 질문을 달가워하지 않는 눈치가 보였기 때문에 나는 참았다. 그 대신 그때 한 이야기를 되풀이 생각하며 거기에서 무언가 결론을 끌어내려고 머리를 짰다.

그는 자기의 목적에 관계없는 지식은 알려고 들지 않는다고 말했다. 그러고 보면 그가 가지고 있는 지식은 모조리 그에게 당장 유용한 것이라는 말이 된다. 나는 마음 속으로 그가 특별히 잘 알고 있는 것을 나타낸 여러 가지 항목을 세어 보았다. 그러다가 결국은 연필로 종이에다 적어 보았다. 적어 놓고 보니 나도 모르게 웃음이 났다. 그 일람표는 다음과 같다.

**셜록 홈즈의 특징**

1 문학지식——전혀 없음.
2 철학 지식——전혀 없음.
3 천문학 지식——전혀 없음.
4 정치적 지식——조금.
5 식물학 지식——일정하지 않음. 벨라도나, 아편, 그 밖의 일반 독물에 대해서는 훤하지만 원예에 대해서는 전혀 모름.
6 지질학 지식——실제적인 지식은 있으나 그냥 알 뿐임. 한눈에 여러 토양을 식별함. 산책한 뒤 바지에 묻은 진흙을 나에게 가리켜 보이며 그 빛깔과 밀도에 의하여 런던 시내 어느 곳에서 묻은 것인가를 나에게 말한 일이 있음.
7 화학 지식——매우 깊음.
8 해부학 지식——정확하지만 조직적이 못됨.
9 통속 문학 지식——해박함. 금세기에 일어난 무서운 범죄는 남김없이 다 아는 것 같음.
10 바이올린을 능란하게 연주함.
11 봉술, 권투 및 검술의 달인.
12 영국 법률의 실천적 지식 깊음.

여기까지 써 나가다가 나는 그 종이를 불 속에 던져 버리고 실망해서 중얼거렸다.

"이렇게 해서 재능을 모아 보면 뭘 해. 그래 가지고 겨우 이 친구의 목표를 발견하거나, 또는 그런 재능을 필요로 하는 일이 무언가를 알아내려 할 바에야 이 따위 시시한 짓은 일찌감치 걷어치우는 게 낫지."

나는 위의 표에서 그의 바이올린에 대한 재능을 지적했다. 이것은 매우 눈에 띄는 점이기는 하나 다른 재능 못지않게 아주 치우치고 있었다. 그가 여러 가지 곡을, 특히 어려운 곡도 연주할 수 있다는 것은 전에 나의 요구에 따라 멘델스존의 가곡이며 그 밖의 좋아하는 곡을 연주해 준 것을 보더라도 알 수 있다. 그러나 그가 혼자 있을 때는 좀처럼 악보를 편다거나, 그럴 듯한 곡을 연주하는 일은 없었다. 밤이면 곧잘 안락의자에 기대어 눈을 감고 무릎 위에 옆으로 눕힌 바이올린을 무심하게 켜는 수가 있었다. 그 곡도 때로는 낭랑하고 우울하고 몽환적이고 또는 명랑할 때도 있었다. 이것들은 모두 그때 그때의 그의 생각을 돕기 위한 음악인지 아니면 다만 기분전환에 지나지 않는 연주인지 나로서는 짐작할 수가 없었다.

이런 까닭에 자기 멋대로 곡을 마구 켜기 때문에 만일 끝에 가서 내 청에 따라 좋은 곡을 연거푸 연주해서 보충해 주지 않는다면 나는 벌써 옛날에 항의했을지도 모른다.

같이 있게 된 처음 일주일 동안, 손님이 한 사람도 오지 않기에 나는 홈즈도 나처럼 친구가 적은 사람인 줄 알고 있었다. 그러나 얼마 안 가 그것은 잘못 생각한 것임을 알았다. 그에게는 많은 친구가, 널리 사회의 모든 방면에 걸쳐 벗이 있었다. 그중 한 사람으로 얼굴빛이 조금 나쁘고 쥐같이 생겼으며 눈이 새까만 레스트레이드라는 사람은 한 주일 동안에 서너 번씩이나 찾아왔다.

어떤 때는 백발의 노신사가 면회를 온 적도 있었고, 벨벳 제복을 입은 기차역의 수하물 운반 인부도 찾아왔다. 이러한 정체를 알 수 없는 사람들이 방문하면 언제나 홈즈는 거실을 혼자 쓰게 해 달라고 했으므로 나는 늘 침실로 물러나기로 하고 있었다. 이에 대해서 그는 늘 미안해 했다.

"다들 나한테 부탁을 하러 오는 손님들이라서, 부득이 이 방을 사업상 써야 하겠기에 그러네."

여기서 또 단도직입적으로 질문할 기회가 온 셈인데, 내 조심성은 또다시 남에게 속내이야기를 강요할 것을 주저했다. 그 즈음 나는 그에게 어떤 깊은 사연이 있어 말하기를 꺼리는 줄 알았었는데, 얼마 안 가 그가 먼저 자진하여 이 문제에 대해 말해 왔으므로 그렇지 않음을 알았던 것이다.

까닭이 있어서 기억하고 있는데, 3월 4일이었다. 여느 때보다 조금 일찍 일어나 나와 보았더니 홈즈는 아직 아침 식사를 하지 않고 있었다. 하숙집 아주머니는 내가 늦잠 잔다는 것을 알고 있기 때문에 내 아침은 아직 준비도 하지 않았거니와 커피도 끓여 놓지 않았었다. 그래서 나는 남들이 흔히 그러듯이 신경질을 내며 벨을 눌러 아침상을 차려 달라고 퉁명스럽게 부탁했다. 그리고 나서 테이블 위에 있던 잡지를 집어들고, 묵묵히 토스트를 먹고 있는 홈즈와는 달리 그것을 읽으며 시간을 보내려고 마음먹었다.

잡지에 연필로 표를 단 기사가 있었으므로 자연히 나의 눈은 그 활자를 쫓았다. 그것은 '구원될 자의 명부'라는 패기 있는 제목을 달고, 자기 앞에 전개되어 오는 것을 정확하고도 조직적으로 검토함으로써 통찰력을 지닌 사람이 얼마나 많은 것을 배울 수 있는가를 설명한 것이었다. 그러나 읽어보니 나에게는 어처구니없도록 빈틈없이 얼버무려 놓은 교묘한 말솜씨로밖에 생각되지 않았다. 추리는 치밀하고 성실했지만, 그것에서 비롯되는 논리에는 역시 비약과 과장의 흔적이 보였던 것이다.

얼굴 근육의 사소한 움직임이라든가 눈길의 이동 같은 순간적인 표정에 의하여 사람의 마음을 속속들이 꿰뚫어볼 수 있다고 필자는 주장하고 있었다. 그리고 또 관찰과 분석에 익숙한 사람인 경우에는 결코 속일 수 없다는 것이었다.

그 결론의 적확함은 저 유클리트의 많은 명제와 다를 것이 없었다. 익숙지 않은 사람은 그 결론에 놀라서, 거기까지 도달한 길을 알게 될 때까지는 필자를 마법사로 알는지도 모를 노릇이다.

"단 한 방울의 물에서," 하고 필자는 말하고 있었다. "논리적인 사람은 대서양 또는 나이아가라 폭포 같은 것이 존재한다는 것을 그것들을 직접 보지 않고서도 추측할 수 있을 것이다. 마찬가지로 인생은 하나의 커다란 사슬이므로 그 본성을 알려면 한 개의 고리를 알기만 하면 되는 것이다.

모든 다른 학문과 마찬가지로 추리 분석학도 또한 오랜 기간 각고의 노력이 있어야 비로소 익힐 수 있는 것이다. 이것에 대한 지식을 다 쌓으려면 온 생애를 사물의 연구에 바쳐도 충분하다고 결코 말할 수 없다.

초보자는 이 어려운 일인 정신적 방면의 연구에 들어가기 전에 먼저 기본적인 문제부터 풀어나가야 한다. 우선 타인을 만나면 한눈에 경력과 직업을 알아볼 수 있도록 훈련을 하는 것이다.

이런 훈련은 어리석은 노릇으로 보일지도 모르나, 그것으로 인해서 관찰력이 예민해지고, 또 어디다가 눈길을 보내 무엇을 살펴야 하는지를 알게 되는 법이다. 손톱, 소매 끝, 구두, 바지의 무릎, 집게손가락 · 엄지손가락 등에 배긴 굳은살, 표정, 커프스, 이런 것들은 그 중 어느 하나를 들어도 각기 그 인물의 직업을 알게 해준다. 이것들을 모두 종합할 때는 반드시 무엇인가가 계발되는 것임을 필자는 굳게 믿어 의심치 않는다."
"무슨 잠꼬대람!"
나는 잡지로 테이블을 탁 치면서 소리쳤다.
"원, 이런 시시한 기사는 읽어 본 적이 없네."
"뭔데?"
나는 내 자리에 앉으면서 계란 숟가락으로 가리키며 말했다.
"바로 이 기사야. 표를 해 놓았으니까 자네도 읽었겠지? 꽤 잘 썼다는 건 인정하지만 읽고 나니까 그만 화가 나지 않겠나. 이건 틀림없이 할 일 없는 친구가 심심풀이로 궤변을 늘어놓아 만든 공론일 거야. 이런 일을 어떻게 정말로 할 수 있단 말인가! 난 이걸 쓴 친구를 지하철 삼등차에 밀어 넣고 승객들의 직업을 일일이 알아맞히도록 해보았으면 싶어. 만일 한다면 난 1대 천이라도 내기를 걸겠네."
"그건 자네가 졌어. 이 기사는 내가 썼다네."
홈즈가 조용히 말했다.
"자네가?"
"그렇다네. 나는 관찰이나 추리에도 소질이 있어. 여기 서술한 이론을 자네는 망상으로 아는 모양인데, 사실은 아주 실용적일세. 현재 나는 이것으로 나날의 빵을 얻고 있으니까 말이야."
"아니, 어떻게 해서?"
나는 무의식중에 호기심으로 눈을 빛내며 말했다.
"그래, 나에게는 독자적인 직업이 있어. 이 직업을 가진 자는 아마 온 세계에서 나 혼자뿐이겠지만. 실은 자문 탐정이라네. 이렇게 말해서 자네가 알는지 모르겠네만, 지금 이 런던에는 국가의 경찰이나 사립 탐정이 많이 있지. 그 친구들이 실패하면 다들 나한테 오기 때문에 나는 어떻게 해서든지 해결의 실마리를 얻게 해주고 있네. 의뢰자가 모든 증거를 내 앞에 가져오기 때문에 나는 범죄사(犯罪史)의 지식을 이용해서 대개 정확한 방향을 제시해 줄 수가 있지.

대체로 범죄에는 매우 강한 유사성이라는 것이 있으므로, 천 가지의 범죄를 상세히 알면서 천 한 번째의 것을 해결 못한다는 것은 좀 이상할 정도거든. 레스트레이드도 유명한 경찰인데, 요즘 위조 화폐 사건이 미궁에 빠져 버려서 그렇게 가끔 찾아오곤 하는 거라네."

"그럼, 그밖의 사람들은?"

"대부분은 민간 흥신소에서 소개를 받고 오는데, 다들 저마다 나름대로 걱정거리나 여러 가지로 다른 의견 같은 것을 가지고 있어서 그것을 어떻게 해보려고 오는 이들이지. 그래서 나는 상대방의 이야기를 들어보고 각기 설명을 해주고 있는데, 그것으로 상담료를 받고 있거든."

"그렇지만 직접 보고 있는 당사자도 잘 모르는 일을, 이 방에서 한 발도 나가지 않고 자네가 똑바로 알아맞힌단 말인가?"

"물론 알아맞히지. 그 점에서 나에겐 일종의 직관력이 있거든. 때로는 사건이 뜻밖에 복잡해질 때도 있는데, 그럴 때는 내가 직접 뛰어다니면서 여러 가지를 내 눈으로 보아야 할 적도 있어. 그래도 내게는 여러 가지 특수한 지식이 있으니까 그것만 응용하면 문제는 놀랄 정도로 쉽게 풀리지.

이 잡지에 나와 있는 자네의 비웃음거리가 된 추리 법칙도 실제로 내게는 매우 귀중한 도구가 되네. 관찰은 내게 있어서 제2의 천성이야. 처음에 만났을 때 내가 자네더러 아프가니스탄에서 돌아왔다고 했더니, 자넨 무척 놀라지 않았나."

"그건 보나마나 누구한테 들어서 알았겠지."

"그럴 리가 있나. 그건 나 스스로 알았어. 오랜 습관으로 매우 빨리 생각의 과정을 전개하게 되었기 때문에 도중에 순서를 거의 의식하지 않고 결론에 도달해 버렸지만, 설명을 하자면 이런 순서라네.

여기 의사 같은 군인 타입의 신사가 있다. 물론 군의임에 틀림없다. 얼굴은 새까맣지만 본디 살갗이 검지 않다는 것은 손목이 흰 것으로 보아 알 수 있다. 그러고 보면 열대 지방에서 돌아온 것이리라. 고생 끝에 병을 얻어 시달리고 있다는 것은 초췌한 얼굴이 웅변적으로 말하고 있다. 왼쪽 팔에 부상을 입고 있는 모양이다. 놀리는 품이 어색하고 부자연스럽다.

우리 육군 군의가 고생을 하고 팔에 부상까지 입은 열대 지방이 어딜까? 물론 아프가니스탄이다. 이 정도 과정을 지나는 데는 1초도 안 걸렸네. 그래서 내가 그 말을 했더니 자네가 놀라더라 이 말일세."

나는 웃었다.

"그렇게 설명을 듣고 보니 매우 간단하군. 자네는 에드거 앨런 포의 뒤팽을 상기시키네 그려. 그런 인물이 소설의 주인공 외에 실지로 있으리라고는 꿈에도 생각지 못했어."

셜록 홈즈는 일어서서 파이프에 불을 붙였다.

"물론 칭찬할 셈으로 자넨 뒤팽에다 비교해 주었겠지만, 내가 생각할 때 뒤팽은 훨씬 더 인물이 떨어지네. 15분 동안이나 잠자코 있다가 느닷없이 적절한 말을 하여 친구들의 사색을 깨뜨려서 놀라게 한다는 그 친구의 수법은 매우 천박한 겉치레야. 물론 천재적인 재능은 어느 정도 지니고 있었겠지만, 포가 생각했던 만큼의 경이적인 인물은 절대로 아니네."

"자넨 가볼리오의 작품을 읽은 적이 있나? 루콕은 탐정으로서 자네의 이상에 맞을 것 같은가?"

"루콕 따윈 불쌍한 얼뜨기지."

홈즈는 흥 하고 코웃음을 치면서 화난 듯한 목소리로 말했다.

"취할 점이라고는 꼭 한 가지, 정력 뿐이야. 그 책을 읽고 정말 속이 뒤집히더군. 문제는 단지 신분을 밝히지 않는 피고의 정체를 외부에서 인정할 뿐인 것인데, 나 같으면 24시간에 처리했을 것을 루콕은 여섯 달이나 걸렸으니 말이야. 그건 차라리 탐정이 피해야 할 사항을 가르치는 데 쓸 교과서가 될 만한 책이야."

좋아하는 사람을 두 사람씩이나 이렇게 무례하게 공격하는 바람에 조금 분개한 나는 벌떡 일어서서 창가로 가 번잡한 한길을 내려다보았다.

'이 친구는 머리가 좋을지는 모르지만 자만심도 어지간하군.'

나는 속으로 생각했다.

"요즘은 범죄도 범인도 도무지 없어졌어."

그는 그 나름대로 불평스러운 듯이 말했다.

"우리들 직업에 두뇌가 있다는 게 무슨 소용인가? 나는 내 이름을 유명하게 만들만한 두뇌가 있다는 것을 잘 알고 있어. 과거에서 현대에 걸쳐서 범죄 탐정에 대해 나만큼 연구를 하고 또 나만큼 천분을 지닌 사람도 없을 걸세. 그런데 그 결과는 어떤가? 솜씨를 부리려고 해도 범죄가 없단 말일세. 경찰청 형사 나부랭이들이 한 번만 쓱 보고도 알 수 있을 정도의 간단한 동기밖에 없는 나쁜 짓, 범죄라고도 할 수 없을 정도의 단순한 나쁜 짓밖에 없단 말일세."

그의 거만한 말투에 나는 정말 기가 질리고 말았다. 그래서 화제를 바꾸는 게 무엇보다도 상책이라고 생각했다.

"저 사람은 무엇을 찾고 있는 걸까?"

나는 검소한 차림새의 체격이 튼튼한 사나이를 손가락으로 가리켰다. 그 사람은 아까부터 큰 길 저쪽 편에서 집집마다 연신 문패를 들여다보며 천천히 걷고 있었다. 큼직한 파란 봉투를 손에 들고 있는 것은 아마 누군가의 편지라도 전하려는 것일 것이다.

"아, 저 해병대 퇴역 하사관 말인가?"

'이 허풍쟁이 녀석! 반증이 드러날 염려가 없을 줄 알고 멋대로 엉터리 말을 지껄여 대고 있어.'

나는 속으로 욕을 했다. 그러나 내가 그렇게 생각한 순간에 그 사나이는 우리 집의 문패가 눈에 띄자 성큼성큼 큰길을 건너왔다.

이윽고 쾅쾅 문 두드리는 소리가 나며 굵직한 목소리가 들리는가 싶자 육중한 발소리가 쿵쿵 계단을 올라왔다.

"셜록 홈즈 씨에게 이것을……."

들어오자마자 사나이는 홈즈에게 편지를 건넸다.

'지금이야말로 홈즈의 자만심을 고쳐 줄 좋은 기회다. 그것 보라지. 이렇게 될 줄은 꿈에도 생각 못했기 때문에 엉터리 말을 했겠지만, 허둥대지 마라!'

이렇게 생각하면서 나는 될 수 있는 대로 온화하게 물었다.

"실례지만, 댁의 직업이 뭐지요?"

그는 무뚝뚝한 목소리로 말했다.

"사환입니다. 제복은 수선하러 보내 놓아서요."

"그리고 전에는요?"

나는 조금 짓궂은 눈으로 홈즈를 힐끔 보았다.

"해병 경보병대의 하사관이었지요. 뭐, 답장은 없으신 모양이로군요? 그럼."

그는 발뒤꿈치를 가지런히 모아 거수 경례를 하고는 그대로 돌아갔다.

제3장 롤리스톤 가든 사건

고백하지만 나는 홈즈의 이론에 이토록 실용성 있는 증거를 역력히 보는 바람에 아주 놀란 데다 그의 분석력에 대한 존경심까지 크게 더했던 것이다. 그렇지만 모든 사항이 단지 나를 현혹케 할 목적 아래 ——무엇 때문인지 그 이유에 대해서는 도무지 짐작도 가지 않지만 ——미리 각본이 쓰여졌던 연극이 아니었을까 하는 어렴풋한 의심이 그래도 마음 한구석에 숨어 있었던 것은 사실이다.

사환이 돌아가고 나서 홈즈 쪽을 보았더니 그는 벌써 편지를 다 읽고 무언지 곰곰이 생각하고 있는 듯 멍하니 공허한 눈초리를 하고 있었다.

"대관절 어떻게 그런 추리를 할 수 있었나?"

"추리라니, 무슨?"

"그가 퇴역 하사관이라는 것 말이네."

"그 따위 시시한 일에 시간 보내고 있을 틈이 없어."

그는 퉁명스럽게 말했으나 이내 웃는 얼굴을 지어 보이며 덧붙였다.

"미안하네. 생각이 어지럽혀지는 바람에 그만 화가 나서 그랬네. 아무튼 좋아. 그럼, 자넨 그가 해병대 출신이라는 걸 정말 몰랐나?"

"전혀 몰랐네."

"이거 참 곤란하군. 설명하는 일이 도리어 어려울 만큼 쉬운 일이니 말일세. 둘 더하기 둘이 어째서 4가 되는지 설명하라고 하면 자네도 좀 당황하겠지. 4라는 것은 틀림없는 사실이지만 말이네.

아까 그의 손등에는 길 저쪽 편을 걷고 있어도 똑똑히 보일 만큼 큰 닻의 문신이 있었어. 그것만으로도 바다 냄새가 나지 않는가. 특히 한편에 군인다운 태도가 있고, 형식대로 구레나룻도 기르고 있어 해군 출신이라는 것까지는 알았지. 그런데 그에게는 좀 거드름을 부리는 데가 있고 어쩐지 사람을 깔보려는 태도가 보여. 그의 머리 기울이는 태도와 단장을 휘두르는 태도는 자네도 물론 눈치를 챘겠지? 그리고 겉으로 볼 때 견실하고 착실한 중년 남자이네. 이런 재료를 긁어모은 결과 나는 하사관 출신이라고 보았던 거네."

"흐흠! 놀랐는데."

"평범한 일이지, 뭐."

홈즈는 대수롭지 않게 한 마디 했을 뿐이었지만, 내가 진심으로 경탄하고 있는 것을 보고 나쁜 기분은 아닌 듯이 보였다.

"조금 전에 난 범죄다운 범죄가 없다고 말했는데, 아마 잘못 생각했던 것 같아. 이걸 보게."

그는 사환이 놓고 간 편지를 나에게 건네 주었다.

"허어! 이건 무서운 일인데!"

나는 편지를 대충 보자마자 소리쳤다.

"조금 색다른 사건인 같아. 그걸 한 번 소리내어 읽어 봐 주지 않겠나."

그는 어디까지나 침착하게 말했다. 나는 그를 위하여 다음과 같이 소리내어 읽어 주었다.

셜록 홈즈 씨

어젯밤, 브릭스턴에서 그다지 멀지 않은 롤리스톤 가든 3번지의 집에 어려운 사건이 발생하였습니다. 순찰 중이던 순경이 오전 2시에, 평소 빈집인 줄 알았던 그 집에 불이 켜져 있는 걸 보고 수상히 여겨 살펴본 결과, 바깥 현관이 활짝 열려 있고, 가구가 하나도 없어 사람이 사는 것 같지도 않은데 바깥방에 풍채가 그다지 천해 보이지 않는 신사 차림의 남자 시체가 있었습니다. 주머니에는 '미국 오하이오 주 클리블랜드 시 이낙 J 들레퍼'라는 명함이 몇 장 들어 있고, 금품을 빼앗긴 흔적도 없으며, 타살로 간주할 증거도 남아 있지 않습니다. 방안에 핏자국이 남아 있으나 시체에는 외상이 한 군데도 없습니다. 시체가 저절로 들어왔을 리는 없으니, 딴 곳에서 살해당하고 운반된 것일까요? 참으로 이상한 사건이 아닐 수 없습니다.

저는 오늘 12시까지 그 집에 있을 예정입니다만, 그때까지 그곳으로 출장와 주실 수 없을는지요? 어떤 말씀이 있을 때까지는 절대 손대지 않고 기다리겠습니다. 만일 지장이 있으실 경우에는 제가 나중에 상세히 보고드릴 테니 그때 고견을 들려주시도록 부탁드립니다.

트바이어스 글렉슨

"글렉슨은 경찰청에서도 드물게 뛰어난 솜씨를 지닌 사람중 하나지. 이 사람과 레스트레이드는 둘 다 민완 형사들인데, 좀 진부해서 탈이야. 정말 놀랄 만큼 진부하거든. 게다가 둘이 서로 질투하는 걸 보면 꼭 장사꾼 여자 같단 말이야. 이 사건에 두 사람 다 참여한다면 아주 재미있을 걸."

나는 그가 침착하게 이야기하는 것을 보고 어처구니가 없었다.

"한시도 어물거리고 있을 때가 아니잖나. 뭣하면 역마차라도 불러올까?"

"글쎄, 난 갈지 어떨지 모르겠네. 난 구제할 길 없는 게으름뱅이라서. 하기야 그것도 발작이 일어났을 때의 일이지. 이래뵈도 때로는 아주 잘할 때도 있다네."

"하지만 이건 자네가 고대하던 절호의 기회가 아닌가."

"그렇지만 왓슨, 이 사건이 나에게 어느 정도 관계가 있는지 아나? 가령 내가 사건을 해결해 보았자 글렉슨이나 레스트레이드 같은 형사들의 공적이 되어 버릴 것은 뻔한 일이야. 왜냐하면 나는 경찰관도 아무것도 아니니까 말이네."

"하지만 모처럼 이렇게 도움을 청해 왔으니까……."

"그거야 물론 수완이 나를 따르지 못한다는 것을 알고 있기 때문에 그러는 거지. 그것도 내 앞에서는 그걸 인정하고 있지만, 제삼자에게 알려질 바엔 차라리 혀라도 깨물고 죽는 편이 낫다고 생각하고 있는 사람들이거든. 하지만 한 번 가보는 것도 나쁘진 않겠지. 나는 나대로 독립해서 조사해 보겠어. 조사해 봤자 득이 될 것도 없겠지만, 그 친구들을 웃어 줄 수는 있겠지. 그럼, 가볼까?"

그는 급히 외투를 걸쳐 입고 지금까지의 냉정함은 어디로 갔는지 활동적인 기분이 솟아나는 듯 이리저리 뛰어다니며 준비를 하기 시작했다.

"자네도 모자를 쓰게."

"나도 함께 가자는 건가?"

"다른 볼일이 없으면 가세나."

그로부터 1분 뒤에 우리는 브릭스턴 거리를 향해 쏜살같이 마차를 달리고 있었다. 이상하게 흐린 날이어서 길바닥의 진흙빛이 반영이라도 된 것처럼 즐비한 집들 위에 온통 잿빛 그림자가 넓게 드리워져 있었다.

홈즈는 몹시 기분이 좋아서 크레모나 바이올린에 대한 것, 스트라디바리우스와 아마티의 차이점 등을 천진난만하게 지껄여 댔다. 그와 반대로 나는 날씨가 좋지 못한데다 시작한 일도 왠지 음산했기 때문에 기분이 우울해서 묵묵히 입을 다물고 있었다.

"자네는 사건에 대한 건 조금도 생각하려 하지 않는군 그래."

나는 참다못해 홈즈가 하고 있는 음악 이야기의 허리를 잘랐다.

"재료가 없네. 증거 재료가 완전히 모이기도 전부터 추리를 시작한다는 것은 큰 잘못이거든. 판단이 한쪽으로 치우치니까."

"재료는 금방 얻을 수 있어. 여기가 브릭스턴 거리일세. 내 눈이 틀림없다면 저게 문제의 집 같네."

"자네 말이 맞네. 이보시오, 마부, 여기서 세워 주시오."

그 집까지는 100야드나 되는데도 그가 굳이 내리겠다고 해서 우리는 그 집까지 걸어가게 되었다.

롤리스톤 가든 3번지는 보기만 해도 뭔가 좋지 못한 일이 일어날 것 같은 집이었다. 큰길에서 조금 들어간 곳에 지은 네 집 중의 한 집인데, 두 집은 사람이 살고 있었고 두 집은 비어 있었다.

빈집에는 커튼 하나 없는 휑한 창문이 쓸쓸하게 줄지어 있고, 흐린 유리창 군데군데에 '셋집'이라고 붙여져 있는 것이 백내장에 걸린 눈을 보는 것 같은 기분 나쁜 느낌을 주었다.

집 앞에는 여기저기 풀이 돋아난 조그만 앞마당이 있고, 그 사이에 찰흙과 자갈로 다져진 듯한 누르스름한 오솔길이 있었다. 간밤의 비로 주위 일대가 온통 물투성이었다. 앞마당은 꼭대기에 나무 난간을 붙인 높이 3피트의 벽돌담으로 둘러져 있고 그 담에 튼튼하게 생긴 순경이 기대어 서 있었는데, 할 일 없는 무리들이 그것을 또 에워싸고 볼 수도 없는 집안의 광경을 한번이라도 보려고 발돋움을 하거나 두리번거리거나 하며 웅성대고 있었다.

나는 셜록 홈즈가 당장에라도 집안으로 달려들어가서 조사를 시작할 줄 알았는데 그럴 기색은 조금도 없고, 경우가 경우이니만큼 어쩐지 좀 아니꼽게 느껴지는 무관심한 태도로 집 앞의 큰길을 올라갔다 내려갔다, 멍하니 땅 위에 눈길을 떨구었다 하늘을 쳐다보았다가 길 건너의 집들과 담 같은 것을 바라보다가 했다.

이러한 외부의 조사가 끝나자 그는 조용한 오솔길을, 아니, 오솔길

들머리의 풀을 밟고 줄곧 길바닥에 눈길을 집중하면서 안으로 들어갔다. 도중에 두 번쯤 걸음을 멈추었는데, 한번은 빙그레 웃으며 기쁜 듯한 소리를 내는 것을 나는 보았다. 거기에는 물을 머금은 점토질 길바닥에 숱한 발자국이 나 있었는데, 경찰들이 들락날락한 뒤라 그런 데서 얻을 것이 있으리라고는 생각되지 않았다. 그렇지만 그의 감지력의 예민함을 직접 본 뒤였기 때문에 나 같은 사람으로서는 알 수 없는 많은 사실을 거기서 발견했거니 생각했다.

현관 앞에서 우리는 손에 수첩을 든 키가 훤칠하고, 아마빛 머리에 살결이 흰 남자의 마중을 받았다. 그는 급히 나와서 진심으로 반가운 듯이 홈즈의 손을 잡았다.

"잘 오셨습니다. 아직 아무것도 손대지 않고 기다리고 있던 중입니다."

"저기만은 예외군요? 물소 떼가 지나가도 저만큼 밟히지는 않았을 걸요. 물론 글렉슨 씨께서는 다 판단이 되셨기 때문에 저곳의 통행을 마음대로 허용하셨겠지만 말입니다."

홈즈는 오솔길 쪽을 가리키며 비꼬는 투로 말했다.

"아무튼 집안에 할 일이 어찌나 많던지요. 동료인 레스트레이드 씨가 와 있기 때문에 그 방면은 레스트레이드 씨에게 모두 맡겨 두었지요."

글렉슨 경감은 이유를 늘어놓았다.

"글렉슨 씨나 레스트레이드 씨 같은 명사께서 두 분씩이나 와 계시니, 제삼자가 뛰어들어 봤자 별로 얻을 것도 없겠는데요."

글렉슨은 그렇다는 듯이 기쁜 얼굴로 손을 비비며 말했다.

"될 수 있는 데까지는 둘이서 하려고 생각합니다만, 아무래도 미심쩍은 사건이라서요. 이 사건은 홈즈 씨의 마음에 드실 거라는 생각이 들었지요."

"글렉슨 씨는 여기 오실 때, 설마 마차로 오시지는 않았겠지요?"
"레스트레이드 씨도?"
"물론입니다."
"그럼, 안에 들어가서 방을 볼까요?"

이런 영문 모를 말을 주고받은 끝에 그는 성큼성큼 집안으로 걸어 들어갔다. 글렉슨은 어이없는 얼굴을 하고 뒤를 따라갔다.

깔개도 아무것도 없는 마루의 먼지투성이 복도가 바로 부엌으로 해서 부엌문 쪽으로 통하고 있었다. 그 도중 양 옆에 두 개의 문이 있었는데 하나는 분명히 몇 주일 전부터 닫혀진 채로 있는 듯했고, 나머지 하나는 식당인데 그곳이 괴사건이 일어난 현장이었다. 홈즈가 그리로 들어갔기 때문에 나도 시체가 있다는 생각에서 언짢은 기분으로 뒤따라 들어갔다.

거기는 네모반듯한 방으로, 본디 꽤 큰 방이기도 했지만 가구류가 하나도 없어서 더 휑뎅그렁하니 커 보였다. 사방의 벽은 조잡한 벽지로 발라 놓았는데, 군데군데 곰팡이가 슬어 얼룩이 져 있는데다가, 그 벽지가 떨어져서 처진 데도 여기저기 있어서 초벽이 누렇게 드러나 있었다.

입구 정면에 흰 인조 대리석으로 만든 장식용 선반이 달린 겉보기만 번드르한 벽난로가 있고, 그 선반 가장자리에 타다 남은 붉은 초가 세워져 있었다. 하나밖에 없는 창은 먼지투성이라 비쳐드는 햇빛마저 흐리멍덩해서 모든 것이 탁한 잿빛으로 보였다. 집안이 모두 먼지투성이라서 그 느낌이 더 강하게 들긴 했지만.

물론 이렇게 자세한 것은 나중에 본 것이고, 들어갔을 때는 마룻바닥에 길게 뻗어 보이지 않는 공허한 눈으로 더러운 천장을 허무하게 올려다보고 있는 하나의 기분 나쁜 시체에 주의가 집중되었다.

시체는 마흔 서너 살쯤 된 중키에 어깨가 벌어지고 가늘게 곱슬곱

슬한 머리와 짧게 깎은 턱수염이 있는 사나이였다. 차림새는 고급 모직 프록코트와 같은 조끼에 연한 색 바지, 깨끗한 칼라와 커프스를 달고 있었다.

곁에는 솔질이 잘 된 실크햇이 바닥에 놓여 있고, 두 손은 허공을 움킨 채 옆으로 뻗고 두 다리는 죽을 때 몹시 괴로워하였던 것처럼 꼬여 있었다. 그리고 굳어진 얼굴에는 공포의 표정이 떠올라 있었는데, 그것이 또 나에게는 극단적인 증오로 보였다. 억울하다는 듯이 무섭게 일그러뜨린 얼굴은 그 좁은 이마며 낮은 코, 그리고 네모진 턱과 함께 묘하게 원숭이 같은 인상을 주었다. 부자연스럽게 몸을 구부리고 있다는 것도 그 느낌을 깊게 한 한 가지 요인이었다. 나는 여러 가지 형상의 시체를 보아 왔지만, 런던 교외의 큰길에 면한 어둠침침하고 기분 나쁜 방에서 본 이 시체만큼 무서운 몰골의 시체를 만난 적이 없었다.

여전히 비쩍 마르고 족제비 같은 얼굴을 가진 레스트레이드가 어느새 입구에 와서 홈즈와 나에게 인사를 했다.

"이거 아무래도 한바탕 소동을 벌여야겠는데요. 나도 경찰 생활을 오래 해 왔지만 이번 같은 사건은 생전 처음입니다."

"단서가 아무것도 없습니다."

글렉슨이 말했다.

"정말입니다."

레스트레이드도 말을 맞추었다.

셜록 홈즈는 시체 곁에 무릎을 꿇고 열심히 조사하기 시작했다.

"분명히 외상은 없다고 하셨지요?"

그는 주위에 온통 튀긴 핏자국을 가리키면서 두 사람에게 물었다.

"분명히 없습니다." 두 사람이 입을 모아 대답했다.

"그렇다면 물론 이 피는 제2인물의 것입니다. 만일 타살이라고 한다면 분명 범인의 것이겠지요. 이것으로 생각나는 것은 1834년에 위트레히트에서 일어난 반 얀센 살해의 상황인데, 그 사건을 알고 계십니까, 글렉슨 씨?"

"모르겠는데요."

"한번 읽어보십시오. 사실 읽어 둬야 할 일입니다. 세상에 완전히 새로운 일이란 없는 법이니까요. 반드시 전에 있던 일의 되풀이에 지나지 않거든요."

이렇게 말하면서 그는 민첩한 손끝을 이리저리 놀려 시체를 만져 보고 눌러 보고 단추를 벗겨 몸을 살피는 한편, 그 눈은 아까도 말한 것처럼 황홀한 표정을 띠고 있었다.

조사는 굉장히 재빨라서 그것이 어느 만큼 면밀하게 이루어지고 있는지는 아무도 모를 정도였으나 마지막으로 시체의 입술을 냄새맡아 보고, 에나멜 구두창을 살펴보고 나서 그는 물었다.

"시체는 조금도 안 움직였다고 하셨지요?"

"우리가 조사를 하느라고 약간 움직였을 뿐입니다."

"그렇다면 이제 임시 수용소에 수용해도 좋습니다. 이 이상 더 볼 것은 없으니까요."

글렉슨은 들것과 그것을 들고 갈 네 사람을 대기시키고 있었기 때문에 그들을 불러 시체를 옮겨 내가게 했다. 그때 넷이서 시체를 들것에 올려놓으려고 하는데 반지 하나가 쨍그렁하며 마룻바닥에 굴러 떨어졌다. 레스트레이드는 얼른 그것을 주워 이상하다는 듯이 찬찬히 바라보았다.

"여자가 왔었군. 이건 여자의 결혼 반지입니다."

홈즈가 손바닥에 얹어 내보였으므로 우리는 그를 둘러쌌다. 장식이 없는 금반지로서, 전에는 신부의 손가락에 끼워졌던 것임을 의심할 여지가 없었다.

"점점 복잡해지는군. 그렇잖아도 복잡한 사건인데."

글렉슨이 불안한 듯이 말했다.

"오히려 간단해지는 게 아닐까요? 그것만 자꾸 보고 있어 봤자 별 수 없지요. 주머니엔 어떤 물건이 들어 있던가요?"

홈즈가 말했다.

"여기에 모두 정리해 두었습니다."

글렉슨은 계단 맨 밑의 칸에 잡다하게 놓아 둔 물건을 가리켜 보였다.

"런던의 벌로드 회사 제품인 금시계가 한 개, 번호는 97163번으로 매우 굵은 금사슬, 공제조합 무늬의 금반지가 한 개, 눈에 루비를 박은 불독 머리의 금핀, 러시아 가죽으로 된 명함 지갑, 그 속에는 클리블랜드 시의 이낙 J 들레퍼라는 명함이 들어 있는데, 이건 셔츠에 있는 E J D의 머리글자와 들어맞습니다.

지갑은 보이지 않았습니다만 잔돈이 7파운드 13실링 있고, 표지 뒤에 조제프 스탠거슨이라고 이름이 적힌 보카치오의 데카메론 포켓판이 한 권, 편지가 두 통——한 통은 E J 들레퍼 앞으로 된 것이고 한 통은 조제프 스탠거슨 앞으로 된 것——뿐입니다."

"편지의 주소는?"

"스틀랜드의 미국 환전소 보관으로 되어 있습니다. 둘 다 발신인은 가이온 기선회사인데, 회사의 배가 리버풀을 출발하는 날짜에 대한 것이 씌어 있습니다. 그러니까 이 피해자는 뉴욕으로 돌아갈 생각이었던 것으로 생각됩니다."

"스탠거슨이라는 자에 대해 조사해 보았습니까?"

"곧 손은 썼습니다. 신문마다 광고를 내고, 미국 환전소에도 한 사람 보냈는데 아직 돌아오지 않았습니다."

글렉슨이 대답했다.

"클리블랜드 쪽은 어떻게 했습니까?"

"오늘 아침에 전보로 조회를 했지요."

"어떤 문구로?"

"자세한 사정과 무슨 참고가 될 만한 것을 알려 달라고 했습니다."

"뭔가 좀더 결정적인 점을 구체적으로 물어 보진 않았습니까?"

"스탠거슨에 대한 것을 물어 두었지요."

"그뿐인가요? 좀더 중대한, 이 사건 전체를 좌우할 만한 사항은 없을까요? 한번 더 전보를 쳐보시지 않겠습니까?"

"필요한 사항은 죄다 일러 두었는데요."

글렉슨은 화난 목소리로 말했다.

홈즈는 혼자 싱글거리면서 무언가 말을 하려고 했는데, 이때 우리가 현관에 나와서 이런 이야기를 하고 있는 동안 혼자 식당에 남아 있던 레스트레이드가 기쁜 듯이 손을 비비며 나와 매우 자랑스럽게 말했다.

"글렉슨 씨, 난 지금 매우 중대한 발견을 했소. 내가 그 벽을 꼼꼼하게 조사했기에 망정이지, 안 그랬더라면 이건 누구나 다 놓쳐 버렸을 게 틀림없어요."

몸집이 작달막한 레스트레이드는 두 눈을 빛내고 있었다. 그는 동료에게 응수할 수 있었던 기쁨의 표정을 가까스로 억누르고 있는 것이다.

"자, 이리 와 보시오."

그는 급히 식당으로 되돌아가, 끔찍한 시체가 치워져서 그나마 조금 밝아진 것 같은 그 방의 한 지점에 섰다. 구두창에 성냥을 그어 그 불로 벽을 비추며 그는 점점 더 득의만면했다.

"자, 거기 있어요. 이걸 보시오."

벽지가 군데군데 벗겨져 있다는 것은 앞에서도 말했지만, 특히 그

부분은 크게 벗겨져서 거칠고 누런 초벽이 거의 정사각형으로 드러나 있었다. 이 도배지가 벗겨진 곳에는 붉은 글씨로 단 한 마디 이렇게 씌어 있었다.

RACHE

"이걸 어떻게 생각하십니까?"

레스트레이드는 극장의 구경꾼을 끌어들이는 사람처럼 이렇게 소리쳤다.

"이걸 지금까지 못 보았다는 것은 여기가 가장 어두운 구석이었다는 점과 아무도 여기를 보려고 하지 않았기 때문이지요. 이것은 피로 쓴 것인데, 범인이 자기 피로 쓴 게 틀림없을 것 같습니다. 벽을 타고 흘러내린 이 핏자국을 보십시오. 아무튼 이것으로 자살의 의문만은 없어진 겁니다.

그렇다면 왜 이 구석을 택해서 썼는가? 그것은 이렇습니다. 저 선반 위에 초가 세워져 있습니다. 이걸 썼을 때는 저것이 켜져 있었을 테니까, 불이 켜져 있으면 여기는 어둡기는커녕 방안에서 가장 밝은 곳이 되지요."

"그래, 당신이 이걸 발견한 것이 어떻다는 거요?"

글렉슨이 핀잔하는 투로 말했다.

"어떻기는? 그건 이걸 쓴 인물이 레이첼(RACHEL)이라는 여자 이름을 쓰려 했다는 거요. 그걸 미처 다 쓰기 전에 방해를 받은 거지. 잘 기억해 두시오. 이 사건이 해결되는 날에는 반드시 레이첼이라는 여자가 관련되었다는 것을 알게 될 테니까. 홈즈 씨, 당신이 그런 얼굴로 웃는 것도 뭐 좋습니다. 당신은 민첩하고 머리가 좋겠지요. 그러나 여차하는 날에는 역시 노련한 사람이라야 하니까요."

홈즈는 웃음을 터뜨려 레스트레이드를 화나게 한 것을 사과했다.

"이런, 실례했습니다. 우리보다 먼저 이 글씨를 발견하신 건 정말 레스트레이드 씨의 공적입니다. 말씀대로 아무리 봐도 이건 어젯밤 사건의 관계자가 쓴 것 같군요. 나는 아직 이 방안을 살펴볼 겨를이 없었는데, 허락을 얻고 지금부터 시작해 볼까요."

홈즈는 곧 주머니에서 줄자와 큼직하고 둥근 돋보기를 꺼내 이 두 가지 도구를 가지고 발소리도 내지 않고 방안을 돌아다녔다. 이따금 멈추어 섰다가는 무릎을 꿇기도 하고, 한번은 배를 깔고 엎드려서까지 조사를 했다. 그리고 조사에 열중한 나머지 우리들이 있다는 것마저 잊어버린 것처럼 줄곧 입 속으로 중얼중얼하며, 가끔 감탄사나 신음 소리, 휘파람 소리며 때로는 나직한 외침 소리까지 질렀다.

그것을 보고 나는 잘 훈련된 순종 폭스하운드가 코를 벌름대며 언제까지나 풀밭 속을 이리저리 뛰어다니다가 마침내는 한번 잃어버렸던 냄새를 희한하게 찾아내는 것을 상기하지 않을 수 없었다.

20분 남짓 그는 내 눈에는 보이지도 않는 그 어떤 흔적에서 흔적에의 거리를 지극히 면밀하게 재는가 하면, 또 나로서는 영문도 모르는 묘한 방법으로 줄자를 벽에다 갖다대며 조사를 계속했다. 어떤 곳에서는 마룻바닥에 있는 잿빛 먼지를 모아서 정성스레 봉투에다 담았다. 그리고 마지막으로 벽의 글씨를 한 자 한 자 돋보기로 세밀하게 살펴본 다음, 그제야 만족하였는지 줄자와 돋보기를 주머니에 넣었다.

"천재란 고통을 무한히 참을 힘이 있는 사람이라고 하지만, 이건 아주 졸렬한 정의야. 이건 오히려 탐정에게 내려야 할 정의일세."

홈즈는 싱긋 웃었다.

글렉슨과 레스트레이드는 이 아마추어 탐정이 하는 행동을 많은 호기심과 경멸이 조금 섞인 눈으로 보고 있었는데, 홈즈가 하는 일은 아무리 사소한 것이라도 모두 각기 실제상의 정당한 목적이 있다는,

나도 이제는 얼마쯤 알게 된 그 사실을 그들은 둘 다 깨닫지 못한 눈치였다.

"의견을 말씀해 주시겠습니까?"

두 사람이 동시에 물었다.

"내가 주제넘게 나서서 두 분에게 힘을 빌려 드리면 당연히 두 분의 것이어야 할 공적을 가로채는 결과가 되지요. 두 분께서 이처럼 훌륭하게 하고 계시는데, 방해를 해서는 미안한 노릇입니다."

홈즈는 비아냥거리는 투로 말했다.

"두 분께서 연구하신 결과를 말씀해 주신다면 될 수 있는 데까지 조언은 아끼지 않겠습니다만. 그리고 나는 처음에 시체를 발견한 순경을 한번 만나 봤으면 하는데, 이름과 주소를 좀 대주시겠습니까?"

레스트레이드는 수첩을 들여다보며 말했다.

"존 랜스라는 사람인데, 지금 비번일 테니까 케닝턴 구 파크 게이트의 오드리 코트 46번지의 집으로 가면 만날 수 있을 겁니다."

홈즈는 순경의 주소를 적고 나서 말했다.

"왓슨, 가세. 한번 찾아가 보세나. 그런데 한 가지 참고가 될 것을 말해 두겠습니다만, 이건 타살 사건으로서 범인은 남자입니다. 키가 6피트가 넘는 장년이며, 키에 어울리지 않게 발이 작고 끝이 각진 구두를 신었으며, 인도 산 토리치노포리 잎담배를 피우는 남자입니다.

이곳에는 피해자와 함께 사륜마차로 왔는데, 그 말은 세 개는 헌 것이지만 오른쪽 앞발만은 새 편자를 달고 있습니다. 그리고 범인은 얼굴이 붉고, 오른손 손톱이 몹시 긴 남자라는 것만을 말할 수 있습니다. 뭐, 매우 적은 특징에 지나지 않지만 혹시 어떤 도움이 될 수도 있겠지요."

레스트레이드와 글렉슨은 힐끔 얼굴을 마주보고 어처구니없다는 듯이 피식 웃었다.

"타살이라고 한다면 대체 어떻게 살해되었을까요?"

"독살이지요."

홈즈는 퉁명스럽게 말하고 뚜벅뚜벅 걸어나가다가 문 앞에서 뒤돌아보았다.

"한 가지 더 말해 두겠습니다만, 레스트레이드 씨, RACHE란 '락헤'라고 읽으며 독일어로 '복수'라는 뜻입니다. 그러니까 레이첼 양의 수사니 뭐니 하며 소중한 시간을 낭비하지 않도록 하십시오."

그는 그렇게 한 마디 던지고는 어리둥절해 하는 경쟁자를 뒤돌아보지도 않고 나가버렸다.

## 제4장 존 랜스의 이야기

우리가 롤리스톤 가든 3번지를 나온 것은 오후 1시였다. 셜록 홈즈는 우선 가까운 우체국으로 가서 긴 전보를 치고, 그런 다음 역마차를 불러세워 레스트레이드한테서 들은 오드리 코트로 가자고 마부에게 일렀다.

"증언은 직접 듣는 게 제일이지. 사실은 이 사건에 관한 내 견해는 이미 정해져 있지만, 그래도 조사할 수 있는 데까지는 조사해 두는 게 상책이거든."

"그렇다면야 놀라는 수밖에 없지만, 사실을 말하자면 그렇게 아는 척할 만큼 자네도 분명하게 알고 있는 건 아니잖나?"

"아니, 잘못 생각할 여지가 없네. 거기 가서 맨 먼저 눈에 띈 것은 마차 차고 가까운 돌 밑의 길바닥에 나 있는 두 줄의 바퀴 자국이었어. 어제 저녁까지 한 주일 동안 전혀 비가 오지 않았으니까, 따라서 그렇게 깊은 바퀴 자국을 남긴 것은 어제 저녁의 일이어야만

하네.

그리고 말굽 자국도 있었는데, 그중 한 개는 다른 세 개에 비해서 윤곽이 매우 또렷했으니까 이건 편자가 새것이라고 보아야 해. 마차는 비가 오기 시작하고 나서 온 것이고, 아침에는 한 대도 오지 않았네. 그것은 글렉슨의 말이 증명하고 있는데, 그렇다면 그 마차는 반드시 밤에 온 것이 아니면 안 되네. 따라서 그것은 두 남자를 태워 가지고 왔다는 것이 되네."

"듣고 보니 매우 간단한 일인데, 그렇다면 범인의 키를 안 것은?"

"그런 건 아무것도 아닐세. 대체로 사람의 키라는 것은 열에 아홉까지는 그 걸음 폭으로 알 수가 있어. 일일이 숫자를 들어서 자네를 괴롭힐 것까지도 없지만, 계산은 아주 간단하네. 그의 걸음 폭은 바깥의 진창에도 있었고 방안의 먼지 위에도 남아 있었어. 또 이 계산은 다른 방면에서도 검산해 볼 길이 있었네. 사람이란 벽에다 무엇인가를 쓸 적에는 본능적으로 자기 눈 높이에 쓰는 법이지. 그런데 그 글씨는 마루에서 6피트 이상 되는 곳에 씌어 있었어. 어린아이 장난 비슷한 추리지."

"그렇다면 나이는 어떻게 알았나?"

"쉽게 한 걸음에 4피트 반이나 건너뛸 수 있는 사람이라면 늙어빠진 노인일 리 없어. 4피트 반이라는 것은 그가 뛰어넘은 뜰 오솔길에 괸 물웅덩이 폭이지. 에나멜 구두 쪽은 그 물웅덩이를 돌아가고 있는데, 끝이 각진 구두 쪽은 뛰어넘고 있었어.

그러니까 내가 한 말에 이상할 건 조금도 없네. 그 잡지의 기사에서 주장한 관찰과 추리의 이론을 실제로 응용했을 뿐이지. 그밖에 또 모르겠다고 생각되는 점은 없나?"

"손톱에 대한 것과 토리치노포리 담배에 대한 것을 모르겠는데."

"벽에 쓴 글씨는 집게손가락을 피에 적셔서 쓴 것이었어. 그런데 돋보기로 살펴보았더니 벽에 얄팍하게 긁힌 자국이 있더군. 손톱이 짧으면 그런 자국이 생길 까닭이 없지. 그리고 바닥에 떨어진 담뱃재를 조금 모아 왔는데, 빛깔이 거무스름하고 비늘 같은 상태였어. 이건 토리치노포리 담배에서만 볼 수 있는 현상이지. 난 잎담배 재에 대해서는 전문적으로 연구한 적도 있고, 실제로 그것에 대해서 논문까지 썼었으니까. 잎담배건 썬 담배건 재래종의 것이라면 나는 재만 보고도 감정할 수 있다네. 뭐, 이런 점이 명형사인 글렉슨이나 레스트레이드와 다른 점이지."

"그럼, 얼굴이 붉다는 것은?"

"음, 그건 좀 성급한 단정이었을지도 모르지. 나로서는 지금도 그릇된 단정이었다고는 생각하고 있지 않지만. 아무튼 지금 상태에서는 그 질문을 좀 보류해 주게."

나는 이마에 손을 대고 말했다.

"난 머리가 혼란스러워졌어. 생각하면 생각할수록 이상하단 말이야. 그 두 사나이는——두 명이라고 치고서 말인데——어째서 빈집에 들어갔을까? 그리고 그들을 태우고 온 마차의 마부는 어떻게 되었을까? 어떻게 독을 먹이고, 또 먹게 되었을까? 피는 누구의 것일까? 강도의 것이 아니라고 한다면, 동기는 어디에 있는 것일까? 그리고 여자의 반지가 어떻게 그런 곳에 있었을까?

특히 범인은 무엇 때문에 도주하기 전에 유유히 RACHE라는 독일어를 써 놓고 갔을까? 솔직히 말해서 난 이 사실들의 앞뒤를 어떻게 맞춰야 좋을지 짐작도 안 가네."

홈즈는 득의에 찬 얼굴로 미소지으면서 말했다.

"자넨 사건의 난점만을 요약해 주었어. 나도 주요한 점은 짐작이 가지만 그래도 아직 잘 모르는 점도 많네. 레스트레이드가 발견하고 좋아하던 글자 같은 것도 사회주의라든가 비밀 결사 같은 것을 암시해서 경찰의 눈을 속이기 위한 수단에 지나지 않네. 그건 독일어지만 진짜 독일인이었다면 반드시 라틴어로 썼을 걸세. 그러니까 그건 독일인이 쓴 게 아니라 서투르게 독일인 흉내를 내려다가 도리어 거짓을 드러내고 있다고 봐도 무방하네. 말하자면 수사의 방향을 옆으로 빗나가게 하기 위한 계략에 불과한 것이야.

그런데 왓슨, 이 사건에 대해서는 나도 이제 더 이상 말하지 않겠네. 요술쟁이가 한번 그 술법을 밝혀 버리고 나면 인기가 뚝 떨어지지 않겠나. 나 역시 일하는 방법을 시시콜콜 다 알려 주다가는 홈즈도 결국은 다 같은 인간에 불과하다고 자네가 생각할 것 아닌가."

"절대로 그런 일은 없네. 자네는 탐정술을 과학에까지 끌어올려서 더 이상 나아갈 수 없는 데까지 갔군 그래."

홈즈는 내가 하는 말과, 그렇게 말하는 내 태도가 반가워서 얼굴을 붉혔다. 여자들에게 아름답다고 칭찬해 주면 좋아하는 것처럼 그에게 탐정술에 대한 것을 칭찬해 주면 좋아한다는 것은 이미 나도 눈치채고 있는 바였다.

"한 가지 더 말해 두겠는데, 에나멜 구두를 신은 사람과 끝이 각진 구두를 신은 사람은 같은 마차를 타고 와서 아마 팔까지 끼고 정답게 오솔길로 들어갔을 걸세."

집안에 들어가고 나서 두 사람은 아냐, 에나멜 구두 쪽은 가만히 서 있었지만 각진 구두 쪽은 방안을 이리저리 돌아다녔어. 그 점은 먼지 위에 모두 나타나 있는데 먼지가 말해주고 있는 바에 의하면, 그는 왔다갔다 하고 있는 동안 차차 흥분했어. 걸음폭이 점점 넓어진 것으로 알 수가 있지. 쉴새없이 지껄이고 있는 동안에 저절로 흥분되었던 게 틀림없어. 그런 뒤에 그 참극이 벌어진 걸세.

이것으로 내가 알고 있는 건 다 말했어. 남은 것은 추측뿐이네.

그러나 일에 착수할 토대만은 갖추어져 있으니까 안심이지. 그건 그렇고, 난 오늘 누르만 네루다 부인의 연주회에 갈 예정이니까 얼른 일을 끝내야겠어."

이런 말을 주고받고 있는 동안에 마차는 너저분한 골목이 있는 초라한 거리를 달리다가 그 중에서도 특히 지저분한 골목 앞에 이르자, 마부가 갑자기 마차를 멈추었다.

"이 안의 저곳이 오드리 코트입니다."

그는 회색으로 초벽을 칠한 벽돌 건물들 사이의 좁다란 골목을 가리키며 말했다.

"여기서 기다리고 있겠습니다."

오드리 코트는 그다지 좋은 곳은 못되었다. 좁은 골목을 들어가니 그 안에 돌로 포장된 네모진 빈터가 있고, 그것을 둘러싸고 지저분한 집들이 즐비하게 늘어서 있는 것이 보였다.

지저분한 아이들이 떼지어 노는 곳을 지나 빛이 바랜 빨래들이 널려 있는 밑으로 해서 46번지의 집에 이르러 보니 문에 박힌 조그만 놋쇠판에 랜스의 이름이 새겨져 있었다. 랜스 순경은 자고 있었으므로, 우리는 작은 객실로 안내되어 그가 나올 때까지 기다리기로 했다.

잠시 뒤 잠을 깨워서 좀 언짢은 얼굴을 한 주인이 나왔다.

"보고서는 경찰서에 내놓았는데요."

홈즈는 주머니에서 반 소브린짜리 금화를 꺼내어 곰곰이 생각에 잠기며 그것을 만지작거리면서 말했다.

"사실은 당신 입으로 직접 들어 볼까 해서 찾아왔지요."

"그야 뭐든지 알고 있는 건 다 말씀드리겠습니다만……."

순경은 홈즈의 손에 있는 금화에 시선을 모은 채 말했다.

"그렇다면 당신이 본 대로 사건의 경과를 들려주시오."

랜스는 말총으로 된 소파에 앉아서 한 마디도 빠뜨리지 않으려고 이마에 주름살을 지어가며 말했다.

"처음부터 말씀드리겠습니다만, 제 담당은 밤 10시부터 아침 6시까지인데 11시에 술집 화이트 하트에서 싸움이 있었을 뿐이고, 그것을 빼면 순찰 중에 아무런 이상도 없었습니다.

1시에 비가 내리기 시작했는데, 때마침 해리 머처라는——그는 홀랜드 글로브 구 담당 순경입니다——친구를 만났기에 헨리에타 거리 모퉁이에 서서 이야기를 했습지요. 하지만 이내, 아마 2시인지 아니면 조금 더 되었는지는 모르지만 전 다시 한 바퀴 돌아 브릭스턴 거리 쪽에 이상이 없는지 보고 오려고 마음먹었습니다.

날씨가 몹시 나쁘고 쓸쓸한 밤이었지요. 순찰 중에는 한두 번 마차가 지나갔을 뿐이고 사람은 하나도 만나지 않았습니다. 이런 말은 할 말이 아닙니다만, 이런 때 술이라도 한 잔 쭉 들이켰으면 얼마나 좋을까 하고 생각하면서 걸어가다보니까 문득 그 집에서 불빛이 보이지 않겠습니까.

본디 거기는 두 집이 비어 있었는데, 그중 한 집에 있던 사람이 장티푸스를 앓다가 죽었는데도 집주인이 도무지 하수도에 신경을 쓰지 않기 때문에 도무지 세드는 사람이 없었거든요.

그런데 그 빈집의 창문에 불빛이 보이는 바람에 전 아무래도 이상하게 여겨져서 뭔가 있었던 게 아닐까 하는 생각을 하면서 현관까지 가 보았던 겁니다."

홈즈가 중간에 끼어들었다.

"현관까지 갔다가 거기서 걸음을 멈추고 마당 쪽으로 돌아나왔지요? 그건 뭣 때문입니까?"

랜스는 이 말을 듣자 놀란 듯 어안이 벙벙해서 홈즈의 얼굴을 쳐다보았다.

"마, 맞습니다. 대관절 그걸 어떻게 아시는지, 난 아무에게도 말하지 않았는데요. 사실은 저, 현관까지 가기는 했으나 쥐죽은 듯 조용한 것이 너무도 섬뜩해서 누구 함께 들어가 줄 사람이 없을까 하는 생각이 들었던 거지요.

이 세상 것이라면야 아무것도 무서울 게 없지만, 장티푸스로 죽은 사나이가 한 맺힌 하수도라도 검사하고 있는 게 아닐까 하는 생각을 하니 어쩐지 이상한 기분이 들어서, 혹시 머처가 들고 다니는 등이라도 보이지 않을까 해서 문까지 나가 보았던 거지요. 하지만 그런 건 전혀 보이지도 않더군요."

"길거리에는 사람이 전혀 없었군요?"

"사람은커녕 개 한 마리도 보이지 않았습니다. 그래서 전 단념하고 현관으로 돌아가서 문을 열어 보았지요. 집안이 조용하기에 불이 켜진 방으로 들어갔습니다. 그랬더니 선반 위에 촛불이, 붉은 초의 촛불이 하늘거리고 있고, 그 불빛으로 눈에 띈 것은……."

"아, 그건 다 알고 있어요. 당신은 몇 번이나 방안을 돌아다니다가 시체 곁에 무릎을 꿇었지요? 그리고 방을 나가 부엌문을 만져 보고 나서……."

존 랜스는 놀라며 기분 나쁜 듯한 눈으로 말했다.

"어디에 숨어서 그걸 보고 계셨지요? 보지 않고서야 그렇게 세밀하게 알 까닭이 없습니다."

홈즈는 웃으면서 테이블 너머로 순경에게 명함을 던졌다.

"나를 살인 혐의로 체포하는 일만은 말아 주시오. 나는 개일는지는 몰라도 결코 늑대는 아닙니다. 그 점을 글렉슨 씨나 레스트레이드 씨가 보증해 줄 거요. 그리고 나서는 어떻게 되었습니까? 그 다음을 들려주시오."

랜스는 가까스로 앉기는 하였으나 아무래도 납득이 안 되는 표정으로 말했다.

"저는 문간으로 나가서 호각을 불었습니다. 그 호각소리를 듣고 머처와 다른 두 사람이 달려와 주었지요."

"그때 동네에는 아무도 없었나요?"

"그건 또 무슨 뜻이지요?"

랜스 순경은 이를 드러내고 히죽 웃으며 말했다.

"전 여태까지 주정뱅이를 많이 보아 왔습니다만, 그렇게 곤드레가 된 사람은 또 처음 봤습니다. 제가 나가 보니까 그는 문 있는 데서 울타리에 기대어 콜롬바인의 신유행기인지 뭔지 하는 노래를 목청껏 고함을 질러대며 부르고 있지 않겠습니까. 도무지 바로 서지를 못하므로 부축을 해줄 도리도 없었지요."

"어떤 사람이던가요?"

존 랜스는 지엽적인 일을 묻는 게 그다지 마음에 들지 않는다는 표정으로 말했다.

"무섭게 취한 남자였어요. 우리가 손만 비어 있었다면 그 따위 인간은 유치장에 처넣었을 겁니다."

"얼굴이라든가 차림새 같은 것에 대해서는 신경을 쓰지 않았습니까?"

홈즈는 초조한 듯이 물었다.

"보기야 보았지요. 머처와 둘이서 부축해 일으켜 주었으니까요. 글쎄요, 키가 크고 얼굴이 붉은 남자인데, 얼굴의 반은 수염으로……."

"됐소. 그래, 그 남자는 어떻게 되었습니까?"

홈즈의 눈이 빛났다.

"그런 것에 신경쓰고 있을 겨를이 있어야지요. 뭐, 무사히 돌아갔겠지요."

순경은 조금 못마땅한 얼굴을 하고 말했다.

"차림새는 어땠습니까?"

"고동색 외투를 입고 있었습니다."

"채찍을 손에 들고 있었지요?"

"채찍이요? 아니오."

"그렇다면 두고 갔군. 그 뒤에 마차를 보거나 또는 소리라도 듣지 않았나요?"

"아니오, 보지도 듣지도 못했는데요."

홈즈는 모자를 집어들고 일어서면서 말했다.

"그럼, 이 반 소브린을 드리지요. 하지만 랜스 씨, 유감스럽지만 당신은 경찰 방면에서는 별달리 출세할 것 같지 않군요. 그 머리는 장식이 아니라 크게 활용하기 위해 있는 것이랍니다.

어제 저녁에 당신은 경사가 될 기회가 있었던 것이오. 당신이 부축해 일으켜 준 그 사람이야말로 이번 사건의 비밀 열쇠를 쥐고 있는 인물로서, 우리가 찾고 있는 녀석이었으니까요. 이제 와서 이러쿵저러쿵해 봐야 어쩔 수 없지만, 사실이니까 가르쳐 드리는 거요. 자, 왓슨, 돌아가세."

우리는 그 길로 마차 있는 데로 돌아왔다. 뒤에 남은 랜스 순경은 반신반의하면서도 마음 속으로 무척 불쾌했을 것이다.

돌아가는 마차 속에서 홈즈는 못마땅한 듯이 중얼거렸다.

"바보같이! 생각 좀 해보게. 이런 절호의 기회를 만나고도 두 눈을 뻔히 뜨고서 놓쳐 버리다니, 얼마나 어리석은 노릇인가 말이야!"

"하지만 난 아직도 모르겠는걸. 하긴 그 주정뱅이의 인상이 자네가 말한 제2의 사나이와 들어맞는 것 같지만, 그건 그렇다 치고 무엇 때문에 일단 달아났다가 도로 돌아왔을까? 범인답지 않게 말이야.”

“반지야, 반지. 반지 때문일세. 반지가 탐나서 되돌아온 거야. 모든 방법이 실패하더라도 그 반지만 있으면 언제든지 범인을 낚을 수 있어. 난 반드시 잡고야 말겠네. 2대 1로 걸어도 좋아. 이것도 자네 덕택일세. 자네가 없었다면 난 안 갔을지도 몰라. 그랬다면 난생 처음 만난 이 재미있는 사건을 허무하게 놓칠 뻔했지 뭔가. 주홍색 연구라는 것을 말이야.

조금쯤은 예술적인 표현을 써도 괜찮겠지? 인생이라는 무색의 실패에는 살인이라는 붉은 실이 섞여서 감겨져 있네. 그것을 풀어서 분리하고 끝에서 끝까지 남김없이 폭로해 보이는 것이 우리의 임무인 거야.

그럼, 빨리 점심을 끝내고 누르만 네루다의 연주나 들으러 가세. 부인의 솜씨는 정말 굉장하다네. 부인의 장기인 소곡 같은 것은 정말이지 말로 표현할 수 없지! 트랄랄라, 릴라릴라레.”

마차 속에서 몸을 뒤로 벌렁 젖힌 이 아마추어 탐정은 종달새처럼 재잘거리고 있었으나, 나는 복잡한 사람 마음을 생각하며 마음이 우울했다.

## 제5장 광고를 보고 온 사람

오전 중의 활동이 약해진 몸에 좀 지나쳤기 때문에, 오후에 나는 완전히 지쳐 있었다. 그래서 홈즈가 연주회에 나간 뒤 소파에 누워서 두어 시간 잠을 자려고 했으나 소용이 없었다.

내 머리는 연달아 일어난 기괴한 사건으로 완전히 흥분해서, 괴상한 공상과 의심이 꼬리를 물고 솟아올랐다. 눈만 감으면 죽은 사나이의 원숭이 같은 일그러진 얼굴이 떠올랐다. 참으로 흉악한 얼굴이었다. 그런 얼굴을 이 세상에서 매장해 준 자에 대해 감사한 마음밖에 생기지 않을 만큼 흉악한 인상을 가진 얼굴이었다. 만일 이 세상에 극악무도함을 나타내는 인상이라는 것이 있다고 한다면, 그것은 분명 클리블랜드의 이낙 J 들레퍼의 얼굴일 것이었다. 그렇지만 나 역시 죄를 벌해야 한다는 것을 인정하지 않는 건 아니며, 또 피해자의 불량성이 법률적으로 죄를 범할 이유가 되지 않는다는 것도 잘 알고 있었다.

그러나 이 피해자는 독살된 것이라는 홈즈의 설명은 생각하면 생각할수록 그럴듯한 일로 생각되는 것이었다. 그러고 보니 홈즈가 시체의 입에서 냄새를 맡던 일이 떠올랐는데, 그때 약물의 흔적을 발견했던 것이 틀림없었다. 뿐만 아니라 시체에는 외상도 없고 교살된 자국도 없다고 하는데, 독살이 아니라고 한다면 사인을 어디에 두어야 할 것인가?

한편으로 또 마룻바닥의 많은 핏자국이 있다. 그 피는 대관절 누구의 것일까? 싸운 흔적도 없고, 또 피해자는 상대방에게 부상을 입혔을 만한 무기도 가지고 있지 않았다.

이런 수많은 의문들이 풀리지 않고서는 쉽게 잠들 수 없다는 것을 나는 알았다. 나뿐만이 아니라 홈즈도 역시 마찬가지일 것이다. 그 홈즈가 그렇게도 침착하게 자못 자신있는 태도를 보이고 있는 것은 나로선 도무지 짐작도 안 가지만, 모든 사실에 알맞는 설명을 가지고 있기 때문에 그러는 것일까?

그는 무척 늦게 돌아왔다. 너무 늦게 돌아와서, 연주회에만 갔다 오는 것이 아니로구나 하는 것을 나도 알 수 있었다. 아무튼 그가 돌아오기 전에 저녁 식사가 나왔을 정도였던 것이다.

"아주 훌륭했다네. 자넨 음악에 대해 다윈이 뭐라고 말했는지 아나? 그의 주장에 따르면 대개 음악의 연주나 감상 능력은 언어 능력보다도 훨씬 먼저 인류들 사이에 존재했다는 거야. 우리가 음악에서 미묘한 감동을 받는 원인도 분명 그런 사실에서 싹트고 있는 모양이지. 우리들 정신 속에는 원시 시대의 막연한 기억이 아스라하게 존재하고 있으니까 말이야."

그는 자리에 앉기가 바쁘게 말했다.

"그건 좀 대범한 사고방식인데."

"자연을 알려면 자연 그 자체만큼 대범한 머리가 되어야만 하네. 그런데 웬일로 자네 얼굴빛이 아주 나쁜 것 같구먼. 브릭스턴 거리 사건으로 마음이 언짢았던 모양이지?"

"솔직히 말해서 그렇다네. 아프가니스탄에서 끔찍한 변을 많이 겪었으니까 사실은 좀더 무감각해도 좋을 텐데 말이야. 그때는 동료가 마이완드에서 난도질당하는 것을 보고도 끄떡하지 않았을 정도였는데."

"잘 알겠네. 이 사건에는 이상하게 상상력을 자극하는 기괴함이 있단 말이야. 상상만 하지 않는다면 공포라는 것은 없어. 자네 신문 봤나?"

"아니, 아직 안 봤어."

"꽤 정확하게 사건의 보도가 나 있어. 다만 시체를 들어올렸을 때 여자의 결혼 반지가 떨어졌다는 것만은 씌어 있지 않은데, 차라리 그 편이 내게는 더 유리하네."

"어째서?"

"이 광고를 읽어보게. 그 뒤 곧바로 전 시(市)의 신문마다 내가 내놓았지."

그가 신문을 던져 주면서 표시된 곳을 보니, 습득물 광고란 첫줄에 다음과 같은 광고가 나 있었다.

오늘 아침 브릭스턴 거리의 술집 화이트 하트와 홀랜드 글로브의 중간 길거리에서 생선묵 형 결혼 금반지 한 개를 주웠음. 오늘 저녁 8시부터 9시까지 베이커 거리 221번지의 을(乙) 왓슨 박사에게 문의하시오.

"아무 말 없이 자네의 이름을 쓴 것을 용서하게. 내 이름을 냈다가 어리석은 사람들에게 알려져서 주제넘은 간섭을 받게 되면 곤란하니까 말이야."
"그런 거야 조금도 상관없지만 누가 찾으러 오게 되면 곤란하잖아. 난 반지도 갖고 있지 않은데."
그는 나에게 반지 한 개를 주며 말했다.
"왜 없어? 이만 하면 충분하네. 똑같이 모조를 했다고 해도 좋을 만큼 닮았어."
"그건 그렇다 치고, 이런 광고를 내어서 누가 오리라고 믿나?"
"물론 그 고동색 외투를 입은 사나이지. 끝이 각진 구두를 신은 얼굴이 붉은 남자 말이야. 자기가 직접 오지 않더라도 반드시 공범자를 보낼 게 틀림없어."
"하지만 그런 짓을 해선 위험하다는 것쯤은 알지 않을까?"
"염려없어. 내가 보는 바에 잘못이 없다면. 없다면이 아니지, 결코 없다고 믿을 만한 이유를 나는 알고 있는데, 그는 이 반지를 위해서라면 어떤 위험도 무릅쓸 것이 틀림없어.
　내가 생각할 때, 그는 들레퍼의 시체 위에 몸을 숙였을 때 이 반지를 떨어뜨렸는데, 그때는 몰랐다가 그 집을 나온 뒤에 알고서 급히 달려가 보았지만 그땐 이미 깜박 잊어버리고 그대로 두고 온 촛불 때문에 순경이 와 있어서 못 들어간 거네. 그렇다고 어물쩍거리다가 의심을 받으면 안되니까 부득이 주정뱅이 흉내를 내어 속이지 않으면 안되었던 거네.

그러니 자네 자신을 그의 입장으로 바꿔놓고 한번 생각해 보게. 어쩌면 반지는 집을 나온 뒤에 떨어뜨렸을지 모른다는 생각도 들지 않겠나. 그럴 때 자네 같으면 어떻게 하겠나? 우선 혹시나 하고 신문의 습득란에 눈길을 보내겠지. 그러면 물론 이 광고가 눈에 띄어 어쩔 줄 모르며 기뻐할 걸세. 절대로 함정이라는 것을 눈치챌 까닭이 없어. 그쪽에는 반지의 발견이 살인에 관련되고 있다고까지 신경쓸 이유가 없네. 그는 오네. 틀림없이 올 거야. 지금으로부터 한 시간 안에 틀림없이 올 걸세."

"그래, 온다면?"

"그때는 나한테 모두 맡겨 두게나. 자넨 무기를 가지고 있나?"

"헌 군용 권총과 탄환이 조금 있어."

"그럼, 그걸 말끔히 닦아 총알을 재어 두는 게 좋겠구먼. 그는 틀림없이 무분별하게 목숨을 걸고 올 테니까 말이야. 물론 나로서는 방심하도록 두었다가 체포할 작정이지만 만일의 경우를 생각해서 대비해 두는 게 좋으므로 하는 말일세."

나는 침실에 가서 그의 충고대로 했다. 준비된 권총을 들고 나와 보니 테이블은 말끔히 치워지고, 홈즈는 좋아하는 바이올린을 켜고 있었다.

"상태는 잘 되어 가고 있어. 지금 미국에서 전보의 답신이 왔는데, 역시 내 의견이 옳았던 것 같아."

나를 보자 그는 말을 걸었다.

"그렇다면?"

"이 바이올린도 줄만 바꾸면 소리가 훨씬 더 좋을 텐데 말이야. 권총 같은 건 주머니 속에 집어넣게. 그리고 그가 들어오면 태연하게 말을 하는 거야. 그 뒤는 나한테 맡겨 두면 돼. 너무 얼굴을 빤히 보거나 해서 상대방을 경계시켜서는 안 되네."

"정각 8시로군."

나는 시계를 꺼내 보았다.

"음, 보나마나 몇 분 안에 오겠지. 문을 조금 열어 두게. 그래, 됐어. 그리고 열쇠를 안쪽에서 열쇠 구멍에 꽂아주게. 고맙네. 그런데 이것은 어제 노점에서 발견한 좀 재미있는 책일세. '국제법규'라는 라틴어 책이지. 벨기에의 리에쥬에서 출판된 것이 1642년이라고 하니까, 찰스 1세의 목이 아직도 몸통에 단단히 붙어 있을 때의 일이겠지."

"발행자는 누군가?"

"어떤 인물인지 모르지만, 필립 드 클로이라고 되어 있어. 표지 뒤에 잉크빛은 바랬지만 '글리열미 화이트'라고 씌어 있군. 윌리엄 화이트란 누굴까? 아마 점잖은 변호사나 뭐 그런 사람이었는지도 모르지. 필적에 그렇게 짐작할 만한 버릇이 있어. 아, 온 모양일세."

이때 현관의 벨이 요란하게 울렸다. 셜록 홈즈는 조용히 일어서서 의자를 입구 쪽으로 옮겼다. 이내 하녀가 나가는 듯한 발소리가 복도에 나더니 이어서 현관의 걸쇠를 여는 소리가 찰깍 울렸다.

"왓슨 박사님 댁이 여기입니까?"

또렷하기는 하나 좀 귀에 거슬리는 데가 있는 목소리가 물었다. 그 말에 대한 하녀의 대답은 들리지 않았으나, 문 닫히는 소리가 나고 누군가가 계단을 올라오기 시작했다. 또박또박하지 못하고 잡아끄는 듯한 발소리였다. 홈즈는 그 소리를 듣더니 뜻밖이라는 표정을 지어 보였다. 발소리의 임자는 조용히 복도를 걸어와서 마침내 힘없이 방문을 두드렸다.

"들어오시오."

나는 큰소리로 대답했다.

분명 사나운 남자일 줄 알았는데, 뜻밖에도 쪼글쪼글 늙어빠진 노파가 걸어 들어왔다. 노파는 갑자기 램프의 불빛을 보았기 때문에 눈이 부신 것 같았으나, 허리를 굽혀 절을 하고 나서 짓무른 눈을 끔벅거려 우리를 보면서 신경질적으로 떨리는 손을 넣어 주머니를 뒤졌다. 힐끗 홈즈를 보았더니 몹시 낙심한 듯한 얼굴을 하고 있었으므로 나는 하마터면 입을 열 뻔하다가 가까스로 억눌렀다.

노파는 주머니에서 신문을 꺼내 그 광고가 있는 데를 가리키며 또 한 번 머리를 숙이고 나서 말했다.

"선생님, 이렇게 찾아뵌 것은 이것 때문이랍니다. 브릭스턴 거리의 결혼 금반지는 제 딸년인 샐리의 것이랍니다. 결혼을 해 가지고 이제 그럭저럭 1년이 되었습지요. 남편은 유니언 기선의 주방에 근무하고 있는데, 돌아와서 그 반지가 없는 걸 아는 날에는 벼락이 떨어질 거예요. 그렇지 않아도 성 잘내는 사람이라 술이라도 한 잔 들어가면 이루 말을 못한답니다, 네. 어젯밤에도 실은 서커스 구경을 갔다가……."

"이 반지가 맞습니까?"

나는 귀찮아져서 대뜸 말했다.

"네네, 감사합니다. 샐리가 이제 마음을 놓겠군요, 네. 정말 고맙습니다."

"그런데 할머니 댁은 어디지요?"

나는 연필을 꺼내면서 물었다.

"하운즈디치의 던컨 거리 13번지예요. 여기서 제법 먼 거리입죠."

홈즈가 따져물었다.

"하운즈디치라면 어느 서커스에 가더라도 브릭스턴 거리를 지나지 않을 텐데요."

노파는 고개를 돌려 붉게 짓무른 눈으로 홈즈를 노려보며 말했다.

"이쪽 선생님께서 물으신 것은 저의 집이에요. 딸은 페캄의 메이필

드 플레이스 3번지에 하숙을 하고 있지요."

"그럼, 할머니 성함은요?"

"저는 소여라고 해요. 딸은 데니스이고요. 톰 데니스와 결혼했는데 배에 있는 동안에는 아주 민첩한 사람이라 회사 쪽에 크게 호감을 사고 있습니다만, 배만 내리면 여자다 술이다 해가지고 원……."

나는 홈즈의 신호에 따라 노파의 수다를 가로막았다.

"할머니, 그럼, 반지를 드리지요. 이건 틀림없이 따님의 것인 모양입니다. 임자한테 무사히 돌아가게 되어서 나도 이제 마음놓았습니다."

노파는 고맙다고 기쁘다고 지껄여 대며 반지를 소중히 주머니 속에 넣고 힘없이 걸어 나갔다. 노파의 모습이 방밖으로 사라지기가 무섭게 홈즈는 벌떡 일어나 자기 방으로 달려들어가더니 이내 긴 외투에 목도리를 감고 나왔다.

"나는 저 여자를 미행하겠어. 저건 보나마나 공범자가 틀림없을 테니까. 미행하면 주범을 알아낼 수 있을 것 같아. 자지 말고 기다리고 있게."

홈즈는 빠른 말투로 이렇게 말하고 나갔는데, 그가 방을 나간 것과 거의 동시에 아래층에서 노파가 돌아간 뒤에 문닫는 소리가 났다. 창문으로 내다보니 길 저쪽 편을 걸어가는 조금 전의 노파를 홈즈가 조금 떨어진 이쪽 편에서 따라가는 것이 보였다.

'홈즈의 추리가 모조리 틀렸는지 아니면 그렇지 않은지 아무튼 의문의 핵심에 접어들려 하고 있는 것만은 사실인 것 같군.'

나는 혼자서 생각했다. 자지 말고 기다리라고 했는데, 그런 것은 부탁할 것까지도 없이 그의 모험의 결과를 듣기 전에는 자려도 잘 수가 없었다.

그가 나간 것이 9시 조금 전이었다. 몇 시에 돌아올 것인지 물론 짐작도 할 수 없었지만, 나는 멍청히 담배를 피우기도 하고 앙리 므르제의 《방랑생활》을 아무 페이지나 펼쳐 읽기도 하며 기다리고 있었다.

이윽고 10시를 치자 자러 가는 하녀의 발소리가 들렸고, 11시에는 역시 침실로 물러가는 안주인의 발소리가 방 앞을 지나갔다. 12시가 다 되어서야 겨우 홈즈가 문을 여는 소리가 찰칵 하고 들렸다. 그리고 방에 들어서는 것을 보는 순간, 그의 모험이 실패로 끝난 것을 나는 얼굴빛으로 알았다. 그의 마음 속에서 우스운 것과 분한 것이 다투고 있는 듯하였는데, 끝내 우스운 것 쪽이 이겼는지 그는 뱃속에서부터 터져나오는 웃음을 웃어대는 것이었다. 그가 자기 의자에 털썩 주저앉으면서 말했다.

"이 일만은 세상없어도 경시청 패거리들에게 알려지지 말아야 할 텐데. 평소에 내가 호되게 놀려댔기 때문에 그 친구들이 이 얘기를 들었다가는 그 보복으로 걸핏하면 끌어낼게 뻔하거든. 하기야 언젠가는 보복을 하고 말 테니까 웃어도 상관은 없지만 말이야."

"그렇다면?"

"실패담이라 해서 말 못할 건 없네만, 그 노파가 조금 가더니 다리를 절기 시작하지 않겠나. 아무리 봐도 다리를 다쳤다고 밖에 생각되지 않았어. 그런데 갑자기 걸음을 멈추고 지나가는 사륜마차를 불러세우기에 행선지 대는 소리를 들으려고 바싹 가까이 갔는데, 걱정할 것까지도 없이 할망구는 길 건너까지 들릴 만큼 큰소리로 하운즈디치의 던컨 거리 13번지로 가자고 말하더군. 그래서 던컨 거리라는 건 거짓말이 아니었구나 생각하면서 할망구가 타는 걸 확인하고 나서 난 마차 꽁무니에 매달렸지. 이 기술은 어떤 탐정이라도 꼭 익혀 둬야 한다네.

마차는 곧장 달려 던컨 거리까지 한번도 멈추지를 않았지. 13번지에 접어들었을 때 난 슬쩍 뛰어내려 천연덕스럽게 그 부근을 서성거렸다네.

가만 보고 있으니까 마차는 13번지의 문 앞에서 멈추더니 마부가 뛰어내려 마차의 문을 열고 손님이 내리기를 기다리고 있는데, 안에서 도무지 내리는 자가 없지 않겠나. 그러고 있는 동안 나는 마차 있는 데까지 걸어갔는데, 마부가 텅 빈 마차 속에 몸을 반쯤 디밀고 미친 듯이 찾으면서 차마 들을 수 없는 욕지거리를 퍼부어 대더군. 사실 마차 속에 노파의 그림자도 없더란 말이야. 언제까지 욕지거리를 하고 있어 봤자 마차 삯이 나올 까닭이 없지.

그래서 마부와 함께 13번지 집을 찾아가 보았더니, 거기는 케즈윅이라는 유명한 도배장이의 집인데, 소여니 데니스니 하는 이름은 태어나서 한번도 들어보지 못했다는 거야."

"그렇다면 뭔가? 그 늙어빠진 할망구가 마차 속에서 자네한테도 마부한테도 들키지 않고 달리는 도중에 도망쳤단 말인가? 설마 그럴 리가?"

"늙어빠진 할망구 좋아하시네. 감쪽같이 속아넘어갔으니 우리야말로 늙어빠진 영감쟁이지 뭔가. 그놈은 틀림없이 변장한 젊은 남자였을 걸세. 젊고 민첩하며 게다가 뛰어난 연기자였던 거야. 흉내낼 수 없는 훌륭한 변장이었어. 미행당한 것을 알고 교묘하게 나를 속였지 뭔가.

이것만 보더라도 내가 찾고 있는 작자는 우리가 생각하고 있던 그런 단순한 인간이 아니라, 그놈을 위해서는 어떤 위험도 무릅쓸 공범을 가진 녀석이라는 것을 알 수 있어. 그런데 왓슨, 자네 몹시 피곤한 얼굴을 하고 있군. 어서 들어가서 자게."

정말 나는 몹시 피곤했으므로 홈즈의 말대로 연기를 내며 타고 있는 벽난로 앞에 그를 남겨 둔 채 먼저 침실로 들어갔다. 그리고 늦도록 잠을 이루지 못하면서 저음의 슬프게 흐느끼는 듯한 바이올린 소리를 들으며 이 괴상한 문제 때문에 아직도 그는 고민하고 있구나 생각했다.

## 제6장 글렉슨의 수완

이튿날 아침 신문은 '브릭스턴 사건'의 기사로 온통 채워져 있었다. 신문마다 기사를 길게 다루고 있었다. 개중에는 사설에서까지 논한 것도 있었다. 그리고 그 기사 가운데는 내가 처음 듣는 보도도 몇 가지 있었다. 당시의 기사를 지금도 스크랩북에 보존하고 있으므로 그 중 두서너 가지를 다음에 뽑아내 보기로 한다.

〈데일리 텔레그래프〉지

이번 사건이 범죄 사상 거의 찾아보기 어려운 괴사건임을 서술하고 피해자의 이름이 독일계라는 점, 범죄의 동기가 달리 보이지 않는다는 점, 벽에 쓴 괴상한 글씨 등이 모두 이 사건이 정치적 망명자 또는 혁명가의 손에 의해 행해진 것임을 말해주고 있는 것으로 보고, 특히 사회주의자는 많은 지부를 미국에 가지고 있으므로 피해자는 틀림없이 그들 일파의 불문율을 어겼기 때문에 추궁받은 것일 거라고 논했다. 그리고 나아가 야간 비밀 재판 제도(14세기 무렵, 특히 독일의 베스트팔렌에서 행해진 공포제도), 토파나 수(水 ; 17세기 시실리 여자인 토파나가 암살용으로 팔았다고 전해지는 독약. 비소 성분일 것이라고 함), 카르보나리(이탈리아 공화당 비밀 결사), 브랑빌리에 후작 부인(개인적인 욕심 때문에 시동생들을 살해한 17세기 프랑스 여자), 다윈의 진화론, 맬더스의 인구론 및 래트클리프 하이웨이(지금의 런던 시 센트 조지 거리로서 1811년 여기서 살인 사건이 일어나 런던 시민을 전율케 했음)의 살인사건에까지 언급한 뒤, 정부는 국내에 살고 있는 외국인에 대해 한층 더 엄중한 감시를 해야 한다고 끝맺고 있다.

〈스탠더드〉지

이런 무법적인 범행은 보통 자유행정 아래 일어나는 것이라는 사실에 대해 논평하고, 이는 인심의 동요와 이에 따르는 모든 권위의 실추에 그 원인이 있는 것이라고 단정하고 있다. 그리고 피해자는 몇 주 동안 런던에 머물고 있던 미국 신사로서 캠버웰 토키 테라스의 샤르팡티에 부인 댁에 하숙하고 있던 사람인데, 여행할 때는 비서인 조제프 스탠거슨 씨를 동반하며, 이달 4일 화요일에 샤르팡티에 부인에게 작별을 고하고 리버풀 행 급행열차를 탄다며 유스턴역으로 떠난 사람이다.

그 뒤 두 사람 다 이 역의 플랫폼에 모습을 나타낸 것은 사실이나 그 뒤의 행동은 묘연하며, 이미 보도된 바와 같이 갑자기 유스턴에서 몇 마일 떨어진 브릭스턴 거리의 빈집에서 들레퍼 씨의 시체가 발견된 것이다. 들레퍼 씨가 어떻게 해서 그곳에 있었는가, 또는 어떻게 해서 비극적인 죽음을 당했는가 하는 것은 모두 신비에 싸여 있다. 스탠거슨 씨의 행방에 대해서도 아직 아무것도 알려져 있지 않다. 하지만 듣건대 경찰청의 레스트레이드와 글렉슨 두 경감이 이 사건을 수사하고 있다고 하니 이 의문들도 머지않아 이 고명한 두 형사에 의하여 반드시 풀릴 것이라 믿어 의심치 않는 바이다.

〈데일리뉴스〉지

먼저 이 사건이 정치적 범죄임은 의심할 여지가 없다고 단정하고, 전제주의와 대륙 여러 나라 정부에서 힘을 얻어 온 자유주의에 대한 혐오 때문에 지난날에 대한 추억으로 불만을 느끼고는 있으나 본디는 좋은 시민이었을 사람들이 이 나라에 많이 들어와 있는데, 이 인사들 사이에는 엄중한 규범이 있으므로 이를 어기면 즉각 죽음으로 처벌된다는 취지를 서술하고, 피해자의 일상을 알기 위해 비서 스탠거슨 씨의 행방 수사에 전력을 다해야 한다고 말하고 있다. 그리고 두 사람이 묵고 있던 집이 판명된 것도 첫째로 경찰청의 글렉슨 씨의 혜안과 활동에 힘입고 있는데, 이로 인하여 수사는 활기를 띠기 시작했다고 결론짓고 있다.

홈즈와 나는 아침을 먹으면서 이런 기사들을 같이 읽었는데, 홈즈에게는 기사가 어지간히 재미있었던 모양이었다.

"그래서 내가 말했던 거야. 어떻게 될지는 모르지만 결국은 레스트레이드와 글렉슨에게 이롭다고 말일세."

"하지만 그건 사건의 경과에 따라서 자연히 달라질 게 아닌가."

"천만에, 그런 것과는 조금도 관계가 없네. 범인이 붙잡히면 그건 물론 그 두 사람의 노력 때문이고, 잡히지 않으면 잡히지 않는 대로 두 사람의 노력이 헛되이 되는 거지. 겉이 나오면 이쪽의 승리이고, 안이 나오면 저쪽이 진다는 식으로 편리한 거라네. 그 두 사람은 어떤 짓을 해도 추종자가 끊이지를 않아. 바보한테 감탄하는 큰 바보는 끊이지 않는 모양이야."

"아니, 저게 뭘까?"

이때 나는 소리쳤다. 홀에서 계단에 걸쳐 와글와글 사람의 발소리가 나고, 들으라는 듯이 중얼대는 안주인의 목소리가 들렸기 때문이다.

"탐정국의 베이커 거리 분대일세." 홈즈가 정색을 한 얼굴로 말했다. 그 순간에 누더기를 걸친 아주 지저분한 부랑 소년 6명이 우르르 방안으로 들어왔다.

"차렷!"

홈즈가 명령을 하자 6명의 작은 무뢰한들이 더러운 조각상이라도 세워 놓은 것처럼 일렬로 주르르 섰다.

"앞으로 비긴즈 혼자 보고하러 오도록 해. 다른 사람은 여기 들어오지 말고 그동안 밖에서 기다리고 있어. 그런데 비긴즈, 발견했나?"

"아니오, 아직입니다."

소년 하나가 대답했다. 홈즈는 소년들에게 1실링씩 주면서 말했다.

"그럴 줄 알았어. 발견할 때까지 일을 계속해야 하는 거야. 자, 수고비를 주지. 그럼, 이제 돌아가도 좋아. 이번에는 좀더 나은 보고를 가져와야 해."

홈즈가 손을 흔들자 소년들은 마치 6마리의 쥐처럼 쪼르르 계단을 달려 내려갔다. 그랬는가 싶자 어느새 큰길 쪽에서 힘찬 쇳소리가 들려왔다.

"저 거지 소년 하나가 열 두 명의 탐정보다 더 쓸모가 있다네. 탐정이라는 것을 알기만 하면 모습만 보고도 웬만한 사람은 입을 다물어 버리거든. 거기다 대면 저 친구들은 어디든지 들어갈 수 있고 뭐든지 알아내 올 수 있지. 그리고 예민하기가 바늘과도 같단 말이야. 단지 부족한 것은 조직에 대한 문제뿐이네."

"이 브릭스턴 사건에 대하여 그들을 부리고 있나?"

"물론이지. 좀 확인할 게 있어서 말이야. 저 친구들한테 맡겨 두면 단지 시간적인 문제일 뿐인 걸세. 여어! 이거 아주 재미있는 보고를 들을 수 있겠는데. 글렉슨이 온통 얼굴이 환하도록 싱글벙글하며 오고 있는 걸 보니. 저 친구 보나마나 여기로 올 거야. 저것 보게. 멈출 것 같은걸. 돌층계에 발을 올려놓았어."

현관 벨이 요란하게 울리더니 잠시 뒤 금발의 글렉슨 경감이 한번에 셋씩 층계를 뛰어올라 우리의 방으로 뛰어들어왔다.

"여어, 홈즈 씨! 기뻐하십시오. 사건이 완전히 백일하에 드러났습니다."

그는 홈즈의 도무지 반응이 없는 손을 꽉 잡으면서 들뜬 투로 말했다. 이때 표정이 풍부한 홈즈의 얼굴에 조금 걱정스러운 빛이 나타난 것 같았다.

"그러시다면, 드디어 단서라도 잡았다는 겁니까?"

"단서라고요? 하하하하, 우리는 바로 범인을 검거해 버렸습니다."

"그 범인의 이름은?"

"아서 샤르팡티에라는 해군 사관이지요."

글렉슨은 투박한 손끝을 비비며 몸을 뒤로 젖히고서 자랑스럽게 말했다. 셜록 홈즈는 한시름 놓은 안도의 숨을 쉬고 빙그레 웃는 얼굴로 안색을 누그러뜨렸다.

"아무튼 앉으시지요. 그리고 이 잎담배라도 피우시면서 글렉슨 씨께서 어떻게 거기까지 해결을 보실 수 있었는지 그거나 좀 들려 주십시오. 위스키를 드시겠습니까?"

"그것도 좋지요. 어제 오늘 어찌나 활동을 했던지 몹시 피곤하군요. 물론 육체적 노력보다는 주로 정신적인 것이었지만서도요. 당신도 인정해 주실 줄 믿습니다만, 말하자면 우린 서로가 정신 노동자들이니까요."

"이건 또 황송한 말씀인데요."

홈즈는 얼굴에 웃음기 하나 띠지 않고 말했다.

"그런 그렇고, 어디 대성공을 거두신 이야기나 좀 들려 주실까요."

글렉슨 경감은 팔걸이의자에 앉아서 우선 만족스러운 듯이 잎담배를 피웠다. 그러다가 갑자기 기뻐서 어쩔 줄 모르는 발작이라도 일어난 것처럼 허벅다리를 철썩 치며 말했다.

"우스운 건 바보 같은 레스트레이드지 뭡니까. 그 친구 자기 딴에는 그래도 자신을 민완 형사로 알고 있습니다만, 도무지 엉뚱한 쪽만 좇아다니고 있단 말씀이에요. 지금도 비서인 스탠거슨의 뒤만 자꾸 좇고 있거든요. 스탠거슨이 이 사건에 관계가 없다는 것은 아직 태어나지 않은 아기나 다름없는 것 아니겠습니까? 그런데도 지금쯤 아마 죄도 없는 스탠거슨을 붙잡았는지도 모르지요."

글렉슨은 그 생각을 하고 웃음이 터져 나와 웃다가 나중에는 숨이 차도록 낄낄거리며 웃어댔다.

"그런데 글렉슨 씨께서는 어떻게 단서를 잡으셨습니까?"

"모두 이야기해 드리지요. 그 대신 왓슨 씨, 이건 물론 비밀입니다. 본디 이 사건에서 맨 먼저 맞닥뜨린 곤란은 피해자의 신원 경력입니다. 그걸 알려면 신문 광고를 이용해서 널리 회답을 기다리면 된다고 말할 사람도 있겠지요. 하지만 이 트바이어스 글렉슨은 그런 수법을 택하지 않습니다. 두 분께서는 피해자 곁에 모자가 떨어져 있었던 걸 기억하시겠지요?"

"그건 캠버웰 거리 129번지 존 언더우드 부자 상점의 제품이었지요?"

홈즈는 말했다. 글렉슨은 말이 막힌 듯했다.

"홈즈 씨가 그걸 아셨을 줄은 정말 뜻밖인데요. 그렇다면 그 가게에 가 보셨습니까?"

"아니오."

글렉슨은 그제야 안심한 것처럼 말했다.

"호오! 기회라는 것은 아무리 시시하게 보이더라도 절대로 놓쳐서는 안되지요."

"위대한 정신에 있어서는 시시한 것이란 결코 없습니다."

홈즈는 경구를 말하듯이 대답했다.
"그래서 나는 언더우드 상점에 가서 이러이러한 모자를 팔았느냐고 물었습니다. 그랬더니 주인이 장부를 뒤져보고 그건 토키 테라스의 샤르팡티에라는 하숙에 사는 들레퍼라는 사람한테 팔아서 배달해 주었다고 곧 가르쳐 주더군요. 그래서 그가 있던 집을 알게 된 거지요."
"기민해! 굉장히 기민하십니다!"
홈즈가 중얼거렸다.
"그래서 난 샤르팡티에 부인을 찾아갔습니다. 부인은 창백한 얼굴을 하고서 무척 걱정스러운 표정이더군요. 때마침 딸도 그때 방에 있었는데, 이게 또 대단한 미인이 아니겠습니까. 이야기를 해보니 눈이 새빨개져 가지고 말을 물을 때마다 입술을 떨고 있는 거예요. 그런 걸 내가 놓칠 리 있습니까? 아무래도 수상쩍다는 것을 이내 눈치챘지요.

드디어 실마리를 발견했을 때의 그 심정이란! 이건 홈즈 씨께서도 잘 아시겠지만, 정말 말할 수 없이 온몸이 짜릿했지요. 그래서 나는 '전에 여기 하숙하고 있던 클리블랜드의 이낙 J 들레퍼 씨의 불가사의한 죽음에 대한 것을 들으셨습니까?' 하고 먼저 물어보았습니다.

그랬더니 샤르팡티에 부인이 고개를 끄덕여 보이더군요. 아마 말을 할 수가 없었던 모양이지요. 그러는데 갑자기 딸이 소리를 내어 울음을 터뜨리지 않겠어요. 그렇지 않아도 수상쩍게 생각하고 있던 참이라 슬슬 탐색을 시작했지요.

'들레퍼 씨가 기차를 탄다고 하며 댁을 나간 게 몇 시였습니까?'

'8시였어요.' 부인은 마음의 동요를 누르기 위해 침을 한번 삼켰지요. '비서인 스탠거슨 씨의 말로는 9시 15분 차와 11시 차가 있

는데, 9시 15분 차를 타겠다고 했어요.'

'그리고 나서는 만나지 않았습니까?'

내가 이렇게 물었더니 여자는 안색이 싹 바뀌며 꼭 죽은 사람처럼 되지 않겠습니까. 그리고 다시 한 마디 '네' 라고 대꾸하는 데도 한참 걸렸을 정도였지요. 그것도 목구멍에 걸린 부자연스러운 목소리로 겨우 대답하더란 말입니다.

그리고 또 한참 침묵이 계속되었는데, 이번에는 딸이 안정을 되찾고 차분한 목소리로 말을 하더군요.

'어머니, 거짓말을 해서 좋은 일이 있었던 적 없어요. 이분에게 모두 이야기하도록 해요. 선생님, 저희들은 그 뒤에 들레퍼 씨를 만났습니다.'

'애는 무슨 소리를! 너는 끝내 네 오빠를 죽이고 마는구나!' 샤르팡티에 부인은 두 손을 쳐들고 의자에 와락 쓰러지며 말했지요.

'아서도 우리가 바른 말 하는 것을 좋아할 거예요.'

딸은 단호하게 말했습니다.

'그래요. 이렇게 된 바에는 나에게 모두 이야기하시는 게 좋습니다. 일부만 털어놓는다는 것은 완전히 숨기고 있는 것보다 더 나쁘지요. 그리고 우리들 쪽에서도 웬만한 것은 다 알고 있으니까요.'

'다 네 잘못이지 뭐냐, 앨리스!' 샤르팡티에 부인은 딸을 나무라고 나서 나를 보고 말했습니다. '죄다 말씀드리겠습니다. 제가 아들 때문에 걱정하고 있는 것을 아들이 끔찍한 이번 사건에 관계가 있지 않나 해서 그러는 거라고는 제발 생각하지 말아 주세요. 아들은 정말 아무 짓도 하지 않았습니다. 아무 상관도 없어요. 단지 제가 걱정하는 것은 선생님들의 눈에 제 아들이 수상하게 보이지나 않을까 하는 점이에요. 하지만 절대로 그럴 리가 없어요. 제 아들

의 훌륭한 인격이며 신분이며 경력이 그런 것을 결코 용납하지 않을 거예요.'

'사실을 숨김없이 털어놓으시는 것이 부인을 위해 가장 좋은 방법이지요. 안심하십시오. 아드님에게 죄가 없다면 아무것도 겁낼 게 없으니까요.'

'앨리스, 너는 잠깐 나가 있도록 해라.' 어머니는 딸을 내보내고 나서 말했습니다. '사실은 이런 말씀을 드릴 생각은 추호도 없었습니다만, 딸아이가 그런 말을 해버렸으니 부득이 말씀드리지 않을 수 없게 되었군요. 일단 말씀드리기로 마음먹었으니 자세하게 낱낱이 다 말씀드리지요.'

'그것이 제일 현명한 방법입니다.'

'들레퍼 씨는 3주일 가까이 저희 집에 계셨습니다. 이곳에 오시기 전엔 비서인 스탠거슨 씨와 함께 대륙을 여행하셨다나 봐요. 트렁크마다 코펜하겐 호텔의 표지가 붙어 있었으니까, 거기서 런던으로 오신 줄 압니다.

스탠거슨 씨는 차분하고 말수가 없는 분이었으나, 들레퍼 씨 쪽은 이렇게 말하면 이상하겠지만 아주 다른 분이었어요. 하는 짓이 천박하고 야비해 보이더군요.

여기 도착하던 날 밤에도 벌써 술이 잔뜩 취해 가지고 왔는데, 낮에도 12시만 넘으면 맨 정신으로 있은 때가 없었을 정도예요.

하녀들한테 대하는 태도도 민망할 정도였으며, 그건 또 좋다손 치더라도 딸아이 앨리스한테까지 그런 태도로 나와서 여러 차례 못마땅한 소리를 하는 것을 들었습니다. 다행스럽게도 아직 딸아이가 순진해서 그 뜻을 못 알아들었기에 망정이지, 한 번은 글쎄 딸아이를 붙잡고 얼싸안지 않겠어요. 그때는 차마 스탠거슨 씨도 보다못해 그걸 말렸을 정도였답니다.'

'그렇다면 부인께서는 무엇 때문에 그런 변을 당하고도 참으셨습니까? 하숙인은 부인의 마음 하나로 얼마든지 내보낼 수 있었을 게 아닙니까?'

내가 그렇게 물었더니, 무리 아닌 질문이므로 샤르팡티에 부인은 얼굴을 확 붉히면서 '그분이 오던 날 주의를 드렸더라면 되었을 텐데, 하지만 강한 유혹이 있었기 때문에…… 그분은 하루에 1파운드, 둘이서 한 주일에 14파운드를 지불해 주셨어요.

요즘은 불경기인 데다가 저는 혼잣몸으로 해군에 있는 아들에게 무척 많은 돈을 보내고 있기 때문에 그 돈을 놓치는 게 아까웠지 뭡니까. 그래서 될 수 있는 데까지는 참았습니다만, 방금 말씀드린 대로 마지막에는 도저히 더 참을 수가 없어 그 일을 구실삼아 나가 달라고 했던 겁니다. 그래서 그분은 나간 거예요.'

'과연, 그래서요?'

그분의 마차가 달려가는 것을 보았을 때, 저는 정말 마음이 활짝 밝아진 것 같은 느낌이 들었어요. 저의 아들은 지금 휴가로 집에 와 있습니다만, 화를 내면 고집불통인 데다가 누이동생을 끔찍이 귀여워하기 때문에 그 일에 대해서는 전혀 말을 하지 않았었지요.

그분들을 전송하고 문을 닫고 나니 마음의 짐을 덜어낸 것 같아 홀가분한 기분이었는데, 한 시간도 채 안돼서 벨이 울리더니 들레퍼 씨가 다시 돌아오지 않았겠어요. 몹시 흥분하고 있었는데 또 술을 마셨던 거예요.

정말 어쩔 수가 없었어요. 제가 딸과 함께 있는데 들어오더니 기차 시간을 놓쳐서 못 갔다는 소리를 밑도 끝도 없이 늘어놓고는, 제가 있는데도 아랑곳없이 앨리스를 보고 같이 달아나자고 꾀는 거였어요.

'넌 이제 성년이 되었으니까 법적으로 자유야. 돈이라면 난 얼마든지 있어. 이런 늙어빠진 어머니 따위는 상관말고 지금부터 나 하고 가자. 너를 여왕처럼 살게 해줄 테니까.'

가엾게도 앨리스는 기겁을 하며 움츠러들었지만 그 사람은 손을 잡고 끌고 나가려고 했어요.

저는 무의식중에 소리를 질렀지요. 그랬더니 아들 아서가 달려왔는데, 그 뒤는 무슨 일이 일어났는지 조금도 몰라요. 욕하는 소리와 맞붙어 싸우는 소리를 들었지만 어찌나 겁이 나는지 얼굴을 들 수가 있어야지요. 한참 있다가 보니까 아서가 문간에서 지팡이를 손에 들고 웃고 있더군요.

'이젠 두 번 다시 그 따위 놈 때문에 애를 먹지 않을 거야. 내친 김에 뒤따라가서 그놈이 어떻게 하는지 보고 와야지.'

아들은 모자를 쓰고 밖으로 나갔습니다. 그런 일이 있은 다음날 아침에 저희들은 들레퍼 씨가 갑작스런 죽음을 당했다는 것을 알았어요.

이 말을 하는 데 부인은 여러 차례 숨이 차서 헐떡이기도 하고, 때로는 들리지 않을 만큼 목소리가 낮아지기도 했습니다만 난 일일이 속기를 했으니까 이야기의 내용에는 결코 틀린 데가 없습니다."

홈즈는 하품을 하면서 말했다.

"아주 재미있군요. 그리고 어떻게 되었습니까?"

"샤르팡티에 부인의 말이 끝났을 때 나는 모든 사항이 오직 한 군데에 걸려 있다는 것을 눈치챘지요. 그래서 언제나 여성에 대해 효과를 내어 온 눈초리로 그녀를 빤히 쳐다보고 나서 아들이 그 날 밤 몇 시에 돌아왔느냐고 물어보았지요. 그랬더니 그녀가 대답했습니다.

'모르겠어요.'

'모르겠다고요?'

'네, 아들아이는 열쇠를 가지고 있기 때문에 제 손으로 문을 열고 들어왔답니다.'

'그럼, 부인께서 잠드신 뒤군요?'

'네.'

'부인께선 몇 시에 주무셨습니까?'

'11시쯤이었어요.'

'그렇다면 아드님은 적어도 2시간은 외출하고 있었던 게 되겠군요?'

'네.'

'두 시간 이상, 혹은 네댓 시간이었다고도 생각할 수 있겠군요?'

'네.'

'그동안 무엇을 하고 있었을까요?'

'전 모르겠습니다만,' 그녀는 입술까지 창백해졌습니다.

물론 그 이상 물을 것도 조사할 필요도 없지요. 나는 샤르팡티에 중위가 있는 곳을 확인하고 순경 둘을 데리고 가서 체포했습니다. 그의 어깨에 손을 얹고 순순히 따라오라고 했더니 뻔뻔스럽게도 그 친구, 이렇게 말하지 않겠습니까.

'그 괘씸한 들레퍼의 죽음에 대한 관계자로서 나를 체포하는 것이겠지요?'

이쪽에서 아무 말도 않는데 이렇게 나오는 거예요. 이것만은 충분히 의심이 가고도 남습니다."

"과연 그렇군요."

"그때 아직도 들레퍼를 쫓아나갈 적에 가지고 나갔다고 어머니가 말한 굵은 지팡이를 들고 있었는데, 그건 지팡이라기보다는 굵은 떡갈나무 몽둥이였어요."

"그래, 글렉슨 씨의 추리는 어떻습니까?"

"내가 생각할 때 그는 들레퍼를 미행하여 브릭스턴 거리까지 갔습니다. 그런데 거기서 또다시 말다툼이 벌어져 옥신각신하던 끝에 들레퍼는 아마도 명치께쯤을 몽둥이로 얻어맞는 바람에 상처 하나 없는 죽음을 당한 겁니다.
비가 몹시 오는 밤이라 그 부근에 아무도 없었기 때문에 샤르팡티에는 빈집에 시체를 끌고 들어간 것입니다. 촛불이며 핏자국이며 벽의 글씨며 반지 같은 것은 경찰의 눈을 속이기 위한 잔재주에 지나지 않아요."
홈즈는 크게 탄복하며 말했다.
"훌륭해! 글렉슨 씨, 정말 훌륭합니다! 확실히 믿을만한 데가 있어요."
"헤헤헤, 하긴 내가 생각해도 그렇습니다."
글렉슨은 의기양양해서 말했다.
"샤르팡티에는 자진해서 자백했습니다. 그 말에 따르면 얼마쯤 미행했더니 상대방이 그걸 눈치채고 역마차를 타고 달아나 버렸다는 겁니다. 그래서 돌아오려는데 도중에 옛 해군 친구를 만났기 때문에 함께 오랫동안 산책을 했다고 하면서, 그 친구 집이 어디냐고 물어도 대답이 시원찮거든요.
나는 신기할 정도로 말의 앞뒤가 맞는다고 생각합니다. 흐흐흐, 재미있는 건 레스트레이드입니다. 그 친구 엉뚱한 방면으로 수사의 손길을 뻗치고 있으니까요. 그런걸 백 번 조사하면 뭘 합니까. 어! 그러고 보니 장본인이 나타난 것 같은데요!"
글렉슨의 말대로 이야기를 하고 있는 동안에 계단을 올라와서 방에 들어온 것은 레스트레이드였다. 단 오늘의 레스트레이드는 여느 때와 달리 차림새나 태도에 사람을 얕보는 점도 점잔을 빼는 점도 보이지 않았다. 얼굴은 잔뜩 당혹한 표정이고 옷은 흐트러져 있었다. 글렉슨이 있는 것을 보고 난처한 표정을 지은 것은 물론 홈즈에게 무슨 의논할 일이 있어서 왔기 때문임이 틀림없었다. 방 가운데 서서 모자를 만지작거리면서 어떻게 할까 잠시 망설이는 기색이더니 이윽고 말했다.

"참말로 기괴하기 짝이 없는 사건입니다. 알 수 없는 수수께끼같은 사건이오."

글렉슨은 의기양양해서 말했다.

"호오, 역시 그렇게 생각하시오, 레스트레이드 씨. 어차피 그렇게 될 줄 알았지요. 비서인 스탠거슨의 행방은 알았나요?"

"비서인 조제프 스탠거슨은 오늘 아침 6시에 헐리데이 특수 호텔에서 살해되었습니다."

## 제7장 어둠 속의 광명

레스트레이드 경감이 던진 정보는 너무나도 중대하고 뜻밖이어서 우리는 세 사람 다 어안이 벙벙하여 할 말을 잊었다. 글렉슨이 자리를 박차고 벌떡 일어났기 때문에 그 바람에 마시다 남은 하이볼을 엎질러 버렸다. 나는 말없이 홈즈를 바라보았는데, 그는 입을 꼭 다물고 미간을 모으고 있었다.

"스탠거슨도 그렇게 되었군! 점점 더 복잡해지는데."

한참 있다가 홈즈는 중얼거렸다.

"처음부터 상당히 복잡했었지요. 그러고 보니 나는 참모회의 같은 데 온 셈이군요."

레스트레이드는 그제야 의자에 앉았다.

"설마 이 정보가 잘못된 건 아니겠지요?"

글렉슨이 좀 말하기 거북한 듯이 물었다.

"나는 지금까지 스탠거슨이 죽은 방에 있다가 오는 길이오. 애당초 내가 맨 먼저 사건을 발견한 사람이지만 말입니다."
"실은 지금 사건에 대한 글렉슨 씨의 의견을 듣고 있던 참이었지요. 어디 한번 레스트레이드 씨께서 보고 오신 새 사실을 자세히 좀 들려주지 않으시겠습니까?"
"좋습니다. 숨김없이 말씀드리자면, 나는 들레퍼 살해에는 반드시 스탠거슨이 관계되어 있으리라는 생각이었지요. 일이 이렇게 전개되는 바람에 내 생각이 완전히 틀렸다는 것을 알았습니다만, 처음에는 한결같이 그렇게 믿고 비서의 행방을 알아내는 데 수사의 초점을 두었던 것입니다.

3일 밤 8시 반쯤에 유스턴 역에서 그 두 사람을 본 사람이 있었습니다. 그런데 그날 밤 새벽 2시에 들레퍼만 시체가 되어서 브릭스턴 거리의 빈집에서 발견된 것이지요. 내가 맨 먼저 부딪친 문제는 스탠거슨은 8시 반부터 들레퍼가 살해될 때까지 어디서 무엇을 하고 있었는가, 들레퍼가 살해된 뒤 어떻게 되었나 하는 것이었습니다.

나는 우선 전보로 리버풀에 스탠거슨의 인상을 알리고 미국행 선박의 경계를 의뢰했습니다. 그리고 나는 유스턴 역 부근의 호텔과 하숙집을 샅샅이 조사하고 다녔지요. 이것은 만일 들레퍼를 놓쳤을 경우 스탠거슨은 역 부근의 숙소에서 하룻밤을 새우고, 이튿날 아침 역에 가서 서성거리면서 들레퍼가 나타나기를 기다리는 게 가장 자연스럽다고 생각했기 때문이지요."
"어딘가 만날 장소를 미리 정해 놓았을 듯도 싶은데요."
홈즈가 말했다.
"그랬다는 것을 알았지요. 어젯밤 내내 숙소 뒤지는 일에 허탕을 치고 오늘 아침은 일찍부터 남은 곳을 돌기 시작했는데, 리틀 조지 거리의 헐리데이 특수 호텔에 당도한 것이 8시였지요. 스탠거슨이라는 사람이 있느냐고 물어 보았더니 있다는 기분좋은 대답이 아니겠습니까.

'그분께서 기다리시던 분이 선생님이었나요? 벌써 이틀 전부터 눈이 빠지게 기다리고 계세요.'

'지금 뭘하고 계십니까?'

'이층에서 아직 주무시고 계십니다. 9시에 깨워 달라고 하셨습니다.'

'그럼, 곧 방으로 가지요.'

별안간 내가 가면 스탠거슨이 어리둥절해서 불쑥 무슨 말을 할지도 모른다는 계산이 있었던 거지요.

급사가 자진해서 안내해 주었습니다만, 방은 3층에 있고 좁은 통로를 올라가도록 돼 있더군요. 급사는 방만 가르쳐 주고 이내 물러갔는데, 그때 나는 20년 동안 겪었음에도 불구하고 소름이 끼치도록 끔찍한 것을 보고 말았지요. 문 밑으로 피가 한 줄기 흘러내려 붉은 리본처럼 꾸불꾸불 복도를 가로질러 맞은 편 벽가에 피로 웅덩이를 만들고 있었던 겁니다.

무의식중에 내가 소리를 지르는 바람에 내려가던 급사가 되돌아왔는데, 그 광경을 보고 기절초풍하며 놀라더군요. 문이 안에서 잠겨 있었으므로 둘이 냅다 몸으로 부딪쳐서 억지로 열었지요.

들어가 보니까 하나뿐인 창문이 열려 있고 그 옆에 잠옷 바람의 남자가 몸을 웅크리고 쓰러져 있더군요. 완전히 숨이 끊어져 있을 뿐 아니라 온 몸이 싸늘하고 굳어 있는 것으로 볼 때, 죽은 뒤 상당한 시간이 지난 것 같았습니다.

아무튼 둘이서 시체를 일으켜 보았는데, 급사는 그의 얼굴을 보자 조제프 스탠거슨이라고 하며 그 방에 숙박하고 있던 신사가 틀림없다고 인정하더군요. 죽은 원인은 왼쪽 가슴에 있는 칼에 찔린 상처인데, 아마 심장까지 뚫고 들어갔을 거라고 생각될 만큼 깊은 상처였습니다.

그런데 여기까지는 보통의 살인입니다만, 다음부터가 실로 기괴하단 말씀이에요. 여러분께선 시체의 머리 위에 무엇이 있었다고 생각하십니까?"

나는 몸 속이 으스스한 것 같은 느낌이 들었다. 그리고 홈즈가 다음과 같이 대답하기 전에 벌써 공포의 예감으로 가슴이 두근거렸다.

"RACHE라는 글자가 피로 씌어져 있었겠지요."

"맞습니다."

레스트레이드는 아직도 공포가 가시지 않은 것 같았다. 모두들 말없이 앉아 있었다. 이 범인이 하는 행위에는 어딘지 규칙적이면서도 말할 수 없이 불가해한 데가 있으므로 범죄는 더욱 더 처참하게 느껴졌다. 그것을 생각하면, 전쟁에 나가도 끄떡없었던 내 신경이 몹시 괴로웠다.

"범인인 듯한 사나이를 본 사람이 있습니다. 우유 배달하는 소년인데, 착유장에 가려고 호텔 뒤편에 있는 마구간 쪽에서 오는 길을 걸어오니까, 늘 그곳에 눕혀 놓은 사다리가 호텔 3층의 어느 열려 있는 창문에 걸쳐져 있길래, 지나오고 나서 뒤돌아보았더니 그 사다리를 내려오는 남자가 있었다는 거요. 아주 침착하게 태연히 내려왔기 때문에 소년은 호텔 일을 하고 있는 목수나 미장이인 줄 알고, 별로 신경쓰지 않고 어지간히 일찍부터 일을 하는구나 하며 그냥 지나쳤다는 겁니다.

나중에 생각해 보니, 얼굴이 붉고 키가 크며 고동색 비슷한 긴 외투를 입고 있었다고 합니다. 스탠거슨을 살해한 뒤 한참 동안 그 방에 남아 있었던 게 분명합니다. 손을 씻은 모양으로 세수대야의 물이 피로 더럽혀져 있고, 홑이불엔 꼼꼼하게 칼을 닦은 자국이 남아 있더군요."

그의 인상이 어제 홈즈가 말한 것과 꼭 들어맞았으므로 나는 살며시 그의 얼굴을 보았다. 그러나 그 얼굴에는 의기양양함도 만족스러움도 전혀 보이지 않았다.

"그밖에 방안에 범인의 단서가 될 만한 건 남아 있지 않았습니까?"

"아무것도 없었어요. 스탠거슨의 주머니에서 들레퍼의 지갑이 나왔습니다만, 지불을 모두 스탠거슨 씨가 하고 있었다니까 평소부터 맡아 가지고 있었겠지요. 지갑 속에는 80 몇 파운드인지 들어 있고 분실된 흔적은 조금도 없었습니다.

살해 동기가 어디에 있었든지 간에 절도가 목적이 아니었던 것만은 확실합니다. 그밖에 피해자의 주머니 속에서는 약 한 달 전의 날짜로 'J H 유럽에 있음'이라고 쓰인 미국 클리블랜드 전신국의 전보가 한 통 나왔을 뿐 서류 같은 건 아무것도 나오지 않았습니다. 그리고 그 전보에도 발신인의 이름은 없었습니다."

"그것뿐입니까?"

"아무튼 소용될 만한 건 그것뿐입니다. 그리고 스탠거슨이 누워서 읽고 있던 소설책이 침대 위에 놓여 있고, 파이프가 그 옆 의자 위에 있었으며, 테이블 위에 물이 담긴 컵이 하나, 그리고 창틀에 알약 두 알이 든 조그맣고 납작한 나무 상자가 있었던 정도입니다."

셜록 홈즈는 저도 모르게 의자에서 벌떡 일어서며 기쁜 듯한 소리를 질렀다.

"드디어 최후의 한 장면이다! 아, 이것으로 겨우 해결되었습니다."

두 형사가 어리둥절해 하며 그의 얼굴을 뚫어지게 쳐다보았다. 홈즈는 자신만만하게 말했다.

"무척 고민을 했는데, 이제야 난 모든 줄거리를 알았습니다. 물론 자질구레한 점은 차례차례 보충해 나가겠지만, 들레퍼가 역에서 스탠거슨과 헤어졌을 때부터 시체가 되어서 발견될 때까지의 중요한 사실은 실제로 이 눈으로 보고 온 것처럼 또렷하게 나는 알고 있습니다. 내가 알고 있다고 하는 것은, 그 증거를 보여 드려도 좋습니다. 레스트레이드 씨, 알약을 얻을 수 없을까요?"

"여기 가지고 있습니다."

레스트레이드는 조그만 흰 상자를 꺼냈다.

"이것과 지갑과 전보를 서에다 안전하게 보관해 둘 양으로 압수해 왔지요. 하긴 이런 알약 따윈 별로 중요시하지 않았기 때문에 다른 것을 가져오는 김에 그냥 가지고 왔을 뿐입니다."

그것은 아주 흔한 알약은 아니었다. 진주같이 잿빛이 어린 조그맣고 둥근 알갱이인데, 햇빛에 비춰 보니 투명에 가까웠다.

"가벼운 점이나 투명성이 있는 점으로 볼 때 물에 녹을 것 같은데."

홈즈가 동의했다.

"그럴 것 같아. 미안하지만 자네 밑에 내려가서 테리어를 좀 데려와 주지 않겠나. 그 개는 오래 전부터 병을 앓고 있는 모양인데, 이젠 도저히 안되겠는지 아주머니가 자네한테 빨리 고통을 덜어 주도록 해 달라고 부탁하고 있지 않았나."

나는 그가 부탁하는 대로 아래층에 내려가서 개를 안고 왔다. 고통스럽게 헐떡이는 모양이며 흐리멍덩한 눈을 보면 이 개도 이제 죽을 날이 얼마 남지 않았다는 것을 알 수 있었다. 사실 눈처럼 새하얗게 된 입 언저리는 이 개가 이미 개로서 수명을 다 살았다는 것을 분명하게 말해 주고 있었다. 나는 카페트 위에 이불을 놓고 조용히 테리어를 내려놓았다.

"이 알약 하나를 가지고 우선 두 쪽으로 나누겠습니다."

홈즈는 펜나이프를 꺼내 알약을 쪼갰다.

"반쪽은 나중을 위해 상자 속에 도로 넣어 놓고 나머지 반쪽을 이 컵 속에 넣겠습니다. 컵 속에는 찻순갈 하나의 물이 들어 있습니다. 음, 보시는 바대로 왓슨의 추정이 맞았군요. 알약은 아주 쉽게 녹고 있습니다."

레스트레이드 경감은 조롱당하고 있는 게 아닌가, 하고 느낄 때 많은 사람들이 짓는 불쾌한 얼굴로 말했다.

"아주 재미있을는지는 모르겠습니다만."

"그것이 조제프 스탠거슨의 죽음과 어떤 관계가 있는 건지 난 도무지 영문을 모르겠는데요."

"끈기입니다, 끈기! 레스트레이드 씨, 끈기가 중요해요! 대단히 관계가 있다는 것을 곧 알게 됩니다. 그럼, 여기다가 우유를 조금 섞어서 먹기 좋게 해 가지고 개에게 주면 곧 핥아 버릴 겁니다."

홈즈는 잔 속의 액체를 받침 접시에 쏟아 개의 코앞에다 놓았다. 개는 금방 약이 든 우유를 핥아 버렸다. 홈즈의 태도가 너무 진지해서 우리는 덩달아 조금 있으면 무슨 놀라운 일이 일어날 것이라는 기대로 침을 삼키면서 물끄러미 개를 지켜보았다.

그러나 아무 일도 일어나지 않았다. 개는 여전히 이불 위에 누워서 고통스러운 숨을 쉬고 있을 뿐, 약으로 인해 상태가 좋아지지도 않거니와 나빠진 기색도 없었다.

홈즈는 시계를 꺼내 보고 있었지만, 1분 2분 시간은 흐르는데 아무런 반응이 나타나지 않으므로 몹시 계면쩍은 얼굴을 하고 끝내는 절망의 기색까지 보였다. 입을 꾹 다물고 손가락으로 테이블을 치며 그 밖에도 초조할 때 하는 모든 행동을 다 했다.

너무나 원통해하는 것 같아 나는 진심으로 동정했지만, 두 경감은 홈즈가 하는 일이 잘 되지 않는 것이 고소했던지 그것 보라는 듯이 비웃는 듯한 미소를 머금고 있었다.

"우연의 일치일 까닭이 없어."

홈즈는 견디다못해 벌떡 일어나 거칠게 방안을 돌아다니면서 큰 소리로 중얼거렸다.

"이것이 우연의 일치라니, 그런 일은 있을 수 없어. 들레퍼 살해 때에 눈독을 들여 둔 이 알약이 스탠거슨의 시체 곁에서 발견되었단 말이야. 그런데 이 알약은 독이 없다. 이게 무엇을 뜻한다고 해야 한담? 내 추리가 완전히 틀렸단 말인가? 그런 일은 있을 수 없어! 게다가 이 개는 아무렇지도 않다니. 아아, 알았다! 알았어!"

홈즈는 사뭇 기쁜 듯이 환성을 지르면서 약상자 있는 데로 달려가서 또 하나의 다른 알약을 둘로 쪼개어 그중 한쪽을 물에 녹여 우유를 섞어서 아까처럼 개의 코앞에 놓았다. 가엾은 개는 혓바닥이 그 액체에 닿기가 무섭게 온 몸을 부들부들 떨며 벼락이라도 맞은 것처럼 금방 숨이 끊어지고 말았다.

셜록 홈즈는 후유 한숨을 몰아쉬며 이마의 땀을 닦았다.

"난 좀더 신념을 굳게 가졌어야 했어. 일관된 추리의 실마리 한 군데에 이것과 모순되는 사실이 나타났을 때는 반드시 이것을 대신할 만한 해석이 있다는 것쯤 알아야 하는데, 그걸 이제 와서 깨닫다니 이래 가지고는 안되겠어. 이 상자의 알약 중 하나는 무서운 독물이지만 하나는 전혀 독이 없는 것이었어. 이런 것쯤은 상자를 보지 않고서도 알고 있어야만 했던 걸세."

이 마지막 말은 나를 몹시 놀라게 했다. 그렇지 않고는 진지하게 홈즈가 한 말이라고는 도저히 받아들이기가 어려웠다. 하지만 발 밑에 쓰러져 있는 개는 뭐라고 해도 그의 추정이 옳았음을 입증하고 있었다. 나는 머릿속의 안개가 차차 가시는 듯한 기분이 들었다. 어렴풋하나마 사실의 진상을 알 것 같은 생각이 들었다.

"여러분에게는 모두가 이상하게 보일는지도 모릅니다. 왜냐하면 여러분께서는 맨 처음 출발점에서 눈앞에 있었음에도 불구하고 단 한 가지의 참된 실마리를 이해하지 못했기 때문입니다. 나는 다행히 그것을 잡은 겁니다. 그리고 그 뒤의 모든 사실이 내 첫번째 단정을 뒷받침해 주고 또 논리의 전개에 있어서 계단이 되어 주기도 한 것이지요. 그러므로 여러분을 오리무중 속에 방황하고 사건을 점점 더 불가해한 것으로 만들었던 사항이 나에게 있어서는 계발이 되기도 하고 또 결론을 강조해 준 것이 되기도 한 셈이지요.

애당초 불가사의와 신비를 혼동한다는 것은 잘못입니다. 가장 평범하고도 가장 신비적인 범죄가 종종 있다는 것도 추리의 출발점이어야 할 참신하거나 특수한 재료가 발견되지 않았기 때문입니다. 이 사건만 하더라도 단순히 시체가 길거리에 있을 뿐이고, 그 때문에 사건을 유명하게 만든 부수적인 기괴함이나 이목을 끌만한 데가 없었다면 해결은 터무니없이 어려웠을 게 틀림없습니다. 그렇지만 이렇게 자질구레하게 이상한 점이 있기 때문에 어려워지기는커녕 반대로 해결이 쉬워지는 것이지요."

글렉슨은 홈즈의 연설을 꾹 참고 듣고 있다가 더 이상 참을 수가 없었던지 입을 열었다.

"하지만 셜록 홈즈 씨, 당신이 민완 탐정이며 독특한 방법을 가지고 계시다는 것은 늘 우리가 인정하고 있는 바입니다만, 지금 우리가 구하고 있는 것은 단순한 설명이나 방법이 아니오. 우리는 범인을 잡아야 한단 말입니다.

그래서 나는 내 생각에 따라 적으나마 힘을 다했습니다만 불행히도 이건 내 생각이 잘못된 것 같습니다. 왜냐하면 샤르팡티에는 적어도 이 제2의 범죄에 대해서는 관계가 없어야 하기 때문입니다.

다음에 레스트레이드 씨가 본인의 생각에 따라 범인이라 지목되는 스탠거슨의 행방을 쫓았습니다. 그러나 레스트레이드 씨도 역시 잘못 생각했던 것으로 여겨집니다. 홈즈 씨께서는 뭔가 암시하고 자꾸 암시에 대한 말만 하고 계시는데, 적어도 우리들보다는 좀더 뭔가를 알고 계시는 것 같습니다. 이렇게 된 바에는 우리에게는 이제 당신이 어느 정도 깊이 알고 계신가를 직접 물어 볼 권리가 있다고 생각합니다. 홈즈 씨는 범인을 지적하실 수 있습니까?"

"글렉슨 씨의 말이 아주 지당하다고 생각합니다. 우리는 두 사람 다 믿는 바대로 수사해 보았지만 둘 다 실패로 끝났습니다. 아까부터 듣건대 홈즈 씨께서는 필요한 증거까지 잡고 있는 것처럼 말씀하셨는데, 이젠 더 이상 숨길 필요도 없지 않겠습니까?"

레스트레이드가 대신해서 공격했다.

"범인 체포가 조금이라도 늦어진다는 것은 그 동안에 또 새로운 범행을 거듭할 시간을 주는 결과가 되지 않을까?"

나도 뒤따라 재촉했다.

이렇게 세 사람으로부터 압박을 받자 홈즈는 어떻게 해야 좋을지 모르는 눈치였다. 아까부터 머리를 숙이고 미간을 모은 채 방안을 계속 왔다갔다하고 있었는데, 이것은 깊은 고민에 빠져 있을 때의 그의 버릇이었다.

"이제 살인은 없을 겁니다."

한참 있다가 그는 우리들의 정면에 불쑥 와 서면서 말했다.

"그 문제는 이제 고려할 필요가 없다고 생각하오. 범인의 이름을 아느냐고 하셨는데, 나는 알고 있다고 대답하겠습니다. 범인의 이름을 아는 것쯤은 그를 체포하는 어려움에 비한다면 아무것도 아니지요. 그러나 머지않아 반드시 잡아 보이고야 말겠습니다. 내가 하고 있는 수사만으로도 충분히 성공할 승산이 있습니다.

단 상대방은 영리하고 앞뒤 가리지 않는 성질인 데다가 언젠가도 증명하였듯이 본인 못지않게 똑똑한 공범이 있기 때문에 아주 신중하게 일을 진행할 필요가 있습니다. 범인이 남에게 알려질 염려가 없다고 생각하고 있을 동안은 이쪽에서 잘만 하면 체포할 수 있는 기회도 있지만, 조금이라도 의심받고 있다는 걸 눈치채기만 하면 당장에 이름을 바꾸어 이 대도시 4백만의 민중 속으로 자취를 감춰 버릴 염려가 있습니다.

두 분의 감정을 다치게 할 생각은 조금도 없습니다만, 그는 경찰들 손에는 좀 맞지 않았던 거지요. 만일 실패하면 그 점에서 모든 책임을 져야 한다는 것도 잘 알고 있을 뿐더러 각오도 하고 있습니다. 현재로서는 알려 드린 일로 인하여 내가 세운 계획에 차질이 올 염려만 없다면 즉각 알려 드린다고 기꺼이 약속하겠습니다."

이 약속과, 그리고 경찰 전체를 에둘러서 모멸한 홈즈의 말에 글렉슨과 레스트레이드는 크게 불만스러운 모양이었다. 글렉슨은 앞이마의 노란 머리 밑까지 물들만큼 붉어졌고, 레스트레이드의 조그맣고 반짝거리는 눈은 울분과 듣고 싶은 호기심으로 불타고 있었다. 하지만 두 사람 다 아직 뭐라고 입을 열 겨를도 없이 문 두드리는 소리가 나더니 부랑아의 대표인 비긴즈 소년이 그 지저분하고 불쾌한 모습을 나타냈다.

"선생님, 마차를 불러왔어요."

소년은 이마에 슬쩍 손을 보내면서 말했다.

"수고했다."

홈즈는 온화하게 서랍에서 강철 수갑을 꺼내면서 그들을 향해 말했다.

"어째서 경찰청에서는 이 형(型)을 채택하지 않지요? 이 스프링

이 얼마나 효과적인지 한 번 보십시오. 눈 깜짝할 사이에 잠겨 버린답니다."

"옛날형으로도 충분합니다. 문제는 그것을 채울 상대를 찾는 데에 있지요."

레스트레이드도 지고 있지는 않았다.

"그건 그렇지요. 정말 옳은 말씀이야."

홈즈는 싱글벙글 웃으면서 말했다.

"마부가 짐 좀 안 실어줄까, 비긴즈? 잠깐 올라와 달라고 그래 줘."

조금 전까지만 해도 전혀 그런 말이 없었는데, 홈즈가 갑자기 여행이라도 할 것 같은 말투여서 나는 눈이 둥그래졌다. 방안에 작은 여행 가방이 있었는데, 홈즈는 그것을 끌어내어 가죽띠를 매기 시작했다. 그가 한참 그러고 있는데 비긴즈의 말을 듣고 마부가 올라왔다.

"아, 이것 보시오. 이 걸쇠를 잠가야겠는데, 좀 거들어 주지 않겠소."

홈즈는 돌아보지도 않고 등을 구부리고 가방을 끙끙 눌러대며 말했다.

마부는 어쩐지 기분 나쁜 얼굴을 하고 귀찮다는 듯이 홈즈 곁으로 가서 두 손을 내밀고 거들려고 했다. 그 순간 찰깍 하는 날카로운 소리와 철커덕거리는 금속성이 나더니 홈즈가 벌떡 일어섰다. 홈즈의 눈이 빛났다.

"여러분! 이낙 J 들레퍼와 조제프 스탠거슨을 죽인 범인 제퍼슨 호프를 소개하겠습니다!"

모든 것이 눈 깜짝할 사이의 일이었다. 무슨 일이 있었는지 나에게는 도무지 실감이 나지 않을 만큼 재빨랐다. 그 순간의 일은 지금도 생생하게 기억하고 있다. 홈즈의 의기양양한 표정, 팽팽한 음성, 마술에라도 걸린 것처럼 채워진 번쩍번쩍한 수갑을 물끄러미 내려다보고 있는 마부의 그 멍한 표정이 사나워 보였던 것 등이 지금도 눈에 선하다.

잠시 동안 우리는 그야말로 조상(彫像)들이나 다름없었다. 그때 알아들을 수 없는 성난 소리를 지르면서 마부가 그를 붙잡고 있는 홈즈의 손을 뿌리치고 창에 몸을 힘껏 부딪쳤다. 창살과 유리는 박살이 났으나 거기로부터 채 달아나기도 전에 글렉슨과 레스트레이드와 홈즈가 마치 세 마리의 사냥개처럼 일제히 덤벼들어 붙잡았다. 그리하여 방 복판으로 끌고 돌아옴과 동시에 무섭게 심한 격투가 벌어졌다.

마부는 맹렬하게 힘이 세고 난폭한 녀석이었다. 넷이서 덤벼든 이쪽이 몇 번이나 떨어져나갔을 정도였다. 마치 간질병 발작을 일으킨 사람의 경련과도 같은 힘이었다. 얼굴과 두 손은 유리창을 깼을 때 다쳐서 피투성이였으나, 그런 일로 저항이 약해질 녀석이 아니었다.

마지막으로 레스트레이드가 한쪽 손을 용케 목도리 속에 집어넣고 목을 조르는 바람에 더 이상 버텨 봤자 소용없다는 생각에 단념했던 모양이었다. 그래도 아직 우리는 그의 발을 손과 마찬가지로 꽁꽁 묶어버리기까지는 마음을 못 놓았을 정도였으며, 그것을 끝내고 일어섰을 때는 다들 숨이 차서 헐떡이고 있었다.

"이 녀석의 마차가 있으니까 경찰청으로 호송하기에는 안성맞춤이군요. 그러면 여러분, 이 작은 신비도 마침내 종말을 고하게 되었으니까, 나는 어떤 질문이든지 기꺼이 대답할 수가 있습니다. 이제 대답을 거부할 그런 염려는 절대로 없습니다."

홈즈는 기쁜 듯한 미소를 머금으며 말했다.

# 제2부 성도(聖徒)의 나라

## 제1장 알칼리 대평원

광막한 북아메리카 대륙 중부 지방에는 거친 불모의 거대한 사막이 있어서 오랫동안 문화의 전파를 저지하는 장벽을 이루어 왔다. 시에라네바다 산맥에서 동으로 네브래스카까지, 북은 옐로스톤 강에서 남은 콜로라도 강까지가 이 황폐한 침묵의 지역인데, 자연은 이 음산한 지역에 대해서도 전지역을 반드시 같은 환경 아래 두지는 않았다. 그곳에는 꼭대기에 눈을 인 우뚝우뚝 솟은 높은 산이 있고, 낮에도 어두컴컴한 계곡이 있으며, 깎아지른 계곡을 뚫고 쏟아지는 급류가 있고, 또 여름이면 찝찔한 알칼리 질 모래먼지가 소용돌이치고 겨울이면 새하얀 눈의 평원으로 바뀌는 대평원도 있다. 물론 이것들 사이에 황량하고 음산한 불모의 특성이 모두 깃들어 있다는 것은 말할 것도 없다.

세상에서 버림받은 이 땅에는 사는 사람도 없다. 포니 족이나 블랙피트 족 같은 토인들 일대가 어쩌다가 다른 사냥터로 가기 위해 지나가는 수는 있지만, 그들처럼 담이 세고 용감한 무리들도 이 처참한 땅을 벗어나 다시 초원에 이르렀을 때는 한시름을 놓는 것이다. 늑대는 키 작은 수풀 속에 숨어 있고, 검정매는 날개소리도 둔중하게 하늘을 날며, 험상궂은 회색곰은 어두컴컴한 골짜기에서 어슬렁거리며 바위 틈새의 먹이를 찾는다. 이것들이 이 황무지에 사는 모든 것들이다.

시에라블랑카 산맥의 북쪽 기슭에서 바라보는 조망만큼 굉장한 광경은 세상에 둘도 없을 것이다. 눈길이 닿는 한 광막한 평원인데, 여기저기 키가 작은 나무숲이 점점이 있을 뿐, 그밖에는 알칼리 질 흙모래를 그대로 드러내고 있다.

아득히 지평선이 끝나는 곳에는 꼭대기에 눈을 인 높은 산들이 서 있는데, 거기까지의 광활한 지역에는 살아 있는 것이라고는 그림자조차, 아니 아예 생명에 관계된 것이라고는 찾아볼 수 없었다.

청동색 하늘에는 새 한 마리 날지 않고 침침한 잿빛 땅 위에도 움직이는 것이라고는 없다. 그리고 모든 것은 극도의 정적에 싸여 있는 것이다. 아무리 귀를 예민하게 기울여 봐야 이 망막한 황야에는 아무 소리도 들려 오지 않는다. 있는 것이라고는 오직 침묵, 절대적인 침묵뿐이다.

이 대평원 전체를 통하여 생명에 관계된 것이라고는 찾아볼 수 없다고 말했었는데, 이것은 조금 사실과는 달랐다. 시에라블랑카 산에서 바라보면 한 줄기의 좁다란 길이 굽이굽이 황야를 가로질러 아득한 저편으로 사라져 가고 있는 것이 보인다. 그 좁은 길에는 바퀴 자국과 수많은 모험가들의 발자국이 새겨져 있는 것이다.

그리고 거기에는 하얀 것이 점점이 흩어져, 거무죽죽한 알칼리성 흙모래 속에서 그곳만이 햇빛을 반짝반짝 반사하고 있다. 가까이 가서 그것을 살펴 보라. 그것은 모두 뼈이다. 어떤 것은 소뼈다귀이고, 작고 연약한 것은 사람의 뼈다귀이다. 허무하게 길거리에 쓰러진 이 희생자들의 잔해를 더듬어 가노라면 이 전율할 대상의 길이 1천 5백

마일이나 이어지고 있음을 알게 될 것이다.

1847년 5월 4일, 이 광경을 외로이 서서 굽어보고 있는 한 나그네가 있었다. 보기에는 이 고장 산신령이나 터주가 아닐까 여겨질 정도의 인품으로서, 나이도 예순에 가까운지 아니면 마흔에 가까운지 짐작을 할 수가 없었다. 얼굴은 바짝 말라 누런 양피지를 보는 듯한 피부가 불쑥 튀어나온 광대뼈 위에 팽팽했다.

긴 갈색 머리며 턱수염에는 거의 희끗희끗한 것이 섞여 있고, 퀭한 두 눈은 이글이글 빛났다. 총을 든 손은 뼈와 가죽뿐이지만 그 총에 기대어 서 있는 모습을 보면 키가 크고 뼈대가 단단하여 가늘지만 강단 있는 체질임을 알게 했다. 그러나 말라비틀어진 얼굴이며, 말라빠진 팔다리에 헐렁한 옷을 보면 무엇 때문에 이 사람이 그토록 늙은이같아 보였는지를 알 수 있었다. 그는 죽어 가고 있었다. 굶주림과 목마름으로 인해 다 죽어가고 있는 것이다.

그는 혹시나 물이 없을까 하고 헛된 희망에 이끌려 골짜기를 서성거리다가 이 언덕에 이른 것이다. 그러나 올라와 보니 눈앞에 전개되고 있는 것은 저 멀리 미개의 첩첩이 이어진 산이 바라보이는 광막한 소금의 평원이었다. 물이 있다는 것을 나타내는 풀 한 포기 나무 한 그루 보이지 않았다. 거기에는 한 가닥의 희망도 걸 것이라고는 없는 쓸쓸한 풍경이 있었다.

북쪽을, 동쪽을, 그리고 서쪽을 그는 초점 없는 눈으로 지그시 둘러보았다. 그리하여 자기의 방랑도 마침내 끝이 왔다는 것을, 이곳의 이 벌거숭이 바위 위에서 죽게 되리라는 것을 알았다.

"여기서 죽는 게 어떻단 말인가? 20년 뒤에 비단 이불 위에서 죽으나 여기서 죽으나 죽는 건 마찬가지 아닌가!"

둥그런 돌 밑에 앉으면서 그는 중얼거렸다.

앉기 전에 쓸래야 쓸 일이 없는 총을 땅에다 놓고, 잿빛 숄에 싸서 오른쪽 어깨에 걸머지고 있던 큼직한 짐도 내렸다. 그 짐은 그의 힘에 좀 부치는 무게였던 모양으로, 내려놓을 때 좀 난폭하게 쿵 하고 메어쳤다. 순간 그 짐짝 속에서 가느다란 울음소리가 나며 동그란 갈색 눈을 가진 겁먹은 작은 얼굴과 손목이 잘록한 두 개의 손이 쑥 나타났다.

"아파."

어린애다운 목소리가 비난하듯이 말했다.

"그러냐? 살살 놓았는데도 그렇구나."

사나이는 미안하게 생각했던지 잿빛 숄을 풀어서 다섯 살쯤 된 귀여운 여자아이를 꺼내 주었다.

예쁘장한 신과, 분홍빛 옷에 흰 에이프런을 두른 점 들에 어머니의 따뜻한 손길이 나타나 있다. 얼굴은 창백하고 윤기가 없지만, 튼튼해 보이는 손발을 보면 소녀가 사나이만큼은 고통을 받고 있지 않음을 알 수 있었다.

"어떠냐?"

소녀가 헝클어진 금발 위로 아직도 뒷머리를 문지르고 있으므로 사나이는 걱정스럽게 물었다.

"호 해서 낫게 해줘요! 엄마는 언제나 그렇게 해줘요. 우리 엄마는 어디 있어요?"

소녀는 아팠던 곳을 눌러 가리키면서 엄숙한 얼굴을 하고 정색한 말투로 말했다.

"엄마는 볼일보러 가셨어. 조금만 있으면 돌아오실 거야."

"볼일보러요? 이상하다, 다녀온다고 인사도 안했잖아요. 우리 엄마는 언제든지, 이모네 집에 차 마시러 가는데도 그렇게 말하거든요. 그런데 벌써 사흘이나 안 돌아오시잖아요. 아저씨, 아저씬 목 안 말라요? 물도 없고 먹을 것도 없고 아무것도 없어요?"

"아무것도 없단다. 조금만 참아라. 조금만 참으면 되니까. 이렇게 아저씨한테 머리를 기대고 있거라. 그렇게 하면 훨씬 편해질 테니까. 입술이 바싹바싹 타서 말을 하기 힘들지만, 사정을 잘 이야기해 두는 게 좋을 것 같구나. 뭘 가지고 있니?"

"좋은 거예요. 집에 돌아가면 이걸 보브한테 줄 테에요."

소녀는 기쁜 듯이 두 장의 운모 조각을 두 손에 받쳐들어 보이면서 말했다.

"조금만 있으면 더 좋은 것을 볼 수 있을 거다. 얼마 안 남았으니까 기다리고 있거라. 그런데 참, 내가 이야기를 하려고 그랬었지. 그러니까 루시는 강 있는 데서 모두들이 온 걸 기억하고 있겠지?"

사나이는 확신에 차서 말했다.

"네, 기억하고 있어요."

"그때는 말이다, 곧 또 다른 강이 있을 줄 알았단다. 그런데 나침반이 잘못되었는지 지도가 나빴는지 모르지만 아무리 가도 강이 없었어. 그러는 동안에 물이 모자라게 되었지. 루시 같은 어린아이나 조금 먹을 만큼 있을 뿐, 물이 온통 없어져 버렸지 뭐냐. 그래서……그래서……."

"그래서 아저씨는 손도 얼굴도 못 씻게 된 거지요?"

소녀는 그의 더러운 얼굴을 말끄러미 올려다보며 깜찍한 소리를 했다.

"그렇단다. 그래서 물도 못 마셔서 벤더 씨가 맨 먼저 돌아가시고 다음이 인디언 피트, 그리고 맥그리거 부인, 그리고 조니 본즈, 다음이 귀여운 루시의 엄마라는 차례였었지."

"그럼, 우리 엄마도 이제 죽은 사람이군요?"

소녀는 갑자기 에이프런에 얼굴을 묻고 훌쩍거리기 시작했다.

"루시와 아저씨만 남겨 놓고 모두 다 돌아가셨단다. 그래서 아저씨는 이쪽에 와 보면 물이 있을까 해서 너를 데리고 왔는데, 어째 도무지 신통치가 않은 것 같구나. 이젠 희망도 없을 것 같다."

"그럼, 우리도 죽어요?"

소녀는 울다 말고 눈물에 젖은 얼굴로 사나이를 올려다보았다.

"그럴 것 같구나."

"왜 좀더 빨리 말해 주지 않았어요? 난 얼마나 놀랐는지 몰라요. 하지만 이젠 괜찮아요. 죽으면 엄마한테 갈 수 있으니까요."

소녀는 기쁜 듯이 웃으면서 말했다.

"그건 그래. 엄마한테 갈 수 있지."

"아저씨도 마찬가지예요. 난 엄마한테 말하겠어요. 아저씨가 귀여워해 주셨다고요. 우리 엄마는 틀림없이 커다란 물병에 물을 하나 가득 담아 가지고 나와 보브가 가장 좋아하는 메밀 과자를 바삭바삭하게 잔뜩 구워서 천국의 입구까지 마중나올 거예요. 거기까지 가는 데 얼마나 걸려요?"

"글쎄, 모르긴 해도 그리 오래 걸리지는 않겠지."

사나이의 눈은 물끄러미 북쪽 지평선을 지켜보고 있었다. 그곳 푸른 하늘에 세 개의 작은점 같은 것이 나타나, 그것이 점점 커지고 있었다. 무엇인가가 굉장한 속력으로 급히 접근해 오고 있는 것이다.

이윽고 그것은 세 마리의 커다란 갈색 새라는 것을 알았다. 새는 두 사람의 머리 위를 크게 한 바퀴 돌고 나서 두 사람을 내려다보는 바위 위에서 날개를 접었다. 내려앉은 것을 보니, 서부 지방의 콘도르라고나 할 검정매였다. 검정매가 오는 것은 죽음의 징조인 것이다.

"어머나, 닭이야!"

소녀는 이 불길한 새를 가리키며 기쁜 듯이 손뼉을 쳐서 날아가게 하려고 했다.

"아저씨, 이 나라도 하느님이 만드셨나요?"

"암, 물론 하느님이 만드셨고말고."

사나이는 소녀의 뜻밖의 질문에 조금 놀란 모양이었다.

"하느님은 일리노이에다 나라를 만드셨어요. 그리고 미주리 강하고요. 하지만 여긴 어떤 딴 사람이 나라를 만들었나 봐요. 잘 만들지 못한 것 같아요. 물도 없고 나무를 심는 걸 잊어 버렸거든요."

"루시, 기도 안 할 테냐?"

사나이는 조심스럽게 말했다.

"아직 밤도 아닌데요?"

"괜찮아. 원칙은 지금 하는 게 아니지만, 하느님은 그런 걸 상관안 하시거든. 얼마 전 우리들이 들판에 있을 적에 밤마다 마차 속에서 했던 기도를 지금 해봐라, 응?"

"아저씨는 왜 기도 안 하세요?"

소녀는 이상한 듯이 물었다.

"아저씨는 다 잊어버렸다. 아저씨는 키가 이 총의 반만큼 밖에 안 되었을 때부터 기도라는 걸 한 일이 없었거든. 그렇지만 지금부터 해도 늦지는 않을 테니까! 루시가 기도를 하면 아저씨도 그걸 듣고 따라서 할게."

소녀는 무릎을 꿇기 위해 숄을 폈다.

"그럼, 아저씨, 무릎을 꿇어요. 나도 할게요. 아저씨, 두 손을 이렇게 마주잡아요. 그러면 기도할 마음이 생겨요."

만일 세 마리의 검정매 외에 보고 있는 이가 있었다면 그것은 세상에도 희한한 광경이었을 것이다. 하나는 아직 철부지 어린아이이고 하나는 두려움을 모르는 늙은 모험가, 이 두 사람이 좁다란 숄 위에 크고 작은 무릎을 가지런히 하고 앉아 토실토실한 얼굴을 여위어 뼈가 앙상한 얼굴 옆에 나란히 대고 구름 한 점 없는 하늘을 향해 그곳에 계시는 외경하는 분을 우러르면서 간절한 믿음을 담아 투명하고 해맑은 목소리와 귀에 거슬리는 탁한 목소리가 함께 입을 모아 자비와 용서를 빌고 있는 것이다.

이윽고 기도가 끝나자 그들은 다시 아까의 그 둥근 바위 밑에 앉았으나, 소녀는 보호자의 넓은 가슴에 기대어 어느새 소록소록 잠이 들고 말았다. 사나이는 한참 동안 그것을 지켜보고 있었다.

사흘 밤 사흘 낮 동안 한잠도 자지 않고, 쉬지 조차 않았던 그였다. 눈꺼풀은 서서히 피로한 눈 위에 내리덮이고 머리는 차츰 수그러져서 마침내 그 희끗희끗한 턱수염이 소녀의 금발 머리와 섞이게 되어 끝내 두 사람 다 정신 없이 깊은 잠에 빠지고 말았다.

이 방랑자가 만일 30분만 늦게 잠들었어도 이상한 광경을 목격할 수가 있었을 것이다. 그때 이 알칼리 대평원의 저 멀리서 한 무더기의 모래먼지가 일어나는 것이 보였는데, 처음에는 그것이 멀리 보이는 안개나 먼지처럼 보이던 것이 점차 높고 넓게 일기 시작하여 마침내 무럭무럭 솟아나는 한 무더기의 구름 같은 것으로 되어 왔다.

이 구름 같은 것은 이윽고 자꾸자꾸 커져서 마침내는 그것이 수많은 동물의 대집단이 이동함으로써 일어나는 모래먼지일 수밖에 없다는 것을 분명하게 알 수 있게 되었다.

그곳이 조금이나마 비옥한 땅이었다면 보는 이는 그것을 초원에서 풀을 뜯는 들소 무리로 속단하였을 것이다. 그러나 이 불모의 평원에서 그런 일이 있을 수 없다는 것은 말할 나위도 없었다.

모래먼지의 소용돌이가 정처없는 두 방랑자가 잠들어 있는 쓸쓸한 벼랑에 접근함에 따라, 천막을 친 마차의 차양이며 무장한 기수들의 모습이 모래먼지 속에서 아른거리기 시작하여 무언지 정체를 알 수 없었던 것은 서부 지방을 향해 길을 가고 있는 이주민 부대라는 것이 밝혀졌다.

그런데 어쩌면 이렇게도 놀랍도록 많은 이주자들이란 말인가! 앞이 산기슭에 이르러 있는데도 뒤는 아직 지평선에 나타나 있지도 않았다. 망막한 대평원을 한 줄로 늘어서 횡단하며, 사륜마차며 이륜 짐마차며, 그리고 말 탄 사람이며 걷는 사람들이 여기저기 흩어져서 끊임없이 오고 있는 것이다.

무거운 짐 때문에 비치적거리면서 걷고 있는 수많은 여자들, 마차 곁을 따라 아장아장 걸어가는 아이들, 또 그 마차의 흰 덮개 밑에서 얼굴을 내보이고 있는 젖먹이들. 이것은 분명 여느 이주자들이 아니라 어떤 사정으로 인해 부득이 새로운 땅을 찾아 길을 떠난 유랑민들이 틀림없었다.

이 수많은 사람들의 무리에서 일어나는 어수선한 소음은 삐거덕거리는 마차 소리며 힝힝대는 말 울음소리와 뒤섞여 하늘에 울려퍼졌다. 그 소리는 무척 컸지만, 그래도 아직 그 소음은 녹초가 되도록 지친 몸으로 높은 곳에서 자고 있는 두 나그네의 잠을 깨우기에는 부족했다.

선두에는 엄숙한 얼굴을 한 20명 남짓한 사람들이 수수한 홈스펀 옷차림에 총을 손에 들고 마차를 몰고 있었다. 벼랑 밑에 이르렀을 때 그들은 걸음을 멈추고 잠시 의논을 시작했다.

"여러분, 샘은 오른쪽에 있습니다."

입매가 야무지고 수염이 없으며 머리가 희끗희끗한 사나이가 먼저 말했다.

"시에라블랑카의 오른쪽으로 가다보면 그란데 강으로 나갑니다."

다른 하나가 말했다.

"물에 대한 것은 걱정 마시오. 바위에서도 물이 나게 하시는 분이시니, 지금 여기서 우리 선택된 자들을 버리시지는 않을 것이오."

제3의 사나이가 소리쳤다.

"아멘! 아멘!"

모두들 그 목소리에 따라 하느님을 찬양했다.

의논이 정해져서 모두들 행진을 시작하려고 하는데, 그 속에서도 젊고 눈이 밝은 사람 하나가 깜짝 놀란 듯이 소리를 지르며 머리 위의 높은 바위를 가리켰다. 그곳에는 바위 꼭대기에 담홍색 보자기 같은 것이 잿빛 바위를 배경으로 선명하게 부각되어 있었다.

그것을 보자 그들은 말을 멈추고 총을 어깨에서 내렸다. 한편 본대로부터는 다른 기수들이 선두를 응원하기 위해 말을 몰아 왔다. 그리고 입을 모아 인디언이라고 속삭였다. 그러나 이 부근에는 인디언이 있을 까닭이 없으므로 지휘를 하고 있는 듯한 나이 든 사나이가 말했다.

"포니 족들 지방은 지나왔으니 산을 넘을 때까지는 토인이 없을 거요."

"내가 가서 보고 올까요, 스탠거슨 씨?"

하나가 이렇게 물었다. 그러자 "나도" "나도" 하는 목소리가 한꺼번에 10명 남짓한 입에서 일었다.

"말을 밑에다 두고 가도록 하오. 우리는 여기서 기다리고 있을 테니까."

지도자가 이렇게 대답하자 젊은이들은 곧 말에서 뛰어내려 그 말을 매어 놓고 호기심을 끄는 그 붉은 것을 향해 절벽을 기어올라갔다.

노련한 척후병처럼 대담하고 능란하게 그들은 소리도 내지 않고 재빨리 기어올라갔다. 밑에서 보고 있노라니 바위에서 바위로 훌쩍훌쩍 건너뛰어 자꾸자꾸 올라가서 마침내 하늘을 구분짓는 윤곽 위에 그 모습을 드러냈다.

맨 처음 붉은 것을 발견한 젊은이가 맨 앞에서 올라가고 있었다. 그는 갑자기 무엇인가를 보고 놀랐는지 두 손을 공중에 쳐들고 뭐라고 소리를 질렀다. 뒤에서 따르던 사람들은 무슨 일인가 하고 수상쩍게 여겼으나, 이윽고 그 자리에 이르러 그 광경을 보자 모두들 한결 같이 놀랐다.

벌거숭이 산꼭대기를 이루고 있는 그 작은 평지에는 한 개의 거대한 둥근 바위가 서 있고, 그 둥근 바위 밑에 키가 크고 수염을 기른 못생긴 얼굴의 극도로 말라비틀어진 사나이가 몸을 눕히고 있는 것이다. 온화한 표정과 규칙적인 숨소리가 그가 곤히 잠들어 있음을 나타냈다.

사나이 곁에는 한 어린아이가 토실토실한 하얀 손을 사나이의 볕에 탄 빳빳한 목에다 감고 금발 머리를 사나이의 벨벳 윗도리 가슴에 기대고 잠들어 있었다. 장밋빛 입술을 빠끔히 벌려 눈처럼 흰 이를 내보이며 티없는 미소마저 머금고 있는 것이다. 새하얀 양말에 반짝거리는 고리가 달린 예쁜 신발을 신은 통통한 작은 다리는 노인의 길고 여윈 다리와 묘한 대조를 이루고 있었다.

이 어울리지 않는 한 쌍의 남녀가 잠들어 있는 머리 위 바위가에는 세 마리의 검정매가 엄숙하게 앉아 있었으나, 많은 사람들의 모습을 보자 탁한 목소리로 실망스러운 울음소리를 내면서 슬픈 듯이 날아갔다.

이 불쾌한 새의 울음소리가 두 사람의 잠을 깨웠다. 눈을 뜬 두 사람은 어리둥절하여 사방을 두리번거렸다. 그러다가 사나이는 힘없이 일어서서 평원을 내려다보았다. 거기에는 졸음이 왔을 때는 그토록 인적이 없는 황량한 땅이었는데 지금 보니 사람과 말의 긴 행렬이 끝없이 이어져 있는 것이었다. 이 광경을 보자 그는 사뭇 이상하다는 표정을 지었으나, 이윽고 앙상한 한쪽 손으로 두 눈을 비비면서 중얼거렸다.

“이게 흔히들 말하는 환상이라는 것일까?”

소녀는 곁에 서서 옷자락에 매달려 어린애답게 이상하다는 듯이 잠자코 두리번거리고만 있었다.

그러나 구조대는 자기네의 출현이 환상이 아니라는 것을 곧 두 방랑자에게 믿도록 만들 수가 있었다. 그들 중 하나가 소녀를 번쩍 안아 어깨 위로 올렸고, 다른 두 사람은 쇠약해 있는 사나이를 양쪽에서 부축하여 마차 쪽으로 데리고 내려가기 시작했다. 방랑자 사나이는 걸으면서 설명했다. "나는 존 파리아라고 합니다. 21명 중에서 나와 이 아이만 살아남았지요. 다른 사람들은 모두 굶주림과 목마름으로 여기오기 훨씬 남쪽에서 죽고 말았소."

"이애는 당신 아이입니까?"

"지금은 그렇다고 봐야겠지요."

파리아는 경계하는 듯한 투로 말했다.

"내가 구했으니까 내 자식이요. 아무도 저애를 내 손에서 빼앗지는 못할 겁니다. 오늘부터 이애는 루시 파리아가 된 거요. 그런데 당신들은 대체 뭐하는 사람들입니까? 굉장히 많군요."

그는 별에 타서 근골이 늠름한 구조자들을 호기심 어린 눈으로 둘러보면서 물었다.

"만 명에 가깝습니다. 우리는 박해받은 하느님의 아들들입니다. 미로나 천사의 선택된 백성들이지요."

젊은이 하나가 말했다.

"미로나 천사란 처음 들어 보는 말인데, 굉장히 많은 사람을 선택한 모양이지요?"

젊은이가 나무랐다.

"신성한 문제를 농담으로 들어서는 안됩니다. 팔미라에서 조제프 스미스 님에게 전해졌다고 하는 황금의 연판에 이집트 글씨로 적힌 거룩한 글, 우리는 그것을 믿는 자들입니다. 우리는 일리노이 주의 노브에서 왔습니다. 그곳에 우리의 교회가 있습니다다만, 하느님을 모르는 난폭한 자들로부터 피하여 비록 사막 한복판일지라도 안전한 땅을 찾아 옮겨가는 것입니다."

노브라는 이름은 존 파리아의 가슴 속에 있는 기억을 상기시켰다.

"알겠습니다. 당신들은 모르몬교도들이군요?"

"그렇습니다, 우리는 모르몬교도들입니다."

그들은 입을 모아서 말했다.

"그래, 당신들은 어디로 가려는 겁니까?"

"어딘지는 모릅니다. 하느님의 손이 예언자를 통하여 우리를 인도해 주십니다. 당신들도 그 예언자 앞으로 가는 거요. 그러면 당신네가 어떻게 해야 할 것인지를 그 예언자께서 말씀하실 겁니다."

그들은 바위산 기슭에 내내 서 있었는데, 이내 수많은 순례자들에게 둘러싸이고 말았다. 창백한 얼굴을 한 온순해 보이는 여자들, 희희낙락하는 건강해 보이는 아이들, 걱정스러워 보이는 남자들의 진지한 눈초리 등이 그곳에 있었다.

이상한 인물이 하나는 아직 철부지 소녀이고 다른 하나는 비쩍 마른 중년 남자임을 알았을 때, 놀라움과 동정의 외침 소리가 숱한 사람들 사이에서 일었다. 그러나 두 사람을 구해온 사람들은 거기서 멈추지 않고 계속 앞으로 걸어나가, 많은 신도들을 거느리고 눈에 띄게 크고 외관이 훌륭한 마차까지 갔다.

다른 것은 고작해야 말 두 필이나 네 필이 끄는데, 이 마차만은 여섯 필이 끌고 있었다. 그리고 마부와 나란히, 아직 서른도 채 되지 않은 것 같은데 머리가 크고 사물에 쉽게 움직이지 않는 표정의 지휘자다움을 갖춘 한 사나이가 앉아 있었다. 그는 갈색 표지의 두꺼운 책을 읽고 있었으나, 사람들이 오는 것을 보자 책을 옆에 내려놓고 사정의 설명에 조용히 귀를 기울였다. 그리고 다 듣고 나자 두 방랑자를 보고 엄숙하게 말했다.

"두 사람을 우리들 속에 들게 하는 것은 우리와 같은 종교의 신자로서만 허용되오. 우리는 양 우리 속에 이리를 넣어서는 안 된다고 생각하오. 처음에는 작지만 곧 과실 전체를 썩게 만드는 그 한 점의 부패, 두 사람이 그 부패의 싹이라는 것을 나중에 가서 알게 될 바에는 차라리 이대로 이 황무지에서 죽게 하는 편이 낫소. 이 조건을 알고서 두 사람은 우리의 일행이 되겠소?"

"어떤 조건이든 감수하겠습니다."

존 파리아가 힘주어 말했기 때문에 엄숙한 장로들도 부지중에 미소를 머금었다. 그래도 지도자만은 여전히 돌 같은 표정을 조금도 풀지 않았다.

"스탠거슨 씨, 이 사람을 저쪽으로 데리고 가서 먹을 것과 물을 주시오. 아이도 함께. 그리고 우리의 신성한 신조를 이분에게 가르치는 것을 당신에게 맡기기로 하겠소. 꽤 많이 지체된 것 같소. 자, 갑시다! 자이온으로!"

"자이온으로! 자이온으로!"

모르몬교도들은 저마다 외쳤다. 그리하여 이 외침 소리는 잔물결처럼 긴 행렬의 뒤쪽으로 자꾸자꾸 전해져서 아득히 멀리 조그만 중얼거림이 되었다가 마침내 아주 들리지 않게 되었다. 채찍 소리, 수레바퀴 소리와 함께 숱한 마차는 움직이기 시작하여, 이윽고 긴 대열은 또다시 행진을 시작했다.

두 방랑자를 맡은 장로는 그들을 자기 마차로 데리고 갔다. 그곳에는 벌써 식사 준비가 되어 있었다.

"당신은 앞으로 계속 여기 있게 됩니다. 이삼 일 지나면 피로도 회복되겠지요. 그리고 무엇보다도 먼저 당신들은 지금부터 영원히 우리 신도라는 것을 잊어서는 안됩니다. 블리검 영 씨께서 그렇게 말씀하셨으니까요. 하느님의 목소리인 조제프 스미스 님의 목소리로

써 그렇게 말씀하셨으니까요."

## 제2장 유타의 꽃

모르몬교도들이 그 마지막 땅에 이르기까지 견디고 참은 시련이며 가지가지 고통은 여기서 말할 것까지도 없다.

미시시피 강가를 떠나 록키 산맥 서쪽편의 경사지에 이르기까지 그들은 역사상 그 유례를 볼 수 없는 불요불굴의 정신으로 전진해 갔던 것이다. 야만인, 맹수, 굶주림, 목마름, 질병 등등 자연이 줄 수 있는 모든 장애를 겪으면서도 그들은 앵글로색슨 민족의 강인성을 가지고 그것을 정복했다.

그렇다고는 하나 긴 여행과 거듭되는 위협에는 그들 중의 가장 건강한 사람들조차 동요를 일으키고 있었다. 그렇기 때문에 눈 아래 유타의 골짜기가 햇빛에 반짝이며 광막하게 트여 있는 것을 보고, 지도자로부터 이 땅이야말로 약속된 땅이며 이 처녀지야말로 영원히 그들의 것이라는 말을 들었을 때, 누구 하나 자리에 무릎을 꿇고 진심에서 우러나는 기도를 드리지 않는 사람이 없었다.

예언자 영은 어떠한 어려움에도 굽히지 않는 지도자일 뿐만 아니라 행정자로서도 숙련된 수완을 가지고 있었다. 지도를 그리고 약도를 만들어, 그의 손에서 장래의 도시가 계획되었다. 사방의 논밭은 모두 각 개인의 신분에 따라 분배되었다. 상인은 상업에, 기술자는 저마다의 직업에 각각 종사하게 되었다. 마을에는 길이며 광장이 마술처럼 생겨나기 시작했다. 전원에는 배수 시설과 생울타리가 만들어졌고 나무심기와 청소 등이 행해졌으며, 이듬해 여름에는 벌써 온통 밀 이삭으로 황금빛 바다를 이루었다.

이 식민지에서는 모든 것이 번성했다. 특히 그들이 마을 한가운데 세우고 있던 교회는 점점 더 높아지고 커져가고 있었다. 새벽빛이 물들기 시작할 때부터 황혼이 짙어져 밤이 될 무렵까지 수많은 위험 속에서 안전하게 여기까지 인도한 하느님을 위해 그들이 세우고 있는 이 교회로부터 망치질 소리와 톱질 소리가 끊이지 않았다.

두 방랑자, 존 파리아와 그와 운명을 함께 하여 지금은 그의 양녀가 된 소녀 루시는 모르몬교도들 대열에 끼어 마침내 이 대이주지에 이르기까지 행동을 같이했다. 어린 루시 파리아는 스탠거슨의 마차에서 그의 세 아내와 조숙하고 고집 센 12살 난 남자아이와 다섯 사람이 지내게 되었다. 아이다운 천진함으로 어머니를 잃은 슬픔도 곧 잊어버리고 그녀는 이내 여자들의 귀염둥이가 되었다. 그리하여 새로 시작한 삼베 지붕을 이은 움직이는 집에서 생활하는 데도 차차 익숙해져 갔다.

그동안 파리아도 쇠약했던 몸이 회복되었으므로 유능한 안내자로서, 또 끈기 있는 사냥꾼으로서 이름을 떨쳤다. 그는 짧은 시간에 새 동료들의 존경을 받게 되었다. 그래서 영주지에 당도하였을 때는 예언자인 영을 비롯하여 스탠거슨, 캠벨, 존스턴, 들레퍼의 네 장로를 제외하고는 누구에게도 뒤지지 않을 만큼 크고 비옥한 땅을 그에게 주자는 의견에 대부분의 사람들이 찬성했을 정도였다.

이렇게 해서 얻은 전원에다가 존 파리아는 손수 튼튼한 통나무집을 지었는데, 그로부터 해마다 집을 늘려 지었으므로 마침내 방이 많은 커다란 집이 되었다. 그는 본디 행동적인 성격인데다가 매사에 빈틈이 없고 손재주도 좋았다. 그리고 무쇠같은 건강이 종일 농장에 나가 밭갈이며 손질을 하도록 만들었다. 따라서 농장을 비롯하여 그가 손대는 것은 눈에 띄게 좋은 결과를 가져오게 되었다.

3년 뒤에는 이웃의 누구보다도 잘 살게 되었고, 6년 뒤에는 제법 부유해져서 9년 뒤에는 부자가 되었으며, 12년 뒤에는 온 솔트레이크 안을 찾아봐도 그와 어깨를 견줄만한 사람은 6명도 없을 정도까지 되었다. 솔트레이크에서 멀리 와사치 산까지 존 페리어의 이름만큼 널리 알려진 사람이 없었다.

그에게는 한 가지, 꼭 한 가지 같은 신자들의 감정을 상하게 하는 점이 있었다. 그것은 아무리 설득을 해도 모르몬교의 전통에 따르는 결혼을 하지 않는다는 사실이었다. 그토록 강경하게 거부를 하면서도 그는 결코 그 이유를 밝히지 않았다.

개중에는 그가 중도에서 귀의한 모르몬교에 열성이 없다고 비난하는 사람도 있고, 또 일부 사람들은 그가 욕심이 많아 비용을 아끼는 나머지 여자를 맞아들이지 않는 것이라고 험담을 했다. 그런가 하면 또 한편에서는 오래된 연애 관계를 들먹거리며 대서양쪽에 사랑에 병든 금발 처녀가 있었다는 이야기를 하는 사람도 나타났다. 이유는 어찌 되었든 페리어는 굳게 독신을 지키고 있었다. 그러나 다른 점에서는 새로운 식민지의 종지를 굳게 지켰으므로 그는 바른 길을 걷고 있는 정교파라는 평판을 얻었다.

루시 페리어는 통나무집 안에서 자라면서 여러 모로 양아버지의 일을 도왔다. 산들의 신선한 공기와 소나무의 향긋한 냄새가 그녀의 유모가 되기도 하고, 어머니가 되기도 했다. 그녀는 자라면서 해마다 건강해졌다. 그리고 두 볼은 더욱 붉어지고 걸음걸이도 여자답게 되어 갔다.

페리어 농장 곁의 큰길을 오가는 사람들 중에는, 보리밭 속을 종종걸음으로 다니거나 아버지의 들말을 타고 천성적인 서부의 아이들처럼 능란하게 말을 모는 그녀의 처녀다운 날씬한 모습을 보고, 오랫동안 싹트던 생각이 갑자기 가슴속에 되살아옴을 느끼는 사람도 많았다. 이리하여 봉오리는 꽃으로 활짝 피어서, 아버지가 가장 부유한 농부가 되었을 때 그녀는 록키 산맥 서쪽에서는 비교할 사람이 없을 만큼 아리따운 미국 처녀의 표본이 되어 있었던 것이다.

하지만 루시가 어느새 의젓한 여자가 되어 있음을 맨 먼저 발견한 것은 그녀의 아버지가 아니었다. 이런 경우 그런 일은 좀처럼 있기 어렵다. 아이로부터 여자가 되는 그 신비적인 변화는 시간으로 잴 수 있을 만큼 급격히 빠른 것은 아니었다. 특히 그녀 자신도 목소리가 달라지고, 손의 접촉에 의하여 가슴이 뛰는 것 등으로 말미암아 처음으로 그것을 알고 긍지와 두려움이 뒤섞인 복잡한 심정으로 새로운 위대한 성질이 자신의 몸 속에 싹텄음은 깨닫는 것이다.

그 시절의 심정을 가슴속에 떠올릴 때, 새 인생의 선구를 이룬 조그만 사건의 추억을 한 가지쯤 갖지 않은 사람은 거의 없을 것이다. 루시 파리아의 경우는, 그녀 주변 사람들의 운명에 미친 영향을 빼고 생각하더라도 그 사건 자체가 매우 중대한 일이었다.

그것은 6월 어느 더운 날 아침이었다. 모르몬교도들은 스스로의 상징으로 삼고 있는 꿀벌들처럼 부지런히 일하고 있었다. 들에도 마을에도 한결같이 일하는 사람들의 소리가 있었다. 먼지가 자욱한 큰길에는 무거운 짐을 실은 당나귀의 행렬이 하나같이 서부를 향해 이어지고 있었다.

이것은 그 즈음 캘리포니아에 일었던 골드 러시 열기 때문인데, 마침 이 솔트레이크 시가 그 길 어귀였기 때문이다. 그것에는 또 먼 방목지에서 끌려온 양이며 거세한 소들, 그리고 사람과 말이 다함께 끝없는 긴 여행에 지칠 대로 지친 이주자들이 섞여 있었다.

때마침 이 혼잡을 누비며, 운동으로 상기된 흰 얼굴을 하고 긴 밤색 머리카락을 휘날리면서 루시 파리아가 말을 달리고 있었다. 그 날 그녀는 아버지 심부름으로 시내에 나왔던 것인데, 지금까지 수없이 말을 타고 왔기 때문에 젊은 처녀의 혈기에 내맡겨 무서운 것도 모르고 한결같이 그 일을 어떻게 할까 하는 생각만 하면서 언제나처럼 말을 달리고 있었던 것이다.

여행에 찌든 모험자들은 하나같이 경탄으로 눈을 크게 뜨며 그녀를 바라보았다. 털가죽을 몸에 걸치고 여행 중인 감정에 잘 휩쓸리지 않는 인디언들조차도 살결이 흰 그녀의 미모에 감동하여 평소의 금욕주의도 잊고 마음이 들떴을 정도였다.

마을 어귀로 나갔다가, 그녀는 들에서 온 6명의 험상궂게 생긴 목부들에게 이끌려 오는 수많은 소 떼들 때문에 길이 막혀 있음을 알았다. 그녀는 초조해 하다가 약간의 틈을 발견하고 부리나케 말을 몰아 이 장애를 가로지르려 했다.

하지만 말을 그리로 몰아넣는 순간 소 때문에 금세 앞뒤가 막혀 버렸는데, 정신이 들었을 때는 이미 사방으로 빈틈없이 무서운 눈을 하고 뿔이 긴 거센 소들 틈에 둘러싸이고 말았다. 그녀는 소를 다루는 데는 익숙해 있었기 때문에 그래도 별로 놀라지는 않았다. 될 수 있는 대로 빨리 행렬 밖으로 나가려고 말을 몰며 기회를 엿보고 있었다.

그때 재수없게 소 한 마리가 일부러인지 우연인지 그녀의 말 옆구리를 뿔로 세게 들이받았기 때문에 말은 미친 듯이 성이 나고 말았다. 성난 말은 콧김도 거세게 곤두서며, 여간 숙련된 기수가 아니고는 떨어져 버릴 만큼 심하게 뛰어댔다. 위기가 닥쳤다. 말은 한번씩 뛸 때마다 어딘가를 머리로 들이받았다. 루시는 안장 위에 달라붙어 있는 것이 고작이었다. 말에서 떨어지는 날에는 끝장이었다. 감당할 수 없는 수많은 겁먹은 소의 발굽에 밟히면, 그것으로 무참히 최후를 마칠 테니까.

험한 일을 겪어 본 일이 없었기 때문에 그녀는 머리가 어질어질하여 자연히 고삐 잡은 손도 느슨해졌다. 뭉게뭉게 일어나는 모래먼지와 버둥대는 동물의 숨소리로 가슴이 답답해져서 그녀는 겁에 질린 나머지 될 대로 되라는 심정이 들었는데, 바로 그때 느닷없이 뒤에서 부드러운 목소리가 들리며 구해 줄 테니까 안심하라고 말했다. 동시에 검고 늠름한 손이 말의 입을 붙잡고 소 떼를 헤치면서 밖으로 끌고 나가 주었다.

"다친 데는 없습니까?"

구해 준 사나이가 공손하게 물었다.

그녀는 상대방의 검고 날렵한 얼굴을 보고 스스럼없이 웃으며 순진하게 말했다.

"정말 놀랐어요. 폰쵸가 소의 행렬쯤으로 그렇게 겁을 먹을 줄은 몰랐거든요."

"안장에 꼭 매달려 있었기 때문에 살았어요."

상대방은 진지한 얼굴로 말했다. 키가 크고 친근한 생김새의 젊은이로서, 튼튼한 갈색 말을 타고 허름한 사냥옷에 긴 총을 어깨에 메고 있었다.

"아가씨는 존 파리아 씨의 따님이시죠? 파리아 씨 댁에서 아가씨가 말을 타고 나오는 것을 보았지요. 돌아가시거든 아버님께 센트루이스의 제퍼슨 호프네 가족을 아시느냐고 한번 물어봐 주십시오. 만일 그 파리아 씨라면 우리 아버지하고 무척 친했던 분이시죠."

"그러면 댁이 직접 오셔서 물어 보시는 게 좋지 않겠어요?"

루시는 새침하게 말했다. 젊은이는 그녀의 말이 반가워 기쁜 듯이 눈을 빛냈다.

"그렇게 하겠습니다. 우리는 두 달 전부터 산에 있었기 때문에 남을 방문할 몰골이 못됩니다만, 그 점 아버님께 양해를 구해야 하겠지요."

"저의 아버지한테서도 이번 일에 대한 인사를 받으시는 게 당연하지요. 아버지는 저를 끔찍이 귀여워하시기 때문에 만일 여기서 제가 소한테 밟혀 죽었더라면 아마 두고두고 슬퍼하셨을 거예요."

"저도 잊지 않을 겁니다."

"댁이? 댁한테는 아무 상관도 없는 일 아니에요? 댁하고 저는 특별한 친구 사이도 아닌데."

젊은 사냥꾼이 이 말을 듣고 검은 얼굴을 찡그리는 바람에 루시는 까르르 소리를 내어 웃었다.

"호호호, 진심으로 그런 게 아니에요. 물론 지금은 이제 제 친구예요. 꼭 찾아오세요. 그럼, 전 이만 가겠어요. 너무 늦으면 앞으로 아버지가 아무것도 시키지 않을 테니까. 그러면 곤란하거든요. 안녕!"

"안녕!"

젊은이는 챙 넓은 펠트 모자를 벗어들고 그녀의 조그만 손 위에 몸을 굽히면서 마주 인사를 했다.

루시는 들말의 말머리를 돌려 채찍질을 하고 모래먼지를 일으키면서 넓은 길을 쏜살같이 달려갔다.

제퍼슨 호프는 어두운 얼굴을 하고 동료들과 함께 말을 몰았다. 그는 이 사람들과 네바다 산 속으로 은광을 찾으러 갔다가, 찾아낸 은광의 채굴에 필요한 자금을 조달하러 솔트레이크 시로 돌아오는 길이었다. 지금까지 일에 있어서는 누구에게도 지지 않는 열정을 가지고 있던 그의 마음이 이 뜻밖의 일로 인하여 조금 딴 곳으로 쏠리게 되었다. 밝고 해맑은 건강함, 시에라를 부는 산들바람에나 비유할 젊고도 아름다운 여성의 모습은 그의 격렬하고 야성적인 마음을 뿌리에서부터 흔들어 놓았던 것이다.

그녀의 모습이 멀리 시야 밖으로 사라졌을 때, 그는 자기 생애에 위기가 왔음을 알았다. 은광의 개발을 비롯하여 그 밖의 어떤 문제도 영혼까지 쏟아 넣게 만드는 이 새로운 문제와 비교하면 아무런 중요성도 갖지 못했다. 지금 그의 마음 속에 솟아오른 감정은 결코 청년의 호기심이나 변덕에서 오는 사랑이 아니었다. 굳은 의지와 구속받지 않는 정신을 가진 한 남자의 미칠 듯이 열렬한 사랑이었다. 지금까지 계획해서 성공 못한 일이 한 가지도 없는 그는, 노력과 인간의 인내가 미칠 수 있는 데까지 어떤 짓을 해서라도 이 문제를 해결하지 않고는 두지 않겠다고 굳게 맹세하였던 것이다.

그날 밤 그는 존 파리아를 방문했다. 그리고 그 뒤에도 자주 방문했기 때문에 그의 얼굴은 그 집에서 흔히 볼 수 있게 되었다.

이 골짜기에 파묻혀서 일에만 열중해 있던 존은 12년 동안 통 바깥 세상의 소식을 들을 기회가 없었다. 제퍼슨 호프는 그 모든 것을 들려주었다. 그의 이야기하는 태도에는 아버지뿐만 아니라 루시도 기쁘게 해주는 것이 있었다. 그는 캘리포니아 지방 개척의 선구자였기 때문에, 미개하고 평온한 그 무렵 벼락부자들의 영고성쇠에 관한 재미있는 이야기를 많이 알고 있었다.

그는 또 감시관, 사냥꾼, 은광 찾기, 목장 관리인 등을 지낸 적도 있었다. 피를 끓게 하는 모험이 있는 곳이면 어디든지 그것을 찾아서 머리를 디밀어 온 그였다. 그는 이내 파리아 노인의 마음에 들었다. 노인은 그의 좋은 점을 연신 칭찬했다.

그런 경우 루시는 언제나 잠자코 듣고만 있었지만, 발그레 상기된 볼이며 명랑한 행복으로 가득 찬 두 눈은 그녀의 마음이 이제 그녀 혼자만의 것이 아니라는 것을 아주 뚜렷하게 말해 주고 있었다. 우직한 아버지는 그런 징조를 깨닫지 못했을지도 모르나 그녀의 호의를 얻은 남자로서 그것을 모를 까닭이 없었다.

어느 여름날 저녁, 그가 말을 타고 이 집을 방문했을 때 마침 문간에 있던 그녀는 얼른 알아차리고 마중나왔다. 그는 고삐를 담 위에 던져 놓고 성큼성큼한 걸음으로 대문을 들어섰다.

"루시 양, 나는 떠나게 되었습니다. 지금은 같이 가자는 말을 못하겠지만, 이 다음에 돌아올 때까지는 같이 떠날 준비를 해줄 수 있겠지요?"

그녀의 두 손을 잡고 정답게 얼굴을 내려다보며 그는 말했다.

"그게 언제쯤 되나요?"

"길어야 두 달입니다. 그때는 공공연하게 당신을 맞으러 오겠습니다. 우리 사이를 방해하는 것은 있을 수 없으니까요."

"아버지께선 당신한테 뭐라고 말씀하시던가요?"

"이번 은광 일만 성공하면 동의하시겠다고 하셨소. 일에 대한 거라면 조금도 걱정없습니다."

"그래요? 아버지하고 당신 사이에서 이야기가 그렇게 결정되었다면, 전 아무것도 할 말이 없어요."

그녀는 제퍼슨의 듬직한 가슴에 볼을 대고 속삭였다.

"고맙소!"

그는 목메는 소리로 말하고 그녀 위에 몸을 구부려서 키스했다.

"그럼, 이제 결정되었습니다. 자꾸 있으면 있을수록 작별하기가 힘들어지니까요. 다들 골짜기에서 내가 오기를 기다리고 있으니까 이만 가겠습니다. 그럼, 잘 있어요. 루시 양, 안녕! 두 달 뒤에 돌아오겠습니다."

이렇게 말하고 그는 루시를 뿌리치고 훌쩍 말에 올라타자 뒤도 돌아보지 않고 줄달음쳐 갔다. 그 광경을 보고 있자니, 한 번이라도 루시를 돌아보았다가는 모처럼의 결심이 좌절될까 두려워하고 있음을 곧 알 수 있었다.

그녀는 문가에 서서 그의 모습이 보이지 않을 때까지 지켜보고 있었다. 그리고 나서 유타에서 가장 행복한 처녀로서 조용히 집안으로 들어갔다.

## 제3장 존 파리아 예언자와 이야기하다

제퍼슨 호프와 그 일행이 솔트레이크 시를 떠난 지 3주일이 지났다. 존 파리아는 이 젊은이가 돌아올 날을 생각하며 다 키워 놓은 딸을 잃어야 할 날이 닥쳐오고 있는 것을 생각하니 절로 마음이 아파옴을 느꼈다. 게다가 루시의 명랑하고 행복에 찬 표정을 볼 때, 천만 마디의 설득보다도 더 이번 결정을 수긍하게 만드는 것이 있었다.

그는 전부터 마음 속으로, 딸은 어떤 일이 있어도 모르몬교도와는 결혼시키지 않겠다고 강경하게 결심하고 있었다. 그런 결혼은 결혼이 아니라 오욕에 불과하다고 믿고 있었던 것이다. 모르몬교의 교리를 그가 어떻게 생각하고 있는가는 잠시 제쳐 두더라도 이 한 가지 점만은 결코 생각을 굽히지 않았다. 하지만 그 즈음 모르몬교 세계에서 이단설을 나타낸다는 것은 매우 위험했기 때문에 그도 그 점에 대해서는 입을 다물고 있지 않으면 안 되었다.

그것은 위험한 일이었다. 그랬다, 굉장히 위험했던 것이다. 가장 두터운 신앙심을 가진 덕망 있는 사람들조차 무심결에 한 말로 오해받고 박해를 받을까 두려워하여 종교상의 의견을 말할 때는 목소리를 낮추어 말했다. 한 번 박해의 희생이 된 사람들은 이번에는 박해자 쪽으로 돌아갔다. 스페인 세비야의 종교 재판, 독일의 야간 비밀 재판, 이탈리아의 비밀 결사라 할지라도, 그 즈음 유타 주를 검은 구름으로 휩싼 이 무서운 제도에는 비교도 안될 정도이다.

그 눈에 보이지 않는 것과 그것에 따르는 신비성은 이 조직의 무서움을 더했다. 전능한 것처럼 보이면서도 그 모습을 본 사람도 그 목소리를 들은 사람도 없었다. 어느 날 교회에 반대하는 의견을 말한 사람은 홀연히 자취를 감추었다. 그리고 어디로 갔는지 어떻게 되었는지 아는 사람이 아무도 없었다. 아내와 자식들은 집에서 그가 돌아오기를 기다렸지만, 아무리 기다려도 그들이 아버지의 입으로 비밀재

판의 광경은 이랬었다고 들을 수 있는 날은 오지 않았다.

경솔한 말이나 행위에는 응징이 따르기 마련이었다. 그런데도 사람들은 그들의 머리 위에서 내려다보고 있는 이 무서운 힘의 본질에 대해서는 조금도 아는 바가 없었다. 그러므로 사람들은 늘 전전긍긍하며, 광야 한복판에서조차 평소에 쌓여 있는 갖가지 의문들을 입 밖에 내려 하지 않았던 것도 이상할 것은 없었다.

처음에는 이 막연한 무서운 힘도 일단 모르몬교를 믿었다가 그 뒤에 이를 위반하거나 또는 이를 버리려 한 배교자에게만 가해졌으나, 얼마 안 가 그 범위가 확대되었다. 그것은 성인이 된 여성이 점차 부족하게 되었기 때문이었다. 여자가 없으면 일부다처의 교의도 의미를 갖지 못하게 되므로 점점 괴상한 소문이 떠돌기 시작했던 것이다.

이제껏 인디언의 습격을 받아 본 적이 없는 지방에서 자주 이주자가 살해되고, 캠프가 약탈을 당하기도 했다. 그리고 장로들의 후처로 새로운 여성들이 나타났다. 하나같이 눈물에 젖은 얼굴에 공포의 흔적이 생생한 여자들이었다. 길을 가던 나그네들은 날이 저문 산 속에서 무장한 복면의 사나이들이 어둠 속을 지나가는 것을 보았다고 말했다.

이런 이야기며 소문들은 이윽고 실체를 갖추게 되어, 여러 차례 거듭하여 그 실재가 확인되는 바람에 마침내 뚜렷한 하나의 명칭까지 붙여지게 되었다. 지금도 서부의 쓸쓸한 목장 지방에 가면 다나이트단(團)이니 복수의 천사단이니 하는 명칭이 무섭고 흉악한 것으로서 알려져 있다.

이토록 끔찍한 결과를 낳은 조직의 정체는 밝혀졌지만, 그 때문에 사람들의 공포가 줄어들기는커녕 도리어 커질 뿐이었다. 조직을 알면서도 누가 그 잔악한 단체에 소속되어 있는지 아는 사람은 아무도 없었다. 종교의 이름 아래 숨어서 행해진 이 피비린내 나는 폭행에 가담한 사람들의 이름은 굳게 비밀에 붙여져 있었던 것이다.

예언자나 그 사람의 사명에 관한 의혹을 친한 친구에게 이야기하려 해도, 그 친구가 총칼을 손에 들고 어두운 밤에 무서운 복수를 하러 오는 단체의 일원이 아니라고 보증할 수가 없는 것이다. 그래서 모든 사람들은 이웃 사람을 두려워했고, 중요한 말은 결코 입 밖에 내지 않았다.

어느 날씨 좋은 날 아침, 밀밭에 나가려던 존 파리아는 문득 문 소리가 나서 창문으로 내다보니 뚱뚱하고 누르스름한 머리를 한 중년 남자가 대문을 들어서고 있는 참이었다. 그것은 틀림없는 블리검 영 예언자였으므로 파리아는 깜짝 놀랐다.

이러한 방문이 별로 좋은 징조가 아님을 잘 알고 있기 때문에 그는 허둥지둥 모르몬교 예언자를 맞으러 현관으로 달려나갔다. 그러나 예언자는 그의 인사를 냉담하게 받아넘기며 엄숙한 얼굴을 하고 그를 따라 방으로 들어갔다.

"파리아 씨."

그는 자리에 앉으면서 이렇게 부르고는, 속눈썹까지 색깔이 바랜 눈으로 늙은 농사꾼을 빤히 바라보았다.

"참다운 신자들은 오늘날까지 당신의 좋은 편이 되어 왔소. 사막에서 굶어 죽게 된 당신을 구출해서 먹을 것을 주고 선택된 땅으로 무사히 데리고 와서 큰 땅을 나누어 준 것도, 부자가 될 수 있도록 보호해 준 것도 다 우리 신자들이었소. 안 그렇소?"

"네, 옳으신 말씀입니다."

"그것에 대한 보상으로서 우리가 당신에게 요구하는 것은 단 한가지 조건, 즉 당신이 참다운 신앙을 받아들여 모든 일을 우리 모르몬교의 관행에 따른다는 것뿐이었소. 당신은 일단 그것을 승낙해 놓고서, 듣자하니 그 약속을 소홀히 하고 있다는 소문이던데."

파리아는 두 손을 들고 항변했다.

"제가 약속을 소홀히 하다니, 그게 무슨 말씀이십니까? 저는 공공기금에 기부도 하지 않았습니까? 단 한번이라도 교회에 안 나간 적이 있었습니까? 그리고 또……."

"당신 부인들은 어디에 있지요? 이리로 다들 불러들이시오. 내가 인사를 해야겠소."

예언자는 주위를 두리번거리면서 말했다.

"제가 아내를 두지 않은 것은 사실입니다. 그러나 지금은 여자의 수가 모자라기도 할뿐더러, 또 있다 할지라도 저보다 자격이 훌륭하신 분들이 많이 계시니까요. 저는 결코 외롭다고 느낀 적이 없습니다. 뭐든지 하고 싶은 일은 딸이 모두 해주고 있지요."

"아, 내가 말하고 싶었던 건 그 따님에 대한 이야기요. 따님은 이제 다 자라서 유타의 꽃이 되었소. 그리고 이곳의 지체높은 많은 사람들이 따님을 귀엽게 보고 있소."

존 파리아는 마음 속으로 신음했다.

"그런데 여기 내가 믿고 싶지 않은 소문이 떠돌고 있소. 따님이 이교도와 약혼이 되어 있다는 소문이오. 이것은 틀림없이 뜬소문에 지나지 않겠지요? 조제프 스미스 님의 율법 제13조에 뭐라고 되어 있지요? '참된 신자의 딸들은 모두 하느님께 선택된 자의 아내가 되어야 한다. 만일 이교인의 아내가 됨은 극히 흉악한 죄이기 때문이니라.' 이런 연유도 있고 해서 신성한 신앙을 고백하고 있는 당신이 일시적이나마 자기 딸에게 그런 대죄를 저지르게 하리라고는 생각되지 않소만."

존 파리아는 그저 안절부절못하며 잠자코 채찍만 만지작거리고 있었다.

"이 한 가지로 당신의 신앙이 시험당하게 되는 것이오. 그렇게 네 장로회에서 이야기가 결정되었소. 따님은 아직 젊으니 늙은이와 결혼시키라고는 하지 않겠소. 또 따님의 선택권을 전적으로 무시하라고도 말하지 않겠소이다. 우리 장로들한테는 각기 젊은 암소가 많지만(H C 캠벨은 언젠가의 설교에서 수백 명의 자기 아내를 젊은 암소라는 애칭으로 불렀음——작자), 자식들한테도 좀 배당을 해주어야 하오. 스탠거슨에겐 아들이 하나 있소. 들레퍼에게도 하나 있어요. 두 집 다 당신 따님이라면 기꺼이 맞아들일 것이오. 두 사람 중 어느 쪽으로 할 것인지 따님에게 고르도록 하시오. 둘 다 젊고 경제력도 있소. 그리고 진실한 신앙도 있소. 이에 대해 당신 의견은 어떠신지?"

파리아는 잠시 미간을 모으고 잠자코 있다가 말했다.

"얼마 동안 말미를 좀 주십시오. 딸은 아직 어립니다. 아직 결혼할 나이도 채 못되었으니까요."

예언자 영은 일어서면서 말했다.

"한 달 말미를 드리겠소. 한 달이 되거든 둘 중 하나로 정해서 대답을 하게 하시오."

예언자는 현관을 나가다가 뒤돌아보며 흥분해서 시뻘겋게 된 얼굴로 존 파리아를 노려보며 소리쳤다.

"존 파리아 씨, 장로회의 명령에 거스를 만큼 의지가 약할 바엔, 12년 전 그때 그런 약속을 하지 말고 지금쯤 시에라블랑카 산 속에 백골이 되어 비바람을 맞고 있는 편이 차라리 당신을 위해서나 따님을 위해서도 더 나았을 것이오!"

위협적으로 손을 흔들고 예언자 영은 나갔다. 뒤에 남은 파리아는 자갈길을 걸어가는 그의 발소리를 들었다.

파리아는 무릎 위에 한쪽 팔꿈치를 짚은 채, 이것을 딸한테 어떻게 말해야 할까 곰곰이 궁리하고 있었다. 그러고 있는데 보드라운 손이 살포시 자기 손 위에 포개지는 바람에 돌아보니, 거기 루시가 서 있는 것이었다. 그녀의 창백하고 겁먹은 표정을 얼핏 보기만 해도 그는 그녀가 지금 한 이야기를 엿듣고 있었다는 것을 알았다. 그녀는 아버지의 표정으로 그것을 짐작하고 말했다.

"안 들을 수가 없었어요. 그분 목소리는 온 집안에 다 들렸는걸요. 아버지, 어쩌면 좋지요? 전 어쩌면 좋을까요?"

그는 루시를 가까이 앉혀 놓고 투박한 손으로 그녀의 금발 머리를 어루만져 주면서 말했다.

"걱정마라. 어떻게든 하도록 하자. 넌 그 사람한테서 마음이 떠나거나 한 일이 결코 없겠지?"

루시는 그냥 흐느껴 울면서 아버지의 팔에 매달릴 뿐이었다.

"알았다. 물론 그럴 리야 없겠지. 그렇다는 대답은 아버지도 듣고 싶지 않았다. 그 사람은 믿음직한 젊은이야. 이곳 남자들처럼 기도나 설교 같은 것만 하고 있는 돼먹지 않은 놈들과는 달라서 그 사람은 그리스도교도다. 내일 네바다로 가는 일행이 있으니까 그 사람들한테 부탁해서 이 난처한 입장을 알려 주기로 하자. 아버지의 눈이 틀림없다면, 그 사람은 전신(電信)에 채찍질한 것보다도 더 빠른 속도로 날아서 돌아올 거다."

아버지의 표현이 우스워서 루시는 울다가 웃었다.

"그 사람이 돌아오면 어떻게 해야 좋을지를 가르쳐 줄 거예요. 하지만 제가 걱정되는 것은 아버지예요. 혹시, 이건 소문이지만, 예언자를 거역했다가 끔찍한 변을 당했다는 이야기를 사방에서 하고 있어요. 배반한 사람은 틀림없이 끔찍한 변을 당한대요."

"그러나 우리는 아직 거스르지는 않았어. 거스르지만 않는다면 그런 소문 같은 건 두려워할 게 없지 않느냐. 아직 한 달이나 여유가 있다. 아무래도 그때까지 유타를 빠져나가는 게 상책일 것 같구나."
"떠난다고요?"
"글쎄, 그래야 할 것 같다."
"그러면 밭은 다 어떻게 하고요?"
"될 수 있는 대로 많이 돈으로 바꾸고, 나머지는 버리고 가는 거지. 바른대로 말하자면 루시, 아버지가 그걸 생각한 건 이번이 처음이 아니란다.
아버지는 그 꼴보기 싫은 예언자 따위를 추종하는 이곳 인간들과는 달라서 누구한테도 복종하는 것은 싫다. 나는 태어날 때부터 자유로운 미국 사람이거든. 남한테 아첨해 본 적이 없다. 지금부터 정신을 뜯어 고치려 해봤자 아버지는 이미 너무 늙었어. 그 말 같은 놈이 만일 우리 밭에 곡식이라도 빼어먹으러 오는 날엔 총이라도 쏠지 모르니 조심하는 게 좋을걸."
"하지만 떠난다고 해도 떠나는 것마저 용납하지 않을 것 아니에요?"
"아무튼 제퍼슨이 돌아올 때까지 기다리자. 그 사람만 돌아오면 어떻게 되겠지. 그때까진 아무것도 걱정하지 마라. 그리고 걱정스러운 기색을 남한테 보이지 않도록 조심해야 한다. 그렇지 않다가는 네 동정을 보고 그놈이 또 나한테 와서 이러쿵저러쿵하면 곤란하니까. 아무튼 지금 당장 어떻게 되는 것은 아니니 위험할 것 없어."
존 파리아는 자못 확신이라도 있는 것처럼 이렇게 말하며 루시를 위로했으나, 그날 밤은 여느 때와 달리 문단속에 신경을 쓰고, 침실 벽에 녹슨 채 얹혀 있던 헌 산탄총을 내려서 꼼꼼히 닦고 총알까지 쟀다. 그러한 사실들을 보지 않으려고 해도 루시는 남김없이 보고 말았다.

## 제4장 목숨을 건 탈주

모르몬교의 예언자인 블리검 영과 만난 다음날 아침, 존 파리아는 솔트레이크 시로 가서 네바다 산으로 떠나는 아는 사람을 만나 제퍼슨 호프에게로 쓴 편지를 부탁했다. 그 편지에는 부녀에게 닥쳐온 위급을 알리고, 그가 빨리 돌아와야겠다는 내용이 적혀 있었다. 편지를 건네 주고 나니 마음이 홀가분해져서 그는 서둘러 집으로 돌아왔다.

돌아와 보니 대문 양쪽 기둥에 말이 한 필씩 매여 있어서 그는 몹시 놀랐으나, 집안으로 들어가서 젊은 남자 두 사람이 자기 방을 차지하고 있는 것을 발견했을 때는 한층 더 크게 놀랐다.

두 사람 중 얼굴이 갸름하고 창백한 쪽은 흔들의자에 벌렁 몸을 젖히고는 두 다리를 포개어 난로 위에 걸치고 있었으며, 목이 짧고 천덕스러우며 부은 듯한 얼굴을 가진 다른 사나이는 두 손을 주머니에 찌르고 창가에 서서 속된 찬송가를 휘파람으로 불고 있었다.

파리아가 들어오는 것을 보자 두 사람은 턱을 끄덕거려 가볍게 인사를 했는데, 흔들의자에 앉은 사나이가 먼저 입을 열었다.

"아마 우리를 모르실 것입니다만, 이분은 들레퍼 장로님의 아드님입니다. 나는 조제프 스탠거슨이라고 하며, 하느님께서 거룩하신 손길을 내리셔서 당신을 참된 교회로 인도하셨을 때 역시 사막을 가던 일행 중에 있던 사람입니다."

"하느님은 어느 나라 사람이든 자유로이 좋으신 때를 골라서 살금살금 가루가 되도록 갈아서 뭉개 버리시지요."

들레퍼가 코먹은 소리로 말했다. 파리아는 냉담하게 머리만 숙였다. 그는 이 두 사람이 누군지 잘 알고 있었다. 스탠거슨이 말을 이었다.

"오늘 우리가 찾아뵌 것은 우리 두 사람 중 어느 쪽이든 마음에 드시는 쪽이 댁의 따님을 맞아들이도록 하라는 분부를 각각 아버님으로부터 받았기 때문입니다. 나는 아직 네 사람밖에 아내를 갖지 못했지만, 들레퍼 씨는 일곱 분이나 되니까 이건 역시 나한테 자격이 많을 것 같군요."

그러자 들레퍼가 강하게 부정했다.

"아니, 스탠거슨 씨, 그건 달라요. 문제는 지금 아내가 몇 명 있느냐가 아니라 몇 명을 부양할 수 있느냐에 있습니다. 이번에 아버지한테서 물방앗간을 물려받았으니까 내가 더 재산이 많은 것 같은데요."

스탠거슨도 열을 띠게 되었다.

"그렇지만 앞날을 말한다면 내가 더 유망합니다. 하느님께서 이 세상에서 아버지를 부르시는 날에는 가죽 공장과 제혁장이 내 것이 됩니다. 그리고 또 나이도 내가 위이고 교회에서도 상석이니까요."

들레퍼가 거울에 비치는 자기모습을 향해 웃어 보이면서 말했다.

"본인의 선택에 맡기기로 합시다. 모든 걸 본인의 선택에 맡겨 두기로 하고 우리는 참견 말기로 합시다."

이런 말을 주고받는 동안 존 파리아는 문 앞에 서서 손에 들고 있던 채찍으로 두 사람의 등을 후려갈기고 싶은 것을 가까스로 참고 있었으나, 끝내 참을 수가 없어서 성큼 두 사람 쪽으로 다가섰다.

"여보시오! 딸이 오라고 했을 때는 와도 좋지만 그러기 전에는 절대로 오지 않도록 해 주시오!"

두 청년은 어리둥절해서 그의 얼굴을 쳐다보았다. 그들의 생각으로는 여기서 이렇게 그들이 구혼을 다투는 것은 딸은 물론이요, 그 아버지도 최대의 명예로 여길 줄 알았던 것이다.

"이 방에는 나가는 문이 둘 있소. 하나는 이 문이고 하나는 그 창문이오. 어느 문으로 나가겠소?"

파리아의 검은 얼굴이 몹시 노기를 띠고 손까지 부들부들 떨리고 있었으므로, 두 모르몬교 청년은 창문으로 쫓겨나기 전에 가야겠다 싶었던지 슬금슬금 돌아갔다. 늙은 농사꾼은 그들을 따라 현관까지 나가면서 마지막으로 한 마디 빈정거렸다.

"어느 쪽인가를 정했더라면 알고 갈 텐데 그랬구먼."

스탠거슨은 화가 나 얼굴이 창백해져 소리쳤다.

"어디 두고 봐라! 당신은 예언자와 네 장로의 신성함을 더럽혔어. 두고 보라지, 평생토록 그걸 후회할 날이 올 테니까."

들레퍼도 따라서 소리쳤다.

"하느님의 손이 그대 위에 무겁게 내려지리라! 하느님께서 일어서시어 당신을 타도해 줄 것이다!"

파리아는 발끈 화가 나서 총을 가지러 이층으로 뛰어올라가려 했으나 루시에게 붙잡히고 말았다. 겨우 그 손을 뿌리쳤을 때는 말굽 소리로 이미 그들이 따라붙지 못할 만큼 멀리 달아나 버린 뒤였다.

"애송이 가짜 신자 놈 같으니라고!"

파리아는 이마의 땀을 닦으면서 욕을 퍼부었다.

"저놈들의 아내로 너를 줄 바에야 난 차라리 네가 죽는 게 낫겠다."

"저도 그래요, 아버지. 하지만 제퍼슨이 곧 돌아올 거예요."

루시는 야무지게 말했다.

"그래, 오래지 않아 그 사람이 돌아오겠지. 저놈들이 또 무슨 일을 벌일지 모르니, 될 수 있는 대로 빨리 돌아왔으면 좋으련만."

사실 어떻게 해서든지 이 고집 센 늙은 농부와 의지할 곳 없는 양녀에게는 누구든지 조언과 도움을 줄 수 있는 사람이 나타나지 않으면 안될 시기였다.

이 식민지의 전 역사를 더듬어 보더라도, 아직껏 이처럼 대담하게 장로들에 대해 반항한 예는 어느 책장을 들춰봐도 찾아 낼 수 없었다. 사소한 위반에도 그토록 엄한 벌이 내려졌다고 한다면, 이러한 대반역자에게는 어떤 운명이 기다리고 있을까?

이렇게 되면 재산도 지위도 다 소용이 없다는 것을 파리아는 잘 알고 있었다. 그에 못지 않은 재산과 지위를 가졌던 사람으로서 감쪽같이 자취를 감추고, 그 재산이 교회에 몰수된 예가 지금까지 여러 차례 있어왔다.

파리아도 담력이 아주 없는 것은 아니었지만, 자기 한 몸에 내리덮친 이 막연하고 건잡을 수 없는 공포에는 떨지 않을 수가 없었다. 정체를 아는 위험이라면 결연히 대항할 결심이 서 있었지만, 이러한 불안에는 고민하지 않을 수 없었다. 하지만 루시에게는 그런 내색을 조금도 보이지 않고, 될 수 있는 대로 일을 가볍게 보고 있는 것처럼 하고 있었다. 그래도 아버지를 생각하는 그녀의 눈에 아버지가 왠지 모르게 불안해하는 것이 보이지 않을 리가 없었다.

이번 행동에 대해서는 영 예언자로부터 반드시 무슨 통첩이 있으리라고 그는 생각했다. 과연 뜻밖의 방법이긴 했지만 그의 예측은 적중했다. 이튿날 아침 눈을 떠보니, 놀랍게도 홑이불의 가슴께에 네모난 작은 종이쪽이 핀으로 꽂혀 있었던 것이다. 그 종이쪽에는 굵직하고 서투른 글씨가 씌어 있었다.

마음을 바꿀 수 있는 기간으로 29일을 준다. 그 뒤는——

'그 뒤는' 다음에 그은 줄은 어떠한 협박보다도 더 무서운 것이었다.

하인들은 모두 별채에서 자고, 창문도 문도 모두 단단히 잠겨 있는데 이 경고장이 어떻게 이 방에 들어왔는지 파리아는 도무지 짐작할 수가 없었다. 그는 종이를 구겨서 버리고 루시에게는 아무 말도 하지 않았지만, 이 사건은 완전히 그를 떨게 만들었다.

29일이란 영이 약속한 한 달의 나머지 날짜임에 틀림없었다. 이러한 신비적인 위력을 가지고 있는 적에 대하여 보통의 용기나 완력이 무슨 소용 있겠는가? 그 종이쪽을 핀으로 꽂아 놓고 간 솜씨로 봐서는, 마음만 먹는다면 누구의 소행인지 영원히 알리지 않고서 그의 심장을 찌르고 갈 수도 있었을 것이다.

그러나 그보다도 더 놀란 것은 이튿날 아침이었다. 부녀가 아침 식탁 앞에 앉았을 때, 루시가 어머나 하며 천장을 가리켰다. 그리고 그는 천장 한가운데서 불붙은 나무로 쓴 듯한 28이라는 글자를 또렷하게 읽을 수 있었던 것이다.

루시는 그 뜻을 몰랐으나 그는 그것을 가르쳐 주지 않았다. 그리고 그날 밤 그는 총을 가까이 놓고 잠자지 않고 망을 보았다. 아무것도 보이지도 들리지도 않았다. 그런데도 아침에 보니 자기 방 문 밖에 27이라는 글자가 커다랗게 페인트로 씌어 있었다.

이렇게 하루하루가 지나갔다. 날이면 날마다 아침이 되면 반드시 보이지 않는 이 적은 끈질기게 기록을 계속하여, 한 달의 유예 기간이 앞으로 며칠 남아 있는가를 어디든지 눈에 잘 띄는 곳에 적어 놓는 것이었다. 그 저주스러운 글자는 어느 때는 벽에 씌어 있었고, 혹은 작은 패찰을 만들어 뜰의 문이나 울타리 같은 데 붙여 놓는 수도 있었다. 그리하여 아무리 존 파리아가 밤을 새워 가며 경계를 해도 날마다 어디서 그 경고가 날아드는지 알아 낼 수가 없는 것이었다.

나중에는 그 경고장을 볼 때마다 거의 미신적인 공포까지 느끼게 되었다. 얼굴빛이 초췌해지고 줄곧 안절부절못하며, 두 눈은 사냥꾼에게 몰린 짐승의 눈처럼 곤혹을 나타내고 있었다. 그에게는 이제 이 세상에 단 한 가지 희망밖에 남아 있지 않았다. 그것은 네바다 산에서 하루 빨리 젊은 제퍼슨이 돌아오는 일이었다.

20이 15가 되고 15가 10이 되었지만 제퍼슨한테서는 아무런 소식도 없었다. 숫자는 여전히 하나하나 사정없이 내려가건만, 젊은이의 소식은 알 길이 없었다. 길에서 말굽 소리가 들릴 때마다, 또는 마소를 부리는 목부의 소리가 들릴 때마다 늙은 파리아는 이제야말로 구세주가 왔을까 하고 문간으로 달려나가 보았지만 새로운 실망을 되풀이할 뿐이었다. 마침내 숫자가 5에서 4로 내려가고 다시 3이 되자 파리아는 완전히 기가 꺾여 탈주의 희망을 송두리째 잃고 말았다. 혼잣몸인 데다가 이 식민지를 에워싸고 있는 산들의 지리를 전혀 모르기 때문에 그는 꼼짝 못한다는 것을 스스로도 잘 알고 있었던 것이다.

조금이라도 사람의 왕래가 빈번한 길은 모두 엄중하게 감시되고 있어 장로회의 허가없이는 아무도 지날 수가 없었다. 그러나저러나, 이젠 내리덮친 운명을 피할 방법이 없을 것 같았다. 그런데도 늙은 그는 여전히 딸의 수치라고 생각되는 일은 죽어도 승낙하지 않겠다는 굳은 결심을 조금도 바꾸지 않는 것이었다.

어느 날 밤, 그는 방에 들어앉아 어떻게 해서든지 이 난국을 타개할 방법이 없을까 하고 이 궁리 저 궁리하며 헛된 몸부림을 되풀이하고 있었다. 그날 아침 집 바깥벽에는 2라는 숫자가 씌어 있었으므로, 날만 새면 드디어 허락된 마지막 날이 올 것이었다. 어떻게 될 것인가? 막연한 무서운 상상이 차례차례 그의 머리에 떠올랐다. 그리고 딸은, 그가 없어진 뒤에 딸 루시는 어떻게 될 것인가? 아무리 해도 몸 주위에 둘러쳐진 이 보이지 않는 그물을 벗어날 길은 전혀 없는 것일까? 그는 테이블에 얼굴을 묻고 자신의 무력함을 생각하며 흐느껴 울었다.

"이게 뭘까?"

적막한 밤의 침묵 속에 살금살금 뭔가를 긁는 듯한 소리가 났다. 나직한 소리였지만 주위가 고요한 밤이어서 또렷하게 들렸다. 바깥쪽인 듯했다.

파리아는 조심조심 홀까지 기어가서 가만히 귀를 기울였다. 소리는 잠시 사이를 두었다가 또다시 나직하게 들려왔다. 누군가가 조심스럽게 문을 두드리고 있는 것이다. 비밀 재판소의 끔찍한 명령을 수행하러 한밤중에 암살자가 숨어 들어온 것일까. 아니면 드디어 마지막 날이 왔다는 경고를 쓰려고 온 녀석일까?

존 파리아는 이렇게까지 신경에 고통을 받거나 가슴이 서늘한 변을 당할 바에야 차라리 단번에 죽어 버리는 편이 낫겠다는 생각마저 들었다. 그래서 대뜸 달려나가 고리를 벗기고 문을 확 열었다.

밖은 쥐죽은 듯이 조용했다. 활짝 갠 하늘에는 별이 높이 반짝거리고 있었다. 담과 문으로 구분된 조그만 앞뜰은 한눈에 바라보였으나 그곳은 물론이고 바깥 길에도 사람 그림자 하나 보이지 않았다. 그는 안도의 숨을 내쉬며 좌우를 두리번거렸으나 아무 데도 수상쩍은 것은 보이지 않았다. 그런데 문득 발 밑을 보니 한 사나이가 납작하게 엎드려서 땅에 달라붙어 있었으므로 파리아는 기겁을 하며 머리털이 곤두섰다.

너무나 뜻밖이어서 그는 하마터면 소리를 지를 뻔했으나 벽에 달라붙어 한 손으로 목을 누르며 간신히 참았다. 처음에는 심하게 다쳤거나 또는 다 죽어 가는 사람인 줄 알았으나 보고 있는 동안 그 사나이는 재빨리 뱀처럼 소리도 내지 않고 홀로 기어 들어왔다.

완전히 홀로 다 들어가자 그는 벌떡 일어나서 문을 닫았다. 그리고 파리아 노인이 더욱 놀란 것은 굳세고 민첩한 모습을 한 제퍼슨 호프의 얼굴이 불쑥 그의 앞에 나타난 일이었다.

"아니, 자네! 어째서 사람을 그렇게 놀라게 하는가!"

노인은 저도 모르게 소리쳤다.

"어째서 그런 꼴을 하고 들어오는가, 이 사람아."

제퍼슨은 제퍼슨대로 고통스러운 듯한 목소리로 말했다.

"먹을 것을 좀 주십시오. 꼬박 48시간 동안 물 한 모금 마실 겨를도 없었습니다."

그는 아직 치우지 않은 채로 있는 파리아가 먹다 남긴 저녁상에 달려들어 빵과 식은 고기를 허겁지겁 집어먹더니 겨우 배가 어느 정도 채워지자 물었다.

"루시 양은 잘 있습니까?"

"음, 그애한테는 아직 아무것도 알리지 않았네."

"참 잘하셨습니다. 이 집은 사방에 감시가 붙어 있습니다. 그래서 전 기어서 들어온 거예요. 놈들이 제아무리 빈틈없다 해도, 미안하지만 워쇼의 사냥꾼에게는 못 당할 겁니다."

존 파리아는 간절히 기다리던 편을 얻었기 때문에 다른 사람같이 기운이 나서 젊은이의 억센 손을 굳게 움켜잡으면서 말했다.

"정말이지 자네는 자랑할 만한 사람이네. 이 속에 뛰어들어 위험과 고난을 함께 해줄 사람이 세상에 어디 또 있겠는가."

"사실입니다. 하긴 영감님께서도 훌륭한 어른이시지만, 만일 영감님 혼자 이 지경에 놓였더라면 저도 아마 망설였을 겁니다. 누구든지 벌집 속에 자진해서 머리를 디밀고 싶은 사람은 없을 테니까요. 전 루시 양이 있기 때문에 온 것입니다. 만일 루시 양의 몸에 위험이라도 있는 날에는, 그전에 유타의 호프 집안 식구 하나가 이 세상에서 없어진다고, 저는 그 정도로 각오하고 있습니다."

"도대체 지금부터 어떻게 해야 좋을까?"

"내일이 마지막 날입니다. 그러니까 세상없어도 오늘밤 안으로 일을 단행해야 합니다. 당나귀 한 필과 말 두 필을 독수리 골짜기에 숨겨 두었습니다만, 돈은 얼마나 있습니까?"

"금화로 2천 달러하고 지폐로 5천 달러 있네."

"됐습니다. 저는 더 많이 가지고 있습니다. 곧 산을 넘어서 카슨 시로 도망쳐야 합니다. 무엇보다도 먼저 루시 양을 깨워 주십시오. 하인들이 집안에서 안 자는 것이 다행이군요."

파리아가 루시를 깨워서 탈출 준비를 시키고 있는 동안, 제퍼슨 호프는 찾아 낼 수 있는 데까지 찾아낸 먹을 것을 싸서 작은 꾸러미로 만들고, 산지에는 샘이 드물고, 또 있다 하더라도 그 사이의 거리가 멀다는 것을 그는 경험으로 알고 있었기 때문에 오지 항아리에 물을 가득 담았다.

그가 이런 준비를 채 끝내기도 전에 벌써 파리아는 완전히 차비가 된 루시를 데리고 내려왔다. 두 연인은 열정적으로, 그러나 1분도 소홀히 할 수 없는 때이므로 아주 간단한 인사를 나누었다. 아직도 해야 할 일이 태산 같았기 때문이었다.

"자, 곧 떠납시다."

제퍼슨 호프는 낮지만 힘찬 목소리로, 위험이 크다는 것은 충분히 자각하고 있으며 그것에 대한 각오도 또한 충분히 되어 있는 사람의 의지를 가지고 말했다.

"앞문과 뒷문은 감시되고 있습니다만, 옆쪽 창문으로 해서 빠져나갈 수 있습니다. 길까지만 나가면 말을 숨겨 놓은 골짜기까지는 2마일 밖에 안됩니다. 날이 새기 전에 산을 반쯤은 넘을 수 있습니다."

"도중에서 붙잡히면 어떻게 하지?"

파리아의 물음에 제퍼슨은 윗도리 앞자락에서 내다보이는 권총 개머리판을 손바닥으로 가볍게 두드리며 기분 나쁘게 히죽 웃었다.

"감당 못할 정도의 수라면, 두서너 명 저 세상으로 길동무 삼아 데리고 가도록 하지요, 뭐"

집안의 불은 모두 꺼졌다. 파리아는 어두운 창문으로 자기 밭을,

지금까지 자기 것이었지만 오늘밤으로 영원히 버리고 가야 하는 밭쪽을 바라보았다. 하지만 그 생각은 그로서도 오래 전부터 각오가 되어 있던 일이기도 하거니와, 또 딸의 체면이나 행복이 그것으로 지켜진다고 생각하면 조금도 후회될 것은 없었다.

나뭇잎들은 바람에 살랑거리고 드넓은 밀밭은 황금빛 물결을 이루며 잠들어 있어, 거기에는 그야말로 평화와 행복이 가득 차 있는 것 같아서 무서운 죽음의 사자가 가까이 다가오고 있으리라고는 생각도 못할 일이었다. 그렇지만 제퍼슨의 창백하고 긴장된 얼굴을 보면 그가 이 집으로 들어올 때 무엇인가를 본 게 틀림없는 듯 했다.

존 파리아는 금화와 지폐를 넣은 자루를 들고, 제퍼슨은 빈약한 식량과 물을, 루시는 자기 귀중품을 간단히 넣은 작은 짐꾸러미를 들었다.

그들은 지극히 주의깊게 조용히 창을 열고 기다렸다가 짙은 구름이 몰려와 어느 정도 사방이 어두워진 틈을 타서 하나씩 빠져나가 작은 뜰로 들어갔다. 그리고 숨을 죽이고 기어서 그 뜰을 빠져나가 생울타리에 이르자, 옥수수밭 쪽으로 나가는 울타리 끝까지 울타리를 따라 숨어서 나갔다. 그때 갑자기 제퍼슨이 다짜고짜 두 사람을 붙잡아 생울타리 밑으로 끌어들였다. 세 사람은 거기서 바들바들 떨며 잠시 숨을 죽이고 숨어 있었다.

그것은 초원에서 훈련을 쌓은 덕분으로 제퍼슨의 귀가 살쾡이처럼 예민했기 때문에 알 수 있었던 일이었다. 세 사람이 생울타리 밑에 몸을 숨기자 거의 동시에 기분 나쁜 올빼미의 울음소리가 한 마디, 거기서 불과 몇 야드 안 되는 곳에서 들렸다 싶자 조금 떨어진 곳에서 다른 울음소리가 그것에 대답했다. 그러자 세 사람이 지나가려던 울타리 끝나는 곳에서 어렴풋한 사람 그림자가 불쑥 나타나더니 또 구슬픈 신호의 울음소리를 한 번 냈다. 그러자 그것에 대해 제2의 사나이가 어둠 속에서 모습을 나타냈다.

첫 번째 사나이가 명령조로 말했다.

"내일 밤 자정. 쏙독새가 세 번 울 때."

"알겠습니다. 들레퍼 씨에게 말씀드릴까요?"

"그분에게 말하고 모두들에게 전하라고 하게. 9에서 7."

"7에서 5."

두 번째 사나이가 이렇게 대답하자 두 사람은 곧 다른 방향으로 자취를 감추어 버렸다. 헤어질 때 나눈 묘한 이야기는 무슨 암호임에 틀림없었다.

두 사람의 발소리가 멀리 들리지 않게 되기를 기다렸다가 제퍼슨 호프는 곧 두 사람을 재촉하여 그 자리를 뛰쳐나가 생울타리가 끝나는 곳을 벗어나서 밭으로 뛰어들어갔다. 그리고 자꾸 맥이 빠지려는 루시를 반은 밀고 반은 끌다시피해서 전속력으로 뛰었다.

"빨리! 빨리!"

그는 숨이 차 헐떡이면서도 줄곧 격려를 했다.

"지금 보초선을 통과하고 있는 겁니다. 모든 건 얼마나 빠르냐가 결정합니다. 빨리 가요! 빨리!"

밭을 빠져나가 길로 접어들고부터는 걸음이 무척 빨라졌다. 꼭 한 번 사람을 만났지만, 그때는 다행히 밭으로 뛰어들어가 상대방의 눈을 피했다.

마을로 접어들기 직전에 울퉁불퉁한 오솔길이 산 있는 데로 갈라져 있었다. 제퍼슨은 그리로 두 사람을 데리고 갔다. 올려다 보이는 머리 위에는 두 개의 높은 산이 어둠 속에 우뚝 솟아 있었다. 그 두 봉우리 사이의 좁은 길이 바로 말을 숨겨둔 독수리 골짜기인 것이다.

정확한 본능으로 제퍼슨 호프는 둥그런 큰 바위 사이를 빠져나갔다가, 물이 말라 버린 개울 바닥을 걸어서 지나 마침내 바위로 막히어 얼핏 사람들의 눈에 띄지 않는 곳으로 나갔다.

그곳에는 세 필의 충실한 동물이 얌전하게 매인 채 기다리고 있었다. 루시는 그 중의 당나귀에, 파리아와 제퍼슨은 각기 돈 자루와 그 밖의 짐을 가지고 말에 올라 제퍼슨의 안내로 드디어 위험하고 험악한 오솔길을 나아가게 되었다.

거친 자연에 익숙지 못한 사람에게 그것은 여간 어려운 길이 아니었다. 한쪽은 1천피트 이상이나 됨직한 바위산이 검실검실하게 솟아 있어, 그 표면은 마치 괴물의 늑골인 양 현무암이 길다란 기둥을 이루고 위협하고 있었다. 그리고 한쪽은 자갈이며 깨진 바위부스러기 등이 장난감 상자를 엎어놓은 것처럼 마구 쌓여 있어서 말을 몰아넣을 수조차 없었다.

그 사이로 한 줄기 불규칙한 오솔길이 나 있는 것인데, 그나마 군데군데 몹시 좁기 때문에 한 줄로 늘어서서 겨우 지날까말까했다. 길이라고 하기엔 이름뿐인 험한 곳이다. 여간 숙련된 기수가 아니고서는 말을 타고 갈 수도 없을 정도였다. 그래도 세 사람의 탈출자는 위험도 곤란도 무릅쓰고 한 발 한 발 무서운 포학함으로부터 멀어져 간다고 생각하니 절로 마음이 들뜨는 것이었다.

그러나 앞으로 나가다가 얼마 안되어 그들은 아직도 모르몬교도의 관할 구역을 채 벗어나지 못했다는 증거를 보았다. 길이 극도로 험준하고 쓸쓸한 곳에 이르렀을 때, 루시가 깜짝 놀라며 머리 위를 가리켰으므로 올려다보니, 그들이 가는 길을 내려다볼 수 있는 큰 바위가 어두운 밤하늘에 뚜렷하게 떠올라 있고, 그 위에 보초 한 명이 서 있는 것이었다.

동시에 보초 쪽에서도 알아차리고 "누구야!" 하고 외치는 소리가 골짜기의 정적을 깨뜨렸다.

"네바다로 가는 나그네입니다."

제퍼슨 호프가 안장에 매단 총을 쥐면서 조용히 대답했다.

그 대답에 만족할 수 없었던지 보초가 총을 겨누며 내려다보고 있는 것이 보였다.

"누구의 허가를 얻었나"

"장로회의 허가를 얻었소." 파리아가 대답했다. 장로회라고 대답하는 것이 모르몬교 세계에서는 가장 유력하다는 것을 그는 경험으로 알고 있었던 것이다.

"9에서 7."

보초가 소리쳤다.

"7에서 5."

제퍼슨이 아까 뜰에서 들은 암호를 생각해 내고 얼른 대답했다.

"통과해도 좋소. 조심해서 가시오."

이 지점에서부터 앞은 길이 트여 있어서 속력을 내어 말을 달릴 수가 있었다. 돌아다보니 보초가 총을 지팡이삼아 우뚝 서 있는 것이 보였다. 그리고 그들은 이것으로 모르몬교 세계의 가장 바깥쪽에 있는 초소를 돌파했기 때문에 앞길에는 이제 자유가 열렸다는 것을 깨달았다.

## 제5장 복수의 천사단

꾸불꾸불한 험한 길을 빠져나가기도 하고 울퉁불퉁한 바위가 가로놓인 오솔길을 넘기도 하며 밤새도록 그들은 말을 몰았다. 도중에 여러 번 길을 잃었으나, 그때마다 산길에 밝은 호프 덕분에 바른 길로 나갈 수가 있었다. 어디를 봐도 흰 눈을 인 봉우리들이 겹겹이 포개져서 지평선을 구분짓고 있었다. 그리고 길 양편에는 병풍 같은 바위가 우뚝우뚝 솟아 있고, 그 위에 나 있는 낙엽송과 소나무는 머리 위에 덮일 정도여서 바람만 불면 와르르 쏟아져 내릴 것 같았다.

이 걱정은 반드시 기우라고만은 할 수 없었다. 그 황폐한 골짜기에서는 이렇게 무너져서 떨어져 내린 나무나 바위들을 여기저기서 볼 수 있었던 것이다. 그들이 지나가는 도중에도 거대한 바위가 요란한 소리를 내며 떨어져서 지쳐 있는 말을 놀라게 하여 갑자기 달려가게 만들었다.

태양이 동녘 하늘에 서서히 떠오름에 따라 산꼭대기들은 마치 축제일의 등불처럼 차례로 타올라서, 마침내는 모든 산들이 장밋빛으로 아름답게 빛났다. 이 아름다운 광경은 도망가는 세 사람의 가슴을 자극하여 새로운 기운을 북돋워 주었다.

산골짜기에서 흘러내리는 개울가에서 세 사람은 크게 한숨 돌리면서 말에게 물을 먹이고 그 동안에 그들도 부랴부랴 아침을 먹었다. 루시와 아버지는 좀더 쉬고 싶었지만 제퍼슨은 식사가 끝나자 이내 두 사람을 재촉했다.

"지금쯤 추적을 벌이고 있을 겁니다. 모든 건 속도 하나만이 해결짓습니다. 카슨 시까지만 무사히 도착하면 그 뒤는 일생 동안이라도 쉴 수 있으니까, 지금은 서둘러야 합니다."

그 날은 온종일 골짜기만 달렸으나, 저녁때에는 적들로부터 30마일 이상은 확실히 떨어졌을 것으로 생각되었다. 저녁 늦게 바위가 삐죽이 튀어나와서 찬바람을 얼마쯤 막을 수 있는 곳을 골라 서로 몸을 꼭 붙이고 몇 시간 동안 푹 잤다.

동이 채 트기도 전에 그들은 일어나서 또 행진을 계속했다. 추적자인 듯한 사람의 모습은 보이지 않았다.

제퍼슨 호프는 이제 여기까지 오면 그 무서운 모르몬교도의 마수도 미치지 못할 것이라고 조금 안심을 하기 시작했다. 그들의 무쇠 같은 손이 어디까지 뻗고, 얼마나 신속하게 희생자를 붙잡아 죽이는가를 그는 몰랐던 것이다.

탈주한 지 이틀째 되는 점심때는 본디 얼마 되지 않던 식량이 벌써 떨어지기 시작했다. 하지만 산에는 사냥감도 있었고, 사실 지금까지도 자주 총 한 자루로 목숨을 부지해 온 일이 있었기 때문에 제퍼슨은 그다지 걱정하지 않았다.

무엇보다도 해발 5천피트에 가까운 산이므로 추위가 심하여 으슥한 곳을 골라 마른 가지들을 모아다가 불을 지펴서 부녀에게 쬐도록 했다. 그리고 말을 각각 붙들어매고 나서 루시에게 잠시 다녀오겠다는 말을 하고 총을 메고 사냥을 하러 나섰다. 한참 동안은 돌아다보니 꼼짝도 않는 세 필의 말 곁에서 부녀가 모닥불 곁에 웅크리고 있는 것이 보였으나, 곧 바위에 가로막혀 아주 안 보이게 되고 말았다.

제퍼슨은 골짜기에서 골짜기로 2마일 남짓이나 걸었으나, 나무 줄기의 상처나 그 밖의 점으로 미루어 그 부근에는 많은 곰들이 있어야만 할 것 같은데도 도무지 곰을 만날 수가 없었다. 두세 시간이나 찾아다녔지만 결국 헛수고로 끝났으므로 단념하고 돌아서다가 문득 머리 위를 보았더니 깜짝 놀랄 만큼 반가운 것이 눈에 띄었다. 삼사백 피트쯤 위에 비스듬히 튀어나온 바윗가에 양같이 보이는 커다란 뿔이 달린 동물이 서 있었던 것이다. 일반적으로 큰뿔이라고 부르고 있는 동물인데, 밑에서는 안 보이지만 그 뒤에 같은 무리가 잔뜩 있고 한 마리만 그곳에 망을 보러 나와 있는 듯했다. 특히 다행스럽게도, 망을 보는 놈이 반대쪽을 향해 서 있었기 때문에 사냥꾼이 밑에 있는 것을 모르고 있는 모양이었다.

제퍼슨은 곧 배를 깔고 엎드려 총을 바위에 얹어 신중히 겨냥을 한 다음 방아쇠를 당겼다. 큰뿔은 허공으로 한 번 풀쩍 뛰는 것 같더니 벼랑가에서 몇 번 비틀거리다가 골짜기 밑으로 떨어졌다.

잡은 것은 너무 무거워서, 제퍼슨은 한쪽 다리와 옆구리 일부분을 베어내는 것만으로 만족했다. 벌써 땅거미가 끼기 시작한 어스름 속을 달려, 그는 잡은 것을 어깨에 메고 급히 돌아가기 시작했다.

그러나 몇 걸음 걷다가 당치도 않은 곤란에 부닥친 것을 깨달았다. 그가 정신 없이 사냥감을 찾아다니는 동안 어느새 알지도 못하는 골짜기에 들어와 있었던 것이다. 왔던 길을 찾아서 돌아간다는 것은 쉬운 일이 아니었다. 지금 있는 골짜기는 갈랫길이 많았으며, 그 갈랫길마다 또 작은 골짜기로 갈라져 있는 데다 어느 것이나 모두 비슷비슷한 골짜기여서 어느 게 어느 것인지 분간할 수가 없었다. 그래서 이 골짜기인가 싶은 곳을 1마일 남짓 걸어갔더니 한 번도 지나온 적이 없는 개울가로 나왔다. 아차 하고 이번에는 다른 골짜기로 들어갔으나 역시 같은 결과가 되었다.

그러고 있는 동안에도 밤의 장막은 자꾸자꾸 짙어져 왔다. 간신히 낯익은 골짜기에 이르렀을 때는 이미 사방이 캄캄해져 있었다. 달도 없는데다가 양쪽이 높은 벼랑이라 어둠이 한층 더 심해서 한 번 지나온 골짜기인데도 길을 잃지 않고 지나가기가 여간 어려운 일이 아니었다.

짐이 무겁고 몸도 지쳐 있어서 비틀비틀 걸으면서도, 한 발 한 발 루시가 있는 곳으로 다가가고 있다는 것과 앞으로 카슨 시에 당도하기까지 식량에는 곤란이 없어졌다는 점에 용기를 얻고 그는 간신히 걸음을 옮기는 것이었다.

가까스로 루시 부녀를 남겨 두고 온 골짜기 어귀에 다다랐다. 어둠 속에서도 눈에 익은 바위를 알 수 있었다. 그곳을 나선 지 다섯 시간 가까이나 되었으니 두 사람은 틀림없이 걱정하고 있을 것이다.

그는 기쁜 나머지 돌아왔다는 신호로서 두 손을 입에 대고 “야호!” 하고 골짜기를 향해 소리질러 보았다. 그리고 멈추어서서 귀를 기울였으나 루시의 대답은 없었다. 들리는 것이라고는 이산 저산에 메아리쳐서 돌아오는 허허로운 자기 목소리뿐이었다. 소리를 크게 해서 또 한 번 외쳐 보았다. 역시 반응이 없었다. 어쩐지 불안한 생각이 들어 그는 어느새 소중한 식량도 팽개치고 골짜기를 향해 미친 듯이 달리고 있었다.

바위 모서리를 돌아가니 불을 피워놓고 그들을 기다리게 해 두었던 장소가 한눈에 보였다. 아직도 타다 남은 것이 숯불이 되어 빨갛게 주위를 비추고 있으나, 그가 간 뒤 한 번도 마른 가지를 더 지핀 흔적은 없고, 사방은 괴괴하여 사람 그림자도 보이지 않았다.

불안은 이내 현실의 놀라움이 되었다. 그는 더욱 더 걸음을 빨리했다.

가보니 불가에는 역시 사람도 말도 없었다. 자기가 없는 동안에 어떤 끔찍한 재난이 일어난 게 틀림없었다. 사람도 말도 모두 함께 어떤 무서운 재난에 휩쓸리는 바람에 그 이유를 알릴 만한 흔적조차 남겨 둘 겨를도 없이 이곳을 떠난 것이 틀림없었다. 이 타격으로 머리가 어질어질해서 그는 자리에 쓰러질 것 같았으나 총을 지팡이삼아 가까스로 몸을 버티었다.

그러나 그는 본디 활동적인 사나이였다. 너무 놀란 나머지 잠시 동안은 어쩔 줄 몰랐으나 곧 그 충격에서 벗어남과 동시에 타다 남은 나뭇가지를 집어 불을 붙이고 그것을 횃불삼아 사방을 살피기 시작했다.

땅바닥이 온통 말굽 자국 투성이여서 수많은 기마대가 여기서 두 사람을 따라잡았다는 것을 알 수 있었다. 그리고 발자국이 나타내는 바에 따르면, 기마대는 솔트레이크 시 쪽으로 돌아가고 있는 듯했다. 두 사람 다 그들에게 납치된 것일까.

제퍼슨은 그것이 틀림없다고 생각했으나, 그때 우연히 이상한 것이 눈에 띄어서 섬뜩했다. 조금 떨어진 곳에 두두룩하게 솟아올라 보이는 붉은 흙더미가 있었다.

분명히 낯선 것이었다. 새 무덤이라고 밖에 생각할 수가 없으므로 가까이 가 보았더니 분명 무덤이었으며 한가운데에 막대기를 세우고 그 끝을 쪼개어 종이쪽이 한 장 끼어 있었다. 그 종이쪽에는 다음과 같이 간단한, 아무리 봐도 틀림없는 글씨가 적혀 있는 것이었다.

솔트레이크 시 사람
존 파리아의 묘
1860년 8월 4일 사망

그렇다면 아까 여기서 헤어진 그 강직하고 씩씩했던 노인은 이미 이 세상 사람이 아니었다. 그리고 이 간단한 막대기 하나가 그 묘비였다. 제퍼슨은 혹시 그 근처에 두 번째 무덤이 없을까 하고 두리번거렸으나 그것은 눈에 띄지 않았다. 루시는 장로의 아들 중 한 사람의 첩실이 되어야 한다는 처음부터의 숙명에 따르기 위해 무서운 인간들의 손에 이끌려 돌아간 것이다.

그것을 깨달았을 때, 제퍼슨은 그것을 막지 못했던 자신의 무력함을 생각하고 차라리 자기도 이 자리에서 존 파리아와 같은 운명이 되어 이 쓸쓸한 산 속을 영원한 안식처로 삼았으면 하는 심정까지 들었다. 그러나 그의 활동적인 정신은 실망의 구렁에서 그를 일어나게 했다. 이제 비록 두 사람을 구출할 수는 없을지라도, 적어도 남은 일생을 복수로 바칠 수는 있을 것이다. 그는 꿋꿋하게 참고 견디는 인내와 흔들리지 않는 의지, 그리고 인디언들과 같이 생활하는 동안에 몸에 밴 매우 집요한 복수심을 가지고 있었다. 사위어 가는 불 옆에 서서 제퍼슨은 이 슬픔을 더는 유일한 수단은 끝까지 복수하는 길 밖에 없다고 느꼈다. 그리하여 굳은 의지와 싫증을 모르는 온 정력을 한결같이 이 목적을 향해 바치려고 결심하였던 것이다.

애처롭도록 창백한 얼굴로 팽개쳤던 식량을 도로 가지고 돌아와서, 그는 불을 피워 이삼일 식량이 될 만큼 구웠다. 그것을 싸 가지고 지쳐 있기는 했으나 쉬지도 않고 복수의 천사들의 발자국을 쫓아 산 속을 되돌아갔다. 말을 타고 이틀밖에 안 걸렸던 길을, 지쳐 빠진 몸과 부르튼 발로 걸으려니 꼬박 닷새가 걸렸다. 밤이면 바위 틈에 누워 두세 시간 잤으나 언제나 날이 새기가 무섭게 일어나서 다시 걷기 시작했다.

엿새 만에 겨우 독수리 골짜기에 당도했다. 거기서부터는 이제 솔트레이크 시가 눈 아래 내려다보였다. 지칠 대로 지친 그는 총을 지팡이삼고 서서 발 밑에 펼쳐진 고요한 시 쪽으로 말라빠진 앙상한 손을 흔들며 저주를 퍼부었다. 문득 정신이 들고 보니 주요한 큰길에는 깃발이 걸려 있었고, 잔치가 있는 듯한 기척이 보였다. 대체 무슨 일일까 하고 의심스럽게 생각하고 있는데 말굽 소리가 들리더니 말 탄 사나이가 다가왔다. 보니 가끔 일을 도와준 적이 있는 쿠퍼라는 모르몬교도였다. 그는 루시가 어떻게 되었는가를 물어 보려고 그를 불렀다.

"나는 제퍼슨 호프입니다. 기억하시지요?"

쿠퍼는 정말 깜짝 놀라는 기색으로 제퍼슨을 찬찬히 보았다. 꾀죄죄한 차림새에 창백한 얼굴을 하고 눈이 번들거리는 사나이가 전에 매력적인 젊은 사냥꾼이었던 제퍼슨이라고 알아보기는 사실 힘들었던 것이다. 그러나 본인이 틀림없다는 것을 알자 쿠퍼의 놀라움은 당황으로 변했다.

"이런 곳에 나타나다니. 정신이 돌았소? 당신과 이야기하는 걸 들키는 날에는 내 목숨까지 없어질 판이오. 당신은 파리아 부녀의 탈주를 도왔다는 죄목으로 장로회로부터 체포 명령이 내려져 있단 말이오."

"장로회고 체포 명령이고 하나도 무섭지 않아요. 그보다도 당신은 이번 일을 잘 알고 계실 테니 제발 좀 가르쳐 주십시오. 지금까지 우리는 그런 사이가 아니었지 않습니까. 부탁이니 내가 묻는 말에 대답 좀 해주십시오."

"묻다니, 뭘 말이오?"

쿠퍼는 불안스럽게 제퍼슨의 얼굴을 보았다.

"빨리 말하시오. 바위에 귀가 있고 나무에 눈이 있어요."

"루시 파리아는 어떻게 되었습니까?"

"어제 들레퍼 씨의 아드님과 결혼을 했어요. 아니, 왜 그러시오? 정신 차려요. 얼굴이 꼭 죽은 사람 같구먼."

"내 일은 걱정 마시오."

호프는 힘없는 목소리로 말했다. 입술빛까지 잃고 그는 기대어 있던 바위 옆에 맥없이 주저앉았던 것이다.

"겨, 결혼을 했다고요?"

"어제 했지요. 그래서 저렇게 제례소에 깃발이 꽂혀 있는 거라오. 어느 쪽이 결혼하느냐는 문제로 들레퍼 씨와 스탠거슨 씨 사이에 다툼이 있었지요. 추적대에는 두 사람 다 참가했으나 여자 아버지를 사살한 것은 스탠거슨 씨였으니까 스탠거슨 씨 쪽이 유리한 입장이었어요. 그런데 평의회에서는 들레퍼 씨 쪽에 찬성자가 많았기 때문에 예언자께서 그 쪽에 여자를 주기로 한 거라오. 그러나 누가 아내로 맞든지간에 그 여자는 이제 틀렸습니다. 어제도 보니 얼굴에 죽을상이 나타나 있지 않겠어요. 그래 가지고야 괴물이지 어디 여자라고 하겠던가요? 그런데 이제 이만하면 되었소?"

"네. 됐습니다."

제퍼슨은 일어났다. 그의 얼굴은 대리석으로 조각한 것처럼 굳어져, 두 개의 눈만이 그 속에서 처참하게 빛나고 있었다.

"지금부터 어디로 갈 거요?"

"아무 데나 가는 거지요."

제퍼슨은 총 끈을 어깨에 걸치고, 골짜기로 내려가 혼자서 어슬렁 어슬렁 야수의 소굴 같은 모르몬교도의 시로 들어갔다. 야수보다도 더 거칠고 사나운 의도를 품고.

쿠퍼의 불길한 예측은 그대로 적중했다. 원인이 아버지의 억울한 죽음에 있었는지 아니면 마음에 없는 결혼을 강요당했기 때문이었는지는 모르나, 가엾게도 루시는 날이 갈수록 초췌해지더니 한 달도 채 못 가서 죽고 말았던 것이다.

그녀의 주정뱅이 남편은 주로 존 파리아의 유산을 목적으로 결혼했기 때문에 루시가 죽어도 별로 슬퍼하는 기색도 없었다. 도리어 첩실인 다른 많은 아내들이 동정을 하여, 모르몬교의 관습에 따라 매장하기 전날 그녀의 빈소에서 밤을 새웠다.

모두들 관을 둘러싸고 있는데, 밤중에 느닷없이 문을 열고 떨어진 누더기를 걸친 처절한 표정의 사나이가 불쑥 들어오는 바람에 여자들은 기겁을 했다.

들어온 사나이는 겁을 먹고 떨고 있는 여자들은 거들떠보지도 않고, 지난날 루시 파리아의 착한 영혼이 깃들어 있었던 슬픈 백의의 유해 쪽으로 곧바로 걸어갔다. 그리고 허리를 굽혀 싸늘한 그 이마에 입을 맞추고는 그 손가락에서 결혼 반지를 뽑았다.

"이런 걸 끼운 채로 매장하게 하다니 어림도 없지!"

그는 서슬이 퍼래서 이렇게 외치더니 눈 깜짝할 사이에 계단을 뛰어내려가 어디론지 자취를 감춰 버렸다. 너무나 기괴하고 너무나 순간적인 일이어서, 신부의 표적인 금반지가 사라졌다는 부정할 수 없는 사실이 거기 없었다면 눈앞에 보고 있던 사람들조차 자기 눈을 의심하고 싶었을 정도였다. 하물며 그것을 남에게 이야기해서 믿게 만든다는 것이 지극히 어려웠다는 것은 말할 것도 없다.

그로부터 몇 달 동안 제퍼슨 호프는 산 속을 떠돌아다니며, 오로지 심한 복수의 불길을 가슴속에 태우면서 괴상한 야생적인 생활로 날을 보냈다.

솔트레이크 시에서는 시의 변두리를 괴상한 사람이 돌아다닌다는 둥, 그는 적적한 산골짜기에도 출몰한다는 둥 하는 소문이 떠돌게 되었다. 한 번은 스탠거슨의 집 창문을 깨뜨리고 총알이 날아들어 그에게서 1피트밖에 안 떨어진 벽에 맞은 적이 있었다. 또 이런 일도 있었다. 들레퍼가 벼랑 밑을 지나가는데 큰 바위가 머리 위에서 굴러 떨어졌다. 그가 깜짝 놀라 몸을 피했기에 망정이지 하마터면 압사할 뻔했던 것이다.

두 모르몬 청년은 그들의 생명을 위협하는 이러한 기도가 무엇을 뜻하는가를 알고 있었기 때문에, 그 상대를 붙잡든가 죽일 생각으로 여러 차례 산지를 수색했으나 그때마다 실패를 되풀이할 뿐이었다. 그래서 그 뒤부터는 밤이나 또는 혼자서는 결코 외출하지 않고 집에도 경계를 하기 시작했다. 이윽고 수상쩍은 자의 모습이 보이지 않게 되자 그들은 세월이 원한을 씻어 준 것으로 믿고 경계를 늦추게 되었다.

그러나 실상 제퍼슨의 복수심은 불길이 세어졌으면 세어졌지 결코 식지는 않았던 것이다. 그는 굳세고 확고한 의지력을 가지고 있었으므로 오직 복수의 일념으로 가득차 다른 것은 생각할 겨를도 없을 정도였다. 그리고 그는 현실을 받아들이는 사나이였다. 그래서 얼마 안가 그는 이렇게 쉴새없이 몸을 혹사하여서는 아무리 무쇠 같은 건강체라도 도저히 오래 지탱되지 못한다는 것을 깨달았다. 밤낮으로 비바람을 맞으며 먹을 것도 제대로 먹지 않았기 때문에 점차 몸이 쇠약해져 갔던 것이다.

만일 이대로 산 속에서 개죽음이라도 하는 날에는 복수는 어떻게 된단 말인가? 이대로 밀고 나가다가는 개처럼 죽을 게 뻔한 노릇이 아닌가. 그러다가는 뻔히 알면서 적에게 이익을 주는 거나 마찬가지였다. 그는 그것도 깨달았다. 건강을 회복함에 따라 물질적인 부자유 없이 목적을 향해 돌진할 수 있는 자금을 만들어야겠다는 생각에서, 내키지는 않았지만 일단 네바다의 광산으로 돌아갔다.

처음 예정으로는 길어야 1년으로 생각했던 것이, 뜻밖의 사정이 얽혀서 결국 5년 가까이 광산을 떠날 수가 없었다. 5년이 지나도 원한의 추억이나 복수를 갈망하는 마음은 조금도 엷어지지 않고, 존 파리아의 무덤을 발견했던 그날 밤과 조금도 변함없이 새롭고 격정적이었다. 그는 자기가 정의라고 믿는 바를 수행할 수만 있다면 목숨같은 건 필요없다는 결심으로 모습을 바꾸고 이름을 바꾸어서 솔트레이크 시로 돌아갔다. 돌아가 보니 몇 달 전에 모르몬교 세계에 분열이 생겨서 일부 젊은 신도들이 장로에게 반항을 했다. 그 결과 일부의 불평분자들은 모르몬교를 버리고 유타 주를 떠나 이교도가 되어 버렸다. 그 속에 들레퍼도 스탠거슨도 포함되어 있었지만 두 사람의 행방은 아무도 모른다는 것이었다. 소문에 의하면 들레퍼는 떠날 때 재산의 대부분을 돈으로 바꾸었으므로 상당한 현금을 가지고 있겠지만, 스탠거슨은 별로 돈이 없을 것이라고 했다. 단지 그 말뿐으로 어디로 갔는지는 도무지 알 수가 없었다.

아무리 집념이 강한 사나이라도 이러한 곤란에 부딪치면 대개 복수를 단념하는 게 보통이겠지만, 제퍼슨은 한시도 주저하지 않았다. 조금 가지고 있던 돈은 쓰지 않고 아무거나 닥치는 대로 일자리를 구해서 돈을 벌면서 이 마을 저 마을로 그 원수를 찾아 미국 전체를 돌아다녔다.

달이 바뀌고 해가 바뀌어 검었던 머리도 반백이 되었지만, 그는 여전히 방랑을 계속했다. 오로지 복수만을 생각하면서 사냥개처럼 원수를 찾아다녔다. 그러다가 마침내 그의 인내는 보답을 받게 되었다. 그것은 창문으로 언뜻 얼굴을 보았을 뿐이었으나, 그것만으로도 그가 오하이오 주의 클리블랜드에 찾고 있는 원수가 있다는 것을 알기에 충분하였다.

그는 복수의 계획을 완전히 세워 가지고 일단 그 초라한 숙소로 돌아갔다. 그러나 불행하게도 그때 창문으로 밖을 내다보고 있던 들레퍼가 우연히 길거리의 제퍼슨을 알아보고, 그 눈에 살기가 어려 있음을 알아차리고 말았던 것이다.

들레퍼는 지금 자기의 비서로 있는 스탠거슨을 데리고 부랴부랴 보안관을 찾아가서, 옛 연적이 원한을 품고 생명을 위협하고 있다는 취지를 이야기했다. 그래서 제퍼슨 호프는 그날 밤 강제로 끌려가서, 신원보증인이 없었기 때문에 몇 주일이나 유치장에 갇히고 말았다. 겨우 풀려나와 보니 들레퍼의 집은 비어 있었다. 그러나 제퍼슨은 그가 비서 스탠거슨을 데리고 유럽으로 갔다는 것을 알았다.

또다시 좌절한 제퍼슨은 그 좌절로 인하여 더욱더 원한을 깊이 새기고 용기를 내서 또다시 끝없는 추적의 길을 떠났다.

그러나 이제는 돈이 떨어지기 시작했으므로 그는 당분간 일을 해서 돈을 벌지 않으면 안 되었다. 마침내 그동안 모은 돈을 가지고 그는 유럽으로 건너갔다. 가는 도중에 아무리 천한 일도 마다하지 않고 돈을 벌어 가면서 이리저리 원수를 찾아 돌아다녔으나 좀처럼 원수를 만날 수가 없었다.

러시아의 수도 상트페테르부르크에 당도해 보니 원수는 파리로 떠난 뒤였다. 덴마크의 수도 코펜하겐에서도 또 며칠 차이로 원수는 런던으로 떠난 뒤였으나, 마지막으로 런던에서 용케 그는 두 사람을 따라잡을 수 있었던 것이다.

그리하여 런던에서 일어난 일에 대해서는 제퍼슨 자신의 고백을 듣는 것이 좋을 것이다. 그 고백은 이미 우리들이 힘입은 바 큰 왓슨 박사의 일기에 의해 차례로 전개될 것이다.

## 제6장 왓슨 박사의 회상록 속편

제퍼슨 호프는 맹렬히 저항했으나, 우리들에 대해 난폭한 짓을 할 생각은 없는 것 같았다. 도저히 안되겠다는 것을 알고는 씩 웃으면서 "여러분, 다치지는 않았습니까?" 하고 묻는 것으로도 알 수 있었다.

"선생님께선 저를 경찰서에 끌고 갈 작정이겠지요?"

그는 홈즈를 보고 말했다.

"그러려면 마차가 밖에 있으니까, 발만 풀어 준다면 제 발로 걸어 내려가겠습니다. 이젠 기운이라고는 조금도 없습니다요."

글렉슨과 레스트레이드는 이 부탁을 좀 뻔뻔스럽다고 생각했던지 얼굴을 마주보며 안심 못하겠다는 기색이었다. 하지만 홈즈는 제퍼슨의 말을 고이 받아들이고, 발목을 묶었던 수건을 풀어 주었다. 제퍼슨은 일어서서 자유로움을 확인이라도 해보듯이 다리를 벌려 보았다. 나는 그때 그를 보고 이렇게 튼튼하게 생긴 사나이는 드물다고 생각했던 일이며, 볕에 탄 검은 얼굴에 그 체력 못지않게 무서운 결의와 기력이 나타나 있었던 것을 지금도 기억하고 있다.

"만일 경찰서장 자리가 비어 있다면 선생님이 그 자리에 앉으시기 꼭 알맞은 분이시군요. 저를 추적하신 솜씨가 정말 굉장했으니까요."

그는 또 홈즈를 보고 거짓 아닌 감탄의 소리를 했다.

"두 분께서도 같이 가시는 게 좋겠습니다."

홈즈가 두 탐정에게 말했다.

"내가 마차를 몰지요."

레스트레이드가 말했다.

"그러시죠. 글렉슨 씨는 나와 함께 안에 타십시다. 그리고 왓슨도. 자넨 몹시 흥미를 가지고 있었던 모양이니 같이 가고 싶겠지."

나는 기꺼이 응했다. 그래서 우리는 줄줄이 아래층으로 내려갔다. 제퍼슨은 기가 꺾인 기색도 없이 침착하게 자기 마차의 손님 자리에 올라탔다. 그 뒤를 따라 우리도 탔다. 레스트레이드는 스스로 마부석에 올라가서 말에 채찍질을 했다. 그리하여 곧 목적지에 도착했다.

우선 우리는 조그마한 방에 안내되었는데, 거기서 경감 한 사람이 제퍼슨과 피해자의 이름을 적었다. 경감은 창백한 얼굴을 한 무감동한 사나이로 귀찮은 듯이 기계적인 태도로 조사를 했다.

"이번 주일 안으로 판사의 취조가 있겠지만, 그때까지 뭐 하고 싶은 말은 없소? 주의해 두겠는데, 당신이 한 말은 기록에 남아서 경우에 따라서는 나중에 당신한테 불리한 증언이 될지도 모르니까 그렇게 아시오."

"할 말은 많습지요. 저는 이분들에게 여기서 죄다 말씀드리고 싶습니다."

"그 일이라면 공판까지는 말하지 않는 게 좋지 않을까요?"

경감이 말했다.

"저는 공판받을 일이 없을 줄 압니다. 아니, 왜 그런 얼굴을 하십니까? 자살을 하겠다는 게 아닙니다. 선생님께서는 의사십니까?"

제퍼슨은 날카로운 눈으로 나를 보았다.

"그렇소, 나는 의사요만……."

"그러시다면 여기다 손을 한 번 대보십시오."

그는 미소를 머금고 수갑 찬 손으로 자기 가슴을 가리켰다.

그의 말대로 해보고 나는 심장이 몹시 어지럽고 강하게 두근거리고 있음을 인정했다. 약한 건물 안에서 큰 기관이라도 운전하는 것처럼 흉벽이 덜컹덜컹 진동하고 있었다. 방안이 조용해서 그의 심장에서 나는 소리를 나는 실제로 들을 수 있었다.

"음, 이건 대동맥류가 아닌가!"

제퍼슨은 침착하게 말했다.

"그런 병명입니다. 지난 주일 어느 병원에서 진찰을 받았더니 얼마 안 가서 파열할 거라고 그러더군요. 해마다 자꾸 악화되었지요. 솔트레이크 산 속에서 밤이슬을 너무 많이 맞고 먹을 것도 제대로 먹지 못하고 무리를 하다가 생긴 병이지요. 이제 일을 끝냈으니까 언제 죽어도 상관은 없지만, 일의 전말만은 대충 말해 두고 싶습니다. 단순한 살인자라는 오명을 남기고 싶지는 않으니까요."

경감과 두 형사는 그에게 그 이야기를 하게 하느냐의 여부에 대해 급히 의논했다.

"왓슨 씨, 위험이 금방 닥칠 것 같습니까?"

경감이 물었다.

"매우 가깝습니다."

"그렇다면 제퍼슨, 마음대로 이야기를 해도 좋소. 그러나 역시 기록은 할 테니까 그렇게 아시오."

"그럼, 실례를 하고 앉겠습니다."

제퍼슨은 의자에 앉았다.

"동맥류 때문에 어찌나 피로가 잘 느껴지는지요. 그런데다가 아까 격투를 하는 바람에 영 더 나빠져 버렸습니다. 이젠 한쪽 발을 관 속에 들여놓은 거나 다름없으니까 결코 거짓말을 할 염려는 없습니다. 지금부터 제가 하는 이야기는 모두 있는 그대로의 사실입니다, 그것을 들으시고 선생님들께서 어떻게 취급을 하든, 그 점은 전 아무래도 좋습니다."

이렇게 허두를 말해놓고 제퍼슨 호프는 다음과 같은 이상한 이야기를 시작했다. 아주 평범한 이야기라도 하듯이 침착하고 순서대로 이야기를 했다. 다음은 제퍼슨의 말을 그대로 받아 적은 레스트레이드의 수기를 참고한 것이므로 충분히 정확하다는 것을 보증할 수 있다.

"제가 무엇 때문에 그 둘을 미워하고 있는지, 그것은 선생님들로서는 아무래도 좋은 일입니다. 그들에게는 사람 둘을, 아버지와 딸을 살해한 죄가 있습니다. 그 벌로서 자신들의 목숨을 잃은 겁니다. 그냥 이렇게만 말씀드리면 충분하겠지요. 그들이 부녀를 죽이고 나서 세월이 많이 흘렀기 때문에 어느 법정에 고소를 해도 법률로 그들을 벌할 수는 없었습니다. 그러나 저는 그 죄를 알고 있습니다. 그래서 재판관과 배심원과 사형 집행자, 이 세 가지 역할을 저 혼자 맡으려고 결심했던 겁니다. 선생님들께서도 남자인 이상 저 같은 입장에 놓인다면 반드시 그렇게 하셨을 겁니다.

지금 말씀드린 살해된 처녀는 20년 전에 저와 결혼하기로 약속이 되어 있었지요. 그런데 그 들레퍼와 강제로 결혼하는 바람에 비탄에 젖어 끝내는 죽고 말았습니다. 저는 그 유해에서 결혼 반지를 뽑아서 가지고 있다가 들레퍼가 죽을 때 그것을 보여 주고, 그가 저지른 죄와 그 보복을 깨우쳐 주려고 혼자 속으로 맹세했습니다.

그래서 그 반지를 몸에 지니고 들레퍼와 그 비서의 뒤를 쫓아서 저는 미국에서 유럽 끝까지 유랑했습니다. 상대방은 그러다가 제가 지쳐서 그만둘 줄 알았겠지만, 그런 일로 단념할 제가 아닙니다.

전 이제 내일 죽어도——사실 내일쯤 죽을지도 모르겠습니다만——이 세상에서 할 일을 끝냈으니 마음놓고 죽을 수가 있습니다. 그들은 죽었습니다. 그것도 제 손에 죽었습니다. 저에게는 이제 아무런 소망도 바람도 없습니다.

상대방은 돈이 있었지만 전 가난뱅이라서 추적을 한다는 건 정말 쉬운 일이 아니었지요. 런던에 도착했을 때는 주머니가 거의 비어 있었기 때문에 당장 밥벌이를 해야겠다고 생각했습니다. 다행히 말을 부리는 일이라면 눈을 감고도 할 수 있을 만큼 익숙한 일이었기 때문에 마차집에 가서 일자리를 구했습니다.

고용주한테 매주 일정한 돈을 들여놓으면, 그 이상 번 것은 제 것이 되는 거지요. 하긴 남는 것도 별로 없었습니다만, 그래도 그럭저럭 밥은 먹고 지낼 수가 있었습니다. 제일 어려운 일은 길을 익히는 일이었지요. 아마 세상에서 이 도시만큼 길을 알기 어려운 곳도 없을 것입니다. 언제나 지도를 가지고 다니면서 일일이 그걸 들여다봐야 하는 형편이었지요. 하지만 주요한 호텔과 정거장이 있는 곳을 알고부터는 꽤 수월해졌습니다.

그 두 사람의 거처를 찾아내기까지는 좀 시간이 걸렸지요. 묻고 또 묻고 하던 끝에 겨우 어느 날 알아냈습니다. 숙소는 강 건너 캠버웰에 있는 어느 하숙집이었어요. 눈치채일 염려는 없었습니다. 이번에는 세상없어도 놓치지 않겠다는 굳은 결심을 하고 저는 끝까지 그들을 추적하며 좋은 기회가 오기를 기다리기로 했습니다.

그런데 하마터면 이번에도 또 놓칠 뻔했지 뭐겠습니까.

온 런던을 어디로 가든지 저는 꼭 그들의 뒤를 밟기로 했지요. 어떤 때는 마차로 또 때로는 걸은 적도 있습니다만, 마차라면 달아날 염려가 없기 때문에 마차 쪽이 편리하더군요. 그 대신 벌이는 새벽 일찍 아니면 밤늦게 밖에 못하니까 주인한테 낼 돈이 밀리기 시작했습니다만, 그래도 저로서는 목표하는 원수만 갚으면 되니까 그런 것도 걱정이 되지 않더군요.

그들은 실로 빈틈이 없었습니다. 어쩌면 내가 노리고 있을지도 모른다는 생각이 있어서 그랬던지 혼자서는 절대로 외출을 하지 않고, 또 해만 지면 나오지 않았습니다. 2주일 내내 뒤를 밟았습니다만, 그 동안에 단 한번도 둘이 떨어져서 행동한 적이 없었습니다.

들레퍼는 대개 언제나 취해 있었습니다만, 스탠거슨은 빈틈이 없는 작자라 아침부터 밤까지 감시하고 있는데도 도무지 기회가 없었습니다. 하지만 어쩐지 좋은 기회가 올 것 같은 예감이 들었기 때문에 전 그다지 조급해 하지 않았습니다. 단지 걱정되는 것은, 이 가슴이 아슬아슬한 판국에 와서 파열되어 일을 해내지 못하지나 않을까 하는 것이었지요.

그런데 어느 날 밤 제가 토키 테라스를――하숙집이 있는 동네가 그런 이름입니다만――왔다갔다하고 있노라니, 마차 한 대가 그 하숙집 앞에 당도하자 안에서 짐을 내다 싣더니 이어서 들레퍼와 스탠거슨이 타고 어디론가로 가지 않겠습니까. 저는 곧 말에 채찍질을 하여 보일락말락하게 그 마차의 뒤를 쫓았습니다만, 짐을 내오는 것을 보니 숙소라도 옮기려고 그러는가 싶어 전 제 정신이 아니었습니다. 유스턴 역에서 그들이 마차를 내렸기 때문에 저는 거기 있던 아이에게 마차를 부탁해 놓고 플랫폼까지 따라가 보았습지요.

그랬더니 그들은 리버풀 행 열차가 어느 것이냐고 차장한테 물었는데, 방금 하나 떠났으니 다음 차는 두세 시간 뒤라야 떠난다고 차장이 대답하는 소리가 들리더군요.

스탠거슨은 그 말을 듣고 성이 난 기색이었습니다만, 들레퍼는 오히려 잘됐다는 듯이 기뻐하는 것 같아 보였습니다. 혼잡 속에 섞여 가까이까지 다가가 보았더니, 그들이 하는 말이 죄다 들리더군요. 들레퍼가 혼자서 할 볼일이 있는데 곧 돌아올 테니까 여기서 기다리고 있으라고 말했습니다. 그러자 스탠거슨이 말리면서 둘이는 서로 한시도 떨어지지 않겠다는 굳은 약속을 하지 않았느냐고 하더군요.

들레퍼는 이건 매우 미묘한 볼일이기 때문에 아무래도 혼자 갔다

와야겠다고 주장했습니다. 그 말에 대해 스탠거슨이 뭐라고 대답했는지 그건 못 들었습니다만, 들레퍼가 갑자기 성을 벌컥 내며 넌 돈으로 고용한 비서에 불과하니까 주인한테 지시 따위는 하지 말라고 욕지거리를 하더군요. 그 말을 듣더니 스탠거슨은 마지못해 단념을 하고 막차 시간까지 돌아올 수 없으면 헐리데이 특급 호텔에서 만나자고 그러더군요. 들레퍼는 11시까지는 꼭 돌아온다고 하며 정거장을 나갔지요.

고대하던 기회가 드디어 찾아온 것입니다. 원수는 이제 제 손 안에 있습니다. 둘이 함께 있으면 서로 도울 수도 있지만, 한 놈씩이라면 이쪽 마음대로지요.

그렇다고 해서 전 경솔한 짓은 하지 않았습니다. 계획은 다 짜여져 있었죠. 무엇 때문에 누구의 손에 죽는가를 충분히 알 만한 여유를 원수놈에게 주지 않고는 복수의 목적을 이루었다고는 할 수 없지요. 그래서 저는 저를 괴롭힌 놈에 대해 과거의 죄에 대해 보복을 당하게 되었다는 것을 알릴 수 있도록 미리 계획을 짜 두었던 것입니다.

이렇게 말씀드리는 것은, 그러기 얼마 전 어느 날 브릭스턴 거리에 빈집을 살펴보러 갔던 손님이 제 마차 속에다가 그 집 열쇠를 두고 내린 적이 있었습니다. 그날 밤에 찾으러 와서 열쇠는 돌려주었습니다만, 그 동안에 저는 본을 떠서 열쇠를 하나 더 만들었습지요. 그래서 이 대도시 안에서 적어도 한 군데만은 아무한테도 방해받을 염려가 없는 곳이 생겼던 것입니다. 이제는 어떻게 하면 들레퍼를 그 집까지 유인해 가느냐가 남은 문제였습니다.

들레퍼는 걸어가는 도중 두서너 군데 술을 마시러 들어갔습니다. 그 중에서도 마지막에 들어간 집에서는 30분 가까이 걸렸는데, 나오는 것을 보니 비틀비틀 걸음을 걷고 있었습니다. 상당히 취했던 모양이지요. 마침 제 앞에 합승마차가 한 대 있어서 그는 그것을 불러 타더군요. 저는 그 마차 가까이, 말의 콧등이 거의 상대방 마부로부터 3피트밖에 안 떨어질 정도로 바싹 붙어서 미행하였습니다.

워털루 다리를 지나서 곧장 이삼 마일이나 가기에 어디로 가는가 했더니, 글쎄 오늘까지 하숙해 있던 토키 테라스로 가지 않겠습니까. 무엇 때문에 새삼스럽게 돌아갔는지는 알 수가 없었지만, 아무튼 하숙집에서 1백 야드 가량 떨어진 곳에서 미리 마차를 세우고 동정을 살피고 있었습니다.

그는 하숙집으로 들어가고 마차는 어디론가 가 버렸습니다. 죄송하지만 물 한 잔 주시겠습니까. 말을 하니까 입안이 마르는군요."

나는 물컵을 주었다. 그러자 그는 쭉 들이켜고 나서 다시 이야기를 계속했다.

"아, 이제 좀 살 것 같군요. 그래 거기서 기다리고 있노라니, 15분쯤 있다가 갑자기 집안이 떠들썩하니 싸움이라도 벌어진 것 같은 소리가 나더니 느닷없이 현관문이 확 열리며 남자 둘이 나타났습니다. 하나는 들레퍼였는데, 하나는 전혀 처음 보는 남자였지요. 처음에 나왔을 때 그 남자는 들레퍼의 멱살을 잡고 있었습니다만, 돌계단 위에서 그를 쥐어박으며 발길로 걷어찼기 때문에 들레퍼는 큰길 복판까지 날아갔지요. 그래 놓고서 젊은 남자는 굵은 몽둥이를 휘두르며 '야, 이 새끼야! 한 번만 더 순진한 처녀를 모욕했다가는 그대로 안 둘 테다!' 하고 욕을 퍼부어 대더군요.

정말 굉장히 화를 내고 있었기 때문에 그놈이 허둥지둥 달아나지 않았다면 아마 그 젊은이는 그 몽둥이로 진짜 때려 죽였을 거라고 생각합니다. 들레퍼는 길모퉁이까지 도망쳐 와서 거기 제 마차가 있는 것을 보고 얼른 뛰어오르면서 '헐리데이 특급 호텔까지 가 주게'라고 이르더군요.

들레퍼가 제 마차에 뛰어드는 것을 보고 저는 얼마나 기뻤던지 가슴이 두근두근하였습니다. 그 바람에 당장에라도 동맥류가 터지지나 않을까 그게 걱정스러울 정도였답니다. 그래서 천천히 말을 몰면서 우선 어떻게 하는 게 제일 좋을까를 궁리하였습니다. 그냥 어디 호젓한 교외로라도 끌고 가서 거기서 마지막 회견을 하는 것도 한 가지 방법이었지요. 그래서 그렇게 하려고 거의 결심했을 때 그놈 쪽에서 문제의 해결책을 던져 주었습니다.

그것은 그놈이 또 술을 먹고 싶어 못 견디겠으니 지나가던 어느 술집 앞에서 마차를 멈추라는 것이었어요. 그리고 저더러는 기다리고 있으라고 일러 놓고 그는 술집으로 들어갔는데, 가게가 파할 때까지 있다가 나왔을 때는 곤드레가 되도록 취해 있었습니다. 저는 드디어 잘 되었다고 생각했지요.

제가 들레퍼를 잔학한 방법으로 죽이고 싶어했다고는 제발 생각하지 말아 주십시오. 물론 매정한 방법으로 죽여야 비로소 엄정한 공평이 얻어진다고는 생각합니다만, 전 그런 지독한 방법으로 죽이지는 못합니다. 죽이기는커녕 오래 전부터 만일 상대방이 원한다면 죽지 않아도 될 기회를 줄 작정으로 있었던 거예요.

미국을 방랑하던 시절 전 꽤 여러 가지 직업을 가졌었는데, 그중 어느 때 네브래스카 주의 요크 대학 연구실의 수위 겸 청소부를 한 적이 있습니다.

어느 날 교수님이 독물학을 강의할 때 알칼로이드라는 것을 학생들에게 보이면서, 이것은 자기가 남아메리카 토인들의 독화살에서 채취하여 만든 것인데, 아주 적은 양으로도 사람이 죽을 정도로 맹독 성분이라고 말하는 것을 들었습니다. 전 그 알칼로이드라는 것이 들어 있는 병을 잘 봐 두었다가 아무도 없을 적에 조금 슬쩍해 두었지요.

저는 본디 약을 조합하는 것을 비교적 잘하는 편이어서, 그 알칼로이드를 섞어서 물에 녹는 조그만 알약을 만들어 가지고, 따로 독을 넣지 않고 만든 똑같은 것과 하나씩 조그만 상자에다 넣어 가지고 다녔습니다. 드디어 때가 왔을 때는 그 상자를 꺼내어 두 알 중 한 알을 먼저 상대방에게 고르도록 해서 남은 쪽을 제가 먹을 생각으로 있었던 거지요. 이 방법은 손수건을 가운데다 놓고 권총을 쏘아 대기보다도 훨씬 심하고, 그러면서 소리도 나지 않습니다.

그래서 그 뒤부터 저는 쭉 알약 상자를 몸에 지니고 있었는데, 드디어 그것을 쓸 때가 온 것입니다. 그것은 12시도 지나 벌써 1시에 가까울 때였습니다. 비가 지독하게 쏟아지는 밤이라서 몸이 흠뻑 젖어서 기분이 나쁠 정도였지만, 속으로는 공연히 환성을 지르면서 춤이라도 추고 싶을 만큼 기뻐서 전 가슴이 뿌듯해 있었습니다.

선생님들 중 어느 분이시든지, 20년 동안 꿈에도 잊지 못하고 원하던 일이 갑자기 이루어질 듯한 것을 경험하신 분이 계시는지요. 만일 계시다면 반드시 그때의 제 심정을 이해해 주실 겁니다.

저는 마음을 진정시키기 위해 잎담배에 불을 붙이고 한 모금 빨아서 연기를 후우 내뿜어 보았습니다. 하지만 손은 부들부들 떨리고 관자놀이는 계속 욱신거렸습니다. 마차를 몰고 가면서도, 존 파리아 노인과 사랑스러운 루시가 어둠 속에서 웃고 있는 모습이, 이렇게 선생님들의 얼굴을 보는 것과 조금도 다름없을 만큼 또렷하게 보였습니다. 두 사람은 내내 마차 양옆에서 저의 앞장을 서며 마침내 브릭스턴 거리의 그 빈집에 당도할 때까지 안내를 해주었습니다.

주위에는 사람 하나 보이지 않고, 들리는 것도 빗소리밖에 없었습니다. 창문으로 들여다보니 들레퍼는 곤드레가 되어 정신 없이 잠들어 있었습니다. 저는 팔을 흔들며 '자, 내리십시오.' 라고 말했습니다.

'응, 알았네.'

그는 아마 처음에 말한 호텔에 도착한 줄 알았던 모양이지요. 순순히 마차에서 내려 저를 따라 뜰 쪽으로 걸어 들어갔습니다. 아직도 비틀거려서 제가 부축을 해야 했습니다만, 그럭저럭 현관에 이르렀기에 문을 열고 큰방으로 그를 데리고 갔습니다. 이때도 루시 부녀는 쭉 앞장서서 안내를 해주었습니다. 아니, 정말입니다.

'왜 이렇게 캄캄해.' 들레퍼가 쿵덕쿵덕 제자리걸음을 하면서 말했습니다.

'지금 불을 켭니다.' 저는 성냥을 그어서 가지고 있던 초에 붙였습니다.

'이것 봐, 이낙 들레퍼.' 하고 부르면서 저는 촛불에 비치는 제 얼굴을 그의 코앞으로 쓱 들이대 주었습니다.

'누구로 생각되나?'

잠시 동안 그는 몽롱하게 취한 눈으로 저를 보고 있었습니다만, 순식간에 그 눈에 공포가 떠오르며 온 얼굴 근육을 떨었습니다. 제가 누군지를 알았던 모양입니다. 금방 얼굴이 창백해지더니 비틀비틀 쓰러지려고 했습니다. 얼굴에는 식은땀이 번지고 이빨 부딪는 소리까지 딱딱 들렸습니다.

그 꼬락서니를 보고 저는 문에 기대어 큰 소리로 마음껏 웃어 주었습니다. 복수라는 것이 얼마나 기분좋은 것인가를 알고는 있었지만, 이렇게까지 마음의 만족이 얻어질 줄은 정말 꿈에도 생각하지 못했습니다.

'이 개 같은 자식!' 저는 마음껏 욕을 퍼부어 주었습니다. '솔트레이크에서 시작하여 상트페테르부르크까지도 뒤쫓아갔던 나다. 지금까지는 한 걸음 차이로 늘 놓치곤 했지만, 이젠 어림도 없다. 적어도 네놈의 방랑길만은 오늘로 끝나는 거다. 네놈이나 나 둘 중 하나가 내일의 태양을 못 보게 될 테니까 말이다.'

이렇게 말하고 있는 동안에도 들레퍼는 연신 구석 쪽으로 뒷걸음쳐 갔습니다. 확실히 저를 미친놈으로 알고 있는 기색이었습니다. 사실 그땐 반 미쳐 있었지요. 관자놀이 혈관은 뚝딱하며 망치질이라도 하는 것처럼 고동치고 있었습니다. 그때 코피만 확 터지지 않았어도 틀림없이 발작을 일으키든가 해서 그 자리에 쓰러졌을 거라고 지금도 생각합니다.

'네놈은 지금 루시 파리아를 어떻게 생각하고 있나?' 저는 문을 철커덕 잠그고 그 열쇠를 그놈의 코끝에서 휘두르면서 말해 주었습니다. '천벌이 오는 것은 늦었지만 드디어 네놈을 붙잡고 말았구나.'

들레퍼 놈은 사내답지 못하게 입술을 떨고 있을 뿐이었습니다. 그놈은 살려 달라고 애걸해 봤자 헛일이라는 것을 알고 있었기 때문에 잠자코 있었던 모양이지요.

'너는 나를 죽이고 싶으냐?'

'죽이진 않아. 미친개도 아닐 테고, 누가 죽인다고 그랬나? 아버지를 죽여놓고 루시를 끌고 가서 끔찍하게도 첩실로 삼은 네놈에게 도대체 어느 정도의 자비심이 있단 말이냐?'

'그 여자의 아버지를 죽인 건 내가 아니야!'

'하지만 루시의 순진한 가슴을 찢어 놓은 것은 네놈이란 말이다!' 저는 예의 상자를 들이대며 소리쳤습니다. '하느님께 흑백의 심판을 바라기로 하자. 자, 이 중의 어느 것이든지 좋을 대로 하나를 골라 먹어라! 한 알은 죽음이고 한 알에는 삶이 있다. 나는 네

놈이 남긴 것을 먹으마. 이 세상에 정의라는 것이 있는지, 아니면 단순히 운수에 지배된 것인지 이걸로 알 수 있을 거다.'

들레퍼는 겁을 집어먹고 소리를 지르고 기도를 하곤 했습니다만, 저는 칼을 꺼내어 목에다 들이대며 마침내 알약을 먹게 만들었습니다. 저도 먹었습니다. 저희 둘은 1분 남짓 말없이 마주서서 결과를 기다리고 있었습니다. 누가 죽고 누가 살아남는가의 긴장된 순간이었지요.

드디어 최초의 심한 통증이 와서, 독은 자기가 먹은 알약 쪽에 있었다는 것을 알았을 때의 들레퍼의 얼굴을 저는 죽어도 잊지 못할 것입니다.

저는 그것을 보고 크게 너털웃음을 웃어 주고, 루시의 반지를 꺼내서 그놈의 눈앞에 들이대 주었습니다. 그러나 그것도 잠깐 동안이고, 알칼로이드의 작용은 매우 급속한 것이었기 때문에 제가 아직 말도 채 하기 전에 고통스럽게 얼굴을 일그러뜨리며 두 손으로 허공을 잡고 휘청거리더니, 끄응 하고 한 마디 신음하고는 털썩 쓰러져 버렸습니다. 발로 몸을 바로 눕히고 가슴에 손을 대 보았습니다만 벌써 숨이 끊어졌습니다. 드디어 죽은 것이지요.

코피는 계속 펑펑 쏟아졌습니다만 별로 걱정도 되지 않았습니다. 어째서 그 피로 벽에 글을 쓸 생각이 났던지, 제가 생각해도 도무지 알 수가 없습니다. 아마, 경찰의 수사 방향을 혼란스럽게 만들어 주려는 장난기라도 생겼는지 모르지요. 이런 말씀을 드리는 것은, 그때 저는 마음이 들떠서 아주 기분이 좋았으니까요.

제가 미국에 있을 때에 뉴욕에서 독일인이 살해되어 시체의 머리 위에 RACHE라는 글이 씌어 있었던 적이 있었는데, 비밀 결사가 한 짓이 틀림없다고 그 당시 신문이 시끄럽게 떠들어대던 일이 생각났으므로 뉴욕 사람을 골탕먹일 정도라면 런던 사람도 애를 먹을 거라는 생각에서 손가락으로 제 피를 찍어 아무 데다 그 글자를 써 두었던 것이지요. 그래 놓고 그 집을 나와 마차 있는 데로 가 보았더니 다행히 아무도 보는 사람이 없고 비바람만 여전히 몰아치고 있을 뿐이었습니다. 한참 가다가 늘 루시의 반지를 넣어 두는 주머니에 손을 넣어 보았더니, 글쎄 반지가 없지 않겠습니까?

다른 주머니도 찾아보았지만, 아무 데도 없었지요. 하나밖에 없는 루시의 기념품이기 때문에 정신이 아찔하여, 어쩌면 들레퍼의 몸에 손을 대 보느라고 몸을 숙였을 때 반지를 떨어뜨렸는지도 모른다는 생각에서 곧 되돌아갔습니다. 마차를 골목에 세워 놓고, 그 반지를 잃어버릴 바에야 어떤 위험이라도 무릅쓰겠다는 생각에서 대담하게도 그 집까지 걸어갔습니다. 그러다가 바로 문 앞에서 안에서 나오던 순경과 마주쳤기에 순간적으로 곤드레가 되도록 취한 척해서 그럭저럭 의심받는 것은 면하게 되었습니다.

이것이 이낙 들레퍼의 죽음에 대한 진상입니다. 이렇게 된 바에는 이제 스탠거슨에 대해서도 같은 방법으로 존 파리아의 빚을 갚아 주기만 하면 되는 것입니다. 스탠거슨은 헐리데이 특급 호텔에 있다는 것을 알고 있었기 때문에 하루 종일 그 부근에서 망을 보고 있었습니다만 도무지 나오지를 않더군요. 들레퍼가 나타나지 않기 때문에 어쩌면 수상쩍다고 눈치를 챘을까 하는 생각도 했습니다. 스탠거슨은 아주 영리해서 조금도 방심을 않는 놈이지요. 하지만 집에서 나오지만 않으면 저를 피할 수 있다고 생각했다면 그것은 엉뚱한 계산 착오지요.

저는 어느 창문이 그놈의 침실인지를 금방 알아냈습니다. 그래서 이튿날 아침 일찍 동이 틀까말까할 때에 호텔 뒷길에 놓여 있던 사다리를 이용해서 그놈의 방에 들어갔습니다. 자고 있는 놈을 곧 두들겨 깨워서, 옛날에 남의 생명을 빼앗은 그 죗값을 치러야 할 때가 왔다고 말해 주었습니다. 그리고 들레퍼의 최후에 대한 것도 들려주고, 마찬가지로 두 알의 알약을 꺼내어 하나를 고르라고 말했습니다.

그랬더니 그놈은 모처럼 주어진 살 수 있는 기회를 잡으려고는 하지 않고, 대뜸 침대에서 뛰어내려와 제 목을 노리고 덤벼들지 않겠습니까. 그래서 자신을 지키기 위해 부득이 저는 심장을 찔렀습니다. 하지만 어찌 되었든지 하느님께서는 죄로 더럽혀진 손에는 독약밖에 쥐어 주시지를 않았을 테니까 결과는 마찬가지였겠지요.

이젠 더 말씀드릴 것도 별로 없습니다. 그리고 피곤하기도 하고 이것으로 다 되었습니다. 그 뒤로는 미국으로 돌아갈 여비를 모을 작정으로 여전히 마부 노릇을 하고 있는데, 오늘 마차장에서 기다리고 있는 저한테 지저분한 소년이 와서 제퍼슨 호프라는 마부가 없는가, 있거든 베이커 거리 221번지 을(乙)에 계시는 선생님께서 와달란다고 하기에, 아무 생각도 없이 왔다가 이분 손에 대뜸 쇠고랑을 차게 되고 만 것이지요. 뵙기에 아직 젊으신 것 같은데, 솜씨가 정말 굉장하십니다.

이것으로 제가 드릴 말씀은 끝났습니다. 여러 선생님께서는 저를 살인자라고 경멸하시겠지만, 전 이래뵈도 저 자신을 여러 선생님들과 마찬가지로 정의를 위해 일하는 사람이라고 생각하고 있습니다."

이야기가 아주 무서운데다가 그것을 말하는 제퍼슨 호프의 태도가 너무나 감명깊었기에 우리는 숨마저 죽이고 듣고 있었다. 평소에 범죄담 같은 것은 귀에 못이 박히도록 듣고 있는 직업 형사들조차 몹시 흥미를 느낀 모양이었다. 호프의 이야기가 끝나고도 잠시 동안은 말을 하는 사람도 없었고, 오직 레스트레이드가 속기에 마지막 줄을 써넣는 연필 소리만 사각사각 들리고 있었다. 한참 있다가 홈즈가 먼저 그 침묵을 깨뜨렸다.

"모르겠는 것을 한 가지 묻고 싶은데, 광고를 보고 나한테 반지를 찾으러 왔던 사람은 누구였소?"

제퍼슨은 홈즈를 보고 익살스러운 눈짓을 지어 보였다.

"제 비밀 같으면 숨기지 않겠습니다만, 남에게 폐가 되는 일은 좀 곤란한데요. 그 광고를 봤을 때에 '함정이 아닐까, 혹은 정말로 누군가가 그 반지를 주웠을까' 하고 상당히 망설였습니다. 그걸 보고 친구가 자진해서 보러 가 주었던 것이지요. 어땠습니까, 참 잘했지요?"

"정말 잘했소."

홈즈는 마음으로부터의 감탄을 아끼지 않았다.

"그러면 여러분."

경감은 점잖게 거드름을 부리며 말했다.

"법규상의 절차는 밟아야만 합니다. 목요일에 판사의 신문이 있으니까, 그때는 여러분께서도 출두를 해주셔야 할 것입니다. 그때까지는 내가 책임지고 이 용의자를 보호하겠습니다."

경감은 이렇게 말하고 벨을 울려서, 나타난 두 명의 간수에게 제퍼슨 호프를 데리고 가게 했다. 나는 홈즈와 함께 그곳을 나와 베이커 거리로 합승마차를 달렸다.

### 제7장 결말

과연 목요일에 법정으로 출두하라는 소환이 왔다. 그러나 그 목요일에 우리는 증언을 하러 가지 않아도 되었다. 왜냐하면 보다 높은 심판자의 심판을 받기 위해 제퍼슨 호프가 그 심판정으로 불려 갔기 때문이다. 그곳에서 그의 엄정하고 공평한 상벌이 정해지게 될 것이다. 체포된 그날 밤에 그는 동맥류가 파열되어서, 이튿날 아침에 보니 임종을 맞으면서도 자신이 할 일을 다한 생애를 회상했던지 편안한 미소마저 띠고 감방 바닥에 싸늘하게 누워 있었다.

"글렉슨과 레이스트레이드는 호프가 죽어서 무척 분할 걸세."

그 이튿날 밤에 이야기가 나왔을 때 홈즈는 이렇게 말했다.

"지금 죽었으니, 그들이 멋들어지게 자기를 광고할 기회가 어떻게 되었겠나?"

"하지만 이 범인을 잡는 데 그 두 사람은 아무 쓸모도 없지 않았나?"

홈즈는 불쾌한 듯이 말했다.

"이 세상에서는 무엇을 하느냐가 문제가 아닐세. 요긴한 것은 세상 사람에게 무언가를 했다고 믿게 만드는 일뿐일세. 그러나 아무튼 좋아."

그는 잠시 사이를 두었다가 이번에는 생각을 바꾼 듯 말했다.

"이런 사건이라면 만사를 제쳐놓고서라도 나는 손을 대고 싶네. 기억을 더듬어 봐도 이 이상의 사건은 생각지 못할 정도니까 말일세. 단순하기는 하나 이것에는 여러 모로 배울 바가 많았어."

"단순하다고? 이것이?"

홈즈는 놀라는 나를 보고 미소지었다.

"아무렴. 단순하다고 밖에 말할 수가 없어. 그 증거로, 아주 평범한 추리만을 가지고 난 아무런 도움도 빌지 않고 겨우 사흘 만에 범인을 잡지 않았나."

"그건 그렇네만……."

"언젠가도 말했듯이, 이상한 사항이라는 것은 단서가 되면 되었지 결코 방해가 되는 것은 아니네. 이런 사건을 푸는 데 있어 중요한 것은, 과거로 도로 거슬러 올라가서 역으로 추리할 수 있느냐 어떠냐일세. 이것은 요긴하면서 또한 습득하기도 쉬운 능력인데, 세상에선 별로 연마하는 사람이 없거든. 일상 생활에서는 생각을 과거에서부터 일어난 순서대로 하는 것이 편리하니까 역추리 쪽은 절로 등한시되는 모양이지. 종합적 사고를 할 수 있는 사람 50명에 대하여 분석적 추리를 할 수 있는 사람은 고작해야 하나 정도일걸세."

"도무지 분명하게 납득이 안 가는데."

"납득이 안 가겠지. 그렇다면 좀더 잘 알 수 있도록 설명해 보겠네. 어떤 사건을 순서를 좇아 이야기해 나가면, 대부분의 사람들은 그 결과가 어떻게 되었나를 알아맞히지 않나. 그들은 마음 속으로 개개의 사건을 연결해 거기서 어떤 결과를 얻어내는 걸세. 그러나 어떤 한 가지 결과만을 가지고 과연 어떤 순서를 거쳐서 그런 결과가 되었나를 생각해서 알아맞히는 사람은 거의 없네. 이걸 생각하는 능력이 내가 말하는 역추리, 즉 분석적 추리인 걸세."

"과연……이제 알겠네."

"그리고 이 사건이 결과만을 가지고 거기서 모든 것을 찾아내야만 하는 경우의 하나일세. 이것을 푸는 데 내가 어떤 추리의 단계를 밟았는지, 그것을 설명하겠네. 우선 처음부터 이야기를 하자면, 나는 완전히 백지처럼 아무 사전 지식 없이 그 집으로 걸어갔네. 그래서 큰길부터 조사를 시작한 걸세. 그런데 언젠가도 말했듯이, 마차 지나간 자국이 뚜렷하게 남아 있는 것을 보았네. 그것을 자세히 살펴보고, 밤사이에 마차가 왔다는 것을 알았지. 게다가 그 마차는 바퀴 사이의 간격이 좁은 걸로 봐서 자가용 마차가 아니라 합승마차였다는 것도 확인이 됐네. 보통 런던의 사륜 합승마차는 신사들의 말 한 필이 끄는 자가용 마차에 비해 훨씬 폭이 좁으니까 말일세.

이것이 맨처음 거둔 수확이었는데, 그리고 나서 문안에 들어가니 뜰의 길이 우연히도 발자국을 알기에는 안성맞춤인 점토질로 되어 있었네. 물론 그곳이 자네 눈에는 그냥 마구 짓밟힌 진흙길로밖에 안 보였겠지만, 나의 숙련된 눈으로 볼 땐 하나하나의 발자국에 저마다의 뜻이 있었네.

탐정학 중에서도 이 발자국의 연구만큼 중요하면서도 잊혀지고 있는 것은 아마 없을 걸세. 다행히도 평소부터 나는 여기다가 중점을 두고 제2의 천성이 될 만큼 훈련을 했기 때문에 순경들의 커다란 발자국투성이 속에서도 맨 처음 그곳을 걸은 두 사나이의 발자국을 발견하는 데 성공했네. 그 두 사람 쪽이 순경보다 먼저 걸었다고 하는 까닭은 순경의 큼직한 발자국으로 군데군데 지워져 있기 때문에 쉽게 알았던 걸세. 이것으로 두 번째 사실을 안 것이 되지. 즉 밤에 온 손님은 둘이고 하나는 키가 큰 남자——이것은 걸음 폭으로 추정한 것이었지——이고, 또 하나는 화사한 구두 발자국으로 봐서 잘 차려입은 남자라는 것을 알았네.

집에 들어가 보니, 이 마지막 추정이 들어맞았다는 것이 입증되었어. 잘 차려입은 사나이가 바로 그곳에 쓰러져 있었던 걸세. 따라서 이것이 만일 타살이라고 한다면 키 큰 남자 쪽이 범인이라는 것이 되지.

시체에 외상은 없었지만 두려운 표정을 띠고 있는 것으로 보아서 죽기 전에 자신의 죽음이 온 것을 깨달았다는 걸 알았네. 심장 마비나 그 밖의 돌발적인 자연사일 경우는 절대로 시체가 두려운 표정을 하고 있는 예가 없네. 시체의 입을 냄새맡아 보니까 약간 시큼한 냄새가 났어. 그래서 이건 독을 강요당했구나 하고 단정했지. 그 얼굴에 나타나 있는 증오와 공포가 그것을 뒷받침해 주었어.

나는 소거법에 의하여 이 결론을 얻는 것이기 때문에 이밖의 가설로는 아무래도 사실과 들어맞지 않네. 그러나 이건 결코 엉뚱한 사고방식은 아닐세. 독을 강제로 먹인 예는 범죄사상 처음 있는 일이 아니거든. 오데사의 돌키스 사건, 몽펠리에의 르톨리에 사건 같은 것은 동물학자라면 누구나 다 알고 있을 걸세.

그런데 이번에는 살해 동기가 무엇이냐 하는 큰 문제일세. 현금도 시계도 없어지지 않은 점으로 봐서 물욕으로 범한 범죄가 아니라는 것을 알 수 있지. 그러면 정치적 범행인가, 또는 치정 관계인가? 이것이 나를 골탕먹도록 생각하게 만든 문제였네. 나는 어느 편인가 하면 처음부터 치정관계라고 보고 있었지. 정치적 동기에서의 암살자라면 될 수 있는 대로 재빨리 목적을 이루고 도망치려고 하네. 그런데 이 살인은 서두르지 않고 침착하게 계획적으로 행해지고 있네. 그뿐인가. 범인은 오랫동안 방에 있었던 모양으로 온 방 안을 발자국투성이로 만들어 놓고 있었어.

이런 계획적인 복수는 정치적인 동기가 아니라 사사로운 원한에 의한 것이라고 생각하지 않으면 조리가 맞지 않네. 그 뒤에 벽의 글씨를 발견하고 나서 나는 더욱 더 생각을 굳혔지. 그것이 일종의 속임수였다는 것은 거의 의심할 여지가 없었어. 거기다가 반지가 발견되면서 문제는 해결되어 버렸네. 반지는 피해자에게 어떤 여자를 상기시킬 재료로서 범인이 사용했던 것이 틀림없어.

그래서 나는 글렉슨에게, 클리블랜드에 친 전보에서 들레퍼의 경력상 특히 주의해야 할 점이 있는지 없는지 조사를 의뢰했느냐고 물었어. 그랬더니 글렉슨은 자네도 들었다시피 부탁하지 않았다는 대답이었어.

다음에 나는 차근차근 방을 조사해 보고 범인이 키가 크다는 것을 드디어 확인하고, 토리치노포리 담배를 피운다는 것, 손톱이 길다는 것 등을 알았네. 현장에 격투한 흔적이 없었던 점으로 미루어 바닥에 흘러 있던 피가 범인의 코피라고는 측정을 했지만 자세히 살펴보니 피가 떨어져 있는 장소와 그 떨어진 품이 범인의 발자국과 꼭 들어맞고 있었네. 흥분한 나머지 코피를 흘린다면 여간 다혈질인 사람이 아닐 걸세. 그래서 나는 다소 요행을 바라고, 범인은 건장하고 얼굴이 붉은 사람이라고 말해 두었는데 결과는 내 판단이 옳았다는 것을 증명해 주었네.

집을 나가서 나는 글렉슨이 등한히 했던 일을 해치웠네. 클리블랜드의 경찰서장에게 전보를 쳐서, 들레퍼의 결혼에 대한 점을 알려 달라고 의뢰했지.

회답은 매우 결정적이었네. 들레퍼는 이미 옛날의 연적인 제퍼슨 호프라는 사나이에게 위협을 받고 있다고 보호를 요청한 적이 있을 뿐 아니라, 그 호프는 지금 유럽에 건너가 있을 것이라는 대답이었네. 이 회답을 받고 나는 드디어 해결의 열쇠를 쥐었다고 생각했지. 나머지는 범인을 체포하는 일뿐이었네.

나는 전부터 범인, 즉 들레퍼와 함께 그 집에 들어간 사나이는 반드시 그 마차를 몰고 간 사람이라야 한다고 생각하고 있었어. 왜냐하면 길거리에 남아 있는 바퀴 자국이나 말굽 자국으로 미루어 말이 제멋대로 그 근처를 어슬렁거리고 있었다는 것을 알았기 때문인데, 사람이 붙어 있으면 그런 일은 없었을 게 아니겠나?

마차를 길거리에 내버려두고 마부는 대체 어디에 가 있었을까? 집안에 들어가 있었다고 밖에 생각할 수 없지 않은가. 그렇다면 마부는 제3자였을까? 적어도 제 정신을 가진 사람이 신고할 게 뻔한 제3자 앞에서 이런 범행을 벌인다고는 애당초 생각할 수가 없었어. 마지막으로 런던에서 만일 누군가를 미행한다면 합승마차 마부 노릇을 하는 것만큼 편리한 방법도 없을 걸세.

이상과 같은 추리에서 나는 제퍼슨 호프가 런던에서 합승마차 마부 노릇을 하고 있을 게 틀림없다고 확신하게 되었네. 그런데 제퍼슨을 합승마차 마부라고 보고, 이 범행 뒤에 그 노릇을 그만두었을 것이라고 생각될 이유는 하나도 없었네. 뿐만 아니라 그의 입장이 되고 보면 갑자기 마부 노릇을 그만두거나 하면 도리어 주의를 끌기 때문에 적어도 당분간은 그 일을 계속하고 있을 걸세.

그리고 또 그가 다른 이름을 쓰고 있었을 거라고 생각될 이유도 없었지. 본명조차도 아는 사람이 없는 타국에 와서 이름을 바꿔야 할 이유가 어디 있겠는가?

그래서 나는 부랑아 탐정대를 동원해서 런던의 합승마차 조합을 조직적으로 조사하도록 했네. 마침내 목표했던 자를 찾아냈지. 그들이 얼마나 교묘하게 활동했으며, 그리고 내가 얼마나 민첩하게 그들의 보고를 이용했는가 하는 점은 자네도 분명히 기억할 걸세.

스탠거슨이 살해된 것은 전혀 예기치 못한 일이었지만, 언젠가는 당하고야 말 일이었겠지. 그가 살해되는 바람에 나는 그 알약을 손에 넣을 수 있었지만, 그런 약이 있다는 것은 미리부터 예측하고 있었던 걸세. 이것으로 사건 전체가 한 점 끊어진 데도 흠도 없는 훌륭한 한 가닥의 논리적 연쇄로 되어 있다는 것을 알았겠지?"

"놀라운 일이야! 자네 공적을 널리 알려서 사람들에게 인정을 받아 마땅할 걸세. 사건의 전말을 꼭 발표하도록 하게. 자네가 하지 않겠다면 내가 대신 펜을 들어도 좋네."

"발표하고 싶거든 좋을 대로 하게나. 그런데 좋은 것이 있네."

홈즈는 한 장의 신문을 나에게 주며 말했다.

"이걸 읽어보게."

그것은 그날의 〈에코〉지로서, 그가 가리킨 곳에는 이미 그 사건에 대한 것이 다음과 같이 보도되어 있었다.

이날 들레퍼 씨와 조제프 스탠거슨 씨 살해 용의자인 제퍼슨 호프의 급사로 인하여 일반에 불러일으킨 선풍적인 흥미는 상실되었다. 이것으로 사건의 내용은 아마도 영원한 수수께끼가 된 셈인데, 우리가 확실한 소식통에서 들은 바에 의하면 사건은 연애와 모르몬교에 얽힌 오래된 원한 때문에 일어난 것이라고 한다. 피해자는 두 사람 다 청년 시절에 모르몬교도였던 듯하며, 이미 사망한 용의자 호프도 솔트레이크 시에서 온 사람이다.

아무튼 이 사건은 우리 경찰력의 우수성을 확실하게 입증한 것이라고 할 수 있으며, 여러 외국에 대하여 각자의 숙원은 자기 나라 안에서 해결하는 것이 현명하며, 영국 영토 안으로 끌고 들어와서 해결하려 한다는 것은 비겁하고 합당치 못한 일이라는 걸 가르친 것이 될 것이다.

이 사건의 범인이 이토록 신속하게 체포된 것은 전적으로 글렉슨과 레스트레이드 두 형사의 공적임은 공공연한 비밀이다. 용의자는 셜록 홈즈라는 인물의 집에서 체포되었다고 하는데, 그 사람도 아마추어 탐정으로서는 조금 재능이 있다고 하니, 위의 두 사람 같은 명형사의 지도를 받으면 장차 어느 정도까지 실력을 쌓을 수 있을 것이다. 두 형사의 공적에 대해서는 머지않아 표창장을 주기로 되어 있다고 한다.

"그래서 나는 처음부터 말하지 않던가. 우리들의 범죄 연구 결과는 단지 그들에게 표창장을 받게 해주는 일밖에 안 된다고."

홈즈는 웃으면서 탄식했다.

"아무려면 어떤가. 난 사실을 모두 일기에 적고 있으니까. 세상 사람들에게 발표하겠네. 그때까지 우선 성공했다는 자부심만으로 만족해 주게. 세상 사람들은 나를 비웃을 테지만, 나는 내 집에 숨겨 둔 많은 재보를 자랑하는 거라는 식의 로마의 수전노처럼 말일세 (호라티우스에서 인용)."

# THE SIGN OF FOUR
# 네 사람의 서명

## 등장인물

**메리 모스탠** 미모의 가정교사

**모스탠 대위** 메리의 아버지. 인도의 수인(囚人) 경비부대 장교

**존 숄트 소령** 모스탠의 친구

**바솔로뮤**, **새디어스** — 숄트 소령의 쌍둥이 아들

**윌리엄스** 숄트 집안의 하인. 본디 권투선수

**맥머드** 숄트 집안의 문지기. 본디 권투선수

**번스턴 부인** 숄트 집안의 가정부

**조너던 스몰**, **마호메트 싱**, **압둘라 컨**, **도스트 애크벌** — 네 사람의 서명자

**아셀니 존스** 런던 경시청의 경감

**셜록 홈즈** 사립 탐정

**왓슨 박사** 홈즈의 친구

# 추리의 과학

셜록 홈즈는 벽난로 선반 구석에서 그 병을 집어들고, 예쁜 모로코 가죽 케이스에서 피하주사기를 꺼냈다. 길고 희고 신경질적인 손가락으로 정교한 바늘 끝을 다듬고 나서 와이셔츠 왼쪽 소맷부리를 걷어 올렸다. 한순간 그 시선은 수많은 주사 바늘 자국으로 뒤덮인, 힘줄이 서 있는 팔뚝과 손목에 생각하는 듯 쏠렸다. 이윽고 날카로운 바늘 끝을 푹 찌르고 작은 피스톤을 내리누르더니 길다란 만족의 한숨을 내쉬며 벨벳을 씌운 긴의자에 몸을 깊숙이 파묻는 것이었다.

지난 몇 달 동안 나는 하루에 세 번이나 이런 광경을 보았는데, 눈에 익었다고 해서 결코 찬성할 마음이 생긴 것은 아니다. 오히려 그 모습을 보고 화가 치미는 기분은 날로 더해 갔으며 밤마다 나의 양심은 충고할 용기를 잃은 것이 아닌가 하는 생각으로 터질 것만 같았다. 나는 이 문제에 대한 나의 생각을 모두 털어놓아야겠다고 여러 번 맹세했다. 그러나 내 친구의 냉정하고도 남을 얕보는 듯한 태도에는, 허물없는 행위는 결코 받아들이지 않는 사람이라는 것을 느끼게 하는 그 무엇이 있었다. 그 위대한 힘과 오만한 태도, 내가 직접 목격한 수많은 뛰어난 재능—— 이러한 것 때문에 그를 거역하려 하다가도 그만 주춤하며 뒷걸음질치게 되는 것이었다.

그러나 그날 오후는 점심때 마신 포도주 탓인지 아니면 그의 극단적으로 침착한 태도가 마침내 나의 울화통을 터뜨렸는지, 불현듯 나는 더 이상 참을 수 없다고 느꼈던 것이다.

"오늘은 어느 쪽인가? 모르핀인가, 아니면 코카인인가?" 하고 나는 물었다. 그는 보고 있던 고딕 글씨체의 낡은 책에서 나른한 듯 눈을 들었다.

"코카인이야. 7퍼센트 용액이지. 자네도 해보지 않겠나."

"그만두겠네" 하고 나는 쌀쌀하게 말했다. "내 몸은 아직 아프가니스탄 전쟁의 타격에서 회복되지 못했네. 더이상 쓸데없는 부담을 줄 수는 없어."

내가 정색을 하는 것을 보고 그는 히죽 웃었다.

"자네 말이 옳겠지, 왓슨. 확실히 이것은 몸에 좋지 않은 영향을 끼치고 있어. 하지만 정신을 자극하고 산뜻하게 만드는 효과란 참으로 기가 막힌 것이어서 부작용 따위는 문제도 되지 않지."

"하지만 생각 좀 해보게!" 나는 진지하게 말했다. "그저 그뿐이라면야 걱정이 없지. 자네의 두뇌는 자극을 받고 북돋우어지긴 하겠지만, 아무래도 병적이고 불건전한 방법이니만큼 조직 대사의 항진을 일으켜 마침내는 걷잡을 수 없이 쇠약해지고 말 걸세. 그 반동으로 우울증세가 온다는 것도 알고 있겠지? 아무리 생각해 봐도 바람직한 일이 아니야. 어째서 자네는 일시적인 쾌락을 위해 타고난 위대한 능력을 망가뜨리려고 하나? 이것은 단순한 친구로서의 충고가 아니라, 의사인 나로서 어느 정도 건강에 대한 책임을 져야 할 상대에게 하는 말임을 알아 주게."

그는 별로 언짢아하는 기색도 없었다. 오히려 두 손 끝을 마주대고 의자 양팔걸이에 팔꿈치를 세우고는 자못 좌담을 즐겨 보자는 듯한 태도였다.

"나의 정신은 침체 상태를 아주 싫어한다네" 하고 그는 말했다. "문제를, 일거리를 주어 보게. 더할 나위 없이 어려운 암호문, 더할 나위 없이 복잡한 분석 문제를 가져와 보게나. 그러면 나는 금방 내 성미에 맞는 공기 속에 잠길 수 있지. 그렇게만 되면 인공적인 자극 따위가 무슨 소용이 있겠나. 아무튼 나로서는 틀에 박힌 단조로운 일상 생활은 질색일세. 나는 정신이 북돋우어지기를 갈망하기 때문에 이런 특수한 직업을 택했다네. 아니, 택한 것이 아니라 창조했지. 왜냐하면 나는 온 세계에서 이 직업에 종사하는 단 하나의 인물이니까."

"단 하나의 민간 탐정이란 말인가?"

나는 눈썹을 치켜올리며 말했다.

"단 하나의 민간 자문 탐정이지" 하고 그는 대답했다. "특히 탐정 문제에 대해서는, 내가 최종이며 최고의 상고재판소라네. 글렉슨이니 레스트레이드니 아셀니 존스 등이 해결하지 못하면——뭐, 늘 그랬지만——결국 나를 찾아오니까. 나는 노련한 솜씨로 재료를 검토해서 전문가로서의 견해를 말하지. 이럴 때 나는 명성 따위는 조금도 바라지 않네. 내 이름이 신문 지상에 오를 일도 없어. 일 자체가, 타고난 능력을 발휘할 무대를 찾아 낸 기쁨이 더할 나위 없는 보수니까. 자네는 제퍼슨 호프 사건으로 해서 나의 일하는 방법을 조금은 알았겠지."

"아암, 알구말구. 나는 여태껏 그토록 감명을 받은 적이 없었네. 《주홍색 연구》라는 좀 색다른 제목을 붙여서 작은 책자로 만들어 냈을 정도니까" 하고 나는 진심으로 말했다. 그러나 그는 슬픈 듯이 고개를 저었다.

"나도 잠깐 훑어보았지만, 솔직히 말해서 그다지 칭찬할 만한 것은 못되더군. 탐정의 일이란 아주 엄정한 과학이며, 또 과학이어야 한다네. 따라서 언제나 냉정하고도 인정에 쏠리지 않는 태도로 다루어야만 하지. 그런데 자네는 그것을 낭만주의로 채색하려 했기 때문에 마치 유클리드의 제5정리에다 사랑 이야기를 섞어 놓은 듯한 꼴이 되어버렸단 말일세."

"하지만 로맨스도 있었잖나? 사실을 왜곡해서 쓸 수는 없지" 하고 나는 항의했다.

"다소의 사실은 잘라 버리는 게 좋아. 적어도 사실을 다룰 때에는 올바른 균형 감각에 따라야만 한다네. 그 사건에서 쓸 만한 값어치가 있는 부분이라면, 결과에서 원인으로 거슬러 올라가는 신기한 분석 추리 방법을 이용해서 내가 어떻게 해결해 나갔나 하는 대목뿐일세."

그를 기쁘게 할 목적으로 쓴 책에 대해 이런 식의 비판을 듣자, 나는 화가 치밀어올랐다. 솔직히 말한다면, 나의 작은 책자의 구석구석을 자기의 언행만으로 메워야 한다는 듯한 그의 자부심 역시 울화가 치미는 원인의 하나였다. 베이커 거리에서 몇 년 동안 함께 생활을 하며 이 친구의 조용하고 교훈적인 태도 밑에 약간의 허영심이 깔려 있다는 것을 알아차린 적이 한두 번이 아니었다. 그러나 나는 지금 아무 말도 하지 않고 상처입은 다리를 치료하며 앉아 있었다. 얼마 전 다리에 지자일(아프가니스탄 사람이 쓰는 장총) 총알로 관통상을 입어서 걷는 데는 그다지 지장이 없으나 기후가 바뀔 때마다 견딜 수 없는 통증을 느끼는 것이었다.

"나의 활동은 요즈음 대륙까지 퍼졌다네." 홈즈는 잠시 후에 낡은 파이프에 담배를 채우며 말했다. "지난 주일에 프랑소와 르 빌라르로부터 부탁을 받았지. 이 사람은 자네도 알고 있겠지만 프랑스 사법 경찰계에서는 조금 이름이 나 있는 사람이라네. 켈트 족다운 날카로운 직감은 높이 사지만 이 계통에서 일류가 되자면 광범위하고도 정확한 지식이 부족해. 사건은 유언장에 관한 것이었는데 흥미를 끄는 점이 몇 가지 있더군. 나는 두 개의 비슷한 사건――1857년 리가에서 있었던 사건과 1871년 세인트루이스에서 있었던 사건을 참고삼아 보라고 가르쳐 주었더니 덕분에 올바른 회답을 찾을 수 있었다고 하더군. 이것이 오늘 아침에 도착한 편지인데, 도와 주어서 고맙다는 말이 씌어 있다네."

홈즈는 외국에서 온 꾸깃꾸깃해진 편지를 던져 주었다. '눈부신' '거장의 솜씨' '뛰어난 재주'라는 등의 말도 섞어 가며 푸짐한 찬사를 늘어놓은 것을 보니, 이 프랑스 사람이 얼마나 열렬히 그를 찬양하고 있는지 알 수 있었다.

"학생이 스승에게 바치는 편지 같군" 하고 나는 말했다.

"아니야, 나의 도움을 지나치게 높이 평가했을 뿐이지." 홈즈는 덤덤하게 말했다. "그에게도 소질은 많아. 이상적인 탐정으로서 꼭 필요한 세 가지 자격 가운데 두 가지는 갖추고 있으니까. 그는 관찰력과 추리력을 지니고 있지. 다만 지식이 모자라는데, 이것은 때에 따라서 발휘될 수도 있어. 지금 그는 나의 하찮은 저작을 프랑스 말로 번역하고 있다네."

"자네의 저작이라니?"

"저런, 모르고 있었나?" 홈즈는 웃으며 큰 소리로 말했다. "외람된 일이지만, 나는 논문을 몇 편 썼다네. 모두 전문적인 문제에 관한 것이지. 예를 들어 '각종 담배를 식별하는 방법'이라는 것이 있는데, 140종의 여송연, 궐련, 파이프 담배를 열거하고 그 재의 차이를 색채 도면으로 설명하고 있지. 이것은 형사재판에서 늘 문젯거리로 오르내리는 점인데, 때로는 매우 중요한 단서를 제공하는 수도 있다네. 예를 들어 살인범이 인도의 랑카 여송연을 늘 피우는 사람으로 확인되면 수사의 범위가 좁혀진다는 것은 두말할 나위도 없지. 훈련을 쌓은 눈으로 보면 토리치노포리 담배의 검은 재와 버즈아이 담배의 하얀 솜털 같은 재의 차이를 구별하는 것은 양배추와 감자를 구별하는 것과 다를 바가 없다네."

"자네는 사소한 일에 대해 비상한 재능이 있군" 하고 나는 말했다.

"나는 사소한 일의 중요성을 잘 알고 있지. 이건 발자국의 탐색에 관한 논문인데, 발자국을 보존하기 위해 석고를 사용하는 방법에 대해 씌어 있네. 그리고 이것은 직업이 손의 모양에 끼치는 영향을 취급한 색다른 짧은 논문으로 기와장이, 뱃사람, 코르크 자르는 사람, 식자공, 방직공, 다이아몬드 연마공의 손의 모양을 석판에 그려 표시하고 있다네. 과학적인 탐정에게는 실제로 매우 흥미있는 일이지. 특히 신원 불명의 시체를 다룰 때라든가 범죄자의 전과를 확인하고 싶은 때는 더욱 그렇다네. 그런데 너무 자화자찬의 말만 늘어놓아 지루하게 만들어서 미안하네."

"천만에. 나에게도 매우 흥미있는 일인걸. 더구나 자네가 그것을 실제로 응용하는 것을 이 눈으로 볼 수 있는 기회를 얻고 난 다음부터는 말일세. 그건 그렇고, 방금 자네는 관찰과 추리라는 말을 했는데 어느 정도 서로 비슷한 말이 아닐까?"

"그렇지 않네." 그는 안락의자 등에 천천히 몸을 기대고 파이프에서 짙은 파란 연기를 소용돌이 모양으로 뿜어 내며 말했다. "예를 들어 오늘 아침에 자네가 빅모어 거리의 우체국에 갔다는 것을 알려 주는 것은 관찰이고, 자네가 전보를 한 장 치고 왔다는 것을 가르쳐 주는 것은 추리라고 할 수 있지."

"그래! 두 가지 모두 맞췄어! 하지만 자네가 어떻게 그것을 알았는지 모르겠군. 갑자기 생각이 나서 퍼뜩 다녀왔고 아직 아무에게도 말하지 않았는데 말이야" 하고 나는 말했다.

"아주 간단해." 내가 놀라는 것을 보고 그는 웃으며 말했다. "너무 간단해서 설명 따위가 필요없을 정도라네. 그러나 관찰과 추리의 경계를 뚜렷이 하는 데 도움은 되겠지. 관찰에 의하면 자네의 구두 끝에 붉은 흙이 묻어 있네. 빅모어 거리 우체국 맞은편에서 지금 바닥돌을 뜯어 내고 있기 때문에 흙이 조금 흩어져, 우체국으로 가려면 그 흙을 밟지 않고는 지나가기가 어렵게 되어 있지. 이 유별나게 붉은 흙은 내가 아는 한 이 부근에서는 그곳밖에 없네. 여기까지가 관찰일세. 그 다음은 추리로 넘어가겠네."

"그럼, 어떻게 해서 전보를 쳤다고 추리했나?"

"그야 오전 내내 자네하고 마주앉아 있었기 때문에 자네가 편지를 쓰지 않았다는 것은 알고 있었지. 그리고 열어 놓은 자네 책상 서랍 속에서 우표철과 엽서 묶음이 들어 있는 것을 보았거든. 그렇다면 전보라도 치기 위해서가 아니고서야 우체국에 갈 이유가 없지 않겠나? 쓸데없는 요인을 모두 떼어 버리면 남는 것은 진상일 수밖에 없지."

"과연 잘 맞췄네. 하지만 자네도 말했듯이 이 경우는 가장 단순한 부류에 속하는 일이었으니까 그럴 수 있었겠지. 자네의 이론을 조금 더 엄격하게 테스트해 보고 싶은데, 싫은가?"

"싫기는커녕 그렇게 해주면 코카인을 한 대 더 맞지 않아도 되겠지. 어떤 문제이건 내놓아 보게. 기꺼이 머리를 짜내어 볼 테니까" 하고 그는 대답했다.

"언젠가 자네는 이런 말을 했지. 사람이란 일상 생활에서 사용하는 물건은 어느 것이건 자기 개성의 각인을 남겨 놓지 않을 수 없으므로, 숙련된 관찰자라면 그것을 알아낼 수 있다고 말일세. 그런데 여기에 최근 내 것이 된 회중시계가 있네. 전에 이것을 지니고 있던 사람의 성격이며 습관 등에 대해 어디 좀 말해 보겠나?"

결코 풀 수 없을 것이라는 생각이 들어 나는 마음 속으로 은근히 유쾌하게 느끼며 그에게 시계를 주었다. 그가 이따금 보이는 조금 잘난 체하는 태도를 이 기회에 꺾어 주어야겠다는 생각도 있었다. 그는 시계를 손에 얹어 무게를 재고 글자판을 찬찬히 들여다본 다음 뒤뚜껑을 열어 놓고 처음에는 눈으로, 그 다음에는 강력한 볼록렌즈를 꺼내어 기계를 살폈다. 샅샅이 살핀 다음 뚜껑을 닫고 나에게 돌려 주었는데, 그의 기운없이 수그린 얼굴을 보며 나도 모르게 미소가 떠오르는 것을 어쩔 수가 없었다.

"거의 아무것도 알아 낼 수가 없군그래. 최근에 분해 소제를 시킨 모양이어서 단서가 될 만한 사실을 찾아 낼 수가 없네" 하고 그는 말했다.

"맞아, 내가 갖기 전에 분해 소제를 시켰거든" 하고 나는 대답했다.

이 친구가 자기의 실패를 얼버무리기 위해 변명답지도 않은 변명을 어설프게 늘어놓는 것을 나는 마음 속으로 비난했다. 청소하지 않은 시계였다면 무엇을 알아 낼 수 있었단 말인가?

"그다지 신통한 것은 못되지만 전혀 헛수고는 아니었네. 틀렸다면 바로잡아 주게. 이 시계는 본디 자네의 형님이 가지고 있던 것인데, 형님은 아버님으로부터 물려받았다고 판단하지 않을 수 없네" 하고 그는 몽상에 잠긴 듯한 흐릿한 눈으로 천장을 쳐다보며 말했다.

"뒤에 HW라고 새겨져 있기 때문이겠지?"

"맞아, W는 자네의 성을 나타내고 있지. 만들어진 것은 약 50년 전이며 머리글자도 그만큼 오래 전에 새긴 것일세. 그러니까 이 시계는 우리들의 아버지 시대에 만들어진 것이지. 귀금속 종류는 보통 장남에게 물려 주게 되어 있으며, 장남은 흔히 아버지와 같은 이름을 지어 받지. 내 기억이 틀리지 않는다면 자네 아버님은 상당히 오래 전에 돌아가셨으니까 이 시계는 맨 큰 형님이 가지고 계셨던 것일 걸세."

"거기까지는 틀리지 않았네. 그밖에 또?" 나는 물었다.

"형님은 칠칠치 못한 분——매우 칠칠치 못하고 허술한 분이셨네. 앞길이 훤히 트여 있는데도 여러 번 좋은 기회를 헛되이 놓쳐 버려 가난하게 되었고, 때로는 경기가 좋을 때도 있었으나 마지막에는 술을 마시는 버릇이 붙어 그만 돌아가셨군. 내가 알 수 있는 것은 이 정도일세."

나는 의자에서 벌떡 일어나 언짢은 기분으로 다리를 질질 끌며 방안을 서성거렸다.

"자네답지 않네그려, 홈즈." 나는 말했다. "자네가 이런 비열한 짓을 하리라고는 꿈에도 생각하지 못했네. 자네는 전에 내 불행한 형님의 경력을 알아본 적이 있었군그래. 지금 그 지식을 이용하여 어떤 기발한 방법으로 추리한 것처럼 보이려 하고 있어. 이 낡은 시계에서 그만한 것을 알아 냈다고 믿게끔 하려 해도 소용없네. 너무하다면 너무하다고 할 수 있는 수법이며, 솔직히 말해서 이것이야말로 속임수가 아니고 무엇이겠나."

"여보게," 하고 그는 부드럽게 불렀다. "제발 내 말 좀 들어 보게. 나는 이것을 추상적인 문제로 다루었기 때문에 자네에게 뼈아픈 고통을 느끼게 하는 일이 될지도 모른다는 것을 잊고 있었네. 그러나 나는 그 시계를 볼 때까지 자네에게 형님이 계셨다는 사실조차 정말 모르고 있었다네."

"그렇다면 정말 놀라운 일이네만, 어떻게 그런 여러 가지 일을 알아 낼 수 있었나? 하나에서 열까지 사실과 똑같으니 말이야."

"운이 좋았을 따름이지. 가능성이 제시하는 것을 말했을 뿐일세.

들어맞으리라고는 생각하지도 않았네."

"멋대로 짐작한 것이 아니었단 말이지?"

"당치도 않네. 나는 멋대로 짐작한 적은 한 번도 없어. 그것은 꺼림칙한 악습이니까. 논리적 능력을 파괴하거든. 자네가 이상하다고 느끼는 것은 내 생각의 줄거리를 이해하지 못했을 뿐만 아니라 원대한 추리의 기초가 될 수 있는 조그만 사실을 못 보고 넘겼기 때문일세. 예를 들어 아까 나는 자네의 형님이 칠칠치 못한 사람이라는 말부터 시작했지. 시계 표면의 아래쪽을 보게. 두 군데 움푹 파인 곳이 있을 뿐만 아니라, 화폐며 열쇠며 다른 딱딱한 것들을 같은 주머니에 넣는 습관이 있는 듯 온통 긁힌 자국투성이임을 알 수 있을 걸세. 50기니나 하는 시계를 그토록 아무렇게나 다루는 사람이라면 틀림없이 칠칠치 못한 사람이라고 추리한 것은 그리 자랑할 것도 없지 않겠나. 또 이만큼 값진 물건을 아버지로부터 물려받은 사람이라면 다른 점에서도 상당히 축복받은 이라고 생각해도 결코 지나친 추리는 아닐 걸세."

나는 그의 추리가 맞았다는 뜻으로 고개를 끄덕여 보였다.

"영국의 전당포에서는 시계를 맡을 때 뒤뚜껑 안쪽에 핀 끝으로 전당표의 번호를 새겨 두는 습관이 있네. 번호가 지워지거나 바뀌거나 할 염려가 없다는 점에서 꼬리표보다 편리하다고 할 수 있지. 나의 렌즈로 들여다보면 뚜껑 안쪽에 그런 번호가 네 개는 보일 걸세. 이 사실로부터 첫째 추리, 형님은 돈이 궁할 때가 자주 있었다는 것을 알 수 있었지. 둘째 추리, 이따금 경기가 좋아질 때도 있었는데, 그렇지 않았다면 전당잡힌 물건을 도로 찾지 못했을 걸세. 마지막으로 태엽감는 구멍이 있는 안뚜껑을 보게. 구멍 둘레에 온통 자국이 나 있지? 태엽감는 열쇠가 부딪쳐서 생긴 자국일세. 술을 마시지 않는 사람이라면 열쇠로 이런 금을 그을 리가 없지 않겠

나. 그런데 술꾼의 시계는 반드시 이런 식으로 되어 있거든. 밤에 술에 취해 떨리는 손으로 태엽을 감아 이런 자국을 내게 되지. 어떤가, 지금 내가 한 말에 이상한 점이 있나?"

"햇빛처럼 선명하군. 오해해서 미안하네. 자네의 놀랄 만한 능력을 조금 더 믿었어야 했어. 그건 그렇고 자네는 탐정으로서 어떤 일에 손대고 있나?" 하고 나는 물었다.

"아무것도 하는 일이 없네. 그래서 이 코카인 주사를 맞는 것이 아닌가. 나는 머리를 쓰는 일 없이는 살아 갈 수가 없네. 다른 어떤 일이 나의 인생의 목적이 될 수 있겠나? 이 창가에 서서 내다보게나. 이토록 황량하고 침울하고 시시한 세상이 어디 또 있겠나. 뿌연 안개가 한길을 소용돌이치며 흘러 거무스름한 집 언저리에 감돌고 있는 것을 보게. 이처럼 견딜 수 없이 살풍경하고 무미건조한 광경이 또 어디 있겠나. 여보게, 힘이 있다 해도 그것을 쓸 수 있는 무대가 없어서야 대체 무슨 소용이 있단 말인가. 범죄가 평범하니 인생도 평범하지. 이 세상에서는 정말이지 평범한 능력이 아니면 아무런 쓸모도 없어."

이렇게 길다랗게 늘어놓는 그의 말에 대답하기 위해 입을 열려고 하는데, 문 두드리는 소리가 나더니 이 집의 안주인이 놋쟁반에 명함을 얹어 가지고 들어왔다.

"젊은 부인이 찾아오셨습니다" 하고 그녀는 나의 친구에게 말했다.

"메리 모스탠 양이라, 기억에 없는 이름이군. 들어오시라고 하시오, 아주머니. 자네는 나가지 않아도 되네. 그냥 있는 편이 더 좋겠어."

## 사건의 진술

모스탠 양은 언뜻 보기에는 침착한 태도로 또박또박 걸어들어왔다. 키가 작고 날씬한 금발의 젊은 부인으로, 깍듯이 장갑을 끼고 옷차림의 취향도 흠잡을 데가 없었다. 그러나 옷차림이 검소하고 장식품이 없는 것으로 보아 그다지 풍족한 생활을 하는 사람은 아닌 듯 싶었다. 입고 있는 옷은 잿빛이 감도는 수수한 모직물로 아무런 장식도 없었으며, 모자도 역시 수수한 빛깔로 한쪽 끝에 꽂은 아주 작은 하얀 깃털 장식 때문에 조금 돋보일 뿐이었다. 얼굴이 뛰어나게 아름다운 것도 아니고 피부가 곱지도 않았으나 사랑스럽고 호감이 가는 표정에 고상하고 민감한 듯한 파랗고 큰 눈을 하고 있었다. 나는 여러 나라와 세 개의 대륙을 두루 다니며 부인들을 보아 왔으나 우아하고 섬세한 천성이 이토록 뚜렷이 나타나 있는 얼굴은 본 적이 없다. 그녀가 셜록 홈즈가 권하는 의자에 앉을 때 입술과 손이 떨리는 것을 나는 보았다. 마음 속의 심한 동요가 어쩔 수 없이 나타났던 것이리라.

"제가 오늘 이렇게 찾아뵙게 된 것은 다름이 아니라 세실 폴레스터 부인의 집안에 생긴 어떤 분쟁을 당신 덕분에 해결했던 일이 생각났기 때문입니다. 부인은 당신의 친절과 실력에 매우 탄복하고 계셨습니다" 하고 그녀는 말했다.

"세실 폴레스터 부인 말입니까? 그저 조금 도움을 드렸을 따름이지요. 내가 기억하기에는 매우 간단한 사건이었습니다" 하고 그는 생각에 잠기며 말했다.

"부인은 그렇게 생각하고 계시지 않으셨습니다. 하지만 오늘 제가 말씀드리려고 하는 것은 그리 간단한 문제가 아닙니다. 지금 제가 처해 있는 상태만큼 괴상하고 어떻게도 설명할 길이 없는 사건이 또 있다고는 상상하기 어려우니까요."

홈즈는 눈을 반짝이며 손을 비볐다. 윤곽이 날카로운 독수리 같은 얼굴을 심상치 않은 긴장의 빛을 나타내며 의자 위에서 몸을 앞으로 내밀었다.

"말씀하십시오." 그는 사무적인 어조로 분명하게 말했다. 나는 그 자리에 있기가 거북스러운 기분이 들어 의자에서 일어서며 말했다.

"실례하겠습니다."

그러자 뜻밖에도 젊은 부인은 장갑을 낀 손을 들며 나에게 말했다.

"친구분께서도 함께 계셔 주시면 더욱 좋겠습니다."

나는 의자에 다시 앉았다.

"간추려서 말씀드리겠습니다" 하고 그녀는 말을 이었다. "저의 아버지는 인도의 어느 연대에서 장교로 근무하셨는데, 제가 아주 어릴 때 저를 영국으로 돌려보내셨습니다. 어머니는 이미 돌아가셨고 영국에는 친척도 없었으므로 에든버러에 있는 살기 좋은 기숙학교에 넣어 주셔서 17살까지 거기서 지냈습니다. 1878년에 연대의 선임대위로 근무하고 있던 아버지가 1년 동안의 휴가를 받고 본국으로 돌아오셨습니다. 아버지는 런던에서 '무사히 도착했다. 랭검 호텔에 있으니

곧 오너라'는 전보를 저에게 띄웠습니다. 그 전보는 정답고 사랑에 넘쳐흐르는 것이었다고 저는 기억하고 있습니다. 런던에 도착하여 자동차로 랭검 호텔에 갔더니 '모스탠 대위께서는 틀림없이 묵고 계시긴 하지만 어젯밤에 외출하신 채 아직 돌아오지 않으셨습니다'라는 말을 들었습니다. 꼬박 하루를 기다렸지만 아무런 소식도 없었습니다. 그날 밤 호텔 지배인의 권유로 경찰에 신고하고 다음날 아침 신문이라는 신문에 모조리 광고를 냈습니다. 그러나 아무런 효과도 없었습니다. 그날부터 오늘까지 불행한 아버지에 대한 소식은 한 번도 못 들었습니다. 평화로운 생활을 즐기시려고 희망에 부풀어 귀국하셨는데, 그것이……."

그녀는 한 손으로 입을 가리며 흐느껴 울었다.

"날짜는?" 홈즈는 노트를 펼치며 말했다.

"1878년 12월 3일에 실종됐습니다. 그럭저럭 10년이 지났지요."

"아버님의 짐은?"

"호텔에 있었습니다. 단서가 될 만한 것은 하나도 없었어요. 옷과 책이 몇 권 있었고, 그리고 앤다만 제도(벵골 만 동부의 제도)에서 가지고 오신 진귀한 물건들이 많았습니다. 아버지는 그곳 교도소의 경비대 장교로 근무하신 적이 있었지요."

"런던에 친구분이 있었습니까?"

"제가 알고 있기에는 오직 한 분——같은 연대인 봄베이 보병 제34연대에 계시던 숄트 소령이라는 분이 계셨습니다. 얼마 전 퇴역하여 아퍼 노드에 살고 계셨어요. 물론 그때 여쭈어 보았습니다만, 옛 동료였던 아버지가 귀국하신 것조차 모르고 계시더군요."

"묘한 이야기로군요" 하고 홈즈가 말했다.

"더욱 묘한 이야기는 이제부터랍니다. 약 6년 전——정확히 말씀드린다면 1882년 5월 4일입니다만——〈타임스〉지에 메리 모스탠 양의 주소를 묻는다는 광고가 났는데, 알려 주는 사람에게는 후사하겠다고 씌어 있었습니다. 그런데 광고를 낸 사람의 이름이나 주소는 씌어 있지 않았습니다. 그때 저는 가정교사로서 세실 폴레스터 부인 댁에 막 들어가 살고 있었습니다. 부인의 권유로 같은 광고란에 저의 주소를 실었습니다. 그랬더니 바로 그날 소포로 저에게 작은 종이 상자가 배달되어 와서 열어 보았더니 매우 크고 빛깔이 고운 진주가 들어 있지 않겠습니까. 뭐라고 말 한마디 쓴 종이조차 없었습니다. 그 다음부터 해마다 같은 날에 비슷한 상자에 비슷한 진주가 든 소포가 배달되었는데 보낸 사람에 대한 단서는 전혀 잡을 수가 없었습니다. 전문가의 감정을 받았더니 매우 진귀한 종류로 값도 무척 많이 나가는 것이라고 했습니다. 여기 가져왔으니 직접 보세요. 상당히 훌륭한 것이랍니다."

그녀는 납작한 상자를 열어 보였는데 내가 여태껏 본 일조차 없는 아름다운 여섯 개의 진주가 들어 있었다.

"당신의 이야기는 참으로 재미있군요. 그밖에 또 무슨 일이 있습니까?" 하고 셜록 홈즈가 말했다.

"네, 바로 오늘 또 새로운 일이 일어났습니다. 그래서 제가 이렇게 찾아왔지요. 오늘 아침에 저는 이런 편지를 받았는데, 읽어 보시겠습니까?"

"그러지요" 하고 홈즈는 말했다. "봉투도 이리 주십시오. 소인은 런던 남서 지구국에서 찍은 것이군요. 날짜는 7월 7일이고. 흐음! 남자의 엄지손가락 지문이 구석에 찍혀 있군. 아마 이것은 배달부의 지문일 테지요. 고급 편지지에다 한 묶음에 6펜스짜리 봉투. 고급품을 쓰는 사람인 듯합니다. 주소는 없군요. '오늘 밤 7시 루이셤 극장 밖의 왼쪽 끝에서 세 번째 기둥으로 오십시오. 의심스러우면 친구 두 사람을 데리고 오십시오. 당신은 부당히 학대당하고 있는 여성이므로 정당한 보상을 받도록 해 드리겠습니다. 경찰관을 데리고 오면 안됩니다. 그렇게 하면 모든 일은 끝장입니다. 미지의 친구로부터.' 이것은 참으로 재미있는 미스터리로군요. 어떻게 하실 작정입니까, 모스탠 양?"

"바로 그 점을 여쭙기 위해서 왔습니다."

"그럼, 함께 가십시다. 당신과 나, 옳지! 왓슨 박사가 아주 안성맞춤입니다. 편지에는 친구 두 사람과 함께 와도 좋다고 씌어 있으니까요. 이 친구와 나는 전에도 함께 일한 적이 있답니다."

"하지만 가 주실는지요."

그녀의 목소리와 표정에는 애원하는 투가 담겨 있었다.

"저도 쓸모가 있다면 영광으로 생각합니다" 하고 나는 힘주어 말했다.

"두 분 모두 참으로 친절하시군요. 좁은 세상에서 살고 있기 때문에 의지할 만한 친구도 없어요. 6시에 이리로 오면 될까요?" 하고 말하며 그녀는 웃었다.

"늦으시면 안 됩니다. 그런데 한 가지 더 묻고 싶은 것이 있습니다. 이 필적은 진주가 든 소포에 씌어진 필적과 같습니까?"

"그것도 가지고 왔습니다" 하고 그녀는 대답하며 여섯 장의 종이를 꺼냈다.

"당신은 모범적인 사건 의뢰인이시군요. 올바른 직감력을 갖고 계십니다. 어디 좀 볼까요."

홈즈는 종이를 책상 위에 펼치고 쏘는 듯한 눈길로 재빠르게 읽었다.

"편지를 빼놓고 다른 것은 일부러 필적을 바꾸었군요. 하지만 같은 필적임에는 틀림이 없습니다. 그리스어 풍의 e가 자주 나오는 점이라든가, 마지막에 오는 s의 휘어지는 모양을 보십시오. 아무리 보아도 같은 사람의 필적입니다. 근거없는 희망을 불어넣을 생각은 없습니다만, 모스탠 양, 이 필적과 아버님의 필적이 어딘지 비슷하다고 생각되지 않습니까?"

"조금도 비슷한 데가 없습니다."

"그렇게 말씀하시리라고 생각했습니다. 그럼, 6시에 기다리겠습니다. 이 종이는 두고 가십시오. 좀더 조사해 보고 싶으니까요. 아직 3시 반밖에 안 됐군요. 그럼, 이따가 다시 뵙겠습니다."

"이따가 다시 뵙겠습니다" 하고 방문객도 말했다. 그리고 밝고 상냥한 눈길을 우리 두 사람에게 각각 던지고는 진주 상자를 가슴에 안고 빠른 걸음으로 돌아갔다.

나는 창가에 서서 그녀가 활기있게 보도를 걸어가 잿빛 모자와 하얀 깃털 장식이 많은 사람들 틈에서 하나의 점이 되었다가 보이지 않을 때까지 바라보았다.

"참으로 매력적인 여성이야!" 나는 친구 쪽으로 돌아서며 외쳤다. 홈즈는 파이프에 불을 다시 붙이고 눈을 내리뜬 채 의자 등에 기대앉았다.

"그랬던가, 나는 미처 몰랐네" 하고 그는 나른한 듯 말했다.

"자네는 그야말로 자동인형――계산기로군. 때때로 자네는 너무나도 비인간적인 데가 드러난단 말이야" 하고 나는 외쳤다. 그는 조용한 미소를 띠었다.

"가장 중요한 것은 상대방의 개인적인 특성에 휘말려 판단을 그르치지 않도록 하는 일이라네. 나에게는 의뢰인이라는 것도 문제 속의 하나의 요소, 하나의 인수(因數)에 지나지 않아. 인정에 호소해 오는 특질은 명석한 추리의 적이지. 내가 알고 있는 사람 가운데 가장 매력있는 여성은 보험금을 노려 세 사람을 독살했기 때문에 교수형을 받았고, 내가 가장 싫어했던 남자는 런던의 빈민에게 25

만 파운드 이상을 기부한 자선가였다네."

"하지만 이 경우는……."

"나는 예외를 용납하지 않네. 예외는 법칙을 파괴하는 것이니까. 자네는 필적으로 성격을 알아 내는 연구를 한 적이 있나? 이 갈겨 쓴 필적을 어떻게 생각하나?"

"읽기 쉽도록 또렷하게 씌어 있군. 실무에 익숙하고 인격도 대체적으로 훌륭한 남자 같군그래" 하고 나는 대답했다. 홈즈는 고개를 저었다.

"긴 글자를 보게, 짧은 글자의 선과 비슷하네. 이 d는 a로 잘못 보기 쉽고 c는 e로도 보이잖나. 훌륭한 인물이라면 아무리 글자가 서툴러도 긴 글자는 제대로 길게 쓰는 법이라네. 이 사나이의 k는 안정감이 없고, 대문자에서는 자만심이 엿보이네. 나는 이제 그만 나가 봐야겠어. 볼일이 좀 있어서 말야. 자네, 이 책이나 보고 있게나. 세상에서 가장 놀랄 만한 책 가운데 하나라네. 윈우드 리드의 《인류의 고난》이라는 것이지. 한 시간 안으로 돌아오겠네."

나는 그 책을 손에 들고 창가에 앉았으나 생각은 저자의 대담한 사색과는 거리가 먼 곳으로 달리고 있었다. 나의 마음은 조금 전의 방문자――그 미소, 그 목소리의 깊고도 은은한 가락, 그녀의 인생을 뒤덮은 기괴한 미스터리 위로 달리고 있었다. 아버지가 실종되었을 때 17살이었다면 지금은 27살이리라. 젊음이 차차 거드름을 걷어 가고 경험을 쌓음으로써 침착성을 더해 가는 사랑스러운 나이이다. 이러한 몽상에 잠기는 동안에 위험한 생각이 머릿속에 솟아오름을 알고 나는 후다닥 책상으로 달려가 최근에 나온 병리학 논문을 열심히 들여다보기 시작했다. 그런 것을 생각하다니, 이게 무슨 짓이람! 상처입은 다리와 그다지 의지할 만한 것이 못되는 은행 예금이 있을 뿐인 보잘 것 없는 군의관 출신인 주제에! 그녀는 하나의 요소, 하나의 인수 이상 아무것도 아니다. 나의 장래가 어두운 것이라면 사나이답게 그것을 똑바로 봐야 할 것이지 상상의 도깨비불에서 광명을 찾으려 해서는 안 될 것이다.

# 해결을 찾아서

홈즈는 5시 반에 돌아왔다. 신바람이 나 있었고 쾌활했다. 그에게는 이런 기분이 더할 나위 없이 어두운 우울 상태와 번갈아 나타나는 것이었다.

"이 사건에 그다지 대단한 미스터리가 있는 것 같진 않네. 사실을 종합해 보면 해답은 하나뿐이야" 하고 그는 내가 따라준 홍차잔을 집으며 말했다.

"아니, 벌써 해결해 버렸나?"

"그렇게 말하기는 조금 이르지만 암시적인 사실을 하나 발견했지. 자세한 점은 이제부터 조사해 봐야겠지만, 이 사실만은 대단히 암시적이란 말일세. 어쨌든 나는 낡은 〈타임스〉 지를 조사해 보고, 전에 봄베이 보병 제34연대 소속이었던 아퍼 노드의 숄트소령이 1882년 4월 28일에 사망했다는 사실을 알아 냈네."

"내 머리가 나빠서 그런지 모르겠지만 나로서는 그것이 무엇을 암시하고 있는지 모르겠네, 홈즈."

"모르겠다고? 정말 놀랍군. 그럼, 설명해 주지. 모스탠 대위가 행방불명이 됐는데 런던에서 그가 찾아갈 만한 사람은 오직 숄트 소령뿐이었단 말일세. 숄트 소령은 대위가 런던으로 돌아온 사실조차 몰랐다고 말했고 그는 4년 뒤에 사망했지. 그가 죽은 지 1주일도 채 못되어 모스탠 대위의 딸은 값진 선물을 받았고 해마다 그것이 되풀이되었으며, 나중에는 당신은 부당히 학대당하고 있는 여성이라는 편지마저 날라왔어. 부당한 학대라는 말이 아버지의 실종 이외의 다른 뜻이 있다고 생각할 수는 없네. 그리고 숄트가 사망한 직후부터 선물이 보내져 오기 시작했다는 것은 숄트의 상속인이 그 이면의 사정을 알고 보상을 해주기 위해 취한 행동이라고밖에 생각할 수 없지 않겠나. 다른 어떤 이유가 여기에 있을 것 같은가?"

"하지만 조금 이상한 방법이 아닐까! 그리고 어째서 6년 전이 아니라 이제 와서 그런 편지를 보냈는지 모르겠군. 그 편지에 정당한 보상이니 뭐니 하고 씌어 있었는데, 대체 어떤 보상을 해주겠다는 것일까? 그렇다고 해서 아버지가 아직 살아 있다고 생각할 수는 없으며 또한 우리가 알고 있는 한 다른 점에서 부당한 일을 당하고 있는 것 같지도 않으니 말이야."

홈즈가 말했다.

"확실히 어려운 점이 있긴 해. 하지만 오늘 밤에 모든 것이 해결되리라고 생각하네. 아, 사륜마차가 왔군. 모스탠 양이 타고 왔겠지. 준비는 다 됐나? 빨리 나가세, 시간이 조금 늦은 것 같네."

나는 모자와 가장 무거운 지팡이를 집어들었고 홈즈는 서랍에서 권총을 꺼내어 주머니에 집어넣었다. 오늘 밤의 일은 위험성이 뒤따를는지도 모른다는 생각을 했음에 틀림없었다.

모스탠 양은 거무스름한 소매 없는 겉옷을 입고, 그 민감하게 보이는 얼굴은 차분히 가라앉아 있었으나 창백했다. 이제부터 겪어야 할 기묘한 모험을 앞에 놓고 조금도 불안을 느끼지 않는다면 그야말로 남자 못지않은 꿋꿋한 여자라고 할 수 있으리라. 아무튼 조금도 당황하지 않고 셜록 홈즈가 묻는 말에 차근차근 대답했다.

"숄트 소령님은 아버지와는 각별한 사이였습니다. 아버지는 늘 편지에 소령님에 대한 말을 쓰셨지요. 두 분은 앤다만 제도에서 지휘관으로 계셨기 때문에 함께 지내는 시간이 많으셨습니다. 그런데 아버지 책상에서 그 누구도 알 수 없는 기묘한 종이쪽지가 나왔어요. 그다지 도움이 될 것 같진 않지만 흥미를 느끼실지도 몰라 가지고 왔습니다. 이것이에요" 하고 그녀는 말했다. 홈즈는 조심스럽게 종이를 무릎 위에 놓고 주름을 폈다. 그리고 이중 렌즈를 꺼내어 찬찬히 살펴보았다.

"인도산 종이로군요. 한때 핀으로 판자에 붙여 놓았던 것입니다. 이 도면은 넓은 방과 복도와 통로가 많이 있는 커다란 건물 한부분의 평면도인 듯 합니다. 빨강 잉크로 작은 십자가 표시되어 있고 그 위에 '왼쪽에서 3.37'이라고 희미하게 연필로 씌어 있는 것이 보입니다. 왼쪽 구석에 십자의 가로막대기 네 개를 한 줄로 늘어놓은 듯한 묘한 그림 글씨가 있습니다. 그 옆에 몹시 거칠게 마구 갈겨 쓴 글씨로 '네 사람의 서명——조너던 스몰, 마호메트 싱, 압둘라 컨, 도스트 애크벌'이라고 씌어 있군요. 솔직히 말해서 이것이 사건과 어떤 관계가 있는지 잘 모르겠습니다. 하지만 중요한 서류임에는 틀림 없습니다. 앞뒤가 모두 깨끗한 것을 보면 지갑 속에 소중히 간직했던 것 같군요."

"지갑 속에 있었어요."

"그렇다면 소중히 간직해 두십시오, 모스탠 양. 언젠가 쓸모가 있을지도 모르니까요. 이 사건은 아무래도 처음 생각했던 것보다 훨씬 바닥이 깊고 복잡한 정체를 드러낼 것 같은 생각이 듭니다. 나는 다시 한 번 생각해 봐야겠습니다."

그는 마차의 좌석에 등을 기댔는데 눈썹을 모으고 시선을 엉뚱한 곳에 못박고 있는 것으로 보아 어떤 생각에 골몰하고 있음을 알 수 있었다. 모스탠 양과 나는 오늘 밤의 모험이 어떤 결말을 가져올 것인지에 대하여 작은 소리로 이야기했으나, 홈즈는 마차에서 내려야 할 때까지 굳게 침묵을 지키고 있었다.

9월의 초저녁, 아직 7시가 채 못되었으나 황량한 하루의 뒤를 이어 부슬비라도 내릴 것 같은 짙은 안개가 큰 도시 위에 낮게 드리워져 있었다. 흙빛 구름이 질척질척한 한길을 서글프게 뒤덮고 있었다. 스틀랜드 거리에 서 있는 가로등은 흙투성이의 보도 위를 어렴풋이 비춰 주는 희미한 빛의 반점에 지나지 않았다. 가게의 창에서는 노란 불빛이 안개로 자욱한 대기 속으로 흘러나와 사람들이 많이 지나가는 한길 여기저기에 침울한 빛을 던져 주고 있었다. 이렇게 띄엄띄엄 던지는 빛 속을 누비며 지나가는 사람들의 끝없는 행렬에는 어쩐지 기분나쁘고 망령을 생각나게 하는 그 무엇이 있었다. 슬픈 얼굴과 기쁜 얼굴, 여윈 얼굴, 그리고 명랑한 얼굴. 모든 사람의 운명처럼 암흑 속에서 빛속으로 들어갔다가 금새 다시 암흑 속으로 사라진다. 나는 사물의 인상에 좌우되기 쉬운 사나이는 아니지만 이 울적한 초저녁의 분위기에다 설상가상으로 기괴한 용건이 앞에 가로놓여 있느니만큼 우울해지지 않을 수 없었다. 모스탠 양도 같은 기분인 듯한 것을 그 태도로서 알 수 있었다. 오직 홈즈만은 쓸데없는 일에 마음이 움직여지거나 하지 않았다. 무릎 위에 수첩을 펴놓고 손전등 빛을 의지하여 이따금 살짝살짝 메모를 하는 것이었다.

루이셤 극장에 이르자 양쪽 입구에는 이미 군중들이 잔뜩 모여 있었다. 정면에는 이륜마차가 끊임없이 덜컥거리며 밀려와서 예복 차림의 남자와 숄이며 다이아몬드로 몸치장을 한 여자들을 토해 놓고 가는 것이었다. 우리들이 약속 장소인 제3기둥에 다다를까말까하는데 마부 차림의 키가 작고 살갗이 검은 민첩해 보이는 사나이가 말을 걸어 왔다.

"모스탠 양과 함께 오신 분들이십니까?"

"제가 모스탠입니다. 이 두 분은 친구이구요" 하고 그녀는 말했다.

사나이는 놀랄 만큼 쏘는 듯한 눈초리로 우리를 바라보았다.

"실례입니다만 이 두 분이 경찰관이 아니시라고 저에게 맹세하셔야 합니다, 아가씨" 하고 그는 조금 고집스럽게 말했다.

"그 점이라면 맹세하지요." 그녀는 대답했다.

사나이가 날카롭게 휘파람을 불자 어떤 부랑아가 길 건너편에서 사륜마차를 끌고 와서 문을 열었다. 그 남자는 마부 자리에 앉고 우리는 좌석으로 올라탔다. 우리가 올라타자마자 마부가 채찍을 한 번 휘둘렀고, 마차는 무서운 속도로 안개 낀 거리를 달려가기 시작했다.

일이 참으로 이상하게 돌아가고 있었다. 분명치도 않은 용건 때문에 어딘지도 모르는 장소로 달려가고 있는 것이다. 그러나 어쨌든 이 호출이 순전히 장난에 지나지 않거나——쉽사리 수긍이 가지 않는 가정이지만——혹은 중대한 결말이 앞에서 기다리고 있거나 둘 중 하나이리라.

모스탠 양은 장하게도 조금도 당황하고 있지 않았다. 나는 아프가니스탄에서의 모험담을 들려 주어 그녀의 마음을 가라앉히려 했다. 그러나 솔직히 말하자면 나 자신이 지금 처해 있는 사태 때문에 마음이 들뜨고 앞으로 일어날 일에 정신이 쏠려 이야기는 조금 두서없는 것이 되어버리고 말았다. 그때 나는 보병의 총부리가 텐트 속으로 불쑥 들어왔기 때문에 소중하게 간직하고 있던 2연발 총으로 쏘았다는 눈물겨운 이야기를 횡설수설했다고 지금도 그녀는 단언하고 있다.

처음 얼마 동안은 마차가 달려가는 방향을 다소 짐작하고 있었다. 그러나 얼마 안 가서 마차의 속도며 안개며, 런던의 지리에 어두운 탓으로 알 수 없게 되고 말았다. 아무래도 먼 곳으로 이끌려 가는 듯하다는 것 이외에는 아무것도 알 수가 없었다. 그러나 셜록 홈즈는 조금도 당황해하는 기색 없이 마차가 광장을 가로질러 가거나 꾸불꾸불한 골목길로 접어들 때마다 그 이름을 나직하게 말하는 것이었다.

"로체스터 거리. 여기는 빈센트 광장. 북스홀 다리로 접어드는군. 서리 주로 건너갈 모양이야. 그래, 내 말이 맞았어. 지금 다리를 건너고 있어. 강물이 반짝거리는 것이 보이는군."

과연 아주 짧은 동안이었으나 템즈 강의 넓고 잔잔한 수면에 등불이 비치고 있는 것이 보였다. 그러나 마차는 쏜살같이 저쪽 강가의 미로처럼 복잡한 거리 속으로 달려 들어갔다.

"원즈워스 거리. 플라이올리 거리. 라크홀 골목. 스톡웰 광장. 로버트 거리. 콜드하버 골목. 아무래도 우리가 가는 곳이 그다지 고상한 곳은 아닌 듯하네."

과연 마차가 지나가고 있는 곳은 수상쩍고 어쩐지 기분나쁜 지역이었다. 끝없이 이어지는, 벽돌로 지은 어두운 집들 사이에 군데군데 끼어 있는 술집의 조잡하고 칙칙한 조명이 이따금 밝게 비칠 뿐이었다. 이어서 조그만 앞뜰이 있는 교외의 2층 주택이 줄지어 있었고 그곳을 지나자 또다시 새로 지은 칙칙한 벽돌 건물이 끝없이 늘어서 있었다. 거인같은 이 도시가 전원 속으로 뻗치는 괴물의 촉수와도 비슷했다. 마침내 마차는 어떤 새로운 동네의 세 번째 집 앞에서 멈추었다. 둘레에 있는 집들은 모두 빈집인 듯했고 우리들이 다다른 집도 오직 부엌 창에서만 어렴풋한 불빛이 흘러나올 뿐 이웃집과 마찬가지로 컴컴했다. 그래도 노크를 하자 노란 터번을 머리에 두르고 헐렁한 흰 옷에 노란 띠를 맨 인도 사람인 듯한 하인이 문을 열어 주었다. 삼류 교외 주택의 보잘 것 없는 현관에 이러한 동양 사람이 나타나는 것을 보니 어쩐지 수상쩍고 어울리지 않는 느낌이 들었다.

"주인님께서 기다리고 계십니다."

그가 미처 말을 끝내기도 전에 구석방에서 높고 날카로운 목소리가 울려 왔다.

"이리로 모셔라. 곧 이리로 모시도록 해."

# 대머리 사나이의 이야기

인도 사람의 뒤를 따라 어쩐지 좀 더럽고 아무런 장식도 없는 희미한 불빛의 초라한 복도를 지나자, 오른쪽에 있는 어느 문 앞에 멈추어서더니 그 문을 열었다. 노란 불빛이 흘러나왔고 그 빛 한가운데에 키 작은 한 사나이가 서 있었다. 머리가 뾰족하고 둘레를 빙 둘러 가며 돋아난 붉고 억센 머리털 사이로 반짝거리는 벗어진 머리의 피부가 전나무 위에 솟아 있는 산꼭대기처럼 튀어나와 있었다. 그는 두 손을 모아 비틀며 서 있었으며 얼굴을 끊임없이 꿈틀꿈틀 움직였다. 금방 웃다가도 금방 얼굴을 찌푸리면서 잠시도 가만히 있지 않았다. 아랫입술이 축 늘어져 누런 뻐드렁니가 튀어나왔고, 연신 손을 얼굴 밑으로 가져가 그것을 감추려고 헛된 노력을 하는 것이었다. 대머리였으나 아직은 젊어보였다. 사실 이제 겨우 30살이었던 것이다.

"어서 오십시오, 모스탠 양." 사나이는 가냘프고 날카로운 목소리로 말했다.

"잘 오셨습니다, 신사 양반들. 어서 이 작은 방으로 들어오십시오. 작은 방이긴 하나 제 취미에 맞게 만들었습니다. 남쪽 런던의 황량한 사막 속 예술의 오아시스라고나 할까요."

안내되어 들어간 방 안을 둘러보고 모두 눈을 크게 뜨며 놀랄 뿐이었다. 놋쇠 바탕에 최고급 다이아몬드를 박은 듯, 이 보잘 것 없는 집에 도무지 어울리지 않는 풍경이었다. 더할 나위 없이 호화스럽고 번쩍거리는 커튼이며 오색 비단이 벽을 뒤덮고 있었는데, 그것이 군데군데 끈으로 묶여 훌륭한 액자 속에 든 그림이며 동양의 꽃병 등을 엿보이게 했다. 호박색 바탕에 검은 무늬가 있는 융단은 부드럽고 폭신하여 마치 이끼 위를 걷는 듯한 상쾌한 느낌을 받았다. 서로 엇비슷이 깔린 두 장의 커다란 호랑이 가죽이 한쪽 구석에 세워 놓은 커다란 물담배와 함께 역시 동양풍의 호사스러운 느낌을 한층 더 강조하고 있었다. 비둘기 모양으로 만들어진 은램프가 거의 눈에 보이지 않는 황금 철사에 묶여 방 한가운데에 늘어져 있었다. 그것이 타오를 때마다 무어라 말할 수 없는 향기로 공기가 가득 채워지는 것이었다.

"새디어스 숄트가 바로 저의 이름입니다. 물론 당신은 모스탠 양이겠지요? 그럼, 이분들은……?" 여전히 얼굴을 꿈틀거리기도 하고 미소짓기도 하며 작은 남자는 말했다.

"이분은 셜록 홈즈 씨, 그리고 이분은 왓슨 박사이십니다."

"아, 의사 선생님이십니까?" 숄트는 갑자기 활발하게 소리질렀다. "청진기를 갖고 계십니까? 부탁드려도 괜찮을는지요. 승모판(심장의 판막)이 조금 이상한데 봐 주셨으면 좋겠군요. 대동맥은 나쁘지 않은 것 같습니다만, 승모판에 대한 의견을 듣고 싶습니다."

그가 원하는 대로 심장을 청진해 보았으나 미칠 듯한 공포 때문에 머리에서 발 끝까지 부들부들 떨고 있는 것 이외에는 이렇다할 이상이 없는 듯싶었다.

"정상인 듯합니다. 그다지 걱정하실 필요는 없습니다" 하고 나는 말했다.

"지나치게 소심한 면을 보여 드려서 죄송합니다, 모스탠 양." 숄트는 들뜬 듯 말했다. "오랫동안 앓고 있었는데다 승모판에 이상이 있는 것 같아서 그랬습니다. 공연한 걱정이라는 말씀을 들으니 마음이 놓입니다. 아버지께서도 그토록 심장을 혹사하지 않으셨다면 아직 살아 계셨을지도 모르는데 말입니다, 모스탠 양."

마음 속에 담아 두어야 할 이러한 말을 조심성 없이 함부로 지껄이는 무신경한 태도에 나는 몹시 분개하여 뺨이라도 한 대 갈겨 주고 싶은 생각이 들었다. 모스탠 양은 의자에 앉았으나, 얼굴이 입술까지 새파랗게 질려 있었다.

"저의 아버님은 이미 돌아가셨다고 늘 마음 속으로 생각하고 있었습니다" 하고 그녀는 말했다.

"모든 사정은 제가 잘 알고 있습니다. 뿐만 아니라 당신이 정당한 보상을 받도록 해 드릴 수가 있습니다. 아니, 저의 형님 바솔로뮤가 뭐라고 하든 그렇게 해 드릴 작정입니다. 친구분들을 모시고 오셔서 참으로 고맙습니다. 당신을 호위할 뿐만 아니라 이제부터 제가 하는 일에 모조리 입회해 주셔야 하니까요. 이렇게 세 분이 계시면 바솔로뮤 형님을 두려워할 필요가 없습니다. 하지만 경찰이나 관리나 외부인은 안됩니다. 우리들끼리 외부의 간섭을 받지 않고도 모든 일을 잘 처리할 수가 있을 테니까요. 바솔로뮤 형님은 일이 공공연하게 드러나는 것을 무엇보다도 싫어한답니다."

숄트는 낮은 긴의자에 앉아 눈물 어린 파란 눈으로 이쪽의 의사를 묻는 듯 우리들을 흘끗흘끗 보았다.

"무슨 말씀을 하시는 건지 우리들은 도무지 짐작할 수가 없군요." 홈즈가 말했다. 나도 고개를 끄덕여 같은 뜻임을 표시했다.

"물론, 그러실 테지요. 키안티(이탈리아산 붉은 포도주)를 들지 않으시겠습니까, 모스탠 양? 아니면 토케이(헝가리 토케이산 포도주)는 어떻습니까? 다른 포도주는 없습니다. 한 병 딸까요? 싫으십니까? 그럼, 담배만 한 대 피우도록 허락해 주십시오. 향기 높은 동양의 담배입니다. 나는 조금 신경질적이어서 이 물담배를 가장 잘 듣는 진정제로 삼고 있답니다" 하고 그는 말했다.

물담배가 담긴 커다란 접시에 양초를 갖다대자 장미향기가 나는 물이 부글부글 거품을 일으키며 신나게 연기가 솟아오르기 시작했다. 우리 세 사람은 몸을 앞으로 내밀고 턱을 손 위에 괸 채 반원을 그리며 앉았고, 기묘하고도 침착하지 못한 작은 남자는 한가운데 자리잡고 앉아서 뾰족한 머리를 반짝이며 담배를 피우고 있었다.

"처음에 편지를 드려야겠다는 생각이 들었을 때 제 주소를 알려 드릴 작정이었습니다만, 제 부탁을 무시하시고 달갑지 않은 사람들을 데리고 오시면 곤란하기 때문에 그렇게 하지 않았습니다. 그래서 실례를 무릅쓰고 하인 윌리엄스가 먼저 뵙게 되었던 것입니다. 저는 그의 분별을 절대적으로 믿고 있기 때문에 좋지 않은 생각이 들면 그 이상 일을 진전시키지 말고 곧 돌아오라고 일러 두었었지요. 이와 같은 지나친 조심성을 용서해 주시기 바랍니다. 저는 본디 내성적인 사람——다시 말씀드리자면 세련된 취미의 소유자라서 경찰관같이 몰취미한 사람들과는 만나고 싶지 않기 때문입니다. 무슨 일에든 거칠고 물질주의적인 사람을 보면 자연히 뒷걸음질치는 경향이 있습니다. 그래서 거친 군중들과 섞이는 일은 좀처럼 하지 않지요. 보시다시피 이렇듯 우아한 분위기 속에서 살고 있습니다. 스스로 미술의 후원자라고 해도 지나친 말은 아닐 겁니다. 이것이 저의 도락입니다. 이 풍경화는 틀림없는 코로의 것이고, 이 살바토르 로자는 감정가가 뭐라고 할지는 모르겠습니다만, 부글로의 것이 틀림없는 진짜입니다. 저는 근대 프랑스 화가를 특별히 좋아하고 있습니다" 하고 그는 말했다. 모스탠 양이 말했다.

"말씀 도중 실례합니다만, 숄트씨, 저에게 하실 말씀이 있다고 하셔서 이렇게 왔습니다. 이미 시간이 많이 흘렀으니 되도록 빨리 말씀해 주셨으면 좋겠습니다."

"아무래도 시간은 조금 걸리겠습니다. 우리는 바솔로뮤 형님을 만나기 위해서 노드로 가야 하니까요. 함께 가셔서 바솔로뮤 형님이 우리말을 들어 줄는지 어떨지 알아보아야만 합니다. 제가 옳다고 생각하는 일에 형님은 굉장히 화를 내고 있거든요. 어젯밤에도 다투었습니다. 형님이 화를 내면 얼마나 무서운 사람이 되는지는 상상도 못하실 겁니다."

"노드에 가야 한다면 빨리 떠나야 하지 않겠습니까?" 나는 대담하게 말해 보았다. 그는 귓볼까지 빨개질만큼 웃고 나서 큰 소리로 말했다.

"그렇게는 할 수 없습니다. 느닷없이 여러분을 모시고 가면 형님이 뭐라고 할지 모릅니다. 가기 전에 우리는 서로의 입장이 어떤 것인지 알아 두어야 합니다. 우선 이 내막에는 제가 알지 못하는 점도 몇 가지 있다는 것을 알아 주십시오. 어쨌든 제가 알고 있는 모든 사실을 말씀드리겠습니다.

제 아버지는 이미 알고 계시겠지만 전에 인도군에 근무하시던 존 숄트 소령입니다. 약 11년 전에 퇴역하고 귀국하여 아퍼 노드의 폰디셸리 장(莊)에 살고 계셨습니다. 인도에서 크게 성공을 거두어 많은 돈과 값지고 진귀한 갖가지 수집품과 함께 한무리의 인도 하인을 거느리고 돌아오셨습니다. 그리고 저택을 사서 지방관 못지않게 사셨지요. 자식은 쌍둥이인 바솔로뮤 형과 나, 둘뿐입니다.

모스탠 대위님이 실종되셨을 때의 상황을 나는 잘 기억하고 있습니다. 우리 형제는 신문에서 자세한 것을 읽었고, 대위님이 아버지의 친구였다는 사실을 알고는 아버지 앞에서 서슴없이 이 사건에 대해 토론했지요. 아버지도 우리와 함께 이 사건의 진상에 대해 여러 가지 억측을 하셨습니다. 그런데 아버지가 그 모든 비밀을 가슴에 간직하고 있을 줄은! 아버지야말로 아서 모스탠의 운명을 아는 오직 한 사람이리라고는 형님도 나도 생각해 본 적이 없었습니다. 하지만 무언가 정체를 알 수 없는 예사롭지 않은 위험이 아버지의 신변을 위협하고 있음을 우리도 알아차렸습니다. 아버지는 혼자 외출하시는 것을 몹시 두려워했으며 폰디셸리 장에 직업 권투선수를 두 사람이나 문지기로 채용했지요. 오늘 밤에 말을 몰고 온 윌리엄스가 그 중의 한 사람입니다. 한때는 영국의 라이트급 챔피언이었던 사람입니다. 아버지는 무엇을 두려워하고 있는지 결코 입 밖에 내지 않으셨지만 의족(義足)의 사나이를 몹시 두려워하고 있는 것만은 뚜렷했습니다. 한 번은 의족의 사나이에게 실제로 권총을 쏜 적도 있는데, 알고 보니 행상인으로 아무런 해도 끼치지 않은 사람이었습니다. 많은 돈을 주어 달래야만 했었지요. 형님과 저는 그것이 아버지의 변덕이라고 생각했습니다만, 여러 가지 사건이 일어나 우리는 생각을 고쳐야만 했습니다.

1882년 초, 인도에서 온 어떤 편지가 아버지에게 큰 충격을 주었습니다. 아침 식사 때 봉투를 열어 보고 기절할만큼 놀라며 그대로 자리에 누우시더니 얼마 뒤에 돌아가셨습니다. 편지 내용은 끝내 알 수 없었습니다만, 아버지가 손에 들고 계실 때 언뜻 보니 급히 갈겨 쓴 짧은 편지였습니다. 아버지는 몇 년 전부터 비장비대증에 걸려 있었는데, 이때 급속히 악화되어 4월말에는 가망이 없다고 의사가 말할 정도였습니다. 그래서 아버지는 우리에게 마지막 말을 해야겠다고 생각하셨지요.

우리가 병실에 들어가자 아버지는 높이 쌓아올린 베개에 몸을 기대고 가쁜 숨을 몰아쉬고 계셨습니다. 문을 잠그고 침대 양옆으로 오라고 하시더군요. 그리고 우리의 손을 잡고 괴로움과 흥분 때문에 띄엄띄엄 끊기는 목소리로 놀라운 이야기를 하기 시작했습니다. 그것을 아버지가 하신 말씀 그대로 전해 드리겠습니다.

'나는 마지막 순간을 맞이하여 꼭 한 가지 마음에 걸리는 일이 있다. 그것은 죽은 모스탠 대위의 딸에 대한 내 처사다. 내 마음에 깃들어 나의 생애를 좀먹는 죄——저주받은 내 욕심이 적어도 절반은 그녀의 것으로 돌아가야 할 재화와 보물을 깡그리 앗아 버렸으니까. 그렇다고 내가 모두 쓴 것은 아니야. 그토록 사람을 어리석게 만드는 것이 바로 물질에 대한 지칠줄 모르는 탐욕이지. 갖고 있는 보물은 바라만보아도 행복해서 누구에게 나눠준다는 건 생각만해도 소름끼치고 싫더구나. 키니네 병 옆에 진주 염주가 보이지? 그녀에게 보내 주려고 내놓은 것인데 선뜻 손이 가지 않더구나. 너희들은 아글라(북인도에 있는 주. 같은 이름의 도시도 있다) 보물의 정당한 몫을 그녀에게 나누어 주도록 해라. 하지만 내가 살아 있는 동안은 아무것도 보내서는 안된다. 저 염주도 보내면 안돼. 이보다 더욱 심한 병도 고치고 일어난 사람이 있으니까.

모스탠이 죽었을 때의 이야기를 해주지. 그는 오랫동안 심장이 나빴는데 그 사실을 감추고 있었어. 오직 나만이 알고 있었다. 인도에 있을 때 그와 나는 여러 가지 상황이 순조롭게 돌아가 꽤 많은 재화와 보물을 손에 넣을 수가 있었단다. 나는 그것을 가지고 영국으로 돌아와 있었는데, 모스탠은 귀국하자마자 그날 밤으로 나를 찾아와서 자기 몫을 요구했지. 정거장에서부터 걸어와 지금은 세상을 떠나고 없는 충실한 랠 초더 할아범의 안내를 받으며 들어왔어. 모스탠과 나는 보물의 분배 때문에 의견이 엇갈려 심하게 다투었지. 그는 무섭게 화를 내며 의자에서 벌떡 일어났는데, 갑자기 옆구리에 손을 대고 얼굴이 흙빛으로 변해 쓰러지며 보물 상자의 모서리에 머리를 심하게 부딪쳤어. 내가 그 위에 몸을 굽히고 들여다보았더니 끔찍스럽게도 그는 벌써 죽어 있더구나.

어찌할 바를 몰라 잠시 동안 멍하니 서 있었다. 처음에 머리에 떠오른 것은 물론 도움을 청하는 일이었어. 하지만 나에게 살해 혐의가 주어진다는 것은 너무나도 뚜렷한 일이었지. 말다툼을 하다가 죽은 것이며 머리에 난 상처가 모두 나에게 불리한 것들뿐이었으니까. 더구나 경찰의 조사를 받게 되면 무엇보다도 비밀에 붙여 두고 싶은 보물에 대한 것이 밝혀지지 않을 수 없었어. 모스탠은 자기가 가는 곳을 아무에게도 이야기하지 않았다고 말했었지. 그렇다면 지금 새삼스럽게 사람들에게 알릴 필요도 없을 것 같았어.

이런 생각을 하며 언뜻 쳐다보았더니 하인 랠 초더가 입구에 서 있더구나. 그는 살짝 안으로 들어와 문을 잠그고는 '걱정하지 마십시오, 주인님, 살해하셨다고 해서 누구에게도 알릴 필요는 없습니다. 우리 둘이서 처리합시다. 누가 알 턱이 없으니까요' 하고 그는 말했지. '내가 죽이지 않았어!' 하고 난 말했지만 랠 초더는 고개를 저으며 싱긋이 웃었어. '다 들었습니다, 주인님, 다투는 소리도 때리는 소리도 들었지요. 하지만 내 입은 풀로 붙인 거나 다름이 없습니다. 집안 사람들은 모두 자고 있으니 아무도 모르게 처리해 버립시다.' 이 말을 듣고 나는 결심이 섰어. 하인마저 나의 결백을 믿어 주지 않는데 배심석에 버티고 앉은 12명의 어리석은 배심원 나부랭이들에게 어떻게 증명해 보일 수가 있겠느냔 말이다. 그래서 랠 초더와 나는 그날 밤 안으로 시체를 처리했는데 2, 3일 뒤부터 런던의 신문들은 모스탠 대위의 실종 기사로 온통 떠들썩하기 시작했지. 나의 잘못이라면 시체뿐 아니라 보물마저 감추었고 내 몫뿐만 아니라 모스탠의 몫까지 욕심을 냈다는 점이야. 그러니 이제부터라도 너희들이 돌려주도록 해달라고 부탁하는 것이다. 귀를 이리

좀 가까이 대거라. 보물이 있는 장소는…….'

그 순간 아버지의 표정에 무서운 변화가 나타났습니다. 눈을 크게 뜨고 얼굴을 무섭게 찡그리며 지금까지도 도저히 잊을 수 없는 목소리로 '내쫓아라! 제발 저놈을 내쫓아라!' 하며 외치는 것이었습니다. 우리는 뒤돌아서서 아버지의 눈이 못박혀 있는 창문을 보았습니다. 어둠 속에서 하나의 얼굴이 이쪽을 들여다보고 있었습니다. 코 끝이 유리에 바짝 붙어서 하얗게 보였습니다. 수염을 기른 털북숭이 얼굴에는 잔인한 눈과 맹렬한 적의에 가득찬 표정이 담겨 있었습니다. 형님과 저는 창가로 달려갔으나 이미 사나이는 사라지고 없었습니다. 아버지 곁으로 돌아와 보니 머리를 축 늘어뜨린 채 이미 숨이 끊어져 있었습니다.

그날 밤 정원을 온통 찾아보았으나 창 밑의 꽃밭에 발자국이 하나 나 있을 뿐 다른 곳에는 침입자의 흔적이라고는 하나도 없었습니다. 이 발자국마저 없었다면 그 흉물스러운 얼굴도 상상에 지나지 않았다고 스스로 생각할 정도였습니다. 그러나 얼마 안 있어 우리들 주위에는 눈에 보이지 않는 힘이 작용하고 있다는 것을 더욱 뚜렷이 나타내는 징조가 보였습니다. 다음날 아침에 보니 아버지 방의 창문이 열려 있었고 옷장이며 상자 속을 샅샅이 뒤진 흔적이 있었습니다. 상자 위에는 '네 사람의 서명'이라는 글씨가 비스듬히 마구 갈겨 씌여져 있는 종이쪽지가 얹혀 있었습니다. 이 말이 무엇을 뜻하는 것인지, 정체불명의 방문자가 누구인지는 전혀 알 수 없었습니다. 우리들이 살펴보니 집안은 온통 뒤집혀있었으나 아버지의 재산은 하나도 도둑맞지 않았습니다. 당연한 일입니다만, 형님과 나는 이 기괴한 사건과 아버지의 생애에 따라다니던 공포를 연결시켜서 생각하지 않을 수 없었습니다. 그러나 지금까지도 전혀 풀 수 없는 수수께끼라는 점에는 변함이 없습니다."

그는 이야기를 끊고 물담배에 다시 불을 붙여 곰곰이 생각에 잠기며 한참 동안 피우고 있었다. 우리들은 넋을 잃은 채 이 이상한 이야기를 듣고 있었다.

모스탠 양은 아버지의 마지막 장면을 설명할 때 죽은 사람처럼 새파랗게 질려 기절하는 것이 아닌가 염려스러울 정도였다. 그러나 내가 옆 테이블 위에 놓인 베니스 제 물병에서 물을 따라 주었더니 그 물을 마시고 기분이 좀 나아진 듯했다.

홈즈는 반짝반짝 빛나는 눈을 내리뜬 채 희미한 표정으로 의자 등에 깊숙이 몸을 기대고 있었다. 나는 그를 바라보며 아까 그가 인생이 얼마나 따분한가를 몹시 한탄하고 있었던 일을 머리에 떠올렸다. 어쨌든 지금이야말로 그의 지능을 최고도로 발휘할 수 있는 문제가 나타난 것이다.

새디어스 숄트 씨는 자기의 이야기가 빚어 낸 효과를 만족스러워하는 듯이 우리의 얼굴을 번갈아 가며 바라보고는 터무니없이 커다란 파이프로 이야기 사이사이에 빠끔빠끔 담배를 피우는 것이었다.

"짐작하시겠지만 형님과 저는 아버지가 말씀하신 보물에 대해 몹시 마음이 쏠렸습니다. 몇 주일, 몇 달 동안을 정원 구석구석까지 파헤쳐 보았으나 보물은 나오지 않았지요. 숨겨 놓은 장소를 말하려던 찰나에 아버지께서 돌아가신 걸 생각하면 미칠 것만 같았습니다. 아버지가 꺼내 놓았던 염주로 미루어 보아 숨겨진 보물이 얼마나 굉장한 것인지 짐작할 수 있었습니다. 그 염주 때문에 형님과는 조금 다투었습니다. 그 염주는 아무리 보아도 상당한 값이 나가는 것이었으므로 형님은 내놓기를 싫어했던 것입니다. 여러분에게만 말씀드립니다만, 형님도 아버지의 나쁜 점을 조금 이어받고 있거든요. 그리고 형님 생각에는 염주를 내놓으면 사람들의 입에 오르내려 끝내는 일이 성가시게 된다는 것이었습니다. 간신히 형님을 설득해서 제가 모스탠 양의 거처를 알아 낸 다음, 적어도 곤란을 겪지 않을 정도로 해 드리기 위해 일정한 사이를 두고 진주를 보내 드리기로 합의를 보았습니다."

"친절하신 생각이셨어요. 정말 고마웠습니다." 모스탠 양은 진심으로 말했다. 숄트는 그 말을 부정하듯이 손을 흔들었다.

"우리는 댁의 재산을 보관하는 사람이었던 셈이지요. 적어도 저만은 그런 생각을 가지고 있었습니다. 바솔로뮤 형님은 전혀 그렇게 생각하고 있지 않았으니까요. 우리는 돈이라면 남을 만큼 가지고 있었습니다. 저는 더 이상 필요하다고 생각지 않았지요. 하물며 젊은 부인에게 그런 비열한 짓을 한다는 것은 점잖은 일이 아니라고 여겼습니다. '악취미는 범죄의 근원'이라는 말도 있지 않습니까. 프랑스 사람은 참으로 멋진 말을 했습니다. 그래서 인도 출신의 늙은 하인과 윌리엄스를 데리고 폰디셀리 집에서 나왔지요. 그런데 바로 어제 매우 중대한 일이 일어났다는 것을 알았습니다. 보물이 발견되었던 것입니다. 그래서 즉시 모스탠 양에게 연락을 취했던 겁니다. 남은 일은 노드로 마차를 몰고 가서 우리의 몫을 요구하는 것뿐입니다. 어제 저녁에 미리 바솔로뮤 형님에게 이 이야기를 해 두었으므로 환영은 하지 않는다 하더라도 기다리고 있을 겁니다."

이야기를 마친 새디어스 숄트 씨는 호화스러운 긴의자 위에서 얼굴을 꿈틀거리며 앉아 있었다. 우리 세 사람은 이 진귀한 사건이 드러낸 새로운 국면에 대해 여러 모로 생각하며 말없이 앉아 있었다. 홈즈가 맨 먼저 벌떡 일어섰다.

"당신은 처음부터 끝까지 훌륭하셨습니다. 그런 뜻에서 당신이 아직 모르고 계시는 일들을 조금 밝혀 드리고 싶은 생각이 있습니다. 하지만 아까 모스탠 양도 말씀했듯이 시간이 너무 늦었으니 지금으로선 곧 이 사건을 처리하러 가는 것이 가장 좋겠습니다."

새디어스 숄트는 매우 조심스럽게 물담배를 제자리에 놓고는 커튼 뒤에서 깃과 소매에 아스트라칸 털이 달리고 장식 끈이 있는 아주 길다란 코트를 꺼냈다. 몹시 무더운 밤이었는데도 단추를 꼭꼭 채워서 입고 더구나 귀덮개가 달린 토끼털 모자를 머리에 썼으므로 끊임없이 움직이는 여윈 얼굴 이외에는 아무것도 보이지 않는 차림새가 되어버렸다. 그는 앞장 서서 현관으로 나가며 말했다.

"나는 허약 체질이어서 늘 조심스럽게 몸을 다루고 있답니다."

마차가 밖에서 기다리고 있었는데 미리 일러 두었는지 마부는 대뜸 말을 빨리 몰기 시작했다. 새디어스 숄트는 마차바퀴 소리보다도 높은 목소리로 끊임없이 말을 계속했다.

"바솔로뮤 형은 머리가 좋지요. 어떻게 해서 보물 있는 곳을 찾아냈는지 아십니까? 그는 우선 보물이 집 안 어디에 있을 것이라는 결론을 내렸습니다. 그래서 집의 전체 용적을 계산해 내기 위해 1인치도 허술히 하지 않고 모든 부분의 치수를 쟀습니다. 그 결과 알아 낸 일입니다만, 건물의 높이는 74피트인데 각 층의 방의 높이를 모두 더하고 그 사이의 길이도 마루에 구멍을 뚫어 확인하여 더했는데도 합계 70피트 밖에 되지 않았습니다. 그래서 어디서 4피트의 차이가 나느냐 하는 문제가 생겼지요. 그렇다면 건물의 꼭대기밖에 의심할 수가 없습니다. 그래서 맨 위층 방의 천장에 구멍을 뚫어 보았더니, 아니나다를까 그 위에는 감쪽같이 칠을 했기 때문에 아무도 몰랐던 조그만 지붕밑 방이 있었습니다. 그 방 한가운데 있는 두 개의 서까래 위에 보물 상자가 얹혀 있었습니다. 형님은 그것을 내렸습니다. 보석의 값어치는 50만 파운드 이상이라고 형님은 생각하고 있습니다."

이 엄청난 금액이 그의 입에서 튀어나오자 우리 세 사람은 눈을 크게 뜨고 서로 얼굴을 마주보았다. 모스탠 양은 우리가 그 권리를 확

보해 주기만 한다면 가난한 가정교사에서 일약 영국에서 가장 부유한 상속인으로 바뀌는 것이다. 이 같은 이야기를 듣고 크게 기뻐해야만 충실한 친구로서 어울리는 일이었으리라. 그러나 부끄러운 일이지만 나의 마음은 자기 본위의 생각으로 가득 차 가슴이 납덩어리처럼 무거워짐을 느꼈다. 나는 띄엄띄엄 짤막한 축하의 말을 하고는 힘없이 고개를 숙였다. 숄트의 말도 귀에 들어오지 않았다.

그는 틀림없는 만성 우울증 환자인 듯, 갖가지 징후를 끝없이 늘어놓기도 하고 수많은 엉터리 특효약——그 중 어떤 것은 가죽 케이스에 넣어 주머니 속에 지니고 다닌다는 것이었다——의 성분과 효험에 대해 물어 오는 것을 나는 꿈결에 듣듯이 한 귀로 듣고 한 귀로 흘려 버렸다. 그날 밤 내가 했던 대답을 그 친구가 하나도 기억하고 있지 않았으면 좋겠다고 나는 지금도 생각한다. 홈즈는 내가 피마자 기름을 두 방울 이상 마시는 것은 매우 위험하다고 충고했으며 진정제에 많은 양의 스트리키닌을 쓰도록 권했다고 말했다. 어쨌든 마차가 한 번 크게 흔들리며 멎은 다음 마부가 뛰어내려 문을 열었을 때에는 정말 살아난 것 같은 생각이 들었다.

"모스탠 양, 여기가 폰디셸리입니다" 하고 새디어스 숄트 씨는 그녀가 마차에서 내릴 때 손을 잡아 주며 말했다.

# 폰디셀리 저택의 참극

이리하여 우리들이 밤의 모험의 마지막 무대에 도착한 것은 그럭저럭 11시였다. 숨 막히는 안개의 대도시에서 벗어나 매우 기분좋은 밤이기도 했다. 훈훈한 바람이 서쪽에서 불어왔고 무거운 구름이 유유히 하늘을 흘러 그 사이에서 이따금 반달이 얼굴을 내밀었다. 별로 어둡지 않은 밤이었으나 새디어스 숄트는 마차의 등불을 하나 떼어들고 우리의 발 밑을 밝혀 주었다.

폰디셀리 장은 주위가 온통 정원으로 되어 있었고, 꼭대기에 유리조각을 박은 엄청나게 높은 담으로 둘러싸여 있었다. 출입문이라고는 꺾쇠가 달린 문이 하나 있을 따름이었다. 우리의 안내자는 우편 배달부같이 매우 색다르게 노크했다.

"누구시오." 안에서 걸직한 목소리가 울려 왔다.

"나야, 맥머드. 내 노크 소리는 귀에 익을 텐데 그러는구나."

뭐라고 중얼거리는 목소리, 열쇠 묶음의 절거덕거리는 소리가 들려왔다. 문이 안쪽으로 천천히 열리자 키가 작고 가슴이 떡 벌어진 사나이가 빈 터에 서 있었다. 그의 손에 들려 있는 각등(角燈)의 빛이 그의 내민 얼굴과 수상쩍다는 듯이 껌벅이는 눈을 비추었다.

"아, 새디어스 님이십니까. 하지만 이분들은 누구신지요? 주인님께서는 다른 분들도 오신다는 말씀은 없으셨습니다."

"말씀이 없으셨다고, 맥머드? 놀랍군! 친구 몇 사람을 데리고 오겠다고 어제 저녁에 형님께 말했단 말이야."

"오늘은 하루 종일 방에서 나오지 않으셨고 아무 분부도 없으셨습니다, 새디어스 님. 제가 꼭 규칙을 지켜야 한다는 것은 잘 아시지요? 나리는 들어가셔도 좋지만 친구분들은 거기서 기다리셔야 하겠습니다."

이것은 뜻밖의 장애였다. 새디어스 숄트는 난처한 듯이 주위를 두리번거렸다.

"그건 너무하군, 맥머드! 내가 보증하면 그만이지 뭘 그러나. 더욱이 젊은 부인도 계시는데 이런 시각에 밖에서 기다리게 하실 수는 없어."

"죄송합니다, 새디어스 님. 이분들은 나리의 친구분이시겠지만 주인님의 친구분은 아니니까요. 주인님은 제가 충실하게 일을 하기 때문에 대우를 잘해 주십니다. 나리의 친구분들은 제가 알 바 아닙니다" 하며 문지기는 끄떡도 하지 않았다.

"아니. 알거야, 맥머드" 하고 셜록 홈즈가 큰 소리로 부드럽게 말했다. "설마 나를 잊지는 않았겠지. 4년 전 알리슨의 권투장에서 벌였던 자네의 후원 흥행 때 자네와 3라운드까지 치고받던 아마추어가 생각나지 않나?"

"아이구, 이거 셜록 홈즈 씨 아니십니까!" 직업 권투선수는 외쳤다. "이거 참, 놀랍군요! 내가 어째서 못 알아봤을까요! 그렇게 뒷전에 물러서 계시지 말고 한 발 앞으로 나와 제 턱이라도 한 방 먹여 주셨더라면 대뜸 알아보았을 텐데요. 보아하니 당신도 타고난 재질을 그르치고 말았나 보군요. 열심히 했다면 어지간히 잘될 가망이 있었는데요."

"어떤가, 왓슨? 나는 다른 모든 면에서는 낙제했다 하더라도 이런 과학적 직업에 종사할 길은 아직 남아 있다고 해도 좋겠지. 아마 이젠 이 사람도 우리를 추운 밖에 세워두지 않을 걸세." 홈즈는 웃으며 말했다.

"어서 들어오십시오, 나리. 나리의 친구분들도 들어오시구요. 죄송합니다, 새디어스 님. 하지만 명령이 엄격하셔서 친구분이라는 것을 확실히 알기 전에는 들어오시게 할 수가 없었거든요" 하고 그는 대답했다.

안으로 들어가자 살풍경한 저택의 뜰을 가로질러 네모지고 아무런 운치도 없는 거대한 집 앞까지 자갈길이 나 있었고, 그 건물은 완전히 어둠에 묻혀서 겨우 한 줄기 달빛이 한쪽 구석의 지붕밑 방의 창을 어른어른 비추고 있을 뿐이었다. 건물의 거대한 모습――그것은 시커먼 죽음처럼 고요하여 몸이 오싹해짐을 느끼지 않을 수 없었다. 새디어스 숄트 자신도 침착성을 잃었는지 손에 든 등불이 소리를 내며 떨리고 있었다.

"아무래도 조금 이상합니다. 무슨 착오가 생긴 것 같아요. 우리가 온다는 것을 바솔로뮤 형님에게 분명히 말해 두었는데 형님 방에 불이 켜져 있지 않군요. 웬일인지 모르겠습니다." 그는 말했다.

"형님께서는 늘 이렇게 저택을 엄중히 경비하십니까?" 홈즈가 물었다.

"네, 아버지가 하시던 대로 하고 있습니다. 형님은 무척 사랑을 많이 받았거든요. 나는 이따금 형님에게만 특별히 무슨 말을 하신 것이 아닌가 생각할 때도 있답니다. 저 위의 달빛이 비치는 곳이 바솔로뮤 형님 방의 창입니다. 꽤 밝게 보입니다만 안에서 나오는 불빛이 아닌 것 같군요."

"맞습니다. 하지만 입구 옆의 작은 창에서 희미한 불빛이 새어나오는데요" 하고 홈즈가 말했다.

"아, 그것은 가정부의 방입니다. 번스턴 아주머니의 방이지요. 그녀가 죄다 말해 줄 겁니다. 하지만 여기서 잠깐만 기다려 주시겠습니까? 우리가 오는 것을 모르고 있을 경우 여럿이 들이닥치면 놀랄 테니까요. 아니, 저건 무슨 소리일까?"

그는 등불을 높이 쳐들었는데 그 손이 떨려 동그란 빛이 우리들 주위에서 어른거리며 춤을 추었다. 모스탠 양은 나의 손목을 잡았고 모두들 가슴을 두근거리며 귀를 쫑긋이 세우고 서 있었다. 크나큰 어두운 집 안에서 밤의 적막을 뚫고 더할 나위 없이 슬프고 애처로운 목소리——겁먹은 여자의 새되고 띄엄띄엄 끊기는 흐느낌 소리가 들려왔다.

"번스턴 아주머니의 목소리입니다. 이 집에 여자는 그녀뿐이거든요. 여기서 기다려 주십시오. 곧 돌아오겠습니다." 숄트가 말했다. 그는 잰걸음으로 출입구로 가서 아까와 같이 기묘한 노크를 했다. 키가 크고 늙은 여자가 문을 열어 주었는데, 그의 모습을 보자 뛰어오를 만큼 기뻐하는 듯했다.

"어머나, 새디어스 님. 잘 오셨습니다! 정말 잘 오셨어요, 새디어스 님!"

기쁨의 말이 되풀이되는 소리가 들리고는, 마침내 문이 닫히더니 그 다음은 중얼거리는 듯한 목소리가 나직하게 도란도란 울려 나올 따름이었다.

홈즈는 숄트가 두고 간 등불을 집어들더니 천천히 휘두르며 건물을 날카로운 눈으로 살펴보고 정원을 가로막고 있는 커다란 잡동사니의 더미를 바라보았다. 모스탠 양과 나는 나란히 서 있었다. 그녀의 손은 나의 손 안에 쥐어져 있었다.

사랑이란 참으로 이상하고도 신비한 것이었다. 지금 이렇게 서 있는 우리 두 사람은 이 날까지 한 번도 만난 적도 없고 사랑의 말은커녕 서로 눈길을 주고받은 일조차 없었는데, 한시간 남짓 동안 어려움을 겪는 사이에 어느덧 자연스럽게 서로의 손을 잡기에 이르렀던 것이다. 나는 이런 사실을 늘 신기하게 생각하고 있지만, 그때로서는 그녀와 그런 식으로 접근하는 것이 아주 자연스럽게 느껴졌고 또한 그녀도 본능적으로 나에게 위안과 보호를 청하는 마음이 일었다고 그 뒤 가끔 나에게 말하는 것이었다. 이리하여 우리는 아이들처럼 손에 손을 잡고 서 있었으며, 어둠 속일망정 마음은 훈훈하기조차 했다.

"참으로 이상한 곳이에요." 그녀는 주위를 둘러보며 말했다.

"온 영국의 두더지를 모아다가 풀어 놓은 것 같다고나 할까요. 발라래트(오스트레일리아 남동부의 금광 중심지) 가까이의 산 중턱에서 비슷한 광경을 본 적이 있어요. 시굴자들이 파헤쳐 놓은 흔적이었지요."

"같은 원인으로 생긴 것이지요" 하고 홈즈가 말했다. "이것은 보물을 찾느라고 생긴 흔적이오. 6년 동안 계속 찾았다고 하지 않았습니까. 땅이 자갈 채취장처럼 됐다고 해서 이상할 것은 없지요."

이때 문이 열리고 숄트가 팔을 앞으로 내민 채 눈에 공포의 빛을 띠고 나왔다.

"바솔로뮤가 어떻게 된 것 같습니다! 아, 무서워! 나의 신경으로서는 도저히 견딜 수 없는 일입니다."

너무나도 격심한 공포 때문에 절반쯤 울고 있는 가냘프고 일그러진 그의 얼굴은 커다란 아스트라칸 깃 사이에서 겁에 질린 어린아이가 정신없이 매달리려는 듯한 표정을 드러내고 있었다. 홈즈는 늘 그렇듯이 사무적이고 힘찬 어조로 말했다.

"집 안으로 들어갑시다."

"네, 어서 들어가십시다. 나는 이제 어떻게 해야 좋을지 생각할 기력조차도 없습니다."

새디어스 숄트는 애원하듯이 말했다. 우리들은 그의 뒤를 따라 복도 왼쪽의 가정부 방으로 들어갔다. 노부인은 겁에 질린 얼굴로 침착하지 못하게 손가락을 움직이며 왔다갔다하고 있었는데, 모스탠 양의 모습을 보자 얼마쯤 마음이 가라앉은 듯했다.

"당신의 상냥하고 평화스러운 얼굴에 하느님의 은총이 깃들기를 빕니다! 아가씨를 뵈니 마음이 가라앉는군요. 오, 하지만 오늘은 너무나도 끔찍스러운 일을 당했습니다!" 하고 가정부는 히스테릭하게 흐느끼며 외쳤다. 모스탠 양이 일 때문에 마르고 거칠어진 그녀의 손을 쓰다듬어 주며 상냥하고 여자다운 위로의 말을 하자 핏기 잃은 두 뺨이 불그레하게 되살아났다.

"주인님은 안에서 문을 잠근 채 아무리 불러도 대답을 하지 않으셨어요. 무슨 말씀이 있으시기를 하루 종일 기다렸지요. 문을 잠그고 혼자 계시는 일은 흔히 있었거든요. 하지만 약 한 시간 전에 어쩐지 무언가 잘못이 생긴 것 같은 생각이 들어서 위층으로 올라가 열쇠 구멍으로 들여다보았습니다. 가 보세요, 새디어스 님. 직접 가서 보시란 말이에요. 바솔로뮤 숄트 님의 기뻐하는 얼굴이며 슬퍼하는 얼굴을 10년 동안이나 보아 왔습니다만, 그런 얼굴을 하고 계시는 것은 한 번도 보지 못했습니다."

홈즈는 직접 각등을 집어들고 앞장을 섰으나 새디어스 숄트는 이를 덜덜 부딪치며 부들부들 떨고 있었다. 어찌나 심하게 떠는지 무릎이 와들거려서 층계를 올라갈 때는 내가 팔을 잡아 주어야만 할 지경이었다. 층계를 올라가면서 홈즈는 두 번이나 주머니에서 재빠르게 렌즈를 꺼내어 층계에 깔려 있는 야자나무 털깔개 위에 나 있는 별로 눈에 띄지도 않는 반점이며 나에게는 보이지도 않는 얼룩을 찬찬히 살펴보았다. 그는 각등을 낮게 들고 좌우로 날카로운 시선을 던지며 한 계단 한 계단 천천히 올라가고 있었다. 모스탠 양은 겁에 질린 가정부와 함께 아래층에 남아 있었다. 세 번째 층계를 다 올라간 곳에 좀 길고 곧은 복도가 있었는데, 오른쪽에는 커다란 무늬가 들어간 인도산 직물 벽걸이가 걸려 있고 왼쪽에는 문이 세 개 나란히 있었다. 홈즈는 여전히 여유있는 걸음으로 질서있게 살피며 걸어갔고, 우리는 복도에 길고 검은 꼬리를 끄는 그림자를 뒤를 하며 그의 뒤를 따라갔다. 세 번째 문이 우리가 들어가려는 방이었다. 홈즈가 노크를 했으나 대답이 없으므로 손잡이를 돌려 열어 보려고 했다. 그러나 안으로부터 잠겨 있어 각등을 가까이 대 보니 폭 넓고 든든한 빗장이 걸려 있는 것이 보였다. 열쇠는 잠겨 있었으나 열쇠 구멍이 완전히 막혀 있지는 않았다. 홈즈는 몸을 굽혀 들여다보다가 갑자기 깜짝 놀라며 허리를 폈다. 그는 여느 때와는 달리 몹시 놀라는 기색을 보이며 말했다.

"이건 지나치게 악마적인데! 왓슨, 자네는 저 광경을 어떻게 생각하나?"

나는 몸을 굽혀 구멍으로 들여다보고는 공포로 엉겁결에 뒷걸음질 쳤다. 달빛이 방 안으로 흘러들어와 어렴풋한 빛을 던져 주고 있었다. 똑바로 이쪽을 보고 있는 얼굴 하나가 몸은 어둠에 싸여 보이지 않았으므로 마치 허공에 매달린 듯이 떠 있었다. 바로 우리들과 함께 온 새디어스의 얼굴이었다. 뾰족한 대머리도, 그 주위에 빙 둘러 나 있는 빳빳한 붉은 머리털도, 핏기없는 얼굴빛도 똑같았다. 그러나 그 얼굴에 깃든 소름끼치는 미소와 그 웃음을 띤 채 움직이지 않는 부자연스러운 표정이, 달빛을 받아 쥐죽은 듯이 고요한 이 방 안에서 그 어떤 무섭게 찡그린 얼굴보다도 더 기분나쁜 효과를 자아내고 있었다. 더욱이 그 얼굴이 우리의 키 작은 안내자와 너무나도 닮아 있었으므로 그가 틀림없이 곁에 있는지 확인하지 않고는 배길 수 없을 정도였다. 그때 비로소 나는 그와 형은 쌍둥이라고 했던 말이 생각났다.

"끔찍하군! 무슨 영문일까?" 나는 홈즈에게 말했다.

"우선 문부터 부숴야겠네" 하고 대답하며 홈즈는 온 몸에 힘을 주어 문을 향해 부딪쳤다. 문은 우지직 소리를 낼 뿐 꿈쩍도 하지 않았다. 그래서 이번에는 세 사람이 함께 부딪쳐 가자 갑자기 큰 소리를 내며 문이 열렸고, 우리들은 바솔로뮤 숄트의 거실로 우르르 몰려들어갔다.

그 방은 화학 실험실로 만들어진 듯했다. 문과 마주보이는 바람벽에는 유리 마개가 달린 병이 두 단으로 줄지어 놓여 있었고, 테이블 위에는 분젠(Robert Wilhelm Bunsen, 181~1899. 독일의 화학자) 등이며 시험관이며 레토르트가 널려 있었다. 구석에는 버들바구니에 든 산(酸) 종류의 큰 병이 놓여 있었다. 그 중 하나가 새는 것인지 아니면 깨어져서 그런지 거무스름한 액체가 흘러나와 묘하게 코를 찌르는 타르 같은 냄새가 방 안에 감돌았다. 방 한쪽에는 각목과 회반죽이 흩어져 있었고 그 한가운데에 발판이 놓여 있으며, 바로 그 위의 천장에 사람 하나가 들어갈 수 있을만한 구멍이 뚫려 있었다. 발판 옆에는 길다란 밧줄이 한 묶음 아무렇게나 놓여 있었다. 테이블 옆의 팔걸이의자 위에 이 집 주인이 머리를 왼쪽 어깨에 떨어뜨린 채 그 무시무시하고 수수께끼 같은 미소를 띠고 축 늘어져 앉아 있었다. 몸은 이미 굳어 싸늘했으며 몇 시간 전에 숨이 끊어졌음을 알 수 있었다. 얼굴뿐 아니라 온 몸이 전체적으로 매우 기묘하게 비뚤어지고 뒤틀려 있었다. 테이블 위의 그의 손 가까이에 묘하게 생긴 도구가 놓여 있었다. 매듭이 많은 갈색 나무 막대기에 굵은 삼베끈으로 되는 대로 돌덩어리를 묶어 망치처럼 만든 것이었다. 그 옆에는 무언가 마구 갈겨 쓴 편지지를 찢은 종이조각이 놓여 있었다. 홈즈는 그것을 얼른 보고 나에게 건네 주었다.

"이걸 보게나." 그는 뜻있게 눈썹을 치켜올리며 말했다. 나는 불빛으로 그것을 읽고 공포 때문에 부르르 몸을 떨었다. '네 사람의 서명'

"도대체 이게 무슨 뜻일까?" 나는 물었다.

"살인을 뜻하는 것이지. 아, 생각했던 대로야. 이것 보게!" 그는 죽은 사람 위로 몸을 굽히며 말했다. 그는 귀 바로 위의 피부에 꽂혀 있는 길고 검은 가시 같은 것을 가리켰다.

"가시 같군그래." 나는 말했다.

"바늘이네. 뽑아 보게나. 하지만 조심해서 해야 하네. 독이 묻어 있을지도 모르니까."

나는 집게손가락과 엄지손가락으로 그것을 집어들었다. 쉽사리 피부에서 빠져나왔으나 거의 아무런 흔적도 남아 있지 않았다. 꽂혀 있던 자리에 아주 작은 핏자국이 있을 뿐이었다.

"나로서는 하나에서 열까지 하나도 풀 수 없는 수수께끼일세. 차츰 뚜렷해지기는커녕 더욱 더 알 수 없게 될 뿐이야" 하고 나는 말했다. 그는 대답했다.

"그래? 시시각각으로 뚜렷해지고 있는데 그러는군. 완전한 줄거리를 잡기 위해서는 앞으로 두세 가지 모르는 점만 알아 내면 되네."

방 안에 들어간 다음부터 우리는 동행자의 존재를 거의 잊고 있었다. 그는 문 앞에 우뚝 서서, '공포'를 그림으로 그린다면 바로 저런 것이 아닐까 하는 생각이 들 정도로 두 손을 쥐어짜며 신음 소리를 지르고 있었다. 그런데 갑자기 그가 찢어지는 듯한 분노의 외침 소리를 질렀다.

"보물이 없어졌어요! 보물을 누가 훔쳐 갔어요! 저것은 우리가 보물을 내릴 때 뚫은 구멍입니다. 나도 도와 주었거든요. 내가 형님을 마지막으로 본 사람입니다! 어젯밤 여기서 형님과 헤어지고 층계를 내려갈 때 형님이 문에 자물쇠를 잠그는 소리를 들었습니다."

"몇 시쯤이었습니까?"

"10시였습니다. 그런데 지금 이렇게 죽어 있으니, 경찰을 불러오면 내가 혐의를 받게 되겠지요. 틀림없습니다. 하지만 당신들은 그렇게 생각하지 않으시겠지요? 내가 그랬으리라고는 생각할 수 없으시겠지요? 만일 내가 했다면 당신들을 여기까지 모시고 오겠습니까? 아, 어떻게 하지요! 나는 미칠 것만 같습니다!"

그는 너무나도 흥분하여 경련을 일으키며 두 팔을 휘젓기도 하고 발을 동동 구르기도 했다.

"염려하실 것 없습니다, 숄트 씨. 자아, 그럼, 내 말대로 이제부터 마차를 타고 경찰서에 가서 상황을 보고하십시오. 어떤 점에 대해서나 협력하겠다고 말씀하십시오. 우리는 당신이 돌아오실 때까지 여기서 기다리고 있겠습니다."

홈즈는 그의 어깨에 다정하게 손을 얹었다.

작은 남자는 반쯤 넋을 잃은 채 홈즈의 말에 따라 마침내 캄캄한 층계를 비틀거리며 내려갔다.

# 셜록 홈즈의 논증

"자, 왓슨, 이제부터 반시간의 여유가 있네. 나의 견해는 아까도 말했듯이 거의 완성됐어. 그러나 지나친 자신 때문에 잘못을 저질러서는 안되며, 또한 지금으로서는 사건이 단순하게 보이지만 그 밑바닥에 더 깊은 그 무엇이 숨어 있을는지도 모르니까……."

하고 홈즈는 두 손을 비비며 말했다.

"단순하다고?" 나는 엉겁결에 소리를 질렀다.

"그렇다네. 쓸데없는 발자국을 내지 않도록 저 구석에 앉게. 그럼, 시작해 볼까. 첫째 문제는 그가 어떻게 들어왔으며 어떻게 나갔느냐 하는 점이야. 출입문은 어젯밤 이후 열지 않았으니, 그렇다면 창문은 어땠을까?"

그는 학생들 앞에 선 교수처럼 말했다. 각등을 들고 창가로 가서 관찰을 계속하며 줄곧 중얼거렸는데, 나에게라기보다는 자기 자신에게 들려 주는 듯한 말투였다.

"창문은 안으로 잠겨 있군. 창틀도 단단하고 경첩도 없어. 열어 보세. 가까운 곳에 홈통도 없군. 지붕도 아주 높은 곳에 있는데 창가에 매달린 녀석이 있단 말이야. 어젯밤에는 비가 조금 왔지. 문지방에 진흙 발자국이 하나 있고 여기에 둥근 모양의 진흙 자국이 있으며 마룻바닥 위에도 테이블 옆에도 있군. 알겠나, 왓슨. 이것이 모두 훌륭한 증거가 아니고 무엇이겠나!"

나는 윤곽이 뚜렷한 둥근 진흙 자국을 바라보았다.

"그것은 발자국이 아닌데그래." 나는 말했다.

"그것보다 더욱 귀중한 것이지. 의족 자국이야. 보게나, 문지방 위에 있는 것은 신발 자국, 그것도 발뒤꿈치에 커다란 쇠붙이를 박은 무거운 신발 자국이며, 그 옆에 있는 것은 의족 자국이란 말일세."

"바로 그 의족의 사나이란 말이지?"

"맞아, 하지만 또 한 사람이 있었네. 매우 유능한 한패일세. 자네는 이 벽을 타고 올라갈 수 있겠나?"

나는 열린 창으로 아래를 내려다보았다. 달빛은 아직 건물의 이쪽 면을 밝게 비추고 있었다. 땅에서 여기까지 60피트는 충분히 될 듯한데 어디를 보아도 발을 디딜 만한 곳이 없었고 벽돌과 벽돌 사이에도 틈새가 없었다.

"절대로 불가능하네." 나는 대답했다.

"도와주는 사람이 없이는 불가능하지. 하지만 한패가 한 사람 여기에 서서 저 구석에 있는 질긴 밧줄의 한쪽 끝을 벽에 박혀 있는 저 큰 못에 묶어서 늘어뜨려 주었다고 생각해 보게. 그렇게 하면 의족의 사나이라도 기어올라올 수 있지 않겠나. 돌아갈 때에도 물론 같은 방법으로 내려갈 수 있었겠지. 그 다음에 한패는 밧줄을 끌어올려 못에서 벗겨 놓고 창문을 닫아 안에서 걸어 잠근 다음 들어왔을 때와 같은 곳을 통해 나갔겠지. 그리고 이건 중요한 일이 아니지만," 하고 그는 밧줄을 만지작거리며 말했다. "그 의족의 사나이는 타고 올라가는 기술이 능숙하지만 뱃사람은 아닐세. 손바닥 가죽이 전혀 딱딱하지 않아. 렌즈로 보았더니 핏자국이 여러 개 있는데, 특히 밧줄 끝에 많이 묻어 있는 것으로 미루어 보아 너무 서둘러서 내려갔기 때문에 손바닥이 벗겨졌다는 것을 알 수 있네."

"자네 말이 너무 맞네. 하지만 더욱 더 알 수 없어질 따름일세. 그 이상한 한패란 어떤 녀석일까? 어떻게 해서 방 안으로 들어올 수 있었을까?" 나는 말했다.

"한패 말인가?" 하고 홈즈는 조금 생각에 잠기며 말했다. "이 한패에게는 꽤 재미있는 데가 있어. 이 녀석이 나타남으로써 이 사건도 여느 평범한 사건의 경지를 벗어났다고 할 수 있지. 이 한패는 우리 나라의 범죄사상 새로운 분야를 열어 줄는지도 몰라. 하긴 비슷한 사건이 인도에도 그리고 세네간비아에도 있었던 것 같지만 말야."

"그래, 어떻게 해서 들어왔단 말인가? 출입문은 잠겨 있고 창문은 미치지 못할 곳에 있으니 굴뚝이라도 타고 들어왔단 말인가." 나는 말했다.

"난로의 쇠살대가 너무 작아. 그 가능성을 아까부터 생각해 보고 있지만 말이야."

"그럼, 어떻게 해서 들어왔단 말인가?" 나는 물고 늘어졌다.

"자네는 도무지 나의 교훈을 활용해 보려고 하지 않는군." 그는 머리를 저으며 말했다. "불가능한 것을 모조리 잘라 버리면 뒤에 남은 것이 아무리 있음직한 일이 아닐지라도 틀림없는 진실이라고 늘 말하지 않던가. 녀석은 문으로 들어온 것도 아니고 창문으로도 굴뚝으로도 들어오지 않았네. 그리고 또한 방 안에 숨어 있었던 것도 아닐세. 왜냐하면 숨을 만한 데가 없으니까. 그렇다면 어디로 들어왔을까?"

"천장 구멍으로 들어왔군!" 나는 외쳤다.

"물론 그렇지. 그렇다고밖에 생각할 수 없지 않는가. 미안하지만 각등을 좀 들어 주게. 위의 방을 조사해 봐야겠네. 보물이 발견된 비밀의 방 말이야."

그는 발판 위에 올라서서 두 손으로 들보를 붙잡고 몸에 반동을 주어 천장 위로 훌쩍 올라갔다. 그리고 엎드려서 손을 뻗어 각등을 집어들어 내가 올라갈 때까지 비춰 주었다.

지붕밑 방은 가로 10피트, 세로 6피트 가량의 크기였다. 마룻바닥은 들보와 들보 사이에 엷은 판자를 붙여 회칠을 했을 뿐으로 걸을 때에는 들보에서 들보로 건너야만 했다. 천장은 비스듬히 경사져 있었는데 이 집 지붕의 안쪽임에 틀림없었다. 방 안에는 아무 가구도 없었고, 긴 세월 동안 쌓인 먼지가 마룻바닥을 소복이 덮고 있었다.

"이것 좀 보게." 홈즈는 경사진 바람벽에 손을 대며 말했다.

"이것이 지붕으로 나가는 들창일세. 이렇게 밀어올리면 느슨한 경사의 지붕이 나타나지. 즉 여기를 통해 '제1호'가 들어왔던 걸세. 이 녀석의 정체를 드러낼 만한 흔적이 어디 없나 찾아보세."

그는 각등으로 마룻바닥을 비추었는데 바로 그때 그의 얼굴에는 오늘 밤 두 번째로 놀라는 기색이 스치고 지나갔다. 나도 그의 시선을 따르다가 갑자기 오한을 느꼈다. 온 마룻바닥에 맨발자국이 나 있었던 것이다. 뚜렷한 윤곽을 그리며 완전히 새겨져 있었는데 그 크기가 여느 어른의 절반이 될까말까했다.

"홈즈, 어린이가 이런 끔찍한 짓을 했네그려." 나는 속삭이듯 말했다.

"나도 기겁을 했네. 하지만 이것은 매우 당연한 일이야. 보기 전부터 알고 있었는데 잠시 깜박 잊고 있었을 뿐이지. 여기서는 더 볼 것이 없으니 내려가세" 하고 그는 말했다. 아래로 내려오자 나는 진지하게 물었다.

"그렇다면 자네 생각으로는 그 발자국이 무엇을 뜻한단 말인가?"

"왓슨, 조금은 스스로 분석을 해보지 그러나. 내 방법은 알고 있을

게 아닌가? 응용해 보게나, 나중에 결과를 비교해 보는 것도 공부가 될 테니까."

그는 조금 짜증스럽다는 듯이 말했다.

"여러 가지 사실에 들어맞을 만한 생각이 떠오르지 않아서 그러네." 나는 대답했다. 그는 무뚝뚝하게 말했다.

"이제 곧 알게 되네. 이곳에 더 이상 중요한 것은 없을 듯하네만 볼 만큼은 봐 두세."

그는 재빠르게 렌즈와 줄자를 꺼내어 두 무릎을 꿇고 길고 가느다란 코를 마룻바닥에 바짝 갖다대고 새처럼 동그란 눈을 무섭게 번득이며 재어 보기도 하고 비교해 보기도 하고 다시 고치기도 하며 방안을 바삐 돌아다녔다. 그 동작이 너무나도 민첩하여 소리 하나 내지 않을 뿐 아니라, 아주 은근하여 마치 숙련된 경찰견이 냄새를 맡으며 뒤쫓아가는 것과도 같은 느낌이 들었다. 만일 그가 그 정력과 빈틈없는 관찰력을 법을 지키기 위해서가 아니라 법을 어기기 위해서 쓴다면 얼마나 무서운 범죄자가 되었을까 하고 나는 생각해 보지 않을 수 없었다. 그는 이리저리 찾아다니며 혼자서 뭐라고 계속 중얼거리더니 마침내 소리 높여 기쁨의 함성을 질렀다.

"운이 좋네. 이제부터 일이 수월해질 것 같군. '제1호'는 운 나쁘게도 크레오소트를 밟았어. 이 지독한 냄새가 나는 자리 옆에 녀석의 작은 발자국이 나 있네. 큰 병에 금이 가서 그 안의 약이 흘러나왔거든."

"그게 어쨌단 말인가?" 나는 물었다.

"모르겠나? 이제 녀석은 잡힌 거나 다름없네. 이 정도의 냄새라면 세상 끝까지라도 뒤따라갈 수 있는 개를 나는 알고 있어. 사냥개 무리들이 미끼의 냄새를 뒤쫓아 주(州)의 끝에서 끝까지 갈 수 있다면, 특별한 훈련을 받은 어떤 사냥개가 이 자극이 강한 냄새를 따라 얼마나 먼 거리까지 갈 수 있느냐 하는 문제는 비례의 계산에서 세 개의 기지수(旣知數)로부터 한 개의 미지수를 구하는 정도의 일에 불과하다네. 그 해답은 즉――저런, 법의 대표자들이 왔군그래."

무거운 발소리와 시끄러운 말소리가 들리고 현관문 닫히는 소리가 났다. 홈즈는 말했다.

"저 사람들이 오기 전에 시체의 팔과 다리 부분을 조금 만져 보게나. 어떤가?"

"근육이 판자처럼 딱딱하네." 나는 대답했다.

"맞아. 일반적인 사후경직과는 달리 극단적인 근육 수축을 나타내고 있네. 이 얼굴의 찡그림은 이른바 히포크라테스의 미소니 경련적인 웃음이니 하는 것인데, 요컨대 어떤 결론이 머리에 떠오르나?"

"어떤 강력한 식물성 알칼로이드에 의해 죽었군. 경직 경련을 일으키게 하는 스크리키닌과 비슷한 약이었겠지" 하고 나는 대답했다.

"이 얼굴 근육의 찡그린 상태를 보고 나도 그렇게 생각했네. 방 안에 들어오자마자 독이 몸 안으로 들어간 경로를 알아 내려고 하다가 자네도 보았듯이 머리가죽에 살짝 박힌 바늘을 찾아 내었지. 바늘이 꽂힌 자리는 사람이 의자에 곧은 자세로 앉으면 바로 천장의 저 구멍을 향하게 되어 있지 않나? 이 바늘을 살펴보게나."

나는 조심스럽게 바늘을 집어들고 각등의 빛에 비추어 보았다. 길고 검고 날카로웠으며 끝부분은 고무 같은 물질이라도 발라 두었는지 번들거렸다. 굵은 쪽의 끝은 나이프로 둥글게 다듬어져 있었다.

"영국제 바늘일까?" 그는 물었다.

"그런 것 같지 않네."

"이만큼 재료가 갖추어지면 자네도 올바른 추리를 할 수 있을 걸세. 이제 정규병이 도착했으니 예비군은 슬슬 물러가도 되겠지."

그가 그렇게 말하고 있는 동안 다가오던 발소리가 복도에서 높이 울리더니 쥐색 옷을 입은 가슴이 떡 벌어지고 풍채가 당당한 사나이가 위엄있게 방 안으로 들어왔다. 불그레한 얼굴을 한 씩씩하고 다혈질적인 느낌의 사나이였으며 자주 깜박이는 작은 눈이 오동통한 눈꺼풀 속에서 날카롭게 반짝이고 있었다. 바로 뒤에 정복 차림의 경관과 여전히 침착하지 못한 새디어스 숄트가 서 있었다.

"이거 정말 큰일이군. 예사로운 사건이 아니란 말일세! 아니, 방 안에 누가 있잖나? 이렇게 사람이 득실거릴 줄은 몰랐군." 사나이는 탁하고 쉰 목소리로 외쳤다.

"나를 기억하고 계십니까, 아셀니 존스 씨." 홈즈가 부드럽게 말했다.

"오, 기억하고말고요!" 상대방은 숨을 헐떡이면서 말했다. "이론가 셜록 홈즈 씨가 아닙니까. 기억하느냐구요! 비숍게이트 보석 사건 때 원인·추리·결과에 대해 당신이 우리 모두에게 한바탕 강의를 하신 일을 어떻게 잊을 수 있겠습니까? 당신이 옳은 방향을 제시해 준 것만은 사실이지만, 그 사건은 좋은 지도를 받았다기보다 행운을 입었다는 것을 당신도 지금은 인정하시겠지요?"

"그저 간단한 추리의 한 예에 지나지 않았지요."

"뭐라고요? 진실을 인정하는 데 인색하시면 안 됩니다. 그건 그렇고, 이번 것은 어떻습니까? 정말 굉장한 사건입니다. 엄연한 사실이 여기 있잖습니까. 이론 따위가 파고들어갈 여지가 없지요. 다른 사건 때문에 때마침 노드에 나와 있었는데 연락을 받았지요. 당신은 이 사람의 사인이 무엇이라고 생각하십니까?"

"내가 이론을 내세울 만한 사건이 아닌 듯하므로 사양하겠습니다." 홈즈가 쌀쌀하게 말했다.

"그야 그렇지요. 하지만 당신이 때로 요점을 찌른다는 것을 우리도 부정할 수는 없습니다. 저런, 저런! 문에 자물쇠가 잠겨 있었다 그말이군요. 50만 파운드의 보석이 없어졌다니, 창문은 어땠습니까."

"닫혀 있었습니다. 그런데 문턱에 발자국이 있었습니다."

"창문이 닫혀 있었다면 발자국은 사건과 아무런 관계도 없겠지요. 이것은 상식적인 문제니까요. 이 사람은 발작을 일으켜서 죽었지만 보석 분실이라는 문제가 남아 있습니다. 아하! 알았습니다. 나는 이따금 이렇게 좋은 생각이 머리에 떠오른단 말이야. 부장, 잠깐 자리를 비켜 주실까요. 그리고 숄트 씨도. 당신은 이 사건을 어떻게 생각하십니까, 홈즈 씨? 숄트는 어젯밤에 형과 함께 있었다고 자백하고 있습니다. 형이 발작을 일으켜 죽었기 때문에 숄트 씨가 보물을 가지고 나갔다고 생각할 수도 있지 않습니까."

"그래서 죽은 사람이 사려깊게도 다시 살아나 안으로 문을 잠갔단 말입니까."

"아하! 그런 점이 있었군요. 이 사건에다 상식을 한번 응용해 보기로 합시다. 새디어스 숄트는 형의 집에 와 있었다, 그리고 말다툼을 벌였다——여기까지는 알고 있는 사실이지요. 형은 죽어 있고 보석은 행방불명이 되었다——이 점에도 틀림은 없습니다. 새디어스가 돌아간 다음 아무도 형을 만난 사람은 없다, 침대에서 잔 흔적도 없다, 새디어스는 매우 이성을 잃은 상태에 빠져 버렸다, 그의 용모는 그다지 좋은 인상이 아니다, 대체적으로 이런 결론이 나왔기 때문에 새디어스의 주위에 감시의 그물을 쳐 놓았지요. 그 물은 그를 사로잡게 될 겁니다."

"당신은 아직 사실을 완전히 파악하고 있지 못하군요." 홈즈는 말했다. "이 나무로 만든 바늘에는 틀림없이 독이 묻어 있었다고 믿을 만한 이유가 있습니다. 이것은 죽은 사람의 머리에 꽂혀 있었고 아직도 그 흔적이 보입니다. 이 종이쪽지는 보시다시피 이런 글이 씌어진 채 테이블 위에 놓여 있었고 그 옆에는 이처럼 기묘한 돌이 달린 연장이 있었습니다. 이러한 사실을 당신은 어떻게 보십니까?"

"모든 점이 나의 견해를 입증하고 있군요" 하고 뚱뚱한 경감은 으스대며 말했다. "이 집은 인도의 진기한 물품으로 가득 차 있고, 새디어스가 그것들을 들고 나왔을 것이며, 이 바늘에 독이 묻어 있다면 새디어스라고 다른 사람처럼 그것을 살인용으로 쓰지 못할 것은 없지요. 종이쪽지는 사람의 눈을 속이기 위한 잔재주였을 터이므로, 단 한 가지 그가 어떻게 이 방에서 빠져나갔느냐 하는 문제만 남아 있을 따름입니다. 옳아, 천장에 사실상 저렇게 구멍이 뚫려 있군요."

그 큰 몸집에 비하면 제법 재빠른 동작으로 그는 발판 위로 뛰어올라가 지붕밑 방에 몸을 밀어넣고는 금방 뚜껑을 찾았는지 함성을 질렀다.

"저 사나이도 무언가 찾을 때가 있군." 홈즈는 어깨를 움츠리며 말했다. "때로는 이성의 약한 빛이 비쳐드는 모양이지. 재기를 자랑하는 어리석은 사람만큼 처치곤란한 존재도 없어(이것은 프랑스 말이었다)."

"글쎄, 그렇다니까!" 아셀니 존스는 발판에서 내려오며 말했다. "사실은 뭐니뭐니해도 이론보다 낫지요. 나의 견해가 더욱 더 확증됐을 따름입니다. 지붕으로 나가는 뚜껑이 있는데, 그것이 절반쯤 열려 있단 말입니다."

"그것은 내가 열어 놓은 것입니다."

"아, 그래요? 그럼, 당신도 알고 있었군요? 어쨌든 누가 발견했건 녀석이 달아난 길을 알아 냈으니 됐습니다. 이봐요, 부장!" 이미 발견됐음을 알고 다소 실망하며 그는 부장을 불렀다.

"네" 하고 복도에서 대답하는 소리가 들려 왔다.

"솔트 씨에게 들어오시라고 하시오. 솔트 씨, 나의 의무상 말씀드리겠습니다만, 이제부터 당신이 진술하는 모든 말은 당신에게 불리하게 이용될 수도 있습니다. 형님의 죽음과 관계있는 사람으로서 여왕 폐하의 이름으로 당신을 체포하겠습니다."

"아, 역시 이렇게 되는군요. 말하지 않았어야 하는 건데……." 가엾은 작은 남자는 두손을 벌리고 우리의 얼굴을 번갈아 보며 외쳤다.

"염려할 것 없습니다, 솔트 씨. 절대로 혐의가 밝혀지도록 해 드릴 테니까요." 홈즈는 말했다.

"그런 약속은 안하는 게 좋을걸요, 이론가 선생. 당신 생각대로 된다고 단언할 수는 없으니까" 하고 경감이 으르렁거렸다.

"이 사람에 대한 혐의를 풀어 줄 뿐만 아니라 어젯밤 이 방에 들어온 두 사람 가운데 한 사람의 이름과 풍채를 덤으로 가르쳐 드리리다. 이름은 여러 가지 이유로 미루어 보아 조너던 스몰입니다. 교육을 받지 못한 사나이로 키가 작은데다 민첩하고 오른쪽 발이 없으며, 안쪽이 닳아 빠진 의족을 붙이고 있지요. 왼발에 신고 있는 구두는 끝이 네모지고 변변치 않은 구두창을 붙인 것인데, 뒤꿈치에 쇠테가 끼워져 있습니다. 중년의 햇빛에 그을린 남자로 전과가 있지요. 이러한 특징에다 손바닥 가죽이 홀렁 벗겨졌다는 사실을 덧붙이면 조금 더 참고가 될는지도 모르겠군요. 또 한 남자는……."

"또 한 남자?" 하고 아셀니 존스는 콧방귀를 뀌는 듯한 투로 말했으나 상대방의 치밀성에 압도되었음을 쉽사리 알 수 있었다.

"이 사람은 조금 색다른 데가 있는 사나이지요. 머지 않아 두 사람 모두 소개해 드릴 수 있을 겁니다. 왓슨, 자네에게 할 말이 있네." 홈즈는 발꿈치를 돌리며 말했다. 그는 나를 층계참까지 데리고 갔다.

"이런 뜻밖의 사건이 일어나 오늘 밤 모험의 본디 목적이 조금 빗나간 듯하네."

나는 대답했다.

"나도 지금 그 점을 생각하고 있었네. 모스탠 양을 이런 참극이 벌어진 집에 언제까지나 있게 할 수는 없지."

"바로 그 말이네, 자네가 바래다 주게. 로워 캠버웰의 세실 폴레스터 부인 댁인데 그다지 멀지 않네. 자네가 다시 돌아오겠다면 나는 여기서 기다리지. 이제 그만 지치지 않았나?"

"천만의 말씀. 이 기기묘묘한 사건이 좀더 밝혀질 때까지는 도저히 마음놓고 쉴 수 있을 것 같지 않네. 나도 조금은 인생의 거친 면을 보아 온 사람이지만, 오늘 밤엔 야릇한 일만 잇달아 일어나므로 신경이 완전히 뒤흔들리고 말았네. 하지만 이왕 여기까지 왔으니 자네와 함께 끝까지 파헤쳐 보겠네."

"자네가 있어 준다면 나로서는 크게 도움이 되지" 하고 홈즈는 대답했다. "우리는 우리대로 수사를 펴도록 하고 존스는 존스대로 제멋대로 빗나간 큰 발견이나 하고 기뻐하라지. 모스탠 양을 바래다 준 다음 람베스 강가에서 가까운 핀틴 거리 3번지로 가 주게. 오른쪽으로 세 번째에 새의 박제품을 파는 집이 있는데, 셔먼이라는 이름일세. 쇼윈도에 아기토끼를 입에 문 족제비가 있지. 셔먼 할아범을 깨워서 나의 안부를 전하고 지금 곧 토비가 필요하다고 말하게. 그리고 토비를 마차에 태워 데리고 오게나."

"개 말인가?"

"맞아. 괴상한 잡종인데 기가 막히게 냄새를 잘 맡는단 말이야. 내게는 온 런던의 경찰관보다 토비 한 마리가 훨씬 도움이 되네."

나는 말했다.

"그럼, 데리고 오겠네. 지금이 1시니까 잘 달리는 말이 마차를 끌면 3시 안으로 돌아오겠군.”

“나는 번스턴 아주머니에게서 무슨 새로운 말이 나오지 않을지 한 번 떠보겠네. 그리고 새디어스 씨의 말에 의하면 이 옆의 지붕밑 방에서 자는 인도인 하인도 있다니까 그쪽도 부딪쳐 봐야지. 그 다음은 존스 나리의 방법을 연구하기도 하고 그다지 신통치 않은 이죽거림이나 들어 주기로 하겠네. 사람이란 자기가 이해하지 못하는 것은 흔히 비웃는 법이니까(이것은 독일 말이다). 과연 괴테는 멋진 말을 했단 말이야.”

# 크레오소트

경찰들이 몰고 온 마차로 나는 모스탠 양을 바래다 주었다. 여성 특유의 천사 같은 마음으로 자기보다 약한 자와 함께 있는 동안 그녀는 평온한 표정으로 충격을 이겨냈다. 내가 가 보니 그녀는 겁에 질린 가정부 옆에 쾌활하고 침착한 태도로 앉아 있었던 것이다. 그러나 마차에 올라타자마자 맥이 쑥 빠지는지 이성을 잃고 몹시 흐느껴 울기 시작했다. 그날 밤의 모험은 그녀로서 참으로 견디기 어려운 고통이었던 것이다.

훗날 그녀는 그때의 내 태도가 몹시 쌀쌀하고 정답지 못했다고 말했다. 나의 가슴 속에 일어난 투쟁――나에게 자제할 것을 강요하는 투쟁을 그녀는 알 까닭이 없었던 것이다. 나의 동정과 사랑은 아까 뜰에서 그녀의 손을 쥐던 나의 손과 마찬가지로 오로지 그녀를 향해 달리고 있었는데도. 평범한 교제를 오랫동안 계속했다한들 이 기괴한 경험을 쌓은 하루 동안만큼 그녀의 부드럽고 갸륵한 성품을 알 수는 없었을 것이라고 나는 느꼈다. 그러나 두 가지 생각이 거의 입술 밖으로 새어나올 뻔한 사랑의 말을 그만 막아 버리고 말았다. 그녀는 마음과 신경이 마구 뒤흔들려 몹시 쇠약한 상태에 빠져 있었다. 이럴 때에 뻔뻔스럽게 사랑을 속삭인다는 것은 약점을 이용하는 것에 불과하다. 더욱 나쁜 것은 그녀가 부자가 될 것이라는 사실이었다. 홈즈의 수사가 성공을 거두면 그녀는 크나큰 재산을 물려받게 된다. 한낱 퇴역 군의관이 우연이 가져다 주는 이러한 행운을 잡으려 한다는 것은 정당한 일도 아니고 명예로운 일도 아니리라. 그녀는 나를 단순히 재산을 노리는 남자로 생각할는지도 모른다. 절대로 그녀의 머리에 그러한 생각이 떠오르게 하고 싶지 않았다. 이 아글라의 보물은 뛰어넘을 수 없는 장애로서 우리들 사이에 가로놓여 있었던 것이다.

세실 폴레스터 부인 집에 도착한 것은 2시쯤이었다. 하인들은 이미 몇 시간 전에 침실로 물러가 있었으나 모스탠 양이 받은 이상한 편지에 흥미를 느낀 폴레스터 부인은 그녀가 돌아오기를 기다리며 자지 않고 있었다. 부인은 몸소 나와 문을 열어 주었다. 중년의 고상한 부인이었는데 다정하게 모스탠 양을 끌어안으며 어머니처럼 맞이해 주는 것을 보고 나는 참으로 기뻤다. 그녀는 단순히 월급을 받고 있는 고용인이 아니라 정다운 사람으로서 극진한 대우를 받고 있음을 나는 알 수 있었다. 그녀가 나를 소개하자 폴레스터 부인은 잠깐 안으로 들어가 오늘 밤의 모험담을 들려 주지 않겠느냐고 진지하게 부탁했다. 하지만 나는 이제부터 중대한 용건이 있다는 것을 설명하고 사건 조사가 어느 정도 순조롭게 진행되면 다시 찾아와 보고하겠다고 굳게 약속했다.

나는 달리는 마차 속에서 뒤돌아보았는데 문간에 서로 손을 잡고 서 있는 두 사람의 아름다운 모습, 반쯤 열린 출입문, 스테인드글라스를 통해 흘러나오는 홀의 불빛, 기압계, 층계의 반짝이는 융단 테 등이 지금도 눈 앞에 선하다. 살벌하고 음산한 일에 한참 몰두하고 있을 때에 이처럼 영국다운 평온한 가정 풍경을 언뜻 보고 나는 참으로 마음이 따뜻해짐을 느꼈다. 그러나 지금까지의 갖가지 일들을 생각하면 생각할수록 이 사건이 한층 더 살벌하고 음산한 것이라고 여겨지는 것이었다. 가스등 불빛에 떠오르는 조용한 거리를 마차로 달려가며 나는 이 이상한 사건의 연쇄극을 차례차례로 다시 더듬어 보았다.

맨 먼저 발단을 일으킨 문제——이것은 이미 뚜렷한 사실로서 드러나 있었다. 모스탠 대위의 죽음, 진주의 선물, 신문 광고, 편지——우리는 이러한 것들을 모두 밝혀 냈다. 그러나 더 깊고 더욱 비극적인 수수께끼를 향한 한낱 실마리에 지나지 않았던 것이다.

인도에서 가져온 보물, 모스탠의 집에서 나온 기묘한 종이쪽지, 숄트 소령의 기괴한 죽음, 보물의 재발견과 잇달아 일어난 발견자의 죽음, 범죄가 이루어진 현장의 이상한 상태, 발자국, 흉기, 모스탠 대위의 종이쪽지에 있던 것과 부합되는 말이 적혀 있는 종이조각——이러한 것들은 미궁이라는 낱말로 표현할 수밖에 없으며, 나의 친구만큼 비상한 능력을 부여받은 사람이 아니고서는 그 누구도 단서를 찾기를 바랄 수 없으리라.

핀틴 골목은 람베스 거리의 다음 구역으로 2층 집들이 옹기종기 줄지어 있는 곳이었다. 세 번째 집을 노크했으나 좀처럼 사람이 나오지 않았다. 그러나 한참 만에 덧문 뒤에서 촛불이 어른거리더니 2층의 창문으로 얼굴이 나타났다.

"조용히 하지 못해. 이 술주정꾼아! 이 이상 더 시끄럽게 굴면 개집문을 열어서 개를 43마리 내보내겠다!" 하고 그 얼굴은 말했다.

"한 마리만 내보내 주면 나의 용건은 끝나는데요." 나는 말했다.

"그만 가지 못해! 그렇지 않으면 자루 속에 있는 쇠망치를 네 머리 위에다 떨어뜨릴 테다. 손으로 제대로 받아 내지 못하면 너는 큰일날걸!" 하고 그 목소리는 외쳤다.

"개가 필요하다니까요!" 나는 외쳤다.

"듣기 싫어! 비켜라. '하나 둘 셋' 하고 쇠망치가 날아갈 거야!" 서먼은 고함 질렀다.

"셜록 홈즈가……" 하고 나는 말하기 시작했다. 그러자 이 말이 마술 같은 효력을 나타내어 창문이 쾅 하고 닫히더니 금새 빗장을 벗기는 소리가 들리고 현관문이 열렸다. 서먼은 키가 호리호리하게 크고 등이 구부러진 노인으로 목에 힘줄이 서 있고 푸른 안경을 쓰고 있었다.

"홈즈 씨의 친구라면 언제든지 환영하지요. 어서 들어오시오. 저 '오소리'에게 가까이 가지 마십시오. 덤벼듭니다. 이 장난꾸러기야! 나리를 물어뜯고 싶으냐?" 하고 그는 말했다. 이번에는 '담비'가 철창 사이로 심술궂은 머리와 빨간 눈을 번득이며 내다보고 있었다. "염려 마십시오, 선생님. 저 녀석은 그저 뱀이나 도마뱀 정도에 지나지 않아요. 엄니가 없어 방 안에서 풀어 놓고 투구벌레나 잡게 하고 있지요. 아까는 실례했습니다. 너무 언짢게 생각하게 마십시오. 개구쟁이들이 이 골목에 와서 나를 골리기 위해 한밤중에 잠을 깨우기도 하거든요. 셜록 홈즈 씨의 용건이란 무엇입니까, 선생님?"

"댁의 개가 한 마리 필요하답니다."

"아! 토비 말이군요."

"네, 토비라고 했습니다."

"토비는 왼쪽의 7호실에 있습니다."

그는 촛불을 들고서 자기가 거느리고 있는 기묘한 동물 가족 사이로 천천히 걸어갔다. 분명치 않은 어슴푸레한 불빛 아래의 온갖 틈, 온갖 구석에서 우리를 내다보는 수많은 눈이 반짝이고 있었다. 머리 위의 서까래에도 가금류가 진지한 얼굴로 앉아 있었다. 우리들 목소리에 잠을 깨었는지 몸의 무게를 한쪽 다리에서 다른 한쪽 다리로 나른한 듯이 옮기고 있었다.

토비는 털이 길고 귀가 늘어진 스패니얼 종과 라챠 종이 반씩 섞였으며, 빛깔은 흰색과 갈색으로 비틀거리며 보기 흉하게 걷는 미운 개였다. 내가 늙은 동물 상인이 나에게 준 각사탕을 던져 주자 조금 망설이더니 그것을 먹어 나와 우호 관계를 맺은 다음 마차문까지 나를 따라왔고 그 뒤부터 별다른 말썽 없이 나와 동행했다.

폰디셸리 저택에 이르렀을 때 수정궁(1851년에 박람회를 위해 하이드 파크에 세워진 철근과 유리로 만든 건물. 그 뒤 남쪽으로 옮겨졌으나 1936년에 불타 버렸다)의 큰 시계가 마침 3시를 치고 있었다. 나는 직업 권투선수였던 맥머드가 공범자로 체포되어 솔트와 함께 경찰서로 끌려갔다는 소식을 들었다. 두 경관이 좁은 문을 지키고 있었는데 존스 경감의 이름을 대자 개와 함께 들여보내 주었다. 홈즈는 두 손을 주머니에 찌르고 파이프를 피우며 현관의 돌계단에 서 있었다.

"여어, 데려왔군!" 그는 말했다. "토비야, 잘 왔다! 아셀니 존스는 돌아갔다네. 자네가 떠난 다음 아주 대단한 실력을 보여 주더군. 새디어스를 체포했을 뿐만 아니라 문지기부터 가정부, 인도 하인에 이르기까지 모조리 데리고 갔다네. 2층에 경사가 혼자 남아 있고 그리고는 나뿐일세. 개는 여기 두고 함께 올라가세."

우리는 토비를 홀의 테이블에 매어 놓고 층계를 올라갔다. 방 안은 한 가운데에 놓인 시체에 흰 천을 씌운 것만 달라졌을 뿐, 아까 나갔을 때의 상태와 똑같았다. 피곤한 표정을 띤 경사가 구석에 앉아 있었다.

"그 각등을 좀 빌려 주십시오, 경사님." 나의 친구는 말했다. "여보게, 이 각등이 내 가슴에 늘어지도록 잘 묶어 주게. 됐네, 그럼, 나는 구두와 양말을 벗어야겠어. 이것 좀 들어 주겠나, 왓슨. 지붕

꼭대기로 나가 봐야겠어. 그리고 나의 손수건을 크레오소트(creosote)에 담가 주게. 됐네. 그럼, 어디 지붕밑 방으로 함께 올라가 볼까."

우리는 구멍을 통해 기어올라갔다. 홈즈는 먼지 속의 발자국에 각등을 갖다대고 살펴보았다.

"이 발자국을 특히 자세히 보게. 뭔가 눈여겨볼 만한 것은 없나?" 하고 그는 말했다.

"이 발자국은 어린이나 몸집이 작은 여자의 것이로군" 하고 나는 말했다.

"크기는 그렇다 치고 다른 점에 대해 할 말이 없나?"

"여느 발자국과 그다지 다른 점이 없는 것 같은데."

"천만에, 이것을 보게. 먼지 속에 오른쪽 발자국이 있지. 이제 내가 그 옆에 나의 맨발자국을 내어 보겠네. 어떤 차이가 나타났나?"

"자네의 것은 발 끝이 모두 붙어 있는데 이쪽은 하나하나가 완전히 떨어져 있군그래."

"맞았네, 바로 그 점일세. 이 점을 잘 기억해 두게, 그럼, 미안하지만 저 천장에 나 있는 뚜껑 옆으로 가서 그 냄새를 맡아보게. 나는 이 손수건을 들고 여기 있겠네."

시키는 대로 해보자 강한 타르 냄새가 코를 찔렀다.

"범인이 달아나면서 그 자리에 발을 디뎠지. 자네가 냄새를 맡을 수 있을 정도니 토비라면 문제도 없겠지. 어서 아래로 내려가서 개를 풀어 블론댄(샤를르 블론댄. 1824~1897. 프랑스의 유명한 곡예사. 밧줄을 타고 나이애가라 폭포를 건너간 적이 있다.)의 곡예를 보러 가세."

내가 정원으로 나갔을 때 홈즈는 지붕을 기어오르고 있었다. 용마루를 슬슬 기어가는 그는 커다란 반딧불이처럼 보였다. 굴뚝의 그늘 때문에 모습이 보이지 않았다가 금새 나타나더니 다시 반대쪽으로 사라졌다. 내가 돌아가 보니 그는 모퉁이의 추녀에 앉아 있었다.

"왓슨, 자넨가?" 그는 외쳤다.

"날세."

"여기가 바로 그 장소라네. 그 아래의 검은 것은 무엇인가?"

"물통이군그래."

"뚜껑이 있나?"

"으음, 있네."

"사다리 같은 것은 안 보이나?"

"없는데."

"괘씸하군! 여기가 가장 위험한 장소일세. 하지만 녀석이 올라갈 수 있었으니 내가 내려가지 못할 것은 없겠지. 보아하니 물통은 단단한 것 같군. 어쨌든 해보겠네."

두 다리를 끌며 걸어가는 듯한 기척이 나더니 각등이 바람벽을 타고 천천히 내려오는 것이 보였다. 이윽고 홈즈는 물통 위로 가볍게 뛰어내리더니 이어서 땅으로 내려왔다.

"그 녀석이 한 대로 해보았더니 아무것도 아니야. 지나간 곳은 모두 기왓장이 흩어져 있고 급히 서두르다가 이런 것을 떨어뜨렸더군. 자네들 의사의 말을 빌자면, 나의 진단이 꼭 들어 맞았다는 이야기가 되네" 하고 그는 말했다.

그가 보여 준 물건은 물들인 풀로 짠 조그만 주머니 같은 것이었는데, 실에 꿴 값싼 구슬이 장식되어 있었다. 모양이 크기로 보아 담뱃갑과 비슷했으며, 그 속에는 바솔로뮤 숄트의 머리에 꽂혀 있던 것과 같은 한쪽이 뾰죽하고 다른 한쪽은 둥글며 검은 나무로 만들어진 바늘이 반 다스 가량 들어 있었다.

"바로 그 무서운 바늘이군. 찔리지 않도록 조심하게. 이것을 손에 넣을 수 있었으니 정말 다행이야. 그 녀석이 가지고 있던 것은 이게 모두였을지도 모르니까. 적어도 자네나 내가 이것에 찔릴 우려는 없다는 이야기가 되지. 이거, 차라리 마티니 총탄(당시 영국군이 사용하던 마티니 헨리형의 라이플의 총탄)을 상대하는 편이 더 낫겠군그래. 자네, 이제부터 6마일이나 터덜터덜 걸어갈 기운이 있겠나, 왓슨? " 하고 그는 말했다.

"있고말고." 나는 대답했다.

"자네의 그 다리로 괜찮을까? "

"괜찮다니까."

"자아, 우리의 견공! 토비 대장! 맡아라. 토비야, 어서 냄새를 맡으며 가라! "

그가 크레오소트를 묻힌 손수건을 코 끝에 갖다대자 개는 털이 텁수룩한 다리를 벌리고 서서 유명한 포도주의 향기를 맡는 감식가처럼 매우 우스꽝스럽게 눈을 치켜뜨는 것이었다. 그 다음에 홈즈는 손수건을 멀리 던져 놓고 개의 목걸이에 든든한 끈을 묶어서 물통 옆으로 데리고 갔다. 개는 대뜸 떨리는 목소리에 새되게 짖어 대더니 코를 땅에 대고 꼬리를 곤두세우며, 냄새를 따라 쏜살같이 달려가기 시작했다. 개가 너무 힘차게 끈을 잡아당겼으므로 우리는 있는 힘을 다해 뛰어가야만 했다.

동쪽 하늘이 조금씩 밝아 오기 시작하자 싸늘한 잿빛 속에서 어느 정도 앞을 볼 수 있게 되었다. 네모지고 거대한 집은 우리의 등 뒤에서 시커멓고 텅 빈 창과 높다란 바람벽을 드러낸 채 어쩐지 서글프고 쓸쓸하게 우뚝 서 있었다. 우리는 그 언저리에 온통 파헤쳐 놓은 도랑과 구멍을 피하며 곧바로 정원을 가로질러 갔다. 저택은 여기저기 흩어져 있는 쓰레기 더미와 쓰러진 관목 탓으로 이 저택을 짓누르고 있는 어두운 비극과 걸맞는 참혹하고 불길한 양상을 드러내고 있었다. 바깥 담장 앞에 이르자 토비는 연신 코를 킁킁거리며 담장 밑을 달려가다가 이윽고 어린 밤나무 그늘 한 구석에서 우뚝 멈추어섰다. 두 담장이 마주치는 곳에 벽돌이 몇 장 뽑혀 있었고, 그 때문에 생긴 구멍의 아래 모서리가 닳아서 둥글게 되어 있는 것으로 미루어 보아 가끔 사다리 역할을 한 듯하기도 했다. 홈즈는 그곳으로 기어올라가 나에게서 개를 받아들어 반대편에다 내려놓았다. 그리고 내 옆으로 올라오면서 그는 말했다.

"의족 사나이의 손자국이 나 있군. 하얀 회칠 위에 희미한 피의 얼룩이 보여. 어젯밤 이후 큰 비가 내리지 않아 정말 운이 좋았네. 28시간이나 이전에 달아난 셈이지만 아직 길에 냄새가 남아 있을 걸세."

솔직하게 말해서 나는 그리 믿을 것이 못된다고 생각했다. 몹시 번잡한 런던 시내이니만큼 그 사이에 헤아릴 수 없을 정도로 많은 교통량이 있었을 것이 아닌가. 그러나 나의 염려는 곧 사라져버렸다. 토비는 단 한번도 주춤거리지 않고 뒤뚝거리는 그 독특한 걸음걸이로 계속 걸어갔던 것이다. 홈즈는 말했다.

"오해하지 않도록 미리 말해두겠네만, 나는 이 수사의 성공이 범인 가운데 한 사람이 화학 약품을 밟았다는 단순한 우연 때문에 이루어진다고 보지 않네. 지금은 이미 여러 가지를 알아냈으므로 범인을 찾아내는 방법도 여러 가지가 있을 수 있지. 하지만 이것이 가장 손쉬운 방법일 뿐더러 기왕에 얻은 행운을 헛되이 저버리기가 아깝기 때문일세. 그러나 한편으로는 그 때문에 한때는 제법 지적 문제로 돌아갈 수 있는 일을 그르치고 말았다는 결점도 있네. 이 너무나도 뚜렷한 단서만 없었다면 다소 수수께끼를 푸는 재미도 있었을 텐데 말이야."

나는 말했다.
"재미는 지금도 지나칠 만큼 있네. 여보게, 홈즈. 이번 사건에서 자네가 성과를 거두어 들이는 방법을 보고 있노라니, 제퍼슨 호프 살인 사건 때보다도 더 감탄하는 마음이 일어날 뿐이네. 이 사건이 나에게는 더욱 깊이가 있고, 풀기 어려운 것처럼 여겨지거든. 예를 들자면 의족의 사나이에 대해 어째서 그토록 자신을 가질 수 있는지 모르겠단 말이야."
"그것 말인가. 아주 단순하기 짝이 없는 것일세. 무슨 연극처럼 보이게 하고 싶은 생각은 조금도 없어. 너무도 뚜렷한 사실이니까. 교도소 경비대를 지휘하던 두 장교가 숨겨진 보물에 관한 중대한 비밀을 알게 되었지. 이 두 사람을 위해 도면을 작성한 사람이 조너던 스몰이라는 이름의 영국인이었네. 이 이름이 모스탠 대위가 가지고 있던 종이 쪽지에 적혀 있던 걸 기억하고 있겠지? 그는 자기와 함께 이 일에 끼어든 사람들의 이름을 그 종이쪽지에 적었지. 그리고 조금 멋을 부리느라고 네 사람의 서명이라고 이름붙였네. 이 도면에 의해 두 장교──어쩌면 두 사람 가운데 한 사람──는 보물을 가지고 영국으로 돌아왔는데, 도면을 받을 때 정했던 조건을 이행하지 않았어. 그러면 조너던 스몰은 어째서 자기 자신이 보물을 가지러 가지 않았을까 하는 의문이 생기지. 대답은 뻔하네. 도면은 모스탠이 죄수들과 가까운 관계를 맺고 있던 시기에 만들어진 것일세. 조너던 스몰이 보물을 가지러 갈 수 없었던 것은 그와 그의 한패가 죄수였으므로 나갈 수 없었기 때문이야(앤다만 섬에서는 죄수들이 목재를 벌채하는 일에 사역되었다)."
나는 말했다.
"하지만 그것은 단지 추측에 지나지 않았나."
"추측 이상의 사실일세. 이것이야말로 사실을 완전히 설명할 수 있는 유일한 가정이네. 그럼, 이제부터 이 가정이 그 뒤의 경위와 어떤 식으로 맞아들어가는지 살펴보기로 하세. 숄트 소령은 보물을 독차지하고 평화를 즐기며 몇 년을 지냈네. 그러다가 인도에서 한 통의 편지가 날아옴으로써 크나큰 공포에 사로잡혔는데, 그것은 어떤 편지였을까?"

"소령이 속인 사람이 석방되었다는 편지였겠지."

"탈주했다는 편지였을지도 모르네. 아마 이편이 훨씬 더 가능성이 있을 걸세. 그는 그들의 형기를 알고 있었을 터이므로 석방되었다는 편지였다면 놀라지 않았을 걸세. 그래서 그는 어떻게 했을까? 의족의 사나이를 경계하기 시작했지. 이 사나이는 백인일세. 왜냐하면 백인 장사꾼을 그 사나이로 오인하고 권총을 쏘기도 했으니까. 나머지 사람은 모두 인도 사람이거나 이슬람교도였을 거야. 백인은 그 하나뿐이었을 테니까 의족의 사나이는 조너던 스몰과 동일인이라고 단언할 수 있지. 이 추리에서 불완전한 데가 있다고 생각하나?"

"아닐세, 뚜렷하고 요령이 있는 추리로군."

"그럼, 조너던 스몰의 처지에서 생각해 보기로 하세. 그는 자기의 권리를 되찾고 자기에게 부당한 짓을 한 사람에게 복수를 해야겠다는 두 가지 생각을 품고 영국으로 돌아와 숄트의 거처를 알아냈겠지. 그리고 숄트 저택 안에 살고 있는 한 사람과 연줄을 가졌으리라고 생각하네. 그러나 스몰은 보물을 감추어 둔 장소를 찾아 내지 못했어. 소령과, 역시 지금은 죽고 없는 충실한 하인 이외에는 아무도 몰랐거든. 어느 날 스몰은 소령이 죽을 병에 걸려 있다는 사실을 알았지. 보물의 비밀이 소령과 함께 저 세상으로 가 버린다고 생각하니 가만히 있을 수가 없어 엄중한 경계를 무릅쓰고 소령이 거의 죽어 가고 있는 창가로 몰래 다가갔으나 두 아들이 있으므로 결국 들어가지 못하고 말았네. 그러나 죽은 사람에 대한 원한으로 이성을 잃은 그는 그날 밤 침실로 숨어 들어가 보물에 관한 메모라도 적어 둔 것이 없나 하고 소령의 신변에 있는 서류를 온통 뒤져 보았고, 마지막으로 자기가 왔었다는 간단한 표시를 우리가 본 바로 그 종이에 남겨 놓고 가 버렸네. 그의 생각으로는 아마 오래 전부터 만일 소령을 죽였을 경우 무언가 그런 표시를 시체 위에 해 놓음으로써 이것이 단순한 살인이 아니라 네 사람의 주장에 의한 일종의 정의의 제재를 내렸을 따름이라는 뜻을 나타내려 했으리라고 여겨지네. 이러한 색다른 방법은 범죄 기록 가운데 흔히 나타나는데, 대개 범인을 찾아 내는 단계에서 유력한 단서를 제공해 준다네. 여기까지는 잘 알았겠지."

"잘 알았네."

"그 다음에 조너던 스몰이 취할 수 있는 수단은 무엇이었을까? 보물을 찾기 위해 애쓰는 광경을 몰래 지켜보는 수밖에 없었겠지. 어쩌면 영국에서 물러나 있다가 이따금 돌아와 보았을 뿐이었는지도 몰라. 그러다가 그 지붕밑 방이 발견되었고, 그도 그 소식을 들었을 걸세. 여기서도 우리는 그에게 정보를 제공해 주는 사람이 집 안에 있었음을 짐작할 수 있네. 조너던은 의족을 달고 바솔로뮤 숄트의 높은 방까지 올라갈 수는 없었으므로 조금 색다른 한패를 데리고 가서 멋들어진 도움을 받았으나, 이 한패가 크레오소트에 맨발을 디딘 탓으로 결국 토비가 나섰고 아킬레스 건을 다친 퇴역 군의관 나리께서 절룩거리며 6마일이나 추적을 하게 된 거라네."

"그렇다면 이 범죄의 하수인은 그 한패이지 조너던이 아니란 말이로군."

"맞아. 오히려 조너던이 그 때문에 화를 냈다는 사실을 우리는 그 방 안에 온통 발을 구른 자국이 나 있는 것을 보고 알 수 있어. 그는 바솔로뮤 숄트에게는 아무런 원한도 없었으니까 꽁꽁 묶고 재갈을 물리는 정도로 그치려고 했거든. 교수대의 이슬로 사라지고 싶지는 않았단 말일세. 그렇다고 지금에 이르러서는 별도리가 없지. 한패가 흉악한 본성을 드러내어 그 독침의 위력을 과시해 버렸으니, 조너던 스몰은 자기의 서명을 남기고 보물 상자를 땅에 내려놓은 다음 자기도 따라서 내려올 수밖에 없었겠지. 이상이 이 사건에 대한 나의 추리일세. 두말할 나위도 없이 그의 풍채는 중년의 사나이로 앤다만같이 햇빛이 쨍쨍 내리쬐이는 곳에서 복역한 사람인만큼 몹시 햇빛에 그을려 있을 걸세. 키는 걸음폭으로 쉽사리 짐작할 수 있고, 수염을 기르고 있다는 점과 털복숭이였다는 점은 새디어스 숄트가 창 너머로 그를 보았을 때 알아 낸 유일한 특징일세. 그밖에는 별로 없는 듯하네."

"한패는 어떤 사람이었을까?"

"그 점에 대해선 별로 어려울 게 없네. 자네도 금방 알아 낼 수 있는 일이니까. 아침 공기가 참으로 상쾌하군. 그래! 저 작은 구름이 엄청나게 큰 홍학의 담홍색 깃털처럼 둥실 떠 있는 모양을 보게나. 런던을 에워싸고 있는 구름의 둑 위에서 새빨간 태양이 내려다보고 있는 듯한 광경이 아닌가. 태양은 수많은 사람에게 빛을 던져주고 있지만 그 속에서도 자네와 나만큼 기괴한 일에 매달려 있는 사람도 그리 흔하지 않을 걸세. 자연의 위대한 힘 앞에서 하찮은 야심 때문에 바득바득하고 있는 우리의 모습이 얼마나 보잘 것 없어 보이는지 모르겠군. 자네는 장 파울(장 파울 리히터. 독일의 낭만파 작가)의 작품을 많이 읽었지?"

"상당히 많이 읽었어. 칼라일을 통해 취미를 붙였다네."

"그렇다면 시냇물을 거슬러 올라가다가 그 근원인 호수에 다다른 셈이로군. 그는 기이하고도 깊이있는 말을 하나 남겼지. 인간의 위대함을 증명하는 것은 주로 스스로의 미약함을 인식하는 힘에 있다는 말이네. 이 인식력은 그 자체의 고귀성을 증명했다고도 할 수 있는 비교의 힘과 평가의 힘의 존재를 밝힌 것이 아닐까. 리히터의 저작에는 사상의 풍부한 양식이 있네. 자네, 권총 가지고 왔나?"

"지팡이를 가지고 왔네."

"놈들의 소굴에 가면 무언가 그런 것이 필요할 것 같아서 그러네. 조너던은 자네에게 맡길 생각이지만 다른 녀석이 성가시게 굴면 그건 내가 쏘아야겠어."

그는 권총을 꺼내 총알을 두 발 재어서 웃옷 오른쪽 주머니에 집어넣었다.

우리는 아까부터 토비의 뒤를 따라 교외 주택이 죽 늘어서 있는 시골 같은 도로를 얼마쯤 지나오고 있었다. 그런데 지금은 쭈욱 뻗은 큰길로 접어들었다. 노동자며 부두 인부들이 벌써 일어나 서성거리는 모습이 보이기도 하고 칠칠치 못한 옷매무새의 여자들이 덧문을 열거나 현관의 계단을 쓸고 있는 모습도 보였다. 거리 모퉁이마다 있는 지붕이 네모진 선술집들도 막 장사를 시작한 듯 해장술을 마신 거친 남자들이 소맷부리로 입을 문지르며 나오고 있었다. 그 언저리를 서성거리고 있던 꾀죄죄한 개들이 스쳐 지나가는 우리를 수상쩍다는 듯이 바라보아도 장한 토비는 오른쪽도 왼쪽도 보지 않은 채 코 끝을 땅에 대고 이따금 강한 냄새가 풍기는 곳에서는 코를 킁킁대며 오로지 앞으로만 나아가는 것이었다. 우리는 스틀랜텀, 브릭스턴, 캠버웰을 지나 오바르 경기장 동쪽의 거리들을 지나서 케닝턴 거리로 나왔다. 우리가 찾고 있는 사나이들은 사람의 눈을 속이려고 그랬는지 묘하게 지그재그로 길을 잡은 듯했다. 큰길과 평행으로 뒷길이 나 있는 곳에서는 반드시 뒷길 쪽을 택했던 것이다.

케닝턴 거리 끝에서 왼쪽으로 비스듬히 벗어나면 본드 거리에서 마일즈 거리로 꺾어들어가는 길이 나 있다. 마일즈 거리가 나이트 광장으로 접어들어가는 곳에 이르렀을 때 토비는 앞으로 나아가지 않고 한쪽 귀를 세우고 한쪽 귀는 늘어뜨린 채 앞으로 갔다 뒤로 물러섰다 하는 동작을 되풀이했다. 개들의 우유부단성을 그림으로 그린 듯한 모습이었다. 그리고는 원을 그리며 뱅뱅 돌기 시작했는데, 마치 이렇게 내가 곤경에 처해 있으니 동정해 주십시오 하는 듯한 눈으로 이따금 우리를 쳐다보는 것이었다. 홈즈는 중얼거렸다.

"대체 저 개가 왜 저러지? 녀석들이 마차를 탔을 리도 없고 기구를 타고 달아나지도 않았을 텐데 말이야."

"틀림없이 여기서 멈춰서 있었던 모양이야." 나는 말해 보았다.

"옳지! 잘한다, 잘해! 걷기 시작했어."

나의 친구는 마음놓은 듯이 말했다. 토비는 정말 걷기 시작하고 있었다. 다시 한 번 주위를 한 바퀴 돌아 가며 냄새를 맡더니 불현듯 결심이 섰는지 맹렬한 기세로 몸을 훌쩍 날렸다. 냄새가 훨씬 더 강해졌는지 코를 땅에 대려고 하지도 않고 끈을 힘껏 잡아당기며 달려가려고 했다. 홈즈의 눈이 반짝이는 것으로 보아 종착점이 가까워지고 있음을 알 수 있었다.

지금 우리는 나인 엘므즈를 지나 화이트 이글 술집 바로 뒤의 프레드릭 앤드 넬슨 회사의 재목 창고로 나왔다. 여기까지 오자 개는 흥분으로 거의 미친 듯했으며 옆문을 통해서 인부들이 벌써 일을 시작하고 있는 구내로 달려들어갔다. 개는 톱밥, 대팻밥을 헤치며 좁은 통로를 지나 재목 더미 사이를 돌아 달려가더니 마침내 한 마디 소리 높이 짖어 대며 손수레에 실어 날라온 채 그대로 놓아 둔 커다란 물통을 향해 달려드는 것이었다. 혀를 내밀고 눈을 번득이며 토비는 통 위에 올라서서 칭찬해 달라는 듯이 우리의 얼굴을 번갈아 바라보았다. 통 옆구리며 손수레 바퀴에 거무칙칙한 액체가 묻어 있었고 그 언저리의 공기는 크레오소트 냄새로 가득차 있었다. 홈즈와 나는 어이가 없어서 서로 얼굴을 마주보았으나 마침내 솟구쳐오르는 웃음을 참을 수가 없어 소리내어 웃었다.

# 베이커 거리 유격대

"어찌 된 영문이지? 토비의 신통력이라는 것도 믿을 수 없는 모양이군." 나는 물었다.

"토비는 자기가 할 수 있는 일을 완수했을 뿐이야." 홈즈는 개를 물통에서 내려 재목 창고 밖으로 데리고 나가며 말했다. "런던에서 하루 사이에 얼마나 많은 크레오소트가 운반되는지 생각해 보게. 우리가 추적한 냄새가 다른 것과 혼선되었다고 해서 이상할 것은 없지. 특히 재목을 건조시키느니 뭐니 해서 크레오소트의 사용량이 부쩍 늘었거든. 토비의 잘못은 아니야."

"그럼, 본디 그 냄새가 나는 곳으로 돌아가야 한단 말인가."

"맞아. 그러나 다행스럽게도 그리 많이 되돌아가지 않아도 되네. 개가 나이트 광장 모퉁이에서 주춤거린 것은 두 가닥의 냄새가 정반대의 방향으로 갈라져 있었기 때문이었지. 우리가 엉뚱한 방향으로 데리고 온 모양일세. 이번에는 반대 방향으로 가 보세."

그것은 그다지 어려운 일이 아니었다. 아까 잘못을 저지른 장소로 토비를 데리고 가자 빙그르 커다란 원을 그리며 한 바퀴 돌아 본 다음 우리를 새로운 방향으로 힘차게 끌고 가기 시작했다.

"이번만큼은 아까처럼 크레오소트 통이 있는 곳으로 가지 않도록 해야겠네."

"그 점은 나도 알고 있네. 하지만 보게나, 아까는 차도를 지나갔는데 이번에는 보도를 가고 있군. 맞아, 이번만큼은 진짜야" 하고 홈즈는 말했다.

개는 강가를 따라 내려가 벨몬트 광장에서 프린스 거리로 나아갔다. 브로드웨이의 끝에서 왼쪽으로 돌자 물가에 이르렀는데 그곳에 작은 선창이 있었다. 토비는 그 옆으로 우리를 데리고 가서 어두운 빛깔의 강물을 내려다보며 코를 킁킁거리기 시작했다.

"이거 운이 나쁜데. 여기서 배를 탄 모양이야." 홈즈는 말했다. 5, 6척의 작은 배가 그 부근에 매어져 있었다. 토비를 한 척 한 척에다 태워 보았으나 열심히 냄새를 맡아 볼 뿐 아무런 반응도 보이지 않았다.

엉성한 창고 옆에 벽돌집이 서 있고 두 번째 창에 나무 간판이 달려 있었다. '모디케아이 스미스'라고 씌어 있는 큰 글씨 밑에 '배를 빌려 드립니다'라고 씌어 있었다. 출입문 위의 또 하나의 간판에는 증기선도 있다는 말이 씌어 있었다. 과연 선창에는 코크스 더미가 보였다. 셜록 홈즈는 천천히 둘러보고 괘씸하다는 표정을 지었다.

"일이 어려워지는군. 생각했던 것보다 빈틈이 없는 녀석들이야. 달아난 것 같아. 이곳에 미리 준비를 해 두었던 모양이야."

홈즈가 그 집 문간으로 다가가자 문이 열리며 6살쯤 된 고수머리의 조그만 남자아이가 뛰어나왔고, 그 뒤를 따라 불그레한 얼굴의 체격이 좋은 여자가 커다란 수세미를 손에 들고 모습을 나타냈다.

"어서 이리 오너라. 씻어야지, 잭. 빨리 오라니까. 이 개구쟁이야, 아빠가 돌아오셔서 네가 그렇게 더러운 것을 보면 야단치실 거야" 하고 그녀는 고함질렀다.

"애야! 너의 장밋빛 두 볼이 정말 예쁘구나! 잭, 너 뭐 가지고 싶은 것은 없니?" 하고 홈즈가 재빠르게 말을 걸었다. 아이는 조금 생각하는 듯했다.

"1실링 갖고 싶어" 하고 아이는 말했다.

"더 좋은 것을 갖고 싶지 않니?"

아이는 다시 생각해 보고 말했다.

"그럼, 2실링 있었으면 좋겠어."

"옜다, 어서 가져라! 착한 아이로군요, 스미스 아주머니."

"고맙습니다. 워낙 개구쟁이라서요. 이젠 내가 다루기 힘들어졌어요. 우리 집 그이가 며칠씩 집을 비우게 되면 더욱 그래요."

"그렇다면 주인어른께서는 안 계시는군요. 이거 참 야단났군, 스미드 씨에게 할 말이 있어서 왔는데요." 홈즈는 낙심한 듯이 말했다.

"어제 아침에 떠났어요. 사실은 나도 걱정을 하고 있던 참이에요. 하지만 배에 대해서라면 나하고 이야기해도 됩니다."

"증기선을 빌리고 싶습니다."

"운이 나쁘시네요. 그 증기선은 우리 집 그이가 타고 갔거든요. 생각하니 이상하네…… 석탄을 울릿지까지 갔다 올 만큼밖에 싣지 않았거든요. 거룻배를 타고 나갔다면 이렇게까지 걱정스럽지 않을 거예요. 글레이브즈엔드 부근까지 멀리 나가는 일은 흔히 있었고 일이 많으면 오래 머무르기도 했으니까요. 하지만 석탄 없는 기선을 타고 나가다니, 어째서 그랬는지 모르겠어요."

"석탄이 모자라면 하류의 부두에서도 살 수 있을 겁니다."

"그야 살 수 있지요. 하지만 우리 집 그이는 그렇지가 않아요. 두세 자루의 값을 가지고도 큰 소리로 다투기가 일쑤니까요. 더구나 그 의족을 단 사람은 미운 얼굴에다 말투도 이상스럽기 때문에 도무지 호감이 가지 않아요. 이 부근을 어슬렁거리며 다니는데, 대체 무슨 일이 있어서 그러는지 모르겠어요."

"의족의 사나이라니요?" 홈즈는 조금 놀란 듯한 표정을 지으며 예사롭게 말했다.

"네, 가무잡잡하고 원숭이 같은 얼굴을 한 사람인데 가끔 우리 집 그이를 찾아오곤 해요. 어젯밤에 우리 집 그이를 깨운 것도 그 사람이었고, 그이도 미리 알고 있었는지 증기선에 시동을 걸어 놓고 기다리고 있었지요. 나리, 솔직히 말해서 어쩐지 자꾸만 불안해요."

홈즈는 어깨를 움츠리며 말했다.

"걱정 마세요, 아주머니. 아무 일도 없을 겁니다. 그런데 어젯밤에 온 사람이 어떻게 의족을 단 사람인 줄 아셨습니까? 그렇게 꼭 단정을 내리는 이유를 모르겠군요."

"목소리를 듣고 알았지요. 탁하고 쉰 목소리랍니다. 3시쯤이었을 거예요. 창문을 두드리더군요. '일어나오, 주인장. 떠나야 할 시간이오' 하고 말했어요. 그러자 그이는 짐――아들인데 뱃군 우두머리랍니다――을 깨워 나에게는 한 마디 말도 없이 둘이서 가버렸어요. 의족이 돌 위를 걸어가는 소리가 들려 왔지요."

"의족의 사나이는 혼자 왔던가요?"

"글쎄요, 모르겠어요. 다른 발자국 소리는 들리지 않았어요."

"야단났군요, 아주머니. 우리는 증기선이 필요해서 왔습니다. 그리고 댁의 증기선은 아주 평판이 좋더군요. 댁의 증기선 이름이 무엇이었지요?"

"오로라 호예요, 선생님."

"맞아! 초록색에 노란 줄이 들어 있는 낡은 증기선이지요. 그리고 폭이 넓지요?"

"아니에요, 틀렸어요. 손질을 잘한 점에서는 이 강의 어느 배에도 뒤지지 않아요, 요즈음 새로 칠을 했는데. 검은색에 빨간 줄무늬가 두 개 그어져 있답니다."

"고맙습니다. 주인 때문에 너무 걱정하지 마십시오. 이제 곧 소식이 있겠지요. 나는 지금 강을 내려가려는 참인데 오로라 호를 만나면 아주머니가 걱정하고 계시더라고 전해드리지요. 검은 굴뚝이었지요?"

"아니에요, 나리. 검은 바탕에 흰 줄이 있어요."

"아, 그렇습니까, 검은 색은 옆구리였다고 하셨지요. 안녕히 계십시오, 아주머니. 왓슨, 저기 저 거룻배에 사공이 있군. 저것을 타고 강을 내려가세."

거룻배에 올라타자 홈즈는 말했다.

"저런 사람들을 상대할 때 가장 조심해야 할 것은, 그들이 하는 말이 우리에게 조금이라도 중요하다는 기색을 보이지 않아야 하는 점이라네. 만일 그 기색을 알아차리는 날에는 그들은 금방 굴처럼 입을 꼭 다물어 버리거든. 이쪽에서 하는 말이 틀렸다는 생각이 들게끔 만들어 놓으면 그들 입에서 우리가 알고 싶은 일을 거의 다 끌어 낼 수 있지."

"어쨌든 이제부터 해야 할 일이 뚜렷해졌어." 나는 말했다.

"어떻게 하면 좋다고 생각하나?"

"증기선을 세내어 오로라 호 뒤를 쫓아 강을 내려가야지."

"여보게, 그건 안 되네. 그 증기선이 여기서 그리니치 사이의 어느 부두에 머물러 있을지 어떻게 알겠나. 다리를 지나고 나서부터는 마치 미궁처럼 부두가 수도 없이 많아. 혼자서 한다면 샅샅이 다 돌아보는 데 며칠이 걸릴는지도 몰라."

"그렇다면 경찰에 부탁하세."

"아닐세, 나도 마지막에는 아셀니 존스에게 연락을 해주겠네. 나쁜 사람도 아니거니와 직업상의 문제로 그를 골탕먹여서는 안될 테니까. 그러나 지금까지 해 왔으니 끝까지 혼자 해보고 싶네."

"그럼, 부두 주인들에게 알려 달라고 광고를 내면 어떨까?"

"그건 더욱 위험해. 범인들은 뒤쫓아온다는 것을 알면 나라 밖으로 달아날 테니까. 지금 상태로도 달아날 가능성이 있긴 하지만, 안전하다고 생각하는 동안은 그리 서두르지 않을 걸세. 바로 이 점에서 존스의 활약이 필요하다네. 이 사건에 관한 그의 견해가 반드시 신문에 실릴 것이고 범인들은 그것을 읽고 빗나간 추측을 하고 있다고 생각할 테니까."

"그럼, 우리는 이제부터 어떻게 하지?" 밀뱅크 교도소에 가까운 강가로 올라가며 나는 물었다.

"이 마차를 타고 집으로 돌아가 아침 식사를 하고 한 시간쯤 잠을 자세. 오늘 밤도 또 걸어야 할 것 같으니까. 여보시오, 전신국 앞에서 마차를 세워 주시오. 토비는 또 일이 있을지도 모르니까 아직 돌려 주지 말아야겠어."

그레이트 피터 거리 우체국 앞에서 마차를 세워 놓고 홈즈는 전보를 쳤다.

마차가 다시 달리기 시작하자 그는 물었다.

"누구에게 쳤다고 생각하나?"

"모르겠는걸."

"제퍼슨 호프 사건 때 내가 이용한 베이커 거리 유격대를 기억하고 있겠지?"

"기억하고 있네." 나는 웃으며 말했다.

"이번 사건에서도 그들이 쓸모가 있을 것 같아. 일이 잘되지 않으면 그때 가서 다른 수를 써 보기로 하고 우선 그들을 이용해 보고 싶네. 전보는 땟국이 흐르는 소년 중위 비긴즈에게 쳤는데, 아마 우리가 아침 식사를 끝마치기 전에 그와 부하들이 모습을 나타낼 걸세."

시각은 8시와 9시 사이였다. 나는 지난밤 줄곧 흥분해 있었기 때문에 그 반동 현상이 뚜렷하게 나타나기 시작했다. 정신이 흐릿해지며 몸은 지칠 대로 지쳐서 기운이 하나도 없었다. 나는 나의 친구처럼 정열이 솟구쳐오를 만큼의 직업 의식도 없었고, 사건을 하나의 추상적·지적인 문제로 볼 수도 없었다. 바솔로뮤 숄트의 죽음에 대해서 말한다 하더라도 죽은 사람이 그다지 좋은 사람이었다는 말도 듣지 못했고, 가해자들에 대하여 심한 반감을 가질 수도 없었다. 그러나 보물에 대해서만은 이야기가 다르다. 이 보물은——적어도 그 일부는 정당한 권리로서 모스탠 양의 것이다. 이것을 되찾을 가망이 있는 한 나는 이 목적을 위해 목숨을 바칠 용의도 있었다. 솔직히 말해서 보물을 되찾으면 그녀는 영원히 나의 손이 미치지 못하는 존재가 되어 버릴는지도 모른다. 그렇다고 해서 그런 생각에 좌우된다면 나의 사랑도 보잘 것 없고 이기적인 것이라고밖에 할 수 없으리라. 홈즈는 범인을 찾기 위해 끝까지 활약할 것이다. 그러나 나로서는 보물을 찾기 위해 온갖 노력을 기울일 만한 이유가 그보다 열 배나 더 강한 것이다. 베이커 거리의 집에서 목욕을 하고 옷을 갈아입자 훨씬 기운이 솟아났다. 식탁에는 이미 아침 식사가 차려져 있었고 홈즈가 커피를 따르고 있는 참이었다.

"드디어 실렸군." 그는 웃으며 펼쳐놓은 신문을 가리켰다. "정력가 존스 씨와 신출귀몰하는 보도기자가 함께 이 기사를 만들어 냈을 걸세. 그러나 이것은 우리가 이미 짐작했던 일이지. 우선 아침식사부터 하세."

나는 신문을 받아들고 '아퍼 노드의 기괴한 사건'이라는 제목이 붙어 있는 짤막한 기사를 읽었다. 스탠더드 지에는 다음과 같은 기사가 씌어 있었다.

어젯밤 12시쯤 아퍼 노드에 있는 폰디셸리 저택의 바솔로뮤 숄트 씨가 자기 방에서 시체로 발견되었는데, 현장의 상황으로 보아 범죄에 의한 것으로 여겨진다. 숄트 씨의 시체에 폭행의 흔적은 없으나 고인이 아버지로부터 상속받은 값진 인도 보석들이 도난당했다. 사건을 최초로 발견한 사람은 고인의 동생 새디어스 숄트 씨, 그리고 그와 함께 그 집을 방문했던 셜록 홈즈 씨 및 왓슨 박사였다.

다행스럽게도 경찰형사계에서 유능하기로 이름이 높은 아셀니 존스 씨가 마침 노드 경찰서에 와 있다가 보고를 받고 30분 후 현장에 도착했다. 그의 오랜 경험에 의한 숙련된 능력은 즉시 범인 색출에 이바지하여 고인의 동생 새디어스 숄트 씨를 비롯하여 가정부 번스턴 부인, 인도인 집사 랄 래오, 문지기 맥머드 등을 이미 체포하는 등 만족스러운 결과를 낳았다.

범인이 집안의 구조에 정통한 자였다는 사실은 의심할 여지가 없다. 세상이 다 아는 존스 씨의 탁월한 전문 지식은 세밀한 관찰력을 발휘하여 악한들이 출입문이나 창문으로 침입한 것이 아니라 건물의 지붕을 타고 천창(天窓)을 통해 들어와 피해자의 거실과 이어지는 지붕밑 방으로 침입했다는 사실을 결정적으로 증명했다. 매우 뚜렷하게 파악된 이 사실은 이것이 단순한 강도의 짓이 아님을 결정적으로 입증하고 있다.

이번에 경찰당국이 민활하고도 정력적인 행동을 보임으로써 한 사람의 강력하고도 숙련된 인물의 능력이 이럴 경우 얼마나 유익한가를 입증했다. 또한 이 사실은 우리나라 경찰력을 한층 더 분권화하고 경찰관과 조사해야 할 사건의 접촉을 긴밀하고 보다 효과적으로 해야 한다는 주장에 대해 하나의 논거를 제공했다고 생각하지 않을 수 없다.

"어떤가, 대단하지?" 홈즈는 커피 잔을 들고 미소지으며 말했다. "우리들도 하마터면 체포당할 뻔했군."

"나도 그렇게 생각하네. 그가 다시 정력의 발작을 일으킨다면 앞으로도 안전하다고 할 수는 없어."

이때 초인종이 요란스럽게 울리더니 이 집 안주인인 허드슨 부인이 조금 당황한 투로 뭐라고 큰 목소리로 설명하고 있는 소리가 들려 왔다. 나는 벌떡 일어서며 말했다.

"큰일났네, 홈즈. 정말 잡으러 온 모양일세."

"아니야, 염려 말게. 진짜 경관들이 아닐세. 베이커 거리 유격대야."

이렇게 말하고 있는 동안에 계단을 맨발로 뛰어올라오는 소리, 왁자지껄 떠드는 소리가 들리더니 지저분한 누더기를 입은 부랑아들이 한 다스 가량이나 달려들어왔다. 와글와글 몰려들어오기는 했으나 다소 규율이라는 것이 있는 듯 금세 줄을 짓고 무슨 말을 기다리는 표정으로 우리 쪽을 보며 서 있었다. 그 속에서 가장 키가 크고 나이 들어 보이는 허수아비같이 초라한 소년——그러나 우스꽝스러울만큼 의젓한 위엄을 지닌 소년이 앞으로 나왔다.

"전보를 받고 곧 모두 다 데리고 왔습니다. 차비는 3실링 6펜스 들었습니다" 하고 그는 말했다. 몇 푼의 은전을 주머니에서 꺼내며 홈즈는 말했다.

"자, 여기 있다, 비긴즈. 이제부터는 네가 모두의 보고를 받아 가지고 나에게 전하는 방법을 취해 다오. 이렇게 한꺼번에 밀려오면 곤란해. 그러나 지금은 모두들 왔으니까 내가 직접 지시하겠다. 오로라라는 증기선의 행방을 알고 싶다. 소유주는 모디케아이 스미스. 선체는 검은 색에 빨간 줄이 두 개, 굴뚝은 검은 바탕에 흰 줄이 한 개 있다. 템즈 강 어딘가를 내려가고 있을 거야. 누구든 한 사람은 밀뱅크 건너편 강가 모디케아이 스미스의 부두를 감시하다가 증기선이 돌아오면 보고해라. 나머지 사람들은 두 패로 갈라져 양쪽 강가를 샅샅이 살펴야 한다. 찾아 내면 곧 보고해라, 알겠나."

"알았습니다, 사령관님." 비긴즈가 말했다.

"보수는 그전과 같다. 그리고 배를 발견한 자에게는 1기니를 더 준다. 자, 하루분을 미리 주마. 어서 출발해."

모두에게 1실링씩 나누어 주자 소년들은 계단을 내려갔는데, 다음 순간에는 줄을 지어 한길을 걸어가는 모습이 보였다.

"증기선이 강에 있기만 하면 틀림없이 찾아 낼 걸세. 그들은 어디든 갈 수 있고 무엇이든 볼 수 있으며 누구의 말이든 들을 수 있으니까. 저녁때까지는 틀림없이 행방을 찾아 낼 걸세. 그때까지 우리는 보고를 기다리는 일밖에 할 일이 없네. 오로라 호나 모디케아이 스미스나 어느 쪽 하나가 발견되지 않는 한 중단된 추적을 계속할 수가 없으니까."

홈즈는 식탁에서 일어나 파이프 담배에 불을 붙였다.

"토비에게는 먹고 남은 것을 주면 되겠지. 자네는 잠을 자겠나, 홈즈?"

"자지 않겠네. 피곤하지 않아. 나는 묘한 체질이어서 게으름을 부릴 때는 맥을 못 쓰지만 일을 한번 붙잡으면 피로감을 느끼는 법이 없다네. 담배라도 피워 가며 그 아름다운 손님이 가져다 준 이 색다른 문제를 찬찬히 생각해 보기로 하겠네. 아마도 이 세상에 가장 단순한 일이 있다면 바로 이 일이 아닌가 싶네. 의족의 사나이는 그리 흔한 것이 아니며 한패의 사나이도 아주 특이한 존재이니 말이야."

"아, 그 한패인 사나이 말인가!"

"그 한패에 대한 것을 자네에게 숨길 생각은 없네. 그러나 자네는 자네대로 혼자서 결론을 내려 보는 것이 어떻겠나. 자네가 알고 있는 사실을 검토해 보게. 작은 발자국, 한 번도 신발로 죄어진 적이 없는 발자국, 맨발이었다는 사실, 돌을 묶은 막대기, 놀랍도록 몸이 날렵한 점, 짧은 독침, 이러한 재료에서 자네는 어떤 결론을 끌어 낼 수 있겠나?"

"야만인이군! 조너던 스몰과 같이 죄수였던 인도인 가운데 하나가 아닐까?" 하고 나는 큰 소리로 말했다.

"하지만 그렇지 않은 것 같아. 처음 그 이상한 무기를 보았을 때 나도 그렇게 생각했지. 그러나 발자국의 뚜렷한 특징을 보고 다시 생각했네. 인도 반도의 주민 속에는 키가 작은 인종이 있긴 하지만 그런 발자국을 남기는 인종은 없어. 인도 인종의 발은 본디 길고 볼이 좁아. 이슬람교도는 샌들을 신으면 가죽 끈으로 발가락 사이를 죄기 때문에 엄지발가락만은 다른 발가락과 떨어져 있지. 그 독침만 하더라도 사용 방법은 오직 부는 화살통으로 쓰는 방법밖에 없다네. 그렇다면 어떤 종류의 야만인이라고 생각할 수 있겠나?"

"남아메리카?" 나는 멋대로 대답해 보았다. 그는 책장에서 두꺼운 책을 꺼내어 들고 왔다.

"이것은 지금 간행 중인 지명사전의 제1권일세. 가장 권위있는 책으로 인정해도 좋을 만한 것이지. 뭐라고 씌어 있는지 한 번 읽어 보세. '앤다만 제도, 수마트라 북방 340마일의 벵골 만에 위치하고 있다. 습기 많은 기후, 산호초, 상어, 브레어 항구, 유형수 수용소, 라틀랜드 섬, 고리버들 재배'——아 여기 있네! '앤다만 제도의 토착민은 지구상 가장 작은 인종이라는 특징이 있다. 그러나 아프리카의 부시맨, 아메리카의 뿌리를 캐는 인디언 또는 푸에고 제도의 토착민이 가장 작다고 말하는 인류학자도 있다. 평균 신장은 4피트가 조금 못되며 성인 가운데도 이보다 훨씬 키가 작은 사람이 많다. 흉맹스럽고 음침하여 다루기 힘든 인종이나 일단 그들의 신뢰를 얻으면 가장 헌신적인 우정을 기대할 수 있다.' 바로 이 대목이 중요해. 왓슨, 그 다음을 또 읽어 보세. '본디 지극히 못생긴 머리와 작고 흉악한 눈을 하고 있으며 얼굴은 비뚤어져 있다. 그리고 손발이 몹시 작다. 성질은 매우 고집스럽고 흉포하므로 그들을 길들이려는 영국 관헌의 노력은 모두 수포로 돌아갔다. 난파선 승무원들의 공포의 대상이 되어 있으며 때로는 돌을 묶은 곤봉으로 살아 있는 사람의 머리를 때려부수거나 독침으로 사살한 다음에 그들은 예외없이 그 사살한 사람의 고기로 향연을 벌인다.' 참으로 사랑스러운 인종이 아닌가, 왓슨! 그 녀석이 제멋대로 행동하도록 내버려 두었다면 이 사건은 더 끔찍스러운 것이 되었을지도 모르겠네. 아니, 지금까지 저지른 일만으로도 조너던 스몰은 그 녀석을 쓰지 말 걸 그랬다고 생각하고 있을 걸세."

"그런데 어떻게 해서 이런 기묘한 한패를 찾아 냈을까."

"나도 그 점을 알 수가 없네. 하지만 어쨌든 스몰이 앤다만에서 도망쳐 나온 것만은 틀림이 없으니 이 토착민이 함께 왔다고 해서 이상할 것은 없지. 머지않아 그 점도 밝혀질 걸세. 그러나 저러나 왓슨, 자네 몹시 지쳐 있는 것 같군. 그 소파에 눕게. 내가 잠재워 줄 테니까."

그는 방 한구석에서 바이올린을 집어다가 내가 누워 있는 옆에서 나직하고 꿈 같은 노래의 가락을 켜기 시작했다. 그는 즉흥적으로 곡을 만드는 데 놀랄 만한 능력이 있으므로 아마 이것도 즉흥곡이었으리라 생각한다. 그의 가냘픈 팔, 진지한 얼굴, 바이올린의 활이 오르내리는 것 등이 어렴풋이 눈에 어른거리던 기억이 난다. 마침내 잔잔한 물결이 이는 바다 위에 떠 있는 기분이 들자 어느덧 메리 모스탠의 아름다운 얼굴이 떠올랐고 이어서 꿈나라로 빠져들어갔다.

# 사슬이 끊어지다

내가 기운을 되찾고 상쾌한 기분으로 잠에서 깨어났을 때는 이미 오후도 다 갈 무렵이었다. 셜록 홈즈는 내가 잠들기 전과 조금도 다름 없는 자세로 앉아 있었고, 달라진 점이라면 바이올린을 옆에 놓은 채 책에 몰두하고 있는 것뿐이었다. 내가 몸을 움직였으므로 나를 향해 고개를 돌렸는데, 그 얼굴이 어둡고 근심에 잠겨 있음을 알 수 있었다.

"자네, 아주 잘 자더군. 말소리 때문에 잠에서 깨어나지 않나 하고 걱정했는데" 하고 그는 말했다.

"전혀 들리지 않았네. 그렇다면 새로운 정보가 들어온 모양이군" 하고 나는 말했다.

"안타깝게도 그렇지 않다네. 솔직히 말해서 놀라기도 하고 실망하기도 했어. 지금쯤은 무언가 뚜렷한 것을 파악하고 있어야 하는데 말일세. 지금 막 비긴즈가 보고하러 왔었지. 증기선의 행방을 전혀 알 수 없다고 하네. 이렇게 지체될 줄은 몰랐어. 그야말로 한 시간 한 시간이 중요한 지금인데 말이야."

"내가 뭐 도와 줄 일은 없을까? 완전히 기운도 되찾았고 하룻밤쯤 더 먼 곳까지 갈 수 있을 것 같은 기분인데."

"아닐세, 우리는 지금 아무것도 할 수가 없네. 오직 기다리는 수밖에 없어. 자리를 비우기라도 했다가 그 동안에 보고가 들어왔을 경우 오히려 그 다음 일에 지장이 생길는지도 모르니까 자네는 다른 볼일이 있으면 그 일이나 처리하고 오게. 나는 여기서 기다리기로 하겠네."

"그렇다면 나는 캠버웰의 세실 폴레스터 부인을 방문하기로 하지. 어제 꼭 와 달라고 말했거든."

"세실 폴레스터 부인을 말인가?" 홈즈는 눈가에 엷은 미소를 띠며 물었다.

"그야 물론 모스탠 양도 만나 봐야지. 두 사람 모두 사태가 어떻게 돌아가는지 알고 싶어하니까."

"나라면 그 사람들에게 이야기하지 않겠네. 여자는 언제든지 전적으로 믿어서는 안 되는 법이라네. 아무리 훌륭한 여자라도 말이야."

나는 이 괘씸한 의견에 반대할 만큼 한가한 시간이 없었다.

"한두 시간 안으로 돌아오겠네" 하고 말했을 따름이었다.

"좋아! 행운을 빌겠네! 그리고 미안하지만 이왕 강을 건너간다면 토비를 돌려 주었으면 좋겠네. 이제부터 토비의 도움이 그다지 필요없을 것 같으니까."

그래서 나는 우리의 잡종견 선생을 이끌고 나아가 핀틴 거리의 늙은 동물 상인에게 가서 반 파운드 금화와 함께 그를 건네 주고 왔다. 캠버웰에 가 보았더니 모스탠 양은 어젯밤의 모험 때문에 조금 지쳐 있긴 했으나 아주 열심히 이야기를 들으려고 했다. 폴레스터 부인도 호기심으로 가득 차 있었다. 나는 사건의 끔찍스러운 부분만은 생략

하고 우리들이 취한 행동을 모두 이야기했다. 즉 숄트 씨의 죽음에 대한 이야기만 하더라도 그 살해당한 방법의 구체적인 부분은 설명하지 않았던 것이다. 그러나 이토록 온통 생략해서 말했는데도 그녀들은 몹시 놀랐다.

"마치 로맨스 소설 같군요! 맨 처음에 여성이 화를 입고 그 다음에 50만 파운드의 보물이 나오고 이어서 야만인과 의족의 악한이 나오니까요. 흔해빠진 용이나 심술궂은 백작 이야기가 무색할 지경이군요" 하고 폴레스터 부인은 외쳤다.

"더구나 경험이 많은 두 사람의 기사가 도와 주기 위해 달려온다는 줄거리도요."

나에게 화사한 눈길을 주며 모스탠 양이 말했다.

"어머나, 메리, 당신의 운이 이 수사 결과에 따라 결정되는데도 그렇게 태연하다니! 굉장한 부자가 되어 세상을 발 밑으로 내려다보며 사는 것이 어떤 기분인지 상상해 보세요."

그러한 굉장한 장래가 있을지도 모르는데 모스탠 양이 의기양양한 기색을 조금도 나타내지 않는 것을 보고 나는 가슴이 떨리도록 기뻤다. 뿐만 아니라 당당하게 고개를 쳐들고 있는 그녀의 모습은 그런 일 따위에는 관심도 없는 것처럼 보였다.

"그보다도 새디어스 숄트 씨가 걱정되는군요. 다른 일은 아무래도 좋지만요. 그분의 태도는 처음부터 끝까지 친절하시고 훌륭하셨어요. 터무니없고 끔찍스러운 혐의를 벗겨 드리는 것이 우리의 의무라고 생각해요" 하고 그녀는 말했다.

내가 캠버웰의 그 집에서 나왔을 때 날은 이미 저물었고 베이커 거리로 돌아왔을 무렵에는 벌써 캄캄했다. 책과 파이프는 의자 옆에 있었으나 친구의 모습은 보이지 않았다. 무언가 적어 놓은 것이라도 없나 하고 둘러보았으나 보이지 않았다.

"셜록 홈즈는 나갔습니까?" 나는 덧문을 닫으러 온 허드슨 부인에게 물어 보았다. 그녀는 목소리를 낮추어 매우 근심스러운 듯이 속삭였다.

"아니오, 그분 방에 계십니다. 저, 왓슨 선생님, 그분의 몸은 괜찮으신가요?"

"무슨 일이 있었습니까, 아주머니?"

"네, 조금 이상했어요. 선생님이 나가신 다음 방 안에서 줄곧 왔다갔다하셨답니다. 나중에는 그 발소리에 진절머리가 날 정도였으니까요. 그리고 혼자서 중얼거리는 소리가 들려 왔고 초인종이 울릴 때마다 층계참까지 나오셔서 '지금 누가 왔습니까, 아주머니?' 하고 물으시는 것이었습니다. 지금도 방에 계시지만 왔다갔다하시는 소리가 들려요. 저러시다가 병이라도 나면 큰일이에요. '해열제라도 드릴까요?' 하고 여쭈었더니 무어라 말할 수 없는 눈으로 저를 뚫어지게 쳐다보셨기 때문에 그만 어쩔 줄 모르고 나와 버렸지요."

"걱정하실 것 없어요, 아주머니. 그런 일은 전에도 있었으니까요. 조금 마음에 걸리는 일이 있어서 흥분했을 따름입니다."

나는 고지식한 주인 아주머니에게는 되도록 아무것도 아니라는 투로 말했지만 긴긴 밤 동안에 그가 방 안을 서성거리는 둔탁한 발소리를 들을 때마다 이 뜻하지 않은 공백 상태가 그의 날카로운 신경을 얼마나 거슬리게 하고 있는지 알 수 있었고 이어서 불안한 생각이 들기 시작했다.

아침 식사 때 그는 지칠 대로 지친 초췌한 모습으로 나타났으며 두 볼은 열이 있는 듯 불그레했다. 나는 말했다.

"자네는 자기 자신을 지나치게 괴롭히고 있어. 밤새도록 서성거리는 소리가 나더군."

"으음, 잠을 이룰 수가 없었거든. 이 사건은 괘씸하게도 나를 괴롭히고 있어. 범인도 증기선도 알아 냈는데 정작 어디 있다는 보고가 들어오지 않으니 답답해서 견딜 수 있어야지. 이런 시시한 장애에 걸리다니 정말 한심해. 다른 앞잡이를 보내어 양쪽 강가를 샅샅이 살펴보라고도 했지만 아무런 단서도 나오지 않았고 스미스 부인도 남편의 소식을 전혀 알 수 없다는 것이었네. 배에 구멍을 뚫어 가라앉힌 것이 아닌가 하는 생각마저 든다니까. 하지만 그러한 가정에도 난점이 있거든."

"그렇다면 스미스의 아내가 엉터리로 가르쳐 준 것이 아닐까?"

"아니, 그렇지는 않은 것 같네. 여기저기 알아본 결과 그 여자가 말한 증기선은 틀림없이 있었어."

"강을 거슬러 올라간 것이 아닐까?"

"그럴 가능성도 있을 듯 싶어서 다른 수색대에게 리치먼드까지 살피고 오라고 했어. 오늘도 소식이 없으면 내일은 직접 나가서 배보다 범인을 찾아보아야겠어. 하지만 틀림없이 보고가 들어올 걸세."

그러나 보고는 없었다. 비긴즈에게서도 다른 수색대에게서도 한 마디의 보고도 없었다. 노드의 참극 기사는 대부분의 신문에 실렸다. 모두 하나같이 가엾은 새디어스 숄트에게 불리한 말만 쓰고 있었다. 그러나 어느 신문에도 내일 검시할 것이라는 기사 외에 새로운 사실은 실려 있지 않았다. 나는 저녁때 부인들에게 별로 진전이 없다는 보고를 하기 위해 캠버웰까지 걸어갔다가 돌아왔는데, 홈즈는 풀이 죽어 있었고 조금 기분이 좋지 않은 것 같았다. 나의 질문에 대해 제대로 대답도 하지 않았고 몹시 까다로운 화학 분석으로 저녁 시간을 온통 소비하고 있었다. 끊임없이 레토르트에 열을 가하여 기체를 증류시켰고 마지막에는 도저히 그 자리에 있을 수 없을 만큼의 고약한 냄새를 피우는 것이었다. 아침 2, 3시까지 시험관이 부딪치는 소리가 났으므로 그가 그때까지도 악취에 싸여 실험에 몰두하고 있음을 알 수 있었다.

새벽녘에 언뜻 잠에서 깨어난 나는 침대 옆에 후줄근한 선원복에 재킷을 걸치고 올이 굵은 붉은 스카프를 목에 두른 모습으로 그가 서 있는 것을 보고 놀랐다.

"강가로 나가려고 하던 참일세, 왓슨. 이것저것 생각해 보았지만 방법은 단 한가지 뿐이야. 어쨌든 해볼 만한 가치는 있다고 생각하네" 하고 그는 말했다.

"나도 함께 가도 되겠지?"

"안 되네. 나를 대신해서 여기에 남아 있어 주는 편이 훨씬 도움이 되겠네. 나도 별로 나가고 싶지는 않아. 비긴즈는 어젯밤에 매우 절망적인 얼굴을 하고 있었지만 오늘쯤은 무슨 보고가 있겠지. 편지나 전보가 오면 모두 뜯어 보고 자네가 판단해서 행동하도록 하게. 이 일을 맡아서 해주겠나?"

"염려 말게."

"나에게 전보를 칠 수는 없겠지. 어디에 있을지 나 자신도 알 수 없으니까. 하지만 일이 잘되면 그리 오래 걸리지 않을 걸세. 어쨌든 무언가 정보를 얻으면 곧 돌아오겠네."

아침 식사 시간까지 아무런 소식도 없었다. 그러나 스탠더드 지를 펼쳐 보고 나는 사건에 대해 새로운 보도가 실려 있는 것을 발견했다.

아퍼 노드 참극에 관한 처음의 견해보다 한층 더 복잡한 수수께끼가 담겨 있을 가능성이 있다고 믿을 만한 이유가 생겼다. 새로이 입증된 사실에 의하여 새디어스 숄트 씨가 이 사건과 관계 있다고 보는 견해는 아무래도 시정하지 않을 수 없게 되었다. 그래서 그와 가정부 번스턴 부인은 어젯밤에 석방되었다. 그러나 경찰 당국은 진범인에 대한 단서를 파악하고 있는 듯했고 런던 경시청의 아셀니 존스 씨가 정력과 기민성으로 이 수사를 담당하고 있는만큼 머지 않아 새로운 성과를 거두리라고 기대한다.

'이것은 또 이것으로서 그다지 나쁘지 않군. 어쨌든 숄트 씨가 살아났으니까. 새로운 단서라는 것이 무엇인지는 모르겠지만, 아마도 경찰이 실패했을 때 늘 쓰는 상투적인 말이겠지' 하고 나는 생각했다. 나는 신문을 테이블 위에 내던지다가 사람 찾는 난의 어떤 광고가 눈에 띄었다. 그 기사는 다음과 같았다.

사람을 찾습니다——뱃사공 모디케아이 스미스와 그의 아들 짐이 화요일 오전 3시 쯤 증기선 오로라 호(검은 바탕에 빨간 줄이 둘, 굴뚝은 검은 바탕에 흰 줄이 하나)를 타고 스미스 선창에서 출항했습니다. 이 모디케아이 스미스 및 증기선 오로라 호의 소재를 스미스 선장의 부인이나 베이커 거리 221B로 연락해 주시는 분에게는 일금 5파운드를 드리겠습니다.

이것은 홈즈가 내놓은 광고임에 틀림없다. 베이커 거리로 보내 달라는 말로서 충분히 증명되고 있다. '제법 잘했는데' 하고 나는 생각했다. 도망자들이 이것을 보아도 행방불명된 남편을 염려하는 아내의 걱정 이상으로 생각하지 않을 테니까.

기나긴 하루였다. 현관에서 노크 소리가 들릴 때마다, 한길에서 발소리가 울릴 때마다 홈즈가 돌아왔나, 아니면 광고를 보고 누가 찾아왔나 하고 생각하게 되는 것이었다. 책을 읽어 보려고 애썼으나 기괴한 수사며 우리들이 추적하고 있는 별난 2인조 악당에 대한 방향으로 자꾸만 생각이 흘러가는 것이었다.

나의 친구의 추리에 근본적으로 어떤 결함이 있는 것이 아닐까, 회전이 빠르고 사변적(思辨的)인 두뇌가 잘못된 전제 위에서 빗나간 추리를 쌓아올리고 있는 것이 아닐까. 나는 여태껏 그가 잘못을 저지른 예를 보지 못했으나 때로는 지극히 날카로운 추리가일지라도 잘못을 저지르지 않는다고 단언할 수는 없다. 그 같은 사람은 지나치게 정교한 이론을 세움으로써 명백하고도 평범한 설명이 바로 가까운 곳에 있는데 거들떠보지도 않고, 쓸데없이 미묘하고 현묘한 이론을 내세움으로써 오히려 잘못을 저지를 우려가 있다는 생각도 드는 것이었다. 그러나 나는 뚜렷한 증거도 목격했고 그의 추리의 근거도 충분히 이해하고 있다. 잇달아 일어난 이상한 사건들을 돌이켜보면 그 대부분이 하찮은 것이면서도 모두가 같은 방향을 가리키고 있어, 비록 홈즈의 이론이 잘못되어 있다 하더라도 진상 역시 색다르고 놀랄 만한 것임에 틀림이 없다고 생각하지 않을 수 없었다.

오후 3시쯤 초인종이 요란스럽게 울리자 현관에서 으스대는 듯한 목소리가 들려 왔는데, 놀랍게도 다른 사람 아닌 아셀니 존스 씨가 찾아온 것이었다. 그런데 지난번 아퍼 노드에서 거만하게 상식론을 펼치며 자신만만하게 사건을 도맡았던 때와는 전혀 딴판이었다. 풀이 죽은 얼굴에 태도는 부드러웠고 사죄하는 듯한 표정마저 엿보였다.

"안녕하십니까, 선생님. 셜록 홈즈 씨는 안 계신다지요?" 하고 그는 말했다.

"네, 언제 돌아올지 모릅니다. 하지만 기다리고 싶으시겠지요. 그쪽 의자에 앉아서 이 여송연이라도 한 대 피우십시오."

"고맙습니다. 기다려 볼까요."

그는 커다란 붉은 사라사 손수건을 꺼내어 얼굴을 닦았다.

"위스키 소다를 드시겠습니까?"

"반 잔만 주실까요. 철에 맞지 않게 너무 더운 것 같습니다. 조바

심이 나고 어려운 일이 잔뜩 쌓여 있어서 더욱 그렇군요. 노드 사건에 대한 제 의견은 이미 알고 계시겠지요?"

"그럼요, 전에 들었지요."

"그런데 생각을 고쳐야만 하게 되었습니다. 숄트 씨 주위에 단단히 망을 쳐 놓았으나 한가운데의 구멍으로 살짝 빠져나가고 말았답니다. 절대로 믿을 수밖에 없는 알리바이가 성립되었거든요. 형의 방에서 나간 다음부터의 행동이 완전히 증명되었으니까요. 그러므로 지붕 위로 올라가서 천장을 통해 내려온 사람은 그가 아니라는 이야기가 되지요. 아무튼 내 힘으로는 풀 수 없는 사건이어서 나의 직업적 신용이 위태로워지고 있답니다. 조금이라도 도와 주신다면 무척이나 고맙겠습니다."

"누구나 도움을 청하고 싶을 때가 있는 법이지요" 하고 나는 말했다.

"셜록 홈즈 씨는 멋진 분입니다" 하고 그는 쉰 목소리로 터놓고 말했다. "굽힐 줄 모르는 사람입니다. 아직 젊으신데도 수많은 사건에 손을 대어 단 한번도 실패한 적이 없으시니까요. 변칙을 사용하며 단숨에 결론으로 내닫는 방법이 지나치게 성급하다면 성급하다고 할 수도 있겠지요. 하지만 전체적으로 볼 때 경찰관으로서 가장 성공할 만한 소질을 갖추고 계시다고 나는 생각하며, 이 점을 누구에게나 증명하라 해도 마다하지 않겠습니다. 오늘 아침에 홈즈 씨로부터 전보를 받았는데, 이 숄트 사건에 대한 어떤 단서를 잡으신 것 같습니다. 이것이 그 전보입니다."

그는 주머니에서 전보를 꺼내어 나에게 주었다. 정오에 포플라(런던 시 동쪽, 선창이 많은 지역)에서 친 것이었다.

곧 베이커 거리로 오시오. 내가 없어도 기다리시오. 숄트 사건의 일당과 육박 중임. 마지막 장면에 입회하고 싶으면 함께 갈 수도 있음.

"매우 좋은 소식이로군요. 단서의 실마리를 다시 잡은 모양입니다" 하고 나는 말했다.

"그렇다면 홈즈 씨도 한 번은 당황했었단 말입니까?" 존스는 매우 기쁜 듯이 외쳤다. "아무리 능란한 탐정이라도 잘못 짚는 수가 있겠지요. 이번의 정보도 잘못된 것인지 누가 압니까. 하지만 어떤 기회도 놓쳐서는 안되는 것이 경찰관의 의무거든요. 그런데 현관에 누가 온 것 같습니다, 홈즈 씨가 아닐까요?"

계단을 올라오는 발소리와 함께 몹시 숨을 헐떡거리는 사람의 거친 목소리가 들려 왔다. 올라오기가 무척 힘든지 한두 번 멈추어섰다가 간신히 우리 방문 앞으로 와서 문을 열고 들어왔다. 그 옷차림도 지금 들려 오던 소리와 어울리는 것이었다. 선원 옷차림의 늙은이로 허름한 나사 재킷의 단추를 목까지 채우고 있었다. 등은 굽어 있었고 무릎을 덜덜 떨며 천식인 듯 가쁜 숨을 쉬고 있었다. 굵은 떡갈나무 지팡이에 몸을 의지하고 숨을 깊이 쉬느라 어깨를 들먹거리고 있었다. 짙은 빛깔의 스카프에 얼굴을 파묻었으므로 날카로운 검은 눈, 그 위에 늘어져 있는 더부룩한 흰 눈썹, 그리고 길다란 회색 턱수염이 보일 뿐이었다. 전체적으로 보아 지금은 나이 들고 가난으로 시달려 보잘 것 없었으나 본디 어엿한 선장이었으리라는 인상이었다.

"무슨 일로 오셨습니까?" 하고 나는 물었다. 그는 노인답게 천천히 주의깊은 눈으로 실내를 둘러보더니 이윽고 말했다.

"셜록 홈즈 씨 계십니까?"

"안 계십니다. 제가 대리로 일을 보고 있으니까 그에게 전하고 싶은 말이 있으면 무엇이든지 저에게 말씀하시지요."

"직접 말씀드리고 싶은데요."

"제가 대리로 있다잖습니까. 모디케아이 스미스의 배에 대한 이야기지요?"

"그렇습니다. 배가 어디 있는지 알고 있으며 홈즈 씨가 찾고 계시는 놈들의 거처도 알고 있습니다. 그리고 보물이 어디 있는지도 말이오. 나는 모든 걸 알고 있소."

"그렇다면 말씀하십시오. 제가 전해 드릴 테니까."

그러나 그는 늙은이답게 고집을 부리며 말했다.

"직접 말씀드려야겠소."

"그렇다면 좋소. 돌아올 때까지 기다리십시오."

"그렇게는 안 되는데요. 남의 일로 하루를 허송하고 싶지 않소. 홈즈 씨가 안 계시다면 별수없지요. 홈즈 씨 스스로 찾아 내는 수밖에. 당신들 두 사람이 뭐라 하든 나는 한 마디도 하지 않겠소."

노인은 다리를 끌며 출입문을 향해 달려가려 했으나 아셀니 존스가 커다란 등으로 출입문을 가로막았으므로 반항해도 소용없음을 알고 체념했다.

"이런 몹쓸 짓이 어디 있소! 신사적인 사람을 만나리라 생각하고 왔는데, 보도 듣도 못한 당신들 같은 사람이 나를 붙잡고 이런 몹쓸 짓을 하다니!"

그는 지팡이를 쾅쾅 울렸다.

"그다지 몹쓸 짓을 하지 않았는데요. 나중에 시간을 허비시킨 보상은 해 드리리다. 저 소파에 앉아 계십시오. 그리 오래 기다리지 않아도 될 겁니다" 하고 나는 말했다.

노인은 별수없이 다시 돌아와 두 손으로 얼굴을 감싸며 앉았다. 존스와 나는 여송연에 불을 붙이고 이야기를 다시 시작했는데, 그때 느닷없이 홈즈의 목소리가 들려 왔다.

"나에게도 한 대 주게나."

우리 두 사람은 의자에서 벌떡 일어섰다. 홈즈가 바로 옆에 앉아서 유쾌한 표정을 짓고 있는 것 아닌가.

"홈즈! 자네, 돌아왔군그래! 그런데 그 영감님은 어디 갔지?" 나는 엉겁결에 외쳤다.

"영감님은 여기 있네" 하고 그는 한줌의 백발을 내어보이며 말했다. "바로 여기 있단 말일세. 가발, 턱수염, 눈썹, 그밖의 모든 것이 여기 있네. 나 스스로도 변장을 멋들어지게 했다고 생각했지만, 그토록 감쪽같이 속을 줄은 몰랐군."

"정말 감쪽같이 당했군요!" 온 얼굴에 웃음을 담으며 존스가 외쳤다. "당신에게는 배우의 소질이 있어요. 그것도 아주 보기 드문 명배우의 소질 말입니다. 그 기침은 바로 빈민가 늙은이의 기침이었고, 그 비틀거리는 걸음걸이는 주급 10파운드는 넉넉히 받을 수 있는 연기였어요. 하긴 어쩐지 그 번득이는 눈빛이 당신 같다는 생각이 들긴 했습니다. 그러고 보면 우리를 그다지 감쪽같이 속였다고 할 수는 없군요."

홈즈는 여송연에 불을 붙이며 말했다.

"하루 종일 이러한 옷차림으로 일했지요. 사실 요즈음은——특히 왓슨이 내가 다루었던 사건을 책으로 엮어 낸 다음부터는 범죄자들이 차츰 나의 얼굴을 익히고 있기 때문에 정작 일을 하려면 이런 식으로 변장을 해야 한답니다. 전보는 받으셨겠지요?"

"그럼요, 그래서 이렇게 오지 않았습니까?"

"그쪽에서는 어느 정도의 진전을 보았습니까?"

"모든 것이 수포로 돌아갔습니다. 용의자 두 사람마저 석방해야만 했고, 나머지 두 사람도 단서가 잡히지 않습니다."

"염려 마십시오, 그 대신 새로운 두 사람을 붙잡아 드리겠습니다.

하지만 나의 지시에 따르셔야만 합니다. 공은 당신이 원하는 대로 모두 당신에게 돌아가도록 해 드리겠습니다만, 그 대신에 내가 하라는 대로 움직여 주지 않으면 곤란합니다. 그래도 좋겠습니까?"

"좋고말고요. 체포만 하게 해주신다면 무엇이든지 하지요."

"좋습니다. 그럼, 먼저 성능이 좋은 경찰선──증기선으로 한 척, 7시에 웨스트민스터의 바위벽 밑으로 대어 주십시오."

"그거야 쉬운 일이지요. 그 부근에는 늘 배가 한 척 나가 있으니까요. 그러나 일을 확실하게 하기 위해 조금 있다 나가서 전화를 걸어 두겠습니다."

"그리고 저쪽에서 저항해 올 경우에 대비하여 힘센 사람을 보내 주십시오."

"증기선에는 늘 그런 경관이 두세 사람 타고 있습니다. 그밖에는?"

"범인을 잡으면 그 다음에는 보물을 찾아와야 합니다. 그 보물의 절반에 대해 정당한 청구권이 있는 어떤 젊은 부인에게 그것을 보일 수 있다면 이 왓슨이 무척 기뻐할 것입니다. 그 보물 상자는 맨 먼저 그녀가 열도록 했으면 좋겠습니다. 어떤가, 왓슨?"

"그렇게 할 수만 있다면 정말 기쁘겠네."

"조금 색다른 방법이로군요. 하지만 모든 점에서 색다른 사건인만큼 그렇게 하도록 해 드리겠습니다. 그 일이 끝나면 보물은 공식적인 조사를 마칠 때까지 경찰 당국에 맡기셔야 합니다" 하고 존스는 고개를 내저으며 말했다.

"그야 물론이지요. 그리고 또 한 가지, 나는 이 사건에 대해 조너던 스몰에게서 두세 가지 직접 듣고 싶은 것이 있습니다. 우리 집에서든 다른 곳에서든 비공식으로 만나서 이야기했으면 좋겠는데, 그때 충분한 감시만 해주신다면 별로 지장은 없을 겁니다."

"이번 사건은 당신 혼자의 무대가 아닙니까. 나는 이 조너던 스몰이라는 사나이가 실제로 존재하고 있는지 어떤지도 모릅니다. 그러니 당신이 그놈을 직접 잡아서 이야기를 나누고 싶다면 우리 쪽에서 마다할 이유가 없지요."

"그럼, 찬성하신단 말씀이지요?"

"물론입니다. 또 무엇이 있습니까?"

"함께 식사를 하자는 것이 나의 마지막 제안입니다. 반시간이면 준비할 수 있습니다. 굴에다 꿩 한 쌍, 그리고 조금은 자랑할 수 있는 백포도주도 있습니다. 왓슨, 자네는 내가 살림도 잘한다는 것을 여태껏 인정해 주지 않았지."

# 섬 사나이의 최후

유쾌한 식사였다. 홈즈는 마음이 내키면 말이 많아지는 사람인데 오늘 밤에 바로 그런 버릇이 나타났다. 신경이 흥분 상태에 놓여 있는 듯싶었다. 그토록 재기발랄하게 이야기하는 것을 여태껏 본 일이 없다. 쉴새없이 여러 가지 화제를 끌어 내어 이야기했다. 기적극, 중세의 도자기, 스트라디바리우스에 대한 이야기, 실론(지금의 스리랑카)의 불교, 미래의 군함에 대한 이야기에 이르기까지 모두 전문적으로 연구한 투로 이야기하는 것이었다. 그의 이러한 쾌활한 기분은 지난 2, 3일 동안 계속되었던 우울 상태 뒤에 따르는 반동 현상이었다. 허물없는 태도로 나오는 아셀니 존스도 대하고 보니 그런대로 상대할 만한 사람이었고 식사를 같이하는 친구로서도 명랑하여 나무랄 데가 없었다. 수사도 거의 끝맺음에 가까워졌다고 생각하니 기쁘기 한이 없었으므로 오래간만에 홈즈와 함께 유쾌한 기분을 맛보았다. 이렇게 세 사람이 모이게 된 이유에 대하여는 식사하는 동안 아무도 말하지 않았다.

식사가 끝나자 홈즈는 몸시계를 언뜻 들여다보더니 세 개의 술잔에 포도주를 따랐다.

"잔을 비웁시다, 오늘 밤 모험의 성공을 위해. 드디어 출발해야 할 때가 온 것 같습니다. 자네, 권총 가지고 있나, 왓슨?" 하고 그는 말했다.

"책상 속에 옛날에 쓰던 군용 권총이 있네."

"그럼, 그것을 가지고 가도록 하게. 준비를 단단히 해서 나쁠 것은 없으니까. 현관에 마차가 와 있는 것이 보이는군. 6시 반에 오라고 해 두었다네."

7시가 조금 지나 웨스트민스터 부두에 닿자 증기선이 기다리고 있었다. 홈즈는 눈을 번득이며 그것을 살폈다.

"경찰선이 틀림없습니까?"

"네, 틀림없습니다. 현측의 초록색 램프로 알 수 있지요."

"그렇다면 그것을 떼어 주시오."

그 일이 끝나자 우리는 배에 올라타고 밧줄을 풀었다. 존스와 홈즈와 나는 고물에 앉았다. 키잡이가 한 사람, 엔진에 한 사람, 뱃머리에 씩씩한 경관이 두 사람 자리를 잡고 있었다.

"어디로 갑니까?" 존스가 물었다.

"런던 탑으로 갑시다. 배를 제이콥슨 조선소 맞은편에 대라고 일러 주시오."

그 증기선은 제법 속력이 나는 배였다. 짐을 실은 거룻배들은 마치 그 자리에 서 있는 것처럼 보일 만큼 눈 깜짝할 사이에 따라붙었다. 한 척의 증기선을 따라붙어 어느덧 저 멀리 뒤에 남겨 놓는 것을 보고 홈즈는 만족스러운 미소를 지었다.

"강에 떠 있는 배는 모조리 따라잡을 수 있을 만큼 빠르지 않으면 곤란하오" 하고 그는 말했다.

"글쎄요, 그렇게까지는 할 수 없겠지만 이 배보다 빠른 증기선이 그리 많지는 않을 겁니다."

"우리가 찾고 있는 오로라 호는 쾌속정으로 유명하답니다. 왓슨, 사태가 어떻게 돌아가고 있는지 설명해 주지. 그 시시한 장애 때문에 주춤거리게 되어 내가 화를 낸 것을 자네는 기억하고 있지?"

"으음."

"그래서 나는 화학 분석을 열심히 하면서 머리를 깨끗이 식혔네. 우리나라의 가장 위대한 정치가 한 사람이 '일을 전환시키는 것은 최선의 휴식이다'라고 말했거든. 그 말이 맞아. 그때 내가 실험한 탄화수소의 용해에 성공했기 때문에 나는 숄트 문제로 되돌아가 사건 전체를 처음부터 다시 생각하게 되었으니까. 유격대 소년들이 강가를 오르내렸는데도 아직 아무런 성과를 거두지 못하고 있다, 증기선은 어느 선창에도 없었고 제자리로 돌아와 있지도 않다, 그렇다고 해서 증거를 없애기 위해 가라앉혔을 리도 없을 것이다. 그야 다른 모든 견해가 틀렸다고 여겨질 경우에는 이 가설이 들어맞을지도 모른다고 생각할 수도 있겠지만 말일세. 스몰이라는 사나이가 제법 꾀가 많은 사람이라는 것을 나도 알고 있긴 하지만 복잡한 술책을 쓸 만한 사람은 아닐 걸세. 왜냐하면 그러한 수완은 고등교육을 받지 않고서는 부릴 수 없으니까. 그리고 나는 그 녀석이 틀림없이 얼마 전부터 런던에 머무르고 있다고 생각했다네. 그 이유는 폰디셸리 저택을 끊임없이 감시하고 있었으니까. 그렇다면 런던에서 그리 쉽게 떠나가지는 못할거야. 단 하루 동안이라도 뒤처리를 해야 할 시간이 필요할 테니까. 어쨌든 그러한 확률이 많아."

"그 말은 수긍할 수가 없는걸. 일에 착수하기 전에 미리 정리해 놓고 할 수도 있지 않을까" 하고 나는 말했다.

"아닐세, 그렇게 생각할 수는 없네. 지금 살고 있는 근거지가 위급한 일이 생겼을 경우 유일한 은신처이니만큼 모든 일이 완전히 처리되었다고 여겨질 때까지는 그리 쉽사리 저버릴 수가 없거든. 그리고 나는 다른 관점으로도 생각해 보았지. 조너던 스몰은 한패의 특이한 외모가 아무리 외투로 감춘다 해도 소문거리가 될 것이며, 그 모습을 본 사람이라면 노드 참극과 연결하여 생각할 것임에 틀림이 없다고 여겼겠지. 그 정도의 머리는 돌아가는 녀석이니까. 그러므로 어둠을 타고 본거지에서 나왔다가 해뜨기도 전에 돌아가려고 생각했을 걸세. 그런데 스미스의 아내의 말에 의하면 그들이 증기선을 탄 것은 3시쯤이었다고 했으니 약 한 시간 후에는 그럭저럭 날이 밝아 사람들이 일어나서 나다닐 시간이란 말일세. 그래서 그다지 멀리 가지 못했을 것이라고 나는 결론을 내렸다네. 스미스의 입을 막기 위해 충분한 돈을 주어 마지막 마무리를 짓기 위해 증기선을 대기시켰다가 보물 상자를 싣고 자기가 살고 있는 집을 향해 서둘러 가겠지. 이틀쯤 지나 신문에 실린 기사를 보고 혐의가 걸려 있는지 어떤지 확인한 다음 어둠을 타고 글레이브즈엔드나 다운즈 부근에 정박하고 있는 기선을 탈 작정이라고 보네. 그야 물론 미국이나 다른 식민지로 가는 배표는 미리 사 두었겠지."

"그렇다면 그 증기선은 어떻게 될까. 자기가 살고 있는 집 안으로 몰고 들어갈 수도 없을 테니까."

"그야 그렇지. 그래서 모습을 보이진 않지만 그리 멀지 않은 곳에 세워 두었을 것이라고 나는 짐작했지. 그래서 나는 스몰의 처지에서 그 정도의 두뇌를 가진 사람이 생각할 수 있는 여러 가지 방법을 생각해 보았지. 증기선을 제자리로 돌려보내거나 다른 부두에 매어 놓거나 하면 경찰이 뒤쫓아왔을 경우 잡히기 쉽다고 그는 생각했겠지. 그렇다면 증기선을 어떻게 숨겨 두었다가 필요할 때 즉석에서 쓸 수 있을까, 내가 그의 처지였다면 어떻게 했을까, 하고 생각해 보았다네. 방법은 하나밖에 없더군. 증기선을 어느 조선소

나 수리공장 같은 곳에 맡겨서 겉모양을 바꾸도록 하는 방법이지. 그렇게 하면 남의 눈에도 띄지 않을 뿐만 아니라 필요할 때는 두세 시간 전에 미리 말해 두면 끌어 낼 수 있을 테니까."

"매우 간단한 방법이군그래."

"매우 간단한 방법이긴 하나 한편 가장 생각이 미치지 못하는 방법이기도 했지. 어쨌든 나는 이 생각을 근거로 행동하기로 결정했다네. 그래서 아무도 두려워할 사람이 없을 듯한 선원 차림을 하고 나가 강가의 부두를 샅샅이 살피며 다녔지. 15군데나 헛걸음을 한 끝에, 16번째 제이콥슨의 조선소에서 이틀 전 의족의 사나이가 와서 키를 고쳐 달라고 하며 오로라 호를 맡기고 갔다는 말을 들었다네. '키에는 아무런 고장도 없었어요. 저 빨간 줄이 있는 배가 바로 그것이지요' 하고 직공장은 말하더군. 바로 그때 모습을 나타낸 것이 누구인 줄 아나? 행방불명되었던 선주 모디케아이 스미스였다네. 술이 취해 있더군. 처음에 나는 그가 누구인지 몰랐으나 그가 먼저 자기 이름과 증기선의 이름을 큰 소리로 말했어.

'오늘 밤 8시에 출발해야 하네, 알겠나? 정각 8시란 말이야. 조금도 지체할 수 없는 손님이 두 사람 있단 말이야.' 꽤 많은 돈을 받은 듯 직공들에게 실링 은화를 마구 뿌려 주더군. 그의 뒤를 따라가 보았더니 술집으로 들어가지 뭔가. 그래서 나는 조선소로 다시 돌아오다가 우연히 소년 하나를 앞잡이로 삼을 수 있었지. 그에게 증기선의 망을 보라고 일러 두었네. 소년은 물가에 서서 증기선이 떠날 때 손수건을 흔들어 신호를 하기로 약속을 했어. 우리는 강을 흘러가기만 하면 그만일세. 그들과 보물을 붙잡을 수 없다면 그야말로 이상한 일이라고 할 수 밖에 없네."

"훌륭한 계획을 세우셨군요. 그들이 진범인지 아닌지는 별문제로 하고라도 말입니다. 하지만 이 사건을 나에게 맡기신다면 제이콥슨의 조선소로 경관들을 파견해서 놈들이 배를 타러 나왔을 때 체포해 버리겠습니다." 존스가 말했다.

"절대로 그렇게 하면 안됩니다. 이 스몰이라는 사나이는 빈틈이 없는 녀석이거든요. 먼저 앞잡이를 보내어 조금이라도 수상쩍다는 생각이 들면 일주일이라도 더 숨어 있을 겁니다."

"하지만 모디케아이 스미스를 몰아세워 숨어 있는 집으로 안내하도록 만드는 수법도 있지 않을까" 하고 나는 말했다.

"그런 수법을 쓴들 공연히 하루 더 소비할 따름이야. 스미스가 녀석들이 숨어 있는 집을 알고 있다는 것은 백의 하나 정도라고 나는 보고 있네. 술을 마실 수 있고 돈이나 듬뿍 받으면 그만이지 쓸데없이 알아볼 생각은 일으키지 않을 테니까. 그들은 용건이 있을 때 스미스에게 심부름꾼을 보내어 알리면 그만이니까. 그래서 온갖 방법을 이리저리 생각한 끝에 이것이 최선의 방법이라는 결론을 내렸지."

우리가 이런 이야기를 하고 있는 동안에도 배는 템즈 강에 걸린 다리를 차례차례로 뚫고 지나갔다. 런던의 중심 구역을 지나갈 때 세인트 폴 사원 꼭대기의 십자가에 석양이 황금빛으로 반짝이는 것이 보였다. 런던 탑에 이르렀을 때는 이미 황혼이었다.

"저것이 제이콥슨의 조선소라네. 이 거룻배들 사이로 천천히 오르내리고 있으면 되네."

홈즈는 서리 주 쪽 강가의 돛대며 그물이 잔뜩 걸려 있는 곳을 가리켰다. 그리고 주머니에서 야간용 쌍안경을 꺼내어 잠시 강가를 살폈다.

"나의 앞잡이가 망을 보고 있는 모습이 보이긴 하지만 손수건 신호는 하지 않는군."

"하류 쪽으로 조금 더 내려가서 기다리면 어떨까요?" 존스가 진지한 어조로 말했다. 바야흐로 너나할 것 없이——무엇 때문에 이러고 있는지 막연하게밖에 모르는 경관이나 선원들도——열성을 나타내기 시작했다.

"지나친 속단은 하지 않는 편이 좋겠지요. 십중팔구 그 녀석들은 강을 내려간다고 보아야 하겠지만 단언할 수는 없거든요. 여기서라면 조선소 입구를 그들에게 들키지 않고 볼 수 있지요. 오늘 저녁은 맑게 개었으니 앞이 잘 보일 겁니다. 그대로 여기 있기로 합시다. 저것 보시오. 저쪽 가스등의 불빛 속에서 사람들이 많이 다니는 것이 보이지 않습니까?" 하고 홈즈는 말했다.

"조선소에서 일을 끝마치고 돌아가는 길이겠지요."

"지저분한 부랑아들이지만 한 사람 한 사람 안에 불멸의 생명의 작은 불꽃이 타고 있답니다. 겉만 보아서는 절대로 그럴 것 같지 않지요. 하지만 그럴 것 같지 않다고 덮어놓고 단언할 수는 없단 말입니다. 인간이란 참으로 풀 수 없는 수수께끼니까요."

"인간이란 동물에게 깃든 영혼이라고 누가 말했었지" 하고 나는 말했다.

"윈우드 리드가 이 문제에 대하여 멋진 말을 했어, 하나하나의 인간은 풀기 어려운 수수께끼지만 집단으로 보면 수학적 확실성을 갖춘 존재라고 했다네. 예를 들어 어느 한 사람의 미래의 행동은 절대적으로 예측할 수 없으나 평균적인 한 무리의 행동은 정확하게 예언할 수 있지. 개인은 종류도 많고 다양하지만 평균치는 언제나 일정하다는 것이 이 통계학자의 주장이라네. 오, 손수건을 흔드는 것 같네그려. 하얀 것이 나풀거리고 있어" 하고 홈즈가 말했다.

"맞아, 자네의 앞잡이일세, 똑똑히 보이네." 나는 소리질렀다.

"저것 보게, 오로라 호가 오고 있네. 무서운 기세로 달리고 있군! 기관사, 전속력으로 돌진하시오, 노란 불을 켠 증기선을 쫓아가야 하오. 놓치면 안돼！" 홈즈가 외쳤다.

오로라 호는 우리가 모르고 있는 동안에 조선소 입구를 통해 두세 척 배의 그늘로 지나갔기 때문에 우리가 그 모습을 포착했을 때에는 이미 꽤 빨리 달리고 있었으며 지금은 놀랄 만한 속도로 강을 따라 내려가고 있었다. 존스는 심각한 얼굴로 그것을 바라보며 고개를 저었다.

"지독하게 빠르군요. 따라잡을 수 있을지 모르겠습니다."

"따라잡아야 합니다. 힘껏 불을 때시오. 화부들！ 모든 기관을 동원시키시오！ 배가 타도 좋소. 녀석들을 붙잡아야 하오！" 홈즈는 이 사이로 목소리를 밀어 내듯 말했다.

이미 거리가 꽤 많이 벌어졌다. 기관은 으르렁거렸고 강력한 엔진은 커다란 무쇠 심장처럼 거칠고 요란스러운 소리를 냈다. 날카로운 강철 뱃머리는 잔잔한 물을 헤쳐 양쪽으로 파도를 갈라 놓았다. 엔진이 한 번 울릴 때마다 모두가 한 생물처럼 동시에 뛰어오르며 흔들리는 것이었다. 뱃머리의 커다랗고 노란 등불은 앞길을 향해 흔들거리는 길다란 깔때기 모양의 광선을 던졌다. 눈 앞에 펼쳐진 물 위의 어렴풋한 그림자가 오로라 호의 위치를 가리키고 있었고, 그 뒤에서 소용돌이치는 하얀 물거품은 그 배의 속도가 얼마나 빠른지 나타내고 있었다. 우리의 증기선은 거룻배며 증기선이며 행상하는 배의 무리 속을 이리저리 누비며 화살같이 달렸다. 어둠 속에서 우리에게 고함지르는 소리도 있었으나 오로라 호는 아랑곳없이 계속 돌진했고 우리도 추적의 손길을 늦추지 않았다.

"자꾸 자꾸 지피시오. 할 수 있는 데까지 증기를 뿜어 내시오."

기관실을 들여다보며 외치는 홈즈의 열띤 독수리 같은 얼굴로 밑에서 뿜어오르는 뜨거운 열기가 불어 댔다.

"조금 가까워진 것 같습니다." 존스가 오로라 호를 뚫어지게 지켜

보며 말했다.

"그렇네, 2, 3분 안으로 따라잡을 것 같네." 나는 말했다. 그러나 바로 이때 악운에 사로잡혔다고나 할까, 세 척의 거룻배를 이끈 예인선이 비슬비슬 비집고 들어왔다. 키를 힘껏 잡아당겨서 겨우 충돌을 모면했으나 다시 본래의 코스로 돌아갔을 때 오로라 호는 이미 200야드도 더 멀리 떨어져 있었다. 그러나 아직 뚜렷이 볼 수 있었고 희미한 황혼빛으로 바뀌며 맑게 갠 하늘에 별이 반짝이는 밤으로 접어들고 있었다. 있는 힘을 다해 기관을 가동시켰으므로 가느다란 선체는 무서운 속도로 앞으로 앞으로 나아갔고 요란하게 떨렸다.

풀(템즈 강의 런던 다리 부근. 그 다음부터 차츰 하류 구역으로 접어든다)을 통과하고 서인도 회사의 조선소를 지나 데드포드의 길다란 구역을 남쪽으로 달려 개섬〔犬島〕을 돌아 다시 북쪽으로 꺾어들었다. 앞길의 어렴풋한 그림자는 마침내 뚜렷한 오로라 호의 날씬한 모습으로 바뀌었다. 존스가 탐조등을 비췄으므로 갑판 위의 사람도 볼 수 있었다. 한 남자가 고물에서 무릎 사이에 무언가 시커먼 것을 끌어안고 쭈그리고 앉아 있었다. 그 옆에 웅크리고 있는 시커먼 덩어리는 뉴펀들랜드 개처럼 보였다. 스미스의 아들은 키를 잡고 있었고 아버지는 빨갛게 달아오른 기관 앞에 서서 웃옷을 벗은 채 있는 힘을 다해 석탄을 던져넣고 있었다. 처음에는 그들도 정말 추적당하고 있는지 어떤지 몰랐겠지만, 오른쪽으로 돌든 왼쪽으로 돌든 끊임없이 따라오는 것을 보고 눈치 못 챌 리가 없었다. 그리니치에서는 300걸음 정도의 거리가 있었다. 블랙월에서는 이미 250걸음 이상은 떨어져 있지 않게 되었다. 나는 변화무쌍한 생애 동안에 여러 나라에서 여러 가지 동물을 사냥한 경험이 있지만 이 템즈 강 위에서 미친 듯이 달리며 사람을 사냥하던 때처럼 통쾌한 스릴을 맛본 적은 없었다. 1야드, 1야드 우리는 꾸준히 다가갔다. 밤의 적막 속에서 저쪽 배의 엔진이 내는 허덕이듯 덜컥거리는 소리가 들려 왔다. 고물에 앉은 사나이는 여전히 웅크린 채 바쁘게 두 팔을 움직이고 있었는데 이따금 얼굴을 들어 우리와의 거리를 눈으로 재는 것이었다.

거리는 시시각각 좁혀졌다. 존스는 큰 소리로 멈추라고 명령했다. 거리는 이미 보트 네 척쯤의 길이로 좁혀진 채 두 척의 증기선은 무서운 속도로 날 듯이 달리고 있었다. 한쪽 강변은 바킹 저지대, 다른 쪽 강변은 침울한 플럼스테드의 늪지대(런던 동쪽에 있는 템즈 강 하류 지역)의 드넓은 강줄기였다. 우리의 고함 소리에 대답하여 고물의 남자는 갑판 위에 벌떡 일어나 이쪽을 향해 두 주먹을 휘두르며 높고 쉰 목소리로 더러운 욕을 퍼부었다. 체격이 좋고 힘이 세어 보였으나 두 다리를 벌리고 서 있는 모습을 보니 오른쪽 무릎 아래는 나무로 만든 의족이었다. 그가 째지는 듯한 노여움의 외침을 지르자 갑판 위에 웅크리고 있던 덩어리 같은 것이 움직이기 시작했다. 몸을 편 것을 보니 조그만 검은 사람——여태껏 본 적도 없는 작은 사람이었으며, 커다랗고 보기 흉한 머리에 헝클어진 머리털이 나 있었다. 홈즈는 이미 권총을 꺼내들고 있었으며 나도 이 기괴한 야만인의 모습을 보고 권총을 꺼냈다. 야만인은 검은 외투인지 담요를 두르고 얼굴만 내밀고 있었다. 그러나 그 얼굴만 보고도 하룻밤 잠을 설칠 만큼 기분나쁜 모습이었다. 이토록 야수성과 잔인성이 깊이 새겨진 얼굴을 나는 본 적이 없다. 작은 두 눈은 음침한 빛을 띠며 타오르는 불길처럼 번득였고, 비뚤어진 두터운 입술 사이로 삐져나온 이는 반쯤 동물적인 광포성을 드러내며 우리를 향해 부득부득 갈고 있었다.

"저놈이 손을 들면 총을 쏘게." 홈즈는 조용히 말했다. 이때는 이미 보트 한 척 정도의 거리밖에 떨어져 있지 않아 우리의 사냥감은 바로 손에 잡힐 듯이 가까이에 있었다. 지금도 그 두 사람의 모습이 눈에 선하다. 백인은 다리를 벌리고 서서 째지는 듯한 목소리로 욕을 퍼붓고 있었고, 보기에도 끔찍스러운 얼굴의 더러운 난쟁이는 억센 누런 이를 자꾸만 악물어 보이는 것이 우리 배의 불빛 속에 떠 올랐다.

난쟁이의 모습이 뚜렷이 보였던 것은 다행스러운 일이었다. 그는 우리들이 보는 앞에서 망토 밑으로 학생들이 쓰는 자막대기같이 짧고 둥근 나뭇조각을 꺼내어 입에다 대는 것이었다. 우리 두 사람의 권총이 동시에 울렸다. 난쟁이는 허공에서 두 팔을 휘젓더니 숨이 막히는지 기침을 하며 비스듬히 물 속으로 빠져들어갔다. 한 순간 우리는 하얗게 소용돌이치는 물 속에서 독기 어린 위협적인 두 눈을 보았다.

그 순간 의족의 사나이는 키를 힘껏 잡아당겨 우리 배의 고물과 불과 2, 3피트 떨어진 곳에서 방향을 돌려 남쪽 강가를 향해 배를 몰고 나아갔다. 우리도 지체없이 그 뒤를 쫓았으나 저쪽 증기선은 이미 강가 가까이로 다가서고 있었다. 그곳은 황량한 땅으로, 흐르지 않는 물이 괴어 있는 웅덩이와 식물성 부식토에 뒤덮인 늪지대 위에 달빛이 희미하게 비치고 있었다. 그들의 증기선은 뱃머리를 허공에 곤두세우고 고물이 철썩 하는 소리와 함께 흙탕물 속에 처박히며 걸려서 멎었다. 도망자는 지체없이 뛰어내렸으나 그 순간 의족이 질척질척한 흙 속으로 무릎까지 빠지고 말았다. 몸을 뒤틀며 허우적거렸으나 별 수없었다. 앞으로도 뒤로도 꼼짝할 수가 없었다. 머리 끝까지 화가 치민 그는 고함을 지르며 다른 한쪽 발로 미친 듯이 흙탕물을 걷어찼다. 그러나 허우적거리면 허우적거릴수록 의족은 끈적끈적한 흙 속으로 빠져들어갈 따름이었다.

우리가 증기선 옆에 갖다대었을 때 그는 완전히 뿌리박힌 듯이 서 있었으므로 그 어깨에 밧줄을 묶어 겨우 끌어 내었으며 마치 고약한 물고기나 그와 비슷한 어떤 것처럼 잡아끌어야만 했다. 스미스 부자는 시무룩한 얼굴로 배에 앉아 있었는데 명령에 따라 순순히 우리 배에 올라탔다. 오로라 호도 끌어다 우리 배의 고물에 단단히 묶었다. 인도제의 튼튼한 무쇠 상자가 갑판에 놓여 있었다. 숄트 집안의 불길한 보물이 담겨 있던 것과 같은 것임에 틀림없었다. 열쇠는 없었고 꽤 무게가 나가는 그 상자를 우리는 조심스럽게 작은 선실로 날라다 놓았다. 다시 배를 띄우고 천천히 강을 거슬러 올라가며 탐조등을 이리저리 비추어 보았으나 앤다만 섬의 작은 사나이의 시체도 다른 아무것도 보이지 않았다. 템즈 강 바닥의 거무칙칙한 흙탕 속 어딘가에 우리나라가 맞아들였던 이 괴상한 손님의 뼈가 지금도 누워 있을 것이다.

"이것 좀 보게나. 우리가 조금 더 늦게 권총을 쏘았더라면 그야말로 큰일날 뻔했지."

홈즈는 나무로 만들어진 승강구를 가리키며 말했다. 우리가 아까 서 있던 자리 바로 뒤에 눈에 익은 살인용 화살촉이 하나 꽂혀 있었다. 권총을 쏘는 순간 날카로운 소리를 내며 우리 두 사람 사이로 날아왔음에 틀림없었다. 홈즈는 그것을 보고 빙그레 웃으며 어깨를 움찔해 보였으나, 솔직히 말해서 나는 끔찍스러운 죽음이 이토록 가까운 곳을 지나갔다고 생각하니 온 몸에 소름이 끼쳤다.

# 아글라의 보물

우리의 포로는 오래 전부터 기를 쓰고 손에 넣으려고 애썼던 무쇠 상자를 앞에 놓고 앉아 있었다. 햇빛에 그을린 피부며 뻔뻔스럽게 번득이는 눈이며 마호가니 빛 얼굴 가득히 가로세로 잡혀 있는 주름은 야외에서 중노동 생활을 하던 사람이라는 것을 뚜렷이 나타내고 있었다. 수염이 나 있는 턱이 두드러지게 튀어나온 것은 마음먹은 일을 쉽사리 단념하지 않는 기질임을 말해 주고 있다. 검은 곱슬머리에 흰빛이 많이 섞인 것으로 보아 나이는 아마도 50살이 넘은 듯싶었다. 화를 낼 때에는 아까도 보았듯이 짙은 눈썹과 공격적인 턱이 무서운 표정을 드러내지만 이렇게 차분히 앉아 있는 것을 보니 그다지 불쾌한 얼굴만은 아니었다. 지금 그는 수갑이 채워진 손을 무릎 위에 놓고 머리를 가슴에 파묻듯이 늘어뜨리고 날카롭게 번득이는 눈으로 악행의 원인이 되었던 보물 상자를 바라보고 있었다. 지그시 감정을 누르고 있는 그 얼굴에는 노여움이라기보다는 슬픔의 빛이 떠올라 있었다. 오직 한 번 얼굴을 쳐들고 나를 보았을 때에는 어떤 유머러스한 기색조차 엿보였다.

"이봐, 조너던 스몰, 일이 이렇게 돼서 안됐군." 여송연에 불을 붙이며 홈즈가 말했다.

"나도 동감입니다" 하고 그는 순순히 대답했다. "이번 일로 이렇게 목이 죄어지리라고는 생각하지 않았지요. 숄트 씨에게 손을 대지 않았다는 것은 성경에 손을 얹고 맹세할 수 있습니다. 그 지옥의 개 같은 통가 녀석이 저주 받아 마땅한 화살촉을 쏘았답니다. 나는 손톱만큼도 모르고 있었지요. 하지만 이미 저지른 일을 돌이킬 수 있겠습니까."

"여송연이나 피우게. 그리고 이것도 한 모금 죽 들이키는 게 좋을 거야. 몹시 젖어 있군그래. 자네가 밧줄을 타고 올라가는 동안 그 작고 가냘픈 검둥이 녀석이 숄트 씨를 위협하여 꼼짝도 못하게 만들 줄이야 어떻게 알았겠나!" 홈즈는 말했다.

"마치 현장을 보신 것처럼 잘 아시는군요, 선생. 실은 그 방에는 아무도 없는 줄 알았습니다. 여느 때 같으면 숄트 씨가 저녁 식사를 들기 위해 아래층으로 내려가 있는 시간이었거든요. 모든 것을 숨김없이 말씀드리겠습니다. 사실 그대로 이야기하는 것이 나를 위해 가장 좋은 변호가 될 테니까요. 상대가 그 늙은 소령 녀석이었다면 교수형을 받을 만한 짓도 했을지 모릅니다. 그 녀석의 목을 자르는 일이라면 이 여송연을 피우는 정도만큼이나 쉬우니까요, 하지만 아무런 원한도 없는 아들에게 손을 대어 감옥으로 가는 짓을 한다는 것은 생각조차 한 일이 없습니다."

"자네는 런던 경시청의 아셀니 존스 씨의 손에 넘어갔다네. 이분이 자네를 우리 집으로 데려다 주실 것이며 거기서 사건의 진상을 듣게 돼 있어. 그러니 모든 사실을 털어 놓고 이야기 해야 하네. 그러면 나로서도 어떻게든 손을 써 줄 수 있을 지도 몰라. 그 독이 그렇게도 빨리 효력을 나타냈기 때문에 자네가 방 안에 들어가기 전에 숄트 씨는 이미 죽어 있었다는 사실 같은 것을 증명해 줄 수 있다고 생각하네.”

“맞습니다, 선생. 창문으로 들어가 보았더니 그 사람이 얼굴을 젖힌 채 이쪽을 보며 히죽이 웃고 있지 뭡니까. 그렇게 소름이 끼친 적은 없었으며 앞으로도 없을 겁니다. 정말 섬뜩했었지요. 통가 녀석이 지붕을 타고 달아나지만 않았더라면 반쯤 죽여 버렸을 겁니다. 더구나 달아날 때 곤봉을 놓고 왔으며 화살촉도 몇 개 떨어뜨렸다고 나중에 말하더군요. 그 덕분에 선생도 단서를 잡을 수 있지 않았습니까? 하지만 선생이 어떻게 해서 여기까지 나를 따라잡을 수 있었는지 모르겠군요. 선생께는 아무런 원한도 없습니다만 기분이 그다지 좋지 않군요. 50만 파운드라는 돈에 정당한 권리가 있는 내 일생의 전반부를 앤다만에서 방파제의 돌이나 쌓으며 지내 왔고, 후반부는 다트무어(영국 남부 고지대로서 형무소가 있다)에서 땅을 파며 지내야 한다고 생각하면 말입니다. 아크메트라는 장사꾼과 알게 되어 아글라의 보물과 인연을 맺게 된 날이 돌이켜보면 나의 생애의 액운의 날이었습니다. 그 보물을 차지하는 사람에게는 저주가 따를 뿐 아무런 좋은 일도 없으니까요. 아크메트는 죽음을 당했고, 숄트 소령은 공포와 죄책감으로 죽는 날까지 떨면서 살았으며, 나는 일생을 고역으로 보내야 하거든요.”

이때 아셀니 존스가 얼굴과 어깨를 조그만 선실 안으로 들이밀었다.

“매우 사이좋게 지내고 계시군. 나도 그 병의 술을 한 잔 주실 수 있겠습니까, 홈즈 씨. 서로의 성공을 축하하는 뜻에서 말입니다. 또 한 사람을 산 채로 잡지 못한 것은 유감이었습니다. 하지만 달리 방법이 없었겠지요. 솔직히 말해서 아슬아슬한 재주였다고 생각합니다. 증기선을 따라잡는 것만도 큰일이었지요.”

"끝이 좋으면 모든 것이 좋은 법이지요. 하지만 오로라 호가 그러한 쾌속정인 줄은 미처 몰랐습니다" 하고 홈즈는 말했다.

"스미스의 말에 의하면, 강에서 손꼽힐 만큼 빠른 배였으므로 엔진의 조수만 한 사람 있었으면 결코 붙잡히지 않았을 것이라는군요. 노드 사건에 대해서는 아무것도 몰랐다고 맹세하고 있습니다."

"정말 그 녀석은 아무것도 모른답니다. 한 마디도 가르쳐 주지 않았어요. 속도가 빠른 증기선이라는 말을 듣고 그 녀석을 채용했을 따름이지요. 물론 돈은 듬뿍 주었고, 우리가 글레이브즈엔드에서 운좋게 브라질행 에스메랄다 호에 탈 수 있게 되면 그만큼 보수를 더 줄 작정이었지요" 하고 스몰은 외쳤다.

"별로 나쁜 짓을 한 것도 아니니 심한 처벌은 하지 않겠네. 우리는 범인을 잡는 일에는 재빠르지만 벌을 주는 일에는 그다지 재빠르지 못하니까."

이제 체포했다고 벌써부터 으스대기 시작하는 거만한 존스의 모습을 보니 재미있었다. 홈즈의 얼굴에도 언뜻 미소가 스치는 것으로 보아 그도 존스의 말을 귀담아들은 것이 틀림없었다. 존스가 다시 말했다.

"이제 곧 복스홀 다리에 도착합니다. 왓슨 선생님은 보물 상자를 가지고 상륙하십시오. 말씀드리지 않아도 아시겠지만 이것은 나로서는 중대한 책임을 져야 하는 행위입니다. 그야말로 파격적인 일이지요. 하지만 약속은 약속이니까요. 어쨌든 대단히 값비싼 것을 맡아 가지고 가시는 만큼 책임상 경관 한 사람을 딸려보내겠습니다. 마차로 가시겠습니까?"

"네, 마차로 가겠습니다."

"열쇠가 없는 것이 유감스럽군요. 있다면 여기서 목록을 만들 수 있을 텐데요. 그곳에서 부수고 열어야겠군요. 이봐, 열쇠를 어떻게 했지?"

"강 바닥에 던졌지요." 스몰은 퉁명스럽게 말했다.

"참으로 성가시게 구는 녀석이로군. 그렇지 않아도 너 때문에 여간 애먹지 않았는데 말이야. 그런데 선생님, 아주 조심하셔야 합니다. 나중에 상자를 가지고 베이커 거리의 댁으로 돌아오십시오. 우리도 경찰서로 가기 전에 우선 거기서 기다리고 있겠습니다."

무거운 무쇠 상자와, 무지렁이 같은 사람이지만 친절한 순경 한 사람과 함께 나는 복스홀에서 내렸다. 세실 폴레스터 부인의 집까지 마차로 25분 걸렸다. 현관에 나온 하녀는 이런 늦은 시각에 찾아온 손님을 보고 몹시 놀라는 듯했다. 하녀의 말에 의하면 세실 폴레스터 부인은 지금 외출 중이며 아마도 늦게 돌아오시리라는 것이었다. 그러나 모스탠 양은 응접실에 있었다. 그래서 나는 친절한 순경을 마차에 남겨 놓고 상자를 들고 응접실로 들어갔다.

그녀는 깃과 허리 언저리에 엷은 주홍빛이 도는, 비치는 하얀 옷을 입고 활짝 열어젖힌 창가에 앉아 있었다. 갓을 씌운 램프의 부드러운 빛이, 등나무 의자에 기대어 앉아 있는 그녀의 아름답고 우수에 찬 얼굴과 탐스러운 머리카락 위에서 흔들리며 금속적인 광택을 던져 주고 있었다. 의자 양옆으로 힘없이 늘어뜨린 하얀 팔과 손, 그녀의 몸놀림과 자태가 모두 마음 속에 번민이 있음을 나타내고 있었다. 그러나 나의 발소리가 나자 금방 일어서는 그녀의 창백한 두 볼에는 놀라움과 기쁨으로 밝은 핏기가 감돌기 시작했다.

"마차 소리가 나기에 폴레스터 부인이 벌써 돌아오시는 줄만 알았지 당신이라고는 꿈에도 생각하지 못했어요. 오늘 밤에는 어떤 소식이 있습니까?" 하고 그녀는 말했다.

"소식보다 더욱 좋은 것을 가지고 왔습니다." 나는 테이블 위에 상자를 올려놓으며 가슴 속은 우울했으나 애써 명랑하고 활달한 어조로 말했다. "이 세상의 온갖 소식을 모두 합친 것만큼의 값어치가 있는 것을 가지고 왔답니다. 당신에게 한재산이 되는 것을 운반해 왔지요."

그녀는 무쇠 상자를 흘끗 보았다. 그리고 매우 쌀쌀한 어조로 물었다.

"이것이 그 보물인가요?"

"네, 바로 그 아글라의 보물입니다. 절반은 당신 것, 절반은 새디어스 숄트 씨의 것입니다. 한 분이 20만 파운드씩 받게 되는 셈이지요. 생각해 보십시오! 1만 파운드의 연금에 해당되는 것이 아닙니까. 영국에서 이토록 부유한 젊은 부인은 그리 많지 않을 겁니다. 이 얼마나 멋진 일입니까."

지금에 와서 생각해 보면 나의 기쁨의 표현은 과장된 것이었다. 그 축하의 말의 공허한 가락을 그녀도 틀림없이 느꼈을 것이다. 그녀는 눈썹을 조금 치켜올리며 의아한 듯한 시선을 나에게 던졌다.

"이것이 나의 것이 된다면 그것은 모두 당신 덕분이에요" 하고 그녀는 말했다.

"아닙니다. 내가 아니라 나의 친구 셜록 홈즈 덕분이지요. 그의 천재적인 분석으로도 어려운 일이었으니 내가 아무리 온 힘을 기울였다 해도 결코 단서는 찾아 내지 못했을 겁니다. 사실 마지막 순간에도 우리는 자칫하면 실패할 뻔했으니까요" 하고 나는 대답했다.

"부디 앉으셔서 모두 이야기해 주시지 않으시겠어요, 왓슨 선생님?" 하고 그녀는 말했다.

나는 지난번 그녀와 만난 다음에 있었던 일을 짤막하게 설명했다. 홈즈의 새로운 수사 방법, 오로라 호의 발견, 아셀니 존스의 방문, 저녁때가 다 되어 범인을 체포하기 위해 출발했던 일, 템즈 강을 달리며 필사적으로 추적했던 일 등, 그녀는 입을 벌리고 눈을 반짝이며 나의 모험담을 열심히 들었다. 하마터면 우리가 목숨을 잃을 뻔했던 그 독화살촉의 이야기를 했을 때 그녀는 새파랗게 질리며 거의 기절할 지경에 이르렀다. 내가 급히 물을 따라 주자 그녀는 물컵을 받아들며 말했다.

"아무렇지도 않아요, 이젠 괜찮아요. 두 분께서 저 때문에 그런 무서운 위험을 당하셨다는 말을 듣고 정말 놀랐어요."

"이미 지나간 일입니다. 대단한 일도 아니었구요. 끔찍한 이야기는 이것으로 끝입니다. 좀더 유쾌한 이야기나 하십시다. 여기에 그 보물이 있습니다. 이 이상 더 유쾌한 일이 또 어디 있겠습니까. 맨 먼저 당신에게 보여 드리고 싶어서 허락을 받고 가지고 왔습니다."

"나도 빨리 보고 싶군요." 그녀는 말했다. 그러나 그녀의 목소리는 조금도 기뻐하는 기색이 없었다. 그토록 애써서 차지한 전리품에 대해 무관심한 태도를 보이면 실례라고 여겨져 그렇게 말할 따름인 듯한 태도였다. 그녀는 상자 위에 몸을 굽히며 말했다.

"예쁜 상자로군요. 인도의 세공이군요."

"그렇습니다. 바라나시의 금속 세공입니다."

"어머나, 굉장히 무거운데요! 상자만 해도 값이 무척 나가겠어요. 열쇠는 어디 있어요?" 그녀는 상자를 들어올리려고 하며 말했다. 나는 대답했다.

"스몰이 템즈 강에 던져 버렸답니다. 폴레스터 부인의 부젓가락을 빌려야겠습니다."

상자의 정면에는 부처님이 앉아 있는 모습을 새긴 두텁고 폭이 넓은 자물쇠가 달려 있었다. 그 밑으로 부젓가락 끝을 집어넣고 지렛대처럼 바깥쪽으로 비틀었다. 자물쇠는 큰 소리를 내며 벗겨졌다. 나는 떨리는 손으로 뚜껑을 들어올렸다. 우리 두 사람은 너무 놀라서 눈을 크게 뜨고 우뚝 서 있을 따름이었다. 상자는 텅 비어 있었던 것이다.

상자가 무거운 것은 당연했다. 둘레가 모두 3분의 2인치의 철판으로 되어 있었던 것이다. 공을 들여 튼튼하게 만들어진 것으로 귀중품을 넣기 위한 상자임에 틀림없었으나 금붙이나 보석은 한 조각도 없었던 것이다. 아주 깨끗이 비어 있었다.

"보물은 없어졌군요." 모스탠 양은 조용히 말했다. 이 말을 듣고 그 뜻을 깨달았을 때 나는 마음 속에서 커다란 어두운 그림자가 사라짐을 느꼈다. 아글라의 보물이 얼마나 무겁게 나를 짓누르고 있었던가. 마침내 그것이 걷힌 바로 이 순간까지 나는 그 사실을 모르고 있었던 것이다. 내멋대로이고 불성실하고 무엄한 일이었으나 이미 나의 머릿속에는 두 사람 사이의 황금의 장벽이 사라졌다는 생각밖에 없었다. 나의 입에서 얼떨결에 진심의 외침이 터져나왔다.

"하느님, 고맙습니다!"

"어째서지요?" 그녀는 물었다.

"당신이 나의 손이 미치는 곳으로 돌아왔기 때문입니다." 나는 그녀의 손을 잡으며 말했다. 그녀는 손을 빼지 않았다. "어째서라니요, 메리? 나는 당신을 사랑하고 있기 때문이지요. 그 누구에게도 지지 않을 만큼 성실한 마음으로. 이 보물이, 이 재산이 나의 입을 막고 있었으니까요. 보물이 없어진 지금이야말로 얼마나 당신을 사랑하고 있는지 털어놓을 수가 있습니다. 그래서 나는 '하느님, 고맙습니다'라고 말한 겁니다."

"그렇다면 나도 말하겠어요. '하느님, 고맙습니다'라고요" 하고 그녀는 속삭였다. 나는 그녀를 끌어안았다. 보물을 잃은 사람이 누구이든 그날 밤 나는 나 자신이 하나의 보물을 얻었다는 사실을 알았다.

# 조너던 스몰의 신기한 이야기

좀처럼 나오지 않는 나를 참고 기다리고 있던 마차 안의 순경은 매우 참을성 있는 사람이었다고 생각한다. 빈 상자를 보이자 그의 얼굴이 어두워졌다.

"그렇다면 상금은 허사로군요! 돈 없는 곳에 보수가 있을 리 없지요. 보물이 들어 있기만 했다면 오늘 밤 일로 해서 나도, 샘 브라운도 10파운드 지폐 한 장쯤은 받을 수 있었을 텐데요." 그는 처량하게 말했다.

"새디어스 숄트 씨는 부자니까 보물을 못 찾았다 해도 상금을 내놓을 겁니다" 하고 나는 말했다. 그러나 순경은 낙심한 듯 고개를 저으며 되풀이 말했다.

"시시한 일을 맡았어요. 아셀니 존스 씨도 저와 동감일 겁니다."

그의 말이 맞았다. 베이커 거리의 집으로 돌아가 빈 상자를 보이자 경감도 맥이 빠진 얼굴을 하는 것이었다. 홈즈와 스몰과 존스는 예정을 바꾸어 경찰서에 먼저 들렀다가 지금 막 도착한 참이었다. 나의 친구는 늘 그러하듯이 나른한 얼굴로 안락의자에 파묻혀 있었고 스몰은 그 맞은편에 의족을 온전한 다리 위에 얹고 멍하니 앉아 있었다. 그에게 빈 상자를 보이자 그는 의자에서 몸을 젖히며 큰 소리로 웃었다.

"네 짓이로구나, 스몰." 아셀니 존스는 화를 내며 말했다.

"그럼요. 당신들 손이 절대로 미치지 못하는 곳에 감추었지요." 그는 재미있다는 듯이 말했다. "나의 보물인데 내 손에 들어오지 못할 바에야 다른 누구의 손에도 들어가지 못하도록 빈틈없이 해 놓았지요. 말해 두지만, 이 세상에서 그 보물에 권리가 있는 사람은 앤다만 교도소에 있는 세 사람과 나밖에 없단 말입니다. 지금에 와서는 네 사람이 모두 그 보물을 어떻게도 할 수 없다는 것을 나도 잘 알고 있어요. 나는 언제나 나 자신을 위하는 것과 똑같이 나의 동지들을 생각하고 있답니다. 네 사람의 서명이라는 것이 늘 우리의 암호였지요. 나의 세 친구들도 내가 한 것은 잘한 일이라고 할 것이며, 숄트나 모스탠이나 그들의 자식들에게 그 보물을 넘겨 줄 바에는 템즈 강에 던져 버리는 편이 훨씬 낫다고 틀림없이 말할 겁니다. 아크메트를 죽인 일은 그런 인간들을 부자로 만들기 위해서가 아니었으니까요. 당신들의 증기선에 쫓길 때 그것을 안전한 장소로 보내 버렸지요. 먼 곳까지 수고하셨지만 완전히 헛수고를 한 셈이로군요."

"우리를 속일 작정이로군, 스몰. 보물을 템즈 강에 던지려면 상자째 던지는 편이 쉬웠을 텐데그래." 아셀니 존스는 엄하게 말했다.

"던지는 것이 쉬우면 당신들이 줍기도 쉽겠지요." 그는 교활하게 곁눈질하며 대답했다.

"나를 따라잡을 만한 수완이 있는 사람이라면 강 바닥에서 무쇠 상자를 주워올릴 수완도 있겠지요. 하지만 5마일이나 넓게 뿌렸으니 무척 힘들 겁니다. 그야 나도 아까웠지요. 따라잡혔을 때는 정말 미칠 것만 같았습니다. 그러나 억울해 한들 무슨 소용이 있겠습니까. 나의 인생에는 좋은 때도 있었고 나쁜 때도 있었지만 엎질러진 물이 아까워서 울거나 하지 않을 만한 수양은 쌓았답니다."
경감이 말했다.
"이것이 매우 중대한 일이라는 것을 모르겠나, 스몰? 그런 식으로 우리를 속이거나 하지 말고 법과 정의의 편에 서서 재판을 받으면 희망도 있을 수 있지."
"법과 정의라고요!" 전과자는 으르렁거렸다. "알량한 법과 정의로군요! 이 보물이 우리의 것이 아니라면 누구의 것이란 말입니까? 애쓰지 않은 사람에게 주라는 그런 법과 정의가 어느 나라에 있습니까? 내가 그 보물을 찾게 된 경위를 우선 들려 드리지요. 20년이라는 기나긴 세월 동안 열병이 득실거리는 늪지대에서 날이면 날마다 맹그로브나무 밑에서 일하고, 밤이면 밤마다 더러운 죄수 우리에서 쇠사슬에 묶인 채 모기에 시달리고 열병을 앓으며 백인을 괴롭혀 울분을 풀어 보려는 검둥이 순경 녀석들에게 찔려 가며 살아 온 이야기를 말입니다. 그러나 아글라의 보물을 손에 넣게 되었으며 그런 고생 끝에 얻은 보물이 다른 사람 손에 들어간다고 생각하니 미칠 것만 같은데 법과 정의가 어쩌니 하는 설교는 다 뭡니까! 감방 속에서 지금쯤 남이 내 돈으로 궁전 같은 집에서 왕처럼 살고 있다는 생각이나 할 바에는 차라리 스무 번이라도 교수형을 받거나 통가의 화살촉으로 이 살을 찔러 달라고 하는 편이 훨씬 낫지요."
스몰은 조금 전까지 뒤집어쓰고 있던 자제의 가면을 벗어던지고 몹시 흥분한 나머지 무섭게 눈을 번득이며 두 손을 심하게 움직였으므로 수갑이 서로 부딪쳐 요란한 소리를 냈다. 이 분노와 격정을 눈 앞에 보고 나는 원한을 품은 유형수가 자기를 노리기 시작했다는 걸 알았을 때 숄트 소령이 얼마나 심한 공포에 시달렸는지 짐작할 수 있었다. 홈즈는 부드럽게 말했다.
"우리가 그러한 사정을 조금도 모르고 있다는 사실을 자네는 잊은 모양이군. 자네의 이야기를 들어 본 일이 없으니 자네의 주장이 옳다는 것을 알 리가 없지 않겠나?”

“아, 선생은 나의 주장을 인정해 주시는군요. 이렇게 수갑을 차게 된 것은 선생 때문임에 틀림이 없지요. 그렇다고 해서 원한을 품을 생각은 없습니다. 공명정대한 일을 하셨을 따름이니까요. 이야기를 하라고 하시면 모두 하겠습니다. 내가 하는 말 한 마디 한 마디는 모두 하느님께 맹세할 수 있을 만큼 거짓이 없습니다. 아, 미안합니다. 술잔을 옆에 놓아 주시니 고맙군요. 목이 마르면 마시겠습니다.

나는 우스타샤 출신으로 파쇼어 부근에서 태어났습니다. 지금도 가 보시면 스몰이라는 성을 가진 사람이 얼마든지 있습니다. 늘 고향에 돌아가고 싶다는 생각은 했지만 솔직히 말해서 집안의 면목을 내세울 만한 일도 못했고 나를 보고 기뻐해 줄 사람이 있을지도 알 수 없었지요. 모두 착실하고 교회에도 잘 다니는 사람들뿐이며 그 지방에서 널리 알려지고 존경받는 소작농인데, 나 혼자만 늘 건들거렸었지요. 여자 문제로 말썽을 일으켜 그곳에서 빠져 나오기 위해 군대에 들어가야 했는데, 때마침 보병 3연대가 인도로 출발한다고 하기에 그 연대에 입대하는 수밖에 없었습니다. 그러나 군대에도 오래 있을 운명이 아니었습니다. 겨우 보조 훈련을 끝마치고 나서 머스킷 총을 다루는 법을 익혔을 무렵 어리석게도 갠지스 강에서 헤엄을 쳤던 겁니다. 때마침 그 강에는 같은 중대의 존 홀더 중사가 있었는데 그는 육군에서 손꼽히는 수영의 명수였습니다. 강 한가운데까지 헤엄쳐 갔을 때 악어가 달려들어 오른쪽 다리의 무릎 윗부분을 마치 외과의사가 잘라 내기라도 하듯 물어뜯었던 겁니다. 나는 그 충격과 출혈로 기절했는데, 그때 홀더가 나를 붙잡고 강가로 데리고 가지 않았더라면 물에 빠져 죽었을 것입니다. 그 때문에

5개월 동안 병원에 있어야만 했는데, 겨우 퇴원했을 때에는 다리에 이 의족을 붙들어매고 절룩거리는 쓸모없는 군인으로서 군대에서 쫓겨나는 신세가 되고 말았지요. 그렇다고 해서 다른 일도 할 수 없는 처지가 되어 버렸던 겁니다. 짐작하시겠지만 나의 운도 이때가 가장 내리막길이었던 것 같군요. 아직 20살도 채 못되었는데 쓸모없는 불구자가 되어 버렸으니까요. 그러나 이 불행이 사실은 하늘의 은총이었던 것입니다. 쪽(중국이나 인도 차이나가 원산지로서, 염료로 쓰이는 식물)을 재배하기 위해 건너온 아벨 화이트라는 사람이 노동자를 감시하는 감독을 찾고 있었습니다. 그는 우연히 그 사고 이후 내 일을 걱정해 주시던 연대장과 아는 사이였지요.

이야기가 길어지므로 간단하게 말하겠습니다. 연대장은 그 자리에 나를 추천해 주셨습니다. 말을 타고 감독하면 되었으므로 오른발 때문에 별로 지장을 받지도 않았습니다. 무릎까지만 있으면 안장에 올라탈 수 있었거든요. 말을 타고 재배지를 둘러보며 노동자들의 일하는 상황을 감시하고 게으름 피우는 일꾼의 이름을 보고하면 그만이었습니다. 급료도 충분했고 살기 좋은 숙사도 할당되어 그런대로 나는 나머지 인생을 쪽 재배지에서 만족을 느끼며 살아갈 작정이었지요. 화이트 씨는 인정 많은 사람이어서 자주 나의 숙소에 들러 함께 담배도 피우곤 했지요. 외지에 나온 백인들끼리는 본국에 있는 사람으로서는 결코 이해할 수 없는 따뜻한 인간미를 서로 느끼게 되는 법이랍니다.

그러나 나에게는 행운이라는 것이 오래 계속되지 못하도록 되어 있었던 모양이에요. 별안간 아무런 경고도 없이 큰 반란(1857~1858년, 인도의 토착민병이 반란을 일으켰다. 진압과 동시에 본디 있던 동인도 회사는 없어지고 대영제국의 직접 지배하에 들어갔다)이 일어났던 것입니다. 그 전달만 해도 인도는 어디를 보아도 서리 주나 켄트 주와 마찬가지로 조용하고 평화스러웠습니다. 그런데 그달에 접어들자 20만의 검은 악마들이 일제히 난동을 부리기 시작하여 온 나라가 마치 지옥처럼 되어 버렸습니다. 선생들은 물론 잘 알고 계시는 이야기지요. 아마 나보다 더 잘 아실 겁니다. 나는 책 따위를 읽는 사람도 아니므로 그저 이 눈으로 본 사실을 알고 있을 따름입니다.

우리의 농장은 서북 여러 주의 변경에 가까운 마트라라는 곳에 있었습니다. 밤이면 밤마다 방갈로(베란다로 에워싸인 목조 주택)가 타는 불길로 온 하늘이 새빨갛게 되어 있었고 낮에는 낮대로 매일같이 가족을 거느린 유럽 사람들이 우리의 농장을 지나 군대가 주둔하고 있는 가장 가까운 곳인 아글라를 향해 서둘러 가는 것이었습니다.

아벨 화이트 씨는 고집이 센 사람이었습니다. 그는 사람들이 너무 지나치게 서두르고 있다고 여겼으며 갑자기 일어나 일이라 끝맺음도 갑작스러우리라고 생각하고 있었던 것입니다. 온통 불바다로 휩싸인 베란다에 앉아서 위스키 소다를 마시며 여송연을 피우고 있었지요. 물론 나와 도슨도 그 곁을 떠나지 않고 있었습니다. 도슨이란 아내와 함께 살며 회계장부와 경영을 맡아 보고 있던 사람입니다. 그러다 어느 날씨좋은 날 마침내 파멸이 다가왔습니다.

먼 곳에 있는 재배장으로 나갔다가 저녁때 말을 타고 돌아오는데 깊은 수로 밑바닥에 무언가 축 늘어진 것이 눈에 띄었습니다. 무엇인지 보려고 말에서 내려 다가갔더니 갈기갈기 찢기고 재칼과 들개에게 반쯤 뜯어먹힌 도슨의 아내 시체라는 것을 알았을 때는 온몸에 소름이 끼치더군요. 조금 앞으로 나아가자 역시 숨이 끊어진 도슨이 빈 권총을 손에 든 채 쓰러져 있었고 그 앞에는 네 명의 토착 민병이 서로 겹쳐 쓰러져 있었습니다.

나는 어느 쪽으로 가야 할 지 알 수 없어 고삐를 잡아당겨 말을 세웠습니다. 그런데 이때 아벨 화이트의 방갈로에서 짙은 연기가 뭉게뭉게 피어오르는 것이 보였습니다. 불길은 이미 지붕을 뚫고 하늘로 치솟기 시작하는 것이 아니겠습니까. 사태가 이렇게 되면 주인을 위해 아무것도 해줄 수 없을 뿐만 아니라 비록 달려가 본들 내 목숨만 잃을 뿐이라는 것을 깨달았습니다. 내가 서 있는 곳에서도 몇 백 명의 붉은 군복을 입은 검은 도깨비들이 불타고 있는 집을 에워싸고 날뛰기도 하고 고함을 지르기도 하는 광경이 뚜렷이 보였던 것입니다. 두세 명이 나를 발견하자 총알이 두 발 나의 머리를 스치고 지나갔습니다. 그래서 나는 농장을 마구 달려 밤늦게 간신히 아글라의 성벽 안으로 몸을 피할 수가 있었습니다.

그러나 이곳 역시 안전하지 못함을 알았습니다. 아무튼 온 나라가 벌집을 쑤셔 놓은 듯 들끓고 있었으니까요. 영국인이 모여 작은 집단을 이루고 있는 곳에서는 총탄의 효력이 미치는 범위만큼은 그런대로 진압되어 있었지만 한 발자국 밖에 나가면 꼼짝 못하고 쫓길 뿐이었지요. 몇 백만의 사람이 몇 백 명을 상대로 싸움을 걸어왔던 것입니다. 더욱 나쁜 것은, 이 적이 보병이건 기병이건 포병이건 본디 이쪽에서 훈련시킨 정예부대라는 사실이었고, 우리 자신이 교육시키고 훈련시킨 녀석들이 우리의 무기를 쓰고 우리의 나팔을 불어 대며 대항해 오는 일이었습니다.

아글라에는 벵골 제3연대와 약간의 시크교도와 기병 2개 중대와 그리고 포병 1개 중대가 있었습니다. 관리나 상인들로 이루어진 의용군이 생겼으므로, 나도 의족을 이끌고 그 대열에 참가했지요. 7월 초에 성 밖으로 돌격하여 샤궁지에서 반란군과 싸워 단숨에 격퇴시켰으나 탄약이 떨어져 성 안으로 후퇴하지 않을 수 없었습니다.

어느 방면에서도 가장 나쁜 소식만이 들어왔습니다. 당연한 일로, 지도를 보시면 알 수 있듯이 우리는 폭동의 중심부에 있었거든요. 100마일 가량 동쪽으로 가면 라크나우 시가 있었고, 남쪽으로 거의 비슷한 거리만큼 가면 콤포우도 있었습니다. 어디를 둘러보나 고문, 살인, 폭행뿐이었습니다.

아글라의 거리는 온갖 종류의 광신자와 흉포한 악마 숭배자가 우글거리는 큰 고장입니다. 좁고 꼬불꼬불한 시내에서는 우리들 한줌의 군대 따위는 어디 있는지 보이지도 않을 지경이었습니다. 그래서 지휘관은 강을 건너 아글라의 낡은 요새로 본거지를 옮겼습니다.

선생들 가운데 이 낡은 요새에 대한 것을 읽거나 들어 보신 분이 있습니까? 아주 기묘한 곳이랍니다. 나도 꽤 색다른 곳을 많이 돌아다녀 보았지만 거기만큼 이상한 곳은 아무 데도 없더군요. 우선 터무니없이 넓지요. 요새 안의 넓이가 몇 에이커인지 알 수도 없을 정도니까요. 새로 지은 구내만으로도 수비대와 여자들과 식량과 그 밖에 무엇이든 모두 들어가고도 아직 얼마든지 여유가 있었으니까요.

그런데 새로운 구내는 낡은 구내의 넓이에 비하면 아무것도 아니었어요. 그 낡은 구내는 아무도 출입하지 않아 전갈과 지네의 놀이터로 쓰이고 있었습니다. 황폐하고 크나큰 홀, 꾸불꾸불한 통로, 좌우로 휘어진 긴 회랑, 이러한 것만으로 이루어진 곳인데 그 안에서 길을 잃기란 문제도 없는 일이었지요. 그러므로 이따금 횃불을 들고 탐험하러 나가는 수는 있어도 혼자 들어가 보는 사람은 좀처럼 없었던 것입니다.

요새의 정면에는 바로 강이 흘러 해자 역할을 하고 있었고 측면과 뒷면에는 많은 문이 있어 두 말할 나위도 없이 현재 군대가 있는 곳과 마찬가지로 이 낡은 구내도 지켜야 할 필요가 있었습니다.

인원수가 부족하여 구내의 요소요소에 사람을 배치하는 것과 총포 옆에 사람을 배치하는 것만도 힘겨운 일이었으므로, 수없이 많은 문 하나하나에 사람을 모두 배치할 수는 없었지요. 그래서 요새의 중앙에 위병 집합소를 마련하고 각 문에 백인 하나에 두세 명의 토착민병을 배치하여 지키기로 했습니다. 나는 구내 남서쪽의 외진 작은 문을 밤 몇 시간 동안 경비하게 되었습니다. 두 사람의 시크기병을 배당받았고 무슨 일이 생기면 즉시 총을 쏘아 알림으로써 중앙 집합소 도움을 청하도록 지시받았습니다. 그러나 집합소는 200걸음 이상 떨어져 있고 더구나 미궁처럼 복잡한 통로며 회랑이 가로놓여 있었으므로, 실제로 습격을 받았을 경우 도움을 받을 수 있을는지 매우 의심스러웠습니다.

그러나 나는 경험이 없는 신병인데다 한쪽 다리마저 절룩거리는 몸인데도 적으나마 1개 분대의 지휘를 맡게 되어 조금은 의기양양했었지요. 이틀 밤을 잇달아 펀자브 사람인 부하와 함께 보초를 섰던 것입니다. 부하 두 사람은 모두 키가 크고 흉맹스러운 얼굴을 하고 있었는데 이름은 마호메트 싱과 압둘라 컨이라고 했으며, 티리앤 웰러에서 반란에 가담한 적도 있는 늙은 전사들이었습니다. 두 사람은 영어도 곧잘 했으나 나와 이야기를 하려고 하지 않았습니다. 자기들끼리 밤새도록 이상한 시크 말로 지껄이는 것이었습니다.

나는 문 밖에 서서 꾸불꾸불하고 폭 넓은 강이며 커다란 거리의 불빛을 내려다보고 있을 수밖에 없었지요. 북 치는 소리, 탐탐(동양에서 시작된 타악기로, 징의 하나)이 울리는 소리, 그리고 아편과 북소리에 취한 반란군의 외침 소리가 들려와 강 건너의 위험한 적에 대한 생각을 잊을 틈도 없었습니다. 두 시간마다 당직사관이 모든 일이 잘되어 가는지 확인하기 위해 온 부서를 살피며 다녔습니다.

3일째 되던 날 밤은 캄캄하고 날씨가 나빴으며 가랑비가 바람에 실려 내리고 있었습니다. 그런 날씨에 여러 시간 동안 성문에서 있어야 한다는 것은 고된 일이었습니다. 여러 차례 시크 인들에게 말을 걸어 보았으나 도무지 받아 주지 않았습니다. 오전 2시에 순시병이 돌아와 잠시 동안 지루함을 풀 수 있었지요 . 두 녀석이 절대로 말상대를 해주지 않으므로 나는 파이프를 꺼내어 성냥을 그으려고 잠깐 총을 내려놓았습니다. 그런데 그 순간 그 시크 인들이 나에게 덤벼들었던 것입니다. 한 사람은 총을 빼앗아 내 머리를 향해 겨누었고 또 한 사람은 커다란 칼을 목에 들이대고 한 발자국이라도 움직이면 죽이겠다고 이를 악물고 위협하는 것이었습니다.

그 순간 머리에 떠오른 것은 이 두 녀석은 바깥의 반역도들과 한 패인데 마침내 덤벼드는 모양이로구나 하는 생각이었지요. 이 성문이 토민병의 손에 넘어가기라도 하는 날에는 요새는 함락되고 여자들은 콤포우 때와 같은 꼴을 당할 것이 틀림없었지요. 선생들은 내가 그럴싸하게 이야기를 꾸며대는 줄로 여기실는지도 모르지만 그때 나는 칼이 목에 들어온다 해도 경비 본대에 위급을 알리는 소리를 질러야겠다, 이것이 마지막 한 마디가 된다 해도 별수없다고 생각하며 소리를 지르려고 했습니다. 나를 누르고 있던 녀석은 나의 그런 생각을 눈치챘는지 내가 용기를 내어 막 소리를 지르려는데 나에게 작은 소리로 속삭이는 것이었습니다. '소리지르지 마시오. 요새는 안전하오. 강 이쪽에 반역도는 하나도 없으니까.' 그 녀석이 하는 말에 정말인 듯한 기색이 엿보였고 소리를 지르면 목숨이 달아나므로 나는 입을 다물고 녀석들이 나를 어떻게 하려는지 두고 보기로 작정했지요.

'내 말을 좀 들어 보시오' 하고 키가 크고 흉맹스런 압둘라 컨이 말했습니다. '우리와 한패가 되든지, 소리 한 번 지르지 못하고 그대로 가는 신세가 되든지 어느 한쪽을 정하시오. 아무튼 예사로운 일이 아니니까 우물쭈물할 수 없소. 그리스도교의 십자가에 걸고 성심성의껏 우리와 한패가 되든지 아니면 저 강물 속으로 던져지든지——그렇게 되면 우리는 강을 건너 반란군 형제들이 있는 곳으로 가야 하지만——아무튼 이대로는 안된다는 이야기요. 어느 쪽으로 하겠소, 죽느냐, 사느냐? 3분 동안 생각하고 결정하시오. 시간은 자꾸 흘러가는데 다음 순찰이 올 때까지 일을 끝마쳐야 하니까.'

'결정할 수가 없지 않나. 나더러 어떻게 하라는지 너희들은 아직 설명하지도 않았으니까. 어쨌든 미리 말해 두지만 요새의 안전이 흔들리는 일이라면 나는 절대로 말을 듣지 않을 것이며, 그 칼로 푹 찔려도 끄떡 안한다는 것은 알아 두어라.'

'요새를 어떻게 하겠다는 것은 아니오. 당신들 나라 사람들은 목적이 있어서 인도에 오지 않았소? 그것과 같은 일을 해 달라는 거요. 당신도 부자가 되는 일이오. 오늘 밤에 우리와 한편이 되어 준다면 이 칼에 걸고, 그리고 시크 교도라면 한 사람도 어긴 적이 없는 삼중의 맹세를 해서 공평한 몫을 내놓겠다고 약속하겠소. 보물의 4분의 1은 당신 것이오. 이 이상 더 공평하게 할 수는 없을 것이오.'

'도대체 그 보물이라는 것이 무엇인가? 나도 너희들처럼 부자가 되고 싶지 않은 것은 아니니 그게 무엇인지 가르쳐 다오.'

'그럼, 맹세하겠소? 당신의 아버지의 뼈를 걸어, 어머니의 명예를 걸어, 당신 종교의 십자가를 걸어, 오늘부터 언제까지나 우리를 배반하지 않겠다고, 그리고 이제부터 우리를 비난하거나 대드는 일이 없도록 말이오' 하고 그 녀석은 말하더군요.

'맹세하지, 요새가 위험한 처지에 빠지지만 않는다면 말이야' 하고 나는 대답했지요.

'그렇다면 나도 친구와 맹세하겠소――우리 네 사람이 나누어 가지는 보물의 4분의 1은 틀림없이 당신의 것이라고 맹세하오.'

'세 사람뿐이잖아?' 하고 나는 말했습니다.

'아니오, 도스트 애크벌이라는 녀석이 있소. 그가 오기를 기다리는 동안 이야기해 주지. 마호메트 싱, 그 문에 서 있다가 녀석이 오면 알려줘. 이제부터 사실을 그대로 이야기하려는 것은, 유럽 사람들은 맹세한 걸 어김없이 지키기 때문이며 당신을 믿어도 좋을 것 같아서요. 만일 당신이 거짓말쟁이 힌두 교도였다면 그 가짜 사원의 신을 함부로 걸어 맹세한들 당신의 피는 이 칼의 밥이 됐을 테고 당신 몸은 지금쯤 물 속에 있을 거요. 하지만 시크는 영국인을 알고 있고 영국인은 시크를 알고 있으니 내 말을 잘 들어 보시오.

북쪽 지방에 영토는 좁아도 매우 돈이 많은 마하 라자(영국에 의해 통치되기 전부터 인도 각지에 있던 소왕국의 왕)가 있소. 아버지가 남겨 놓은 재산 이외에도 자기 자신이 모은 재산이 무척 많았지요. 천성이 인색해서 돈을 쓰는 것보다 감춰 두는 것을 좋아했으니까. 반란이 일어났을 때 그는 사자와도 호랑이와도――다시 말해서 토민병측과도 서인도 회사측과도 적당히 해 나가려고 마음먹었소.

그런데 얼마 뒤 아무래도 백인들 천하가 무너지는 듯한 느낌이 들기 시작했던 거요. 나라 안 여기저기에서 백인이 떼죽음을 당하는 이야기와 망한다는 이야기가 들려 왔던 거요. 하지만 조심성 있는 사람이었으므로 어느 쪽으로 기울어지건 보물의 절반만은 자기 손에 남겨지도록 계획을 세웠소. 금과 은은 성의 지하 땅굴 속에 감추었고 값나가는 보석과 특수한 진주는 무쇠 상자에 넣어 장사꾼으로 변장시킨 심복 하인에게 들리어 아글라의 요새로 날라다 놓게 하여 평화가 올 때까지 숨겨 두기로 했던 것이오.

이렇게 해 두면 반란도들이 이겼을 때는 금은이 남아 있을 수 있고 회사측이 이기면 보물이 안전할 것이라는 속셈이었지. 이렇게 보물을 둘로 나누어 놓고 자기는 토민병 쪽에 가담했소. 그의 영토에서는 그쪽이 유리했으니까. 바로 이 대목이 중요하오. 그 마하라자가 그렇게 했으니 재산은 어느 쪽이건 한편에 충실한 자가 당연한 권리로서 가져도 좋게 된 셈이지요.

장사꾼으로 변장하고, 아크메트라는 이름으로 아글라 시에 온 그 사나이는 지금 시중에 있으며 어떤 수를 써서든 요새로 들어와야겠다고 생각하고 있다오. 그와 길동무가 되어 함께 온 사람이 나와는 한 젖을 먹으며 자란 도스트 애크벌인데, 그가 이 비밀을 나에게 털어놓았소. 도스트 애크벌이 녀석에게 오늘 밤 요새의 뒷문으로 데려다 주겠다고 약속했는데, 그 뒷문이 다름 아닌 바로 이 문이란 말이오.

얼마 후에 오기로 되어 있으며 마호메트 싱과 내가 여기서 기다리기로 했소. 이런 외진 장소로 녀석이 오는 것을 아는 사람도 없으니 장사꾼 아크메트는 얼마 후에 이 세상에서 하직하는 것이지요. 그렇게 되면 마하 라자의 막대한 재산은 우리끼리 똑같이 나누어 갖는다는 그 말이오. 어떻소?'

그야 우스타샤에서는 사람 하나의 목숨은 소중하고 신성한 것으로 여겨지고 있지요. 하지만 어느 쪽을 둘러보건 비오듯한 총탄, 피의 바다이고 보면 이야기는 크게 달라집니다. 한 걸음 내디딜 때마다 사람의 시체이니 사람의 목숨이 대수롭게 여겨지지 않더군요.

장사꾼 아크메트가 살건 죽건 나로서는 공기만큼이나 가벼운 문제였고 보물이야기를 들으니 마음이 동해서 고향으로 보물을 가지고 돌아가 무엇을 할까, 옛날의 밥벌레가 주머니에 돈을 잔뜩 넣고 가면 마을 사람들이 어떤 얼굴을 할까 하는 등의 생각을 하게 됐지요. 그래서 나는 이미 결심했는데 압둘라 컨은 내가 망설이는 줄 알고 한층 더 강하게 권하는 것이었어요.

'생각해 보시오. 그가 사령관에게 잡히면 교수형이나 총살을 당할 테고 보석은 몰수당하고 말아요. 그렇게 되면 눈곱만큼의 이익도 얻을 사람이 없소. 그러니 녀석을 우리 마음대로 처리하여 나쁠 것은 없잖소. 보석이 회사 금고로 들어가는 대신 우리 손에 넘어온다고 해서 뭐가 나쁘오. 네 사람이 똑같이 큰 부자가 될 만큼 보물은 얼마든지 있소. 이렇게 세상과는 동떨어진 곳이니 아무도 모르오. 부자가 되는 데 이 이상 더 좋은 방법이 또 있겠소? 어서 말 좀 해보시오, 우리와 한편이 될 건지 아니면 우리의 적이 될 것인지 말이오' 하고 그는 말했습니다.

'너희와 한패가 되겠다' 하고 나는 말했지요.

'반갑소. 당신을 믿기로 하지. 당신은 우리처럼 약속을 꼭 지킬 것 같으니까요. 이젠 나의 형제가 장사꾼을 데리고 오는 것을 기다리는 일뿐이오' 하고 말하며 그는 총을 돌려 주더군요.

'그럼, 너의 형제도 이 계획을 알고 있느냐?' 나는 물었지요.

'그 녀석의 계획인걸요. 그 녀석이 생각해 냈다오. 문으로 가서 마호메트 싱과 함께 지켜봅시다.'

때마침 장마철이 시작될 무렵이어서 가랑비가 끊임없이 내리고 있었습니다. 하늘에는 갈색의 찌푸듯한 구름이 흘러다니고 돌을 던지면 닿을 만큼 떨어져 있는 앞이 어렴풋이 보일 뿐이었지요. 문의 정면은 깊은 해자였는데, 물이 거의 말라 버린 곳이 군데군데 있어 건너오기는 어렵지 않았습니다. 죽기 위해 오는 남자를 기다리는 두 명의 흉맹스러운 펀자브 사람과 함께 거기 그렇게 서 있으려니 이상스러운 기분이 들었지요.

갑자기 해자 저쪽에서 갓을 씌운 램프 빛이 어른거렸습니다. 둑 그늘에 잠시 사라졌다가 다시 보이며 이쪽으로 천천히 오고 있었습니다.

'왔다!' 난 소리질렀습니다.

'누구냐고 물으시오, 겁을 먹게 하면 안되니까. 우리를 저 녀석과 함께 안에 들어가게 해주고 당신은 여기서 지키시오. 뒤처리는 우리가 하겠소. 램프 갓을 언제든 벗길 수 있게 해 놓으시오. 틀림없이 그 녀석인지 보아야 할 테니까.' 압둘라는 작은 소리로 말했습니다.

불빛이 어른거리기도 하고 멈추기도 하며 이쪽으로 오다가 마침내 해자 왼쪽의 둑에 검은 모습이 두 개 보이기 시작했습니다. 두 사람이 둑의 경사면을 내려가 소리를 내지 않고 거의 건너온 다음 문 밑의 둑을 절반쯤 올라올 때까지 기다렸다가 나는 누구냐고 목소리를 짓누르며 물었습니다. 그러자 '이쪽 편입니다' 하는 대답이 들려 왔습니다. 나는 램프갓을 벗겨 두 사람을 비춰 보았습니다. 한 사람은 몸집이 큰 시크교도로, 검은 턱수염을 허리띠 언저리까지 드리우고 있었습니다. 그렇게 키 큰 남자는 흥행장에서나 본 적이 있었을까요? 또 한 사람은 키가 작고 통통하게 살찐 남자였는데, 커다랗고 노란 터번을 머리에 감고 손에는 헝겊에 싼 짐을 들고 있더군요. 두려움 때문인지 두 손이 열병을 앓고 있는 것처럼 덜덜 떨리고 있었고 마치 쥐가 구멍에서 나올 때처럼 반짝거리는 작은 눈을 깜박거리며 연신 좌우를 두리번거리는 것이었습니다. 이 남자를 죽여야 한다고 생각하는 순간 온몸에 소름이 끼쳤습니다만,

보물 생각을 하니 내 마음은 부싯돌처럼 굳어지더군요. 나의 하얀 얼굴을 보자 그 사나이는 기쁜 듯이 탄성을 지르며 달려왔습니다. '도와주시오, 나리' 하고 사나이는 숨을 헐떡거리며 말했습니다. '가엾은 장사꾼 아크메트를 도와 주십시오. 아글라 요새에 숨겨 주십시오. 라지푸타나 너머에서 온 사람입니다. 회사편이라 해서 가진 것은 모두 빼앗기고 매를 맞는 등 혼이 났습니다. 오늘 밤은 운이 좋습니다. 나도, 얼마 안되는 짐도 모두 안전하게 도착했으니까요.'

'그 짐 속에는 무엇이 있느냐?' 하고 나는 물었습니다.

'무쇠 상자입니다. 집에서 쓰던 연장이 두세 개 들어있지요. 남에게는 쓸모가 없어도 나로서는 소중한 것입니다. 저는 가난하지 않습니다. 제 소원대로 여기서 보호해 주신다면 당신도 그리고 사령관님에게도 꼭 사례하겠습니다, 젊은 나리' 하고 그는 대답했습니다. 나는 그 이상 더 그 사나이와 이야기를 이어 나갈 자신이 없어지고 말았습니다. 그의 겁먹은 살찐 얼굴을 보고 있으면 있을수록 그를 죽이기가 더욱 더 어려워지리라는 생각이 들었던 것입니다. 이야기를 빨리 끝마쳐야겠다고 생각했지요. '본대로 데리고 가' 하고 나는 명령했습니다. 두 시크 인이 바짝 그의 양옆에 따라 붙었고 큰 남자는 그 뒤를 따라 어두운 성문 안으로 들어갔습니다. 이토록 빈틈없이 죽음의 손에 에워싸인 사람도 달리 없을 겁니다. 나는 램프를 들고 성문에 남아 있었지요. 잠시동안 그들이 천천히 걸어가는 발소리가 긴 회랑에 울렸습니다. 갑자기 소리가 그치더니 서로 다투는 목소리, 엎치락뒤치락하는 소리, 때리는 소리 등이 들려 왔습니다. 그리고 잠시 뒤 숨을 헐떡거리며 누군가가 이쪽을 향해 쏜살같이 달려오는 발소리가 났으므로 나는 그만 몸이 오싹해지더군요.

길고 곧은 통로에 램프 빛을 비추어 보았더니 뚱뚱한 남자가 피투성이 얼굴로 바람처럼 달려오고 있었고 그 바로 뒤에서 검은 수염을 기른 키 큰 사나이가 칼을 휘두르며 호랑이처럼 달려오는 것이었습니다. 그 작은 장사꾼만큼 빠르게 달리는 사람을 나는 본 적이 없었습니다. 아무튼 그 키 큰 시크 인이 따라잡지 못했으니까요. 그래서 나는 그가 내 앞을 지나 밖으로 나가 버리면 살아날 가망이 있으리라는 것을 알았습니다. 나도 한순간은 그것을 기뻐했지요. 하지만 그 녀석이 가지고 있는 보물에 생각이 미치자 마음이 독해지더군요. 내 앞을 달려갈 때 총을 내밀어 두다리 사이로 들이대자 그는 총에 맞은 토끼처럼 두 번이나 뒹굴었지요. 비틀거리며 일어나려고 할 때 시크 인이 달려들어 옆구리에 칼을 두 번 잇달아 찔렀습니다. 그 사나이는 신음 소리 한번 지르지 않고 몸도 한 번 꿈틀거리지 않은 채 쓰러진 자리에서 그대로 죽었습니다. 내가 보기에는 쓰러지는 순간 목뼈가 부러진 것 같았습니다. 내 이야기에 거짓이 없다는 것을 아시겠지요, 나리들. 사건의 자초지종이 나에게 이롭건 이롭지 않건 모두 다 말씀드리고 있으니까요."

그는 말을 끊고 홈즈가 물을 타서 준 위스키 잔을 수갑찬 손을 뻗어 받았다. 나는 솔직히 말해서 이 사나이가 가담했던 잔인무도한 행위를 예사롭게, 경박한 느낌마저 들 정도로 태연스럽게 이야기하는 것을 보고 아까부터 어쩐지 기분이 언짢음을 느끼고 있었다. 어떤 형벌이 그에게 내려지건 결코 동정심이 일지 않으리라는 생각이 들었다. 홈즈와 존스는 이야기에 깊은 흥미를 느낀 듯 무릎에 손을 얹고 앉아 있었으나 역시 그 얼굴에도 나와 같은 혐오감이 나타나 있었다. 스몰도 그 기색을 알아차린 듯 다시 이야기를 이어 나갈 때에는 목소리와 태도가 조금 거칠게 바뀌어 있었다.

"그야 물론 나쁜 짓임에는 틀림이 없지요. 내가 묻고 싶은 것은 그럴 경우 보물을 거절할 사람이 대체 몇 사람이나 있느냐 하는 것입니다. 만일 그렇게 훌륭한 척했다면 그 보복으로 목을 잘렸을 테니까요. 그리고 만일 그 뚱뚱한 사나이가 요새 속으로 무난히 숨어들어갔다면 나의 목숨이나 그의 목숨 가운데 하나는 없어지지 않았겠습니까. 그 녀석이 달아났다면 모든 일이 드러나 나는 군법회의로 넘어가 아마도 총살감이 되었겠지요. 그런 시절에는 누구나 그다지 자비로운 처사를 하지 않거든요" 하고 그는 말했다.

"이야기나 계속하게." 홈즈가 쌀쌀하게 말했다.

"그래서 압둘라와 애크벌과 나는 그 녀석의 시체를 날랐습지요. 그렇게 키가 작은데도 어찌나 무거운지……. 마호메트 싱은 문을 지키기 위해 남았습니다. 그 시크 인들이 미리 마련해 놓은 장소로 우리는 시체를 운반해 갔던 것입니다. 조금 떨어진 곳으로, 꾸불꾸불한 통로를 지나 텅 빈 넓은 홀로 들어가자 벽돌벽이 무너진 부분이 있었습니다. 그 옆에 바닥이 푹 패어 있어서 마치 자연적인 무덤 같더군요. 그 속에 장사꾼 아크메트를 넣고는 그 언저리에 딩굴고 있는 벽돌로 메웠지요. 그 일이 끝나자 우리는 보석 있는 곳으로 다시 돌아왔습니다. 보석은 아크메트가 처음 습격받았을 때 떨어뜨린 장소에 그대로 있었지요.

그 상자가 지금 뚜껑이 열린 채 이 테이블 위에 놓여 있는 바로 이것입니다. 뚜껑 위의 조각이 새겨진 손잡이에 명주 끈으로 열쇠가 묶여 있었습니다. 상자를 열자 파쇼어에서 살던 어린 시절에 책에서 읽기도 하고 공상하기도 했던 보석이 가득 담기어 램프 불빛을 받아 눈부시게 반짝이고 있었습니다.

한참 들여다본 다음 모두 꺼내어 목록을 만들었습니다. 최고 품질의 다이아몬드가 143개. 그 가운데에는 '무굴 황제'라는 이름의 것이 있었는데, 이것은 세계에서 둘째로 큰 것이라더군요. 그리고 최상급의 에메랄드가 97개, 루비도 179개나 있었는데 아주 작은 것도 섞여 있더군요. 석류석이 40개, 사파이어가 210개, 마노가 61개, 그밖에 녹주석이며 얼룩 마노며 묘안석(猫眼石)이며 터키석이며, 지금은 꽤 낯이 익었지만 그때에는 이름도 모르는 보석들이 잔뜩 들어 있는 것이었습니다. 그리고 매우 훌륭한 진주가 300개 가까이나 있었고 그중 12개는 황금 왕관에 박혀 있었습니다. 어찌된 영문인지 이 12개만은 누군가가 상자에서 꺼내갔는지 이번에 내가 다시 찾았을 때는 보이지 않더군요.

보석을 다 세어 보고 난 다음 상자에 다시 넣어 문까지 날라다 마호메트 싱에게 보여 주었지요. 그리고 다시 한 번 서로 도우며 비밀을 충실히 지키자고 엄숙하게 맹세했습니다. 보석은 안전한 장소에 숨겨 두었다가 소동이 가라앉으면 꺼내어 나누어 갖기로 했습니다. 그 자리에서 나누어 가진들 별수없을 것이며 그런 값진 보석을 가지고 있는 것을 들키기라도 하면 의심을 받을 테니까요. 요새에서는 각자 자기 방을 쓰며 살 수 없게 되어 있었고 보석 따위를 감추어 둘 장소도 잊어 버리지 않도록 정성껏 적어 두고 다음날 나는 한 사람에게 한 장씩 나누어 주기 위해 넉 장의 지도를 만들어 그 밑에 네 사람이 함께 서명을 했습니다. 우리 네 사람은 언제나 공동의 이익을 위해 일하며 배신 행위는 절대로 하지 않는다고 맹세했던 것이지요. 이 약속을 한번도 깨뜨린 적이 없다고 나는 가슴에 손을 얹고 맹세할 수 있습니다.

선생들에게 새삼스레 인도의 대반란이 어떻게 되었는지 이야기할 필요는 없겠지요. 윌슨이 델리를 점령하고 콜린 경이 라크나우의 포위를 격파해 버리면 반란은 등뼈가 부러진 것과 같아집니다. 영국군은 새 군대를 잇달아 보냈고 사히브와 나는 간신히 국경을 넘어 달아났습니다. 그레이트헤드 대령이 이끄는 유격대가 아글라로 진입하여 반란군들을 말끔히 소탕해 버렸습니다. 온 나라가 다시 평화로와진 것 같아 우리 네 사람은 보석을 나누어 가지고 안전한 곳으로 떠날 날도 머지않았나 보다는 희망을 품기 시작했지요. 그러나 갑자기 우리는 아크메트 살해범으로서 체포당하여 그 희망은 꺾이고 말았습니다.

일은 다음과 같이 되었던 것입니다. 마하 라자가 아크메트에게 보석을 맡긴 것은 믿을 만한 사람으로 여겼기 때문입니다. 하지만 동양 사람이란 의심이 많은 법이지요. 마하 라자는 그다음에 어떻게 했는지 아십니까. 더욱 믿을 수 있는 다른 부하에게 명령하여 스파이로서 아크메트의 뒤를 밟게 했던 겁니다. 제2의 사나이는 아크메트에게서 절대로 눈을 떼지 말라는 명령을 받았으므로 그림자처럼 따라다녔습니다. 그리하여 그날 밤도 뒤를 따라와 성문 안으로 들어가는 것을 보았던 것입니다.

물론 아크메트가 요새로 피난했으리라 생각하고 그도 다음날 허락을 받아 안으로 들어갔으나 아크메트의 모습은 보이지 않았지요. 아무래도 수상쩍다는 생각이 들어 경비대 중사에게 그 사실을 이야기하자 중사는 다시 그것을 사령관에게 보고했던 것입니다. 당장에 철저한 수사가 벌어지고 시체가 발견되었지요. 이리하여 이젠 안전하겠지 하고 생각하기 시작하던 우리 네 사람은 모두 붙잡혀 살인범으로 재판에 회부되었습니다. 세 사람은 그날 밤 성문을 경비하고 있었고 한 사람은 죽음을 당한 남자와 함께 들어갔다는 사실이 알려졌던 것입니다. 보석에 대한 것은 재판을 받는 동안 한 번도 문제가 되지 않았습니다. 마하 라자는 퇴위당하고 인도에서 추방되었으므로 그 보석에 특별한 주의를 기울인 사람은 아무도 없었습니다. 그러나 살인에 대하여는 뚜렷한 증거가 드러나 틀림없이 우리 네 사람이 저질렀으리라는 판결이 나왔습니다. 세 명의 시크 인은 종신 징역에 처해졌고, 나는 나중에 그들과 같이 감형되었으나 그 때에는 사형 선고를 받았습니다.

다시는 바깥 세상에 나갈 희망도 없이 각각 가슴에 비밀을 안은 채 살아 가고 있었는데, 그 비밀이란 잘 이루어지기만 한다면 각자가 왕 못지않게 살 수 있다는 것이었던 겁니다. 밖에는 엄청난 재산이 기다리고 있어 손을 대기만 하면 얼마든지 쓸 수 있을 텐데 하찮은 관리들에게 걷어차이는 심한 대우를 받으며 쌀과 물만 먹고 살아야 한다는 것은 정말 괴로웠습니다. 미쳐 버리지 않은 것이 이상할 정도였지요. 하지만 나는 끈질긴 성미였으므로 꾹 참고 때가 오기를 기다리고 있었습니다.

마침내 그 시기가 온 것 같았습니다. 나는 아글라에서 마드래스로, 그곳에서 이번에는 앤다만의 브레어 섬으로 이송되었던 것입니다. 이 식민지에는 백인 죄수가 매우 적었고 처음부터 의젓하게 행동했기 때문에 나는 얼마 후에 특별 대우를 받게 되었지요. 호프타운이라는, 하리에트 산의 비탈에 있는 작은 부락에 오두막집을 하나 배당받아 꽤 자유롭게 살았습니다. 쓸쓸하고 열병이 기승을 부리는 곳으로, 우리들이 개간한 얼마 안되는 땅에서 한 발자국만 밖으로 나가도 독화살을 불어 대려고 늘 노리고 있는 야만스러운 식인종이 버티고 있었지요.

땅을 갈고 도랑을 파고 감자를 심고 그밖에도 한 다스나 더 되는 일이 있어 낮에는 무척 바빴습니다. 하지만 밤이 되면 조금은 자기 시간을 가질 수 있었습니다. 다른 것도 손을 대 보았지만 특히 군의관 밑에서 약의 조제법을 익혀 의학 지식을 조금 쌓았지요. 그러는 동안에도 끊임없이 달아날 기회를 엿보고 있었습니다. 하지만 어느 섬과도 몇백 마일 이상이나 떨어져 있었고 그 부근의 바다는 거의라고 해도 좋을 만큼 바람이 불지 않는 곳이었으므로 달아나기란 매우 어려운 일이었지요.

군의관 섬머튼은 오락이며 도박을 좋아하는 젊은 사람이어서 밤에는 젊은 장교들이 늘 그의 숙소에 모여서 카드 놀이를 했습니다. 내가 늘 약을 조제하던 조제실은 거실 옆에 있었고 그 사이에는 작은 창문이 하나 나 있었습니다. 나는 가끔 할 일이 없을 때에는 조제실 불을 끄고 창가에 서서 장교들의 이야기를 듣기도 하고 카드 놀이 하는 것을 구경하기도 했습니다. 나는 직접 카드 놀이를 하는 것을 좋아하기도 했지만 다른 사람들이 하는 것을 구경하는 것도 꽤 좋아했습니다.

늘 모이는 사람은 숄트 소령, 모스탠 대위, 브롬리 브라운 중위 등 토착민병 지휘관들이었고 집주인인 군의관, 그리고 감옥의 관리가 두세 명 있었는데 그들은 빈틈이 없고 단수가 높은 사람들로 언제나 교묘하고 교활하고 안전한 수만 치더군요. 아무튼 매우 재미있는 모임이었지요. 여기서 내가 곧 알아 낸 것은 언제나 군인이 지고 문관이 이긴다는 사실이었습니다. 그렇다고 속이거나 하는 것도 아닌데 어쨌든 늘 그런 식이었습니다. 이 관리들은 앤다만으로 온 뒤 카드 이외에는 도무지 할 일이 없었으므로 서로 상대방의 버릇까지 알고 있었지만 군인쪽은 다만 여가를 즐기는 놀이여서 그 수법에 엉성한 데가 있었던 것입니다.

군인들은 밤이면 밤마다 빼앗기기만 했는데 빼앗기면 빼앗길수록 더욱 열을 올렸습니다. 숄트 소령이 가장 심하게 지더군요. 처음에는 지폐나 금화로 지급했는데 나중에는 약속어음으로 변했고 금액도 차츰 커졌습니다. 때로는 두 세 차례 이기는 일도 있어 조금은 흐뭇해 했지만 다시 먼저보다 더 엄청나게 잃곤 했지요. 그리하여 그는 하루종일 잔뜩 찌푸린 얼굴로 서성거렸고 몸에 해로우리만큼 술을 마시게 되었던 것입니다.

어느날 밤 소령은 여태껏 그토록 심하게 진 적이 없을 만큼 크게 졌습니다. 내가 내 오두막에 앉아 있을 때 그 앞을 숄트 소령과 모스탠 대위가 비틀거리며 숙사로 돌아가고 있었습니다. 이 두 사람은 막역한 친구로 잠시도 떨어져 다닌 적이 없었지요. 소령은 자기가 승부에 진 데 대해 몹시 투덜대더군요.

'이젠 끝장이야, 모스탠. 사표를 내야 할 것 같아. 나는 파멸해 버렸어.' 이렇게 말하는 소리가 들려 왔습니다.

'바보 같은 소리 말게. 나도 지금 곤경에 빠져 있다네. 하지만——' 대위는 상대방이 어깨를 두드리며 말했습니다. 그다음 말은 들리지 않았으나 그것만 듣고도 나는 깊은 생각에 잠기고 말았습니다.

이틀 뒤 숄트 소령이 바닷가를 거닐고 있을 때 나는 좋은 기회라는 생각이 들어 말을 걸었지요.

'소령님, 의논드릴 것이 있습니다.'

'오, 스몰인가, 무슨 말인데?' 여송연을 입에서 떼며 소령은 물었습니다.

'언젠가 한 번 여쭈어 보고 싶었습니다만, 이럴 경우 감추어 둔 보물을 누구에게 주어야 할지 모르겠습니다. 50만 파운드의 보물이 있는 장소를 알고 있습니다만, 그것을 내가 쓸 수는 없고 어떤 적절한 분에게 드리면 나의 형기를 단축시켜 주지 않을까 하는 생각을 했습니다' 하고 나는 말했지요.

'50만 파운드라고, 스몰?' 소령은 눈을 크게 뜨고 사실인지 어떤지 확인하려는 듯 나의 얼굴을 찬찬히 보더군요.

'네, 50만 파운드입니다. 소령님. 보석과 진주지요. 누가 가져도 상관없게 되어 있습니다. 그 보석의 본디 주인이 추방당하여 재산의 권리가 없어졌으니 보물은 맨 먼저 가서 갖는 사람의 소유가 되

는 셈입니다.'

'그렇다면 정부의 것이 되겠지' 하고 소령은 더듬거리며 말했습니다. '정부의 것'이라고 하는 그 말의 어감으로 '아 사람은 이미 내 마음대로 할 수 있겠군' 하고 나는 마음 속으로 생각했지요.'

'그렇다면 총독 각하에게 말씀드려야 한다고 생각하십니까?' 하고 나는 침착하게 말했습니다.

'아니야, 경솔한 짓은 하지 마라, 나중에 후회할 테니까. 그 보물에 대한 이야기를 해보게나, 스몰.'

나는 모두 이야기했으나 장소를 알아 버리면 안 되었으므로 거짓말을 했습니다. 이야기가 끝난 다음에도 소령은 깊은 생각에 잠긴 채 그 자리에 우뚝 서 있었습니다. 입술이 떨리는 것으로 보아 마음이 몹시 흔들리고 있음을 알 수 있었지요. 이윽고 그는 말했습니다.

'이것은 상당히 중요한 일이니까 누구에게도 이야기하지 말게나. 며칠 안으로 내가 다시 자네를 찾아가겠다.'

그리고 이틀 뒤 깊은 밤에 소령은 친구 모스탠 대위와 함께 램프를 손에 들고 나의 오두막으로 찾아왔습니다.

'모스탠 대위에게도 그 이야기를 직접 자네의 입을 통해 들려 주고 싶다, 스몰.' 소령은 말했습니다. 나는 같은 이야기를 되풀이했지요.

'어떤가, 그럴싸한 이야기지. 해볼 만한 것 같아' 하고 소령은 말했습니다. 모스탠 대위는 고개를 끄덕였습니다.

'이봐, 스몰. 대위와 나는 이 일에 대해 찬찬히 생각해 보았는데, 아무리 생각해도 이 비밀은 정부가 개입할 문제가 아니며 어디까지나 자네 개인의 일이므로 말할 나위도 없이 자네는 자네가 좋다고 생각하는 방향으로 처리할 권리가 있다는 결론을 내렸어. 그래서 묻고 싶은데 그 대가로 무엇을 원하지? 자네, 잘 타협을 해서 그 비밀을 우리에게 넘겨 주었으면 좋겠네. 적어도 조사해 보고 싶은 생각이 있으니까.'

되도록 침착하게 아무 일도 아니라는 듯한 어조로 말하려고 했으나 소령의 눈은 흥분과 욕심으로 번득이고 있더군요.

'아, 그 이야기 말입니까, 소령님' 하고 나도 한껏 아무렇지도 않는 얼굴로 대답했으나 소령과 마찬가지로 마음 속은 몹시 흥분하고 있었지요. '나 같은 처지에 있는 자가 할 수 있는 거래란 하나밖에 없지요. 내가 자유의 몸이 되도록 힘써 주십시오. 나의 친구 세 사람도 함께 말입니다. 그렇게 해주시면 당신들 두 분에게도 그 몫을 나누어 드리겠습니다. 다시 말해서 두 분에게 5분의 1을 드리겠다는 말씀입니다.'

'흐음, 5분의 1이라! 그다지 내키지 않는데.' 소령은 말했습니다.

'5만 파운드씩인데두요?' 나는 말했습니다.

'그건 그렇고, 자유의 몸으로 해주기 위해서는 어떻게 하면 되지? 할 수 없다는 것을 알면서 부탁하는 것이 아니냐?'

'그렇지 않습니다. 자세한 점까지 곰곰히 생각해 보았습니다. 이 섬에서 빠져나가지 못하는 이유는 바다를 건너갈 수 있는 배와 그 동안 목숨을 이을 식량이 없기 때문입니다. 캘커타나 마드래스로 가면 쓸모있는 요트나 작은 범선이 얼마든지 있습니다. 그것을 한 척 가져다 주십시오. 반드시 밤에 떠날 테니까 인도해안 어디든 내려 주시기만 하면 당신들은 계약을 이행한 셈이 됩니다' 하고 나는 말했습니다.

'한 사람이라면 좋겠는데 말이야.'

'네 사람 모두가 아니며 그만두겠습니다. 우리는 네 사람이 언제나 함께 행동하겠다고 맹세했거든요' 하고 나는 대답했지요.

'여보게, 모스탠, 스몰은 신의를 존중하는 사람일세. 친구들을 떼어 버리려고 하지 않는군. 믿어도 좋을 것 같네.' 소령이 말했습니다.

'부정한 일이어서 말이야. 하긴 자네 말대로 돈의 힘으로 장교의 지위는 잃지 않게 되겠지만' 하고 대위는 대답했습니다.

'이봐, 스몰, 자네가 원하는 대로 해야 할 것 같군. 물론 우선 자네의 말이 사실인지 아닌지 조사해 볼 필요는 있지만 말이야. 상자를 숨겨 좋은 장소를 가르쳐 주게. 내가 휴가를 내어 이번 달의 교대선을 타고 인도로 건너가 조사하고 올 테니까.' 소령은 말했습니다.

'너무 그리 서두르지 마십시오. 세 친구의 동의를 얻어야 합니다. 말씀드린 대로 네 사람이 함께 행동해야 하니까요.' 저쪽이 열을 올리므로 나는 냉정하게 말했지요.

'바보 같은 소리 마라! 세 검둥이가 우리의 계약에 무슨 관계가 있어?' 소령은 말했습니다.

'검건 하얗건 친구임에는 틀림이 없습니다. 무슨 일을 하건 네 사람이 함께 해야 합니다.' 나는 말했습니다. 어쨌든 이야기는 그 다음에 만났을 때 결정되었지요. 그때는 마호메트 싱도 압둘라 컨도, 도스트 애크벌도 모두 다 모였습니다. 다시 한 번 의논한 끝에 타협이 이루어졌던 것입니다. 우선 두 장교에게 아글라 요새의 그 부분의 지도를 건네 주고 보물이 숨겨져 있는 장소에 표시를 해주었지요. 숄트 소령이 확인하기 위해 인도로 가서 상자를 찾아 내면 요트에 식량을 싣고 라틀랜드 섬의 앞바다 가까이에 대어 놓기로 했습니다. 우리는 어떻게 해서는 그 요트를 향해 갈 것이며 소령은 근무지로 돌아온다는 계획이었지요. 그 다음 모스탠 대위가 휴가를 받아 우리와 만나기 위해 아글라로 가서 드디어 보물을 분배하여 대위는 자기의 몫과 소령의 몫을 받게 되어 있었지요. 이러한 일들을, 그 누구도 생각조차 못하고 입에 담지도 못할, 그야말로 엄숙한 맹세를 하며 굳게 서로 약속했습니다. 나는 종이와 잉크를 상대로 온 밤을 새워 아침까지 두 장의 도면을 만들어서 네 사람이 공동 서명――압둘라와 애크벌과 마호메트와 나――을 했습니다.

선생들, 이야기가 너무 길어서 지루하셨지요. 이쪽 존스 씨께서는 어서 감방에 처넣고 싶으셔서 아까부터 빨리 끝나기를 기다리신다는 것도 잘 알고 있습니다. 되도록 빨리 끝내겠습니다. 악당 숄트 녀석은 인도로 가더니 두 번 다시 돌아오지 않았지요. 모스탠 대위가 얼마 뒤에 어느 우편선의 승객 명부에 소령의 이름이 실려 있는 것을 보여 주었습니다. 큰아버지인지 누군지가 세상을 떠나 큰 재산을 남겨 주었으므로 군대에서 떠났다는 이야기였습니다. 어쨌든 다섯 명의 한패에게 뒷발로 모래를 끼얹고 가다니 참으로 한심한 녀석이 아니겠습니까. 얼마 뒤에 모스탠이 아글라에 가 보았더니 아니나다를까 보물은 감쪽같이 사라지고 없었다는 것이었지요. 그 악당 녀석은 비밀을 알려 주었을 때 약속한 조건은 하나도 지키지 않고 보물만 살짝 훔쳐 가 버렸던 것입니다. 그 날부터 나는 오로지 복수를 하기 위해 살아 온 셈이지요. 낮에는 낮대로 그 생각만 했고 밤에는 밤대로 그 꿈만 꾸었습니다. 가슴 속에서는 그 생각만이 한없이 커져 참을 수 없을 정도가 되었습니다. 교수대도 두렵지 않았고 그저 탈주해서 숄트 녀석이 있는 곳을 알아 내어 이 손으로 목을 찔러 죽여야겠다는 생각밖에 없었습니다. 아글라의 보물도 숄트를 죽이는 일에 비하면 아무것도 아니었습니다.

나는 나의 생애에서 무척 여러 가지 일을 결심했지만 한 가지도 그대로 하지 못한 것이 없습니다. 하긴 시기가 올 때까지 몇 년이고 기다려야 한다는 것은 참으로 진절머리가 나더군요. 의학을 겉핥기 정도로 했다고 아까 말씀드렸지요.

어느 날 섬머튼 군의관이 열병으로 앓아 누웠을 때 죄수들이 숲에서 발견했다고 하며 키 작은 앤다만 토인을 데리고 왔습니다. 토인은 심한 병에 걸려서 마을에서 멀리 떨어진 사람이 살지 않는 깊은 숲에서 죽을 날을 기다리고 있었던 것이지요. 뱀처럼 독기가 있어 보이는 젊은 녀석이었는데 치료해 주었더니 두 달 뒤에는 완쾌하여 걸을 수 있게 되었습니다. 그러자 그 토인 녀석은 내가 좋았는지 숲으로 돌아갈 생각은 하지 않고 나의 오두막 둘레를 서성거리는 것이 아니겠습니까. 게다가 내가 녀석의 말을 몇 가지 알게 되자 더욱 나를 따르게 되었습니다.

통가——이것이 녀석의 이름입니다만——는 배를 잘 다루었으며 크고 널찍한 카누 한 척을 가지고 있더군요. 통가가 나를 무척 따르며 나를 위해서라면 무슨 짓이든지 할 것임을 알고 드디어 탈주의 기회가 왔구나 하고 생각했습니다. 나는 통가에게 그 이야기를 들려 주었지요. 통가는 그때까지 한 번도 보초가 지킨 적이 없는 낡은 부두에 어느 날 밤 카누를 끌어다 놓고 기다렸다가 나를 태워 주겠다고 약속했습니다. 호리병박 여섯 개에 물을 담고 감자, 야자 열매, 고구마도 많이 가지고 오라고 일러 두었지요.

그 난쟁이 통가는 믿음직한 녀석이었습니다. 그토록 충실한 짝패를 가진 사람은 아마 나밖에 없었을 겁니다. 약속한 날 밤, 통가는 카누를 타고 부두에 왔습니다. 그런데 때마침 교도관 한 사람이 거기에 있더군요. 팻산이라는 녀석이었는데 걸핏하면 나를 모욕하기도 하고 못살게 굴었지요. 언젠가 반드시 원수를 갚아야겠다고 생각하고 있었던 참이었는데 그 기회가 온 것입니다. 섬을 떠나기 전에 진 빚을 갚을 수 있도록 운명이 녀석을 나에게 보내 준 것이나 다름없었지요. 녀석은 등을 이쪽으로 돌린 채 카빈을 어깨에 메고 바닷가에 서 있었습니다. 머리를 때려부술 만한 돌이 없나 하고 주위를 둘러보았으나 아무것도 없었습니다.

그때 기묘한 생각이 머리에 떠올라, 적당한 무기가 있음을 가르쳐 주더군요. 나는 어둠 속에 쭈그리고 앉아 의족을 끌렀습니다. 나는 한쪽 다리로 세 발자국 뛰어 녀석에게 다가가 덤벼들었습니다. 그는 어깨에 멘 카빈을 겨누었으나 나는 힘껏 때려 두개골 앞면을 완전히 부수어 버렸지요. 이 의족 바로 여기에 그 녀석을 때릴 때 생긴 금이 있습니다. 나는 몸의 중심이 잡히지 않아 그 녀석과 함께 딩굴었습니다. 그러나 내가 다시 일어났을 때 녀석은 잠잠해 있더군요.

나는 그곳에서 배를 탔고 한 시간 뒤에는 해안에서 멀리 떨어진 바다로 나와 있었습니다. 통가는 이 세상에서 가질 수 있는 것은 모두, 무기도 하느님도 가지고 나와 있었습니다. 그 속에는 긴 죽창과 앤다만 야자수로 짠 멍석이 있어 나는 그것으로 돛을 만들었지요. 열흘 동안 운에 맡긴 항해를 계속 한 끝에 열 하루 만에는 말레이의 순례자를 싣고 싱가포르에서 지다(이슬람교의 메카에 있는 항구)로 가는 상선에 구조되었지요. 순례자란 괴상한 녀석들이었지만 마침내 나도 통가도 그럭저럭 어울리게 되었습니다. 그들에게는 한 가지 좋은 점이 있더군요. 절대로 남의 일에 파고들지 않는 점입니다.

그 뒤 나의 난쟁이 친구와 내가 겪은 모험을 모두 말씀드린들 별로 즐거워하실 것 같지 않군요. 그야말로 밤새도록 이야기해야 할 테니까요. 온 세계를 두루 돌아 다니는 동안 늘 무언가 좋지 못한 일이 생겨 런던에 가지 못하게 되더군요. 그러나 그 동안에도 목적만은 결코 잊지 않고 있었지요. 밤마다 숄트의 꿈을 꾸곤 했습니다. 녀석을 죽이는 꿈을 아마 100번은 꾸었을 겁니다. 그러나 간신히 3, 4년 전에 영국에 발을 들여놓을 수 있었지요.

숄트의 집은 문제없이 찾았으므로 보물을 돈으로 바꾸었는지 그대로 뒀는지 알아보기 시작했습니다. 그 일을 도와 줄 사람과 가까이 지내게 되어——그 이름은 대지 않겠습니다. 말려들게 하고 싶지 않으니까요——마침내 녀석이 아직 보석을 가지고 있음을 알았습니다. 그래서 녀석에게 다가가려고 온갖 수단을 써 보았으나 도무지 빈틈이 없는 녀석이어서 두 아들과 인도인 하인 이외에도 권투선수를 두 사람이나 고용하여 늘 신변을 보호하고 있더군요.

그러나 어느날 녀석이 거의 죽게 되었다는 통지를 받았습니다. 그런 식으로 내 손에서 살짝 빠져나가리라고 생각하자 미칠 것만 같아 그 길로 그의 집으로 달려가 창 너머로 들여다보았더니 두 아들을 침대 양옆에 세운 채 그 녀석이 누워 있는 모습이 보이더군요. 달려들어가 세 사람을 상대로 운을 겨루어 보려던 순간 그 녀석의 턱이 축 늘어졌으므로 끝장났음을 알았지요. 그래도 그날 밤 안으로 그 방으로 숨어들어가 우리의 보물을 감추어 둔 장소를 적은 종이가 없나 하고 서류를 온통 뒤져 봤지요. 그러나 아무것도 발견하지 못했으므로 화가 치밀 대로 치밀더군요. 그 방에서 나오기 전에 언뜻, 만일 다시 한번 시크 친구들을 만날 수 있어, 내가 네 사람의 원한의 표시를 남기고 나왔다는 말을 하면 그들이 얼마나 기뻐할까 하는 생각이 머리에 떠올랐습니다. 그래서 종이조각에 적은 것처럼 우리 네 사람의 이름을 종이에 써서 녀석의 가슴에 핀으로 꽂아 놓았지요. 이왕 무덤으로 갈 바에는 녀석에게 도둑맞고 속은 우리를 기념할 만한 한 마디쯤 적어 주는 것이 도리에 맞지 않겠습니까.

그 무렵 나는 축제가 벌어지는 곳으로 통가를 데리고 가서 식인종 검둥이라고 하며 구경시켜 생계를 유지하고 있었습니다. 통가는 날고기를 먹어 보인 다음 싸움터로 나가는 용사의 춤을 추는 것이었습니다. 이런 식으로 하루 일하면 모자에 하나 가득 잔돈이 모였지요. 여전히 폰디셸리 저택의 소식은 자세히 들을 수 있었지만 아들들이 보물을 찾고 있는 것 이외에 별다른 소식이 없었습니다.

그런데 드디어 손꼽아 기다리던 일이 일어났지요. 보물이 발견되었던 것입니다. 그 집의 맨 위층, 바솔로뮤 숄트 씨의 화학 실험실 위에 숨겨 두었던 것입니다. 곧 바로 그 집으로 가서 그 장소를 올려다 보긴 했으나 이런 의족으로 그런 높은 곳에 어떻게 올라가야 되는지 막막하더군요. 그러나 지붕에 들어올리는 뚜껑이 있다는 것과 숄트 씨의 저녁 식사 시간이 언제이지 알아 냈습니다. 통가를 이용하면 어떻게든 할 수 있을 듯한 생각이 들었지요. 그래서 통가의 허리에 긴 밧줄을 감아 데리고 갔습니다.

통가는 고양이처럼 기어서 쉽사리 지붕으로 올라갔는데 운이 나쁘려니 별수없더군요. 바솔로뮤 숄트가 그때 아직 자기 방에 있었으니 말입니다. 통가가 그 사람을 죽이고 제깐에는 잘한 짓이라고 으스대고 있더군요. 내가 밧줄로 때리며 피에 굶주린 작은 도깨비 같은 녀석을 야단치자 그 녀석은 어쩔 줄 몰라했지요. 나는 먼저 보석상자를 땅에 내려놓고 이어서 나도 내려왔는데 그 방에서 나오기 전에 테이블 위에 네 사람의 서명을 남겨, 보석이 드디어 가장 정당한 권리를 가지고 있는 사람의 손에 돌아갔다는 것을 알려 두었지요. 그리고 통가는 밧줄을 끌어올린 다음 창문을 닫고 아까 들어갔던 구멍을 통해 밖으로 나왔습니다.

이 이상 더 이야기할 것은 없을 듯하군요. 스미스의 오로라 호가 무척 빠른 배라는 어느 사공의 말을 듣고 달아날 때 써야겠다고 생각했지요. 스미스와는 기선 있는 곳까지 무사히 데려다 주면 돈을 듬뿍 내놓겠다고 약속했습니다. 스미스는 조금 수상쩍은 듯한 생각은 했겠지만 나의 비밀까지는 알지 못했습니다. 지금까지의 이야기는 하나에서 열까지 모두 사실이며 선생들의 심심풀이로 해 드린 것은 아닙니다——나에게 고맙게 해주신 것도 아니니까요——나의 결백을 증명하는 가장 좋은 길은 모든 일을 숨김없이 이야기하여 숄트 소령이 어떤 나쁜 짓을 했고 그 아들의 죽음에 대해 나에게 죄가 없다는 것을 온 세상에 밝히는 길뿐이라고 생각했기 때문입니다."

"정말 희한한 이야기로군. 매우 재미있는 사건이었고 또한 거기에 어울리는 종말이었어. 이야기의 후반부에서 자네가 밧줄을 사용했다는 것을 빼놓고는 그다지 새로운 이야기가 없네. 밧줄에 대해서만은 짐작 못했지. 그런데 통가는 화살촉을 모두 놓고 간 줄 알았는데 우리가 배에 타고 있을 때 한 개 날려보내더군" 하고 셜록 홈즈가 말했다.

"모두 떨어뜨리고 나왔지요. 그런데 오직 한 개가 부는 화살통 속에 남아 있었나 봅니다."

홈즈가 말했다.

"아, 그랬었군. 그 점을 몰랐어."

죄수는 상냥하게 물었다.

"또 묻고 싶으신 일은 없습니까?"

"아니, 고맙네. 없는 것 같아." 나의 친구는 대답했다.

"홈즈 씨, 당신은 이 사건에 공을 세운 사람이며 범죄 감식의 대가라는 것도 우리는 모두 잘 알고 있습니다. 하지만 의무는 의무이니만큼 이 이야기꾼에게 수갑을 채워 데리고 가는 것이 더욱 안전하다고 생각합니다. 그리고 지금까지 두 분의 부탁은 충분히 들어드렸다고 여겨집니다. 밑에서 마차와 두 명의 순경이 기다리고 있습니다. 두 분 모두 힘써 주셔서 정말 고맙습니다. 물론 재판 때에는 다시 출두해 주실 것을 부탁드리겠습니다. 그럼, 안녕히 주무십시오."

"두 분 안녕히 계십시오."

방에서 나가며 존스가 빈틈없이 말했다.

"자네가 먼저 나가라, 스몰. 앤다만 섬에서처럼 자네의 의족에 얻어 맞았다간 큰일이니까."

나는 잠시 말없이 담배만 피우고 있다가 말했다.

"아, 이 짧은 연극도 드디어 막이 내려졌군. 이번 수사를 끝으로 나는 자네의 방법을 연구할 기회가 없어질 것 같네. 모스탠 양이 나의 결혼 신청을 받아들였거든."

홈즈는 매우 우울한 신음 소리를 내며 "그럴 줄 알았네. 축하한다는 말을 하기 싫구먼그래" 하고 말했다.

"나의 선택에 불만이라도 있나?" 나는 물었다.

"천만에, 그 여자는 더할 나위 없이 매력적이고 이번 사건에서 매우 도움을 준 사람이기도 하지. 이런 방면에 재능 있는 사람임에 틀림이 없네. 아버지의 서류 속에서 아글라의 지도를 꺼내어 보존한 사실만으로도 알 수 있거든. 하지만 연애란 감정적인 것이며 모든 감정적인 것은 내가 그 무엇보다도 존중하는, 질서정연하고 냉철한 이성과는 걸맞지 않으므로 나 같으면 판단력을 그르치게 하지 않기 위해 결코 결혼하지 않을 걸세."

나는 웃으며 말했다.

"하지만 나의 판단력은 이 시련을 이겨 낼지도 모르지. 그건 그렇고, 자네, 피곤해 보이는군."

"그렇다네, 벌써 반동 현상이 나타나고 있어. 이제부터 일주일 동안 누더기처럼 축 늘어져 살 거야."

"자네는 이상한 사나이야. 다른 사람 같으면 게으르다고 하지 않을 수 없는 그런 시기와 그 눈부신 활동력이 발작처럼 일어나는 시기가 번갈아 나타나니 말일세."

"자네 말이 맞네. 나에게는 지독하게 게으른 소질과 뭐라고 할 수 없을만큼 재빠른 소질이 함께 갖추어져 있는 것 같네. 나는 이따금 괴테의 시구가 머리에 떠오르고는 한다네. 자연이 그대를 그저 하나의 인간으로 창조한 사실이 안타깝다, 칭찬을 받을 만한 사람으로도, 악한으로도 될 수 있는 바탕이 있으니.

그건 그렇고, 또 노드 사건에 대해서 말인데 내가 추측한 대로 집 안에 정보를 제공한 사람이 있어. 아마 틀림없이 집사 랄 래오일걸세. 아셀니 존스는 큰 그물을 쳐놓고 한 마리의 물고기를 잡은 격이 되었는데, 바로 그 한 마리의 물고기가 그란 말일세."

"하지만 이번 일은 불공평한 것 같네. 이 사건은 모두 자네가 해결했는데, 나는 아내를 얻었고 존스는 명예를 얻었지만 대체 자네의 몫은 어디 있단 말인가?"

"나에게는 코카인 병이라는 것이 있네" 하고 셜록 홈즈가 말했다. 그리고 그는 길다랗고 하얀 손을 뻗어 병을 집어들었다.

# 주홍색 연구와 네 사람의 서명

《주홍색 연구》는 셜록 홈즈 시리즈의 첫 번째 작품이다.

코난 도일에 대해서는 동서미스터리 북스의 다른 책에서 많이 이야기했으므로 중복되겠지만, 이 작품은 홈즈 시리즈 첫 작품이니만큼 다시 간단하게 소개하기로 한다.

그는 1859년 스코틀랜드의 에든버러에서 평범한 관리의 아들로 태어났다. 할아버지와 큰아버지는 그즈음 이름있는 정치평론 만화가였다. 자라나서 에든버러 대학의 의과에서 공부했는데, 집안에 형제 자매가 많아 생활이 어려웠으므로 그는 재학중 개업의사의 조수로서 아르바이트도 한 듯하다.

도일이 이 작품을 쓴 것은 아마도 1886년의 일인 것 같다. 81년에 학위를 받은 그는 혼잣몸으로 포츠머스 변두리 사우스 시에 병원을 차렸는데, 진료실만은 여러 가지 시설을 갖추었으나 나머지는 돈이 없어 가구라고는 아무것도 없고 빈 상자가 두 개 있을 뿐이었다. 그 가운데 하나는 의자로 또 하나는 식탁으로 사용하여 빵과 물만을 먹고 살아야 했다. 그런 환경에서도 남아도는 기운을 주체할 수 없어

매일 밤 몇 마일씩 산책을 나갔다.

이 동안의 일은 1924년에 한 권으로 엮어 펴낸 《My Memories and Adventures》라는 자서전에 상세하게 나와 있다.

도일이 이러한 어려운 개업의사 생활중에 은사였던 벨 박사의 특이한 성격이 머리에 자주 떠올라 거기에서 마침내 셜록 홈즈라는 인물을 창조하게 되었다는 것은 유명한 이야기이다. 도일이 자신의 자서전에서 직접 그렇게 쓰고 있느니만큼 틀림없는 사실일 것이다. 그리하여 여러 가지로 되풀이 생각한 끝에 셜록 홈즈라는 이름을 붙였다고 한다.

도일이 이 작품을 쓴 것은 1886년의 일인 듯하다고 앞에서 말했지만 실제로 발표된 것은 1887년이었으니까, 누군가의 의뢰를 받아서 썼으리라고는 생각할 수 없으며 그동안 여기저기 출판사로 보냈다가는 되돌려 받곤 한 게 아닌가 여겨진다. 그러다가 드디어 〈Beeton's Christmas Annual〉에서 책으로 만들어져 나왔던 것이다.

그런데 이 작품 《주홍색 연구》의 제1부 제3장에서 홈즈가 글렉슨을 보고 미국에 전보로 문의해 보았느냐고 묻는 장면이 있다. 글렉슨이 스탠거슨에 대해 문의해 보았다고 하자 "그뿐인가요? 좀더 중대한, 이 사건 전체를 좌우할 만한 사항은 없을까요?"라고 홈즈는 묻는다.

그런데 마지막에 이르러 제2부 제7장의 결말에서 홈즈는 이때의 일을 말하며, '들레퍼의 경력상 특히 주의해야 할 점이 있는지 없는지' 조사를 의뢰했느냐고 물었다고 말하고 있다. 아무래도 이것은 지은이 또는 홈즈가 페어플레이 정신을 조금 잃고 있는 듯이 느껴지는데, 읽는이들은 어떠한지? 글렉슨은 아직 여자 관계의 일인 줄까지는 알아차리지 못하고 있으므로, 그 점에 있어서도 아주 중대한 일이라고만 말할 뿐 결혼 문제라고 확실히 밝히지 않은 것은 좀 독선적인 듯한 느낌이 든다. 여기서 글렉슨이 그런 줄 안 것은 소설이라서 그렇겠지만, 제3장에서 좀 아슬아슬한 부분까지 글렉슨과 함께 독자에게도 도전했더라면 더 좋지 않았을까 아쉽다.

도일이 추리소설로서는 첫 작품인 《주홍색 연구》를 써 놓고 그것이 출판되기를 기다리는 동안 진짜 실력을 시험해 보기 위해 역사소설에 손을 대어 《마이카 클라크(Micah Clarke)》를 집필했다. 이것 역시 출판사로부터 거절당했다가 앤드류 랭의 인정을 받아 1889년에 출판되었는데, 오스카 와일드로부터 칭찬을 받았다고 한다. 와일드는 《도리언 그레이의 초상》을 도일의 두 번째 작품 《네 사람의 서명》이 실린 잡지에 함께 발표했었다. 《주홍색 연구》는 출판할 때도 많은 고통을 겪었고 간행된 뒤에도 영국에서는 거의 반응이 없었다. 그런데 미국의 잡지 〈리핑코트〉지의 편집인이 이것을 눈여겨보고 선금을 주며 청탁했으므로 그는 힘을 얻어 집필하여 1890년 2월호에 실린 것이 이 《네 사람의 서명》이다.

《네 사람의 서명》은 가정교사로 일하고 있는 어떤 여성에게 해마다 진주를 보내 주던 사람이 이번에는 아버지 유언으로 보물을 그녀의 몫으로 주겠다고 하며 그와 쌍둥이인 형의 집으로 안내했는데 형은 독화살에 맞아 죽어 있고 보물이 없어졌다는 사건을 발단으로, 홈즈가 활약하며 인도의 폭동에 얽힌 비밀을 해명하는 이야기이다. 이것은 《주홍색 연구》처럼 1, 2부로 나뉘어져 있지 않으나 범인이 체포되어 당면한 사건이 해결된 다음, 동기를 규명하기 위해 과거로 거슬러 올라가는 점에서는 비슷하다. 미스터리소설로서의 취향은 《주홍색 연구》보다 한층 더 진보되었고 복잡하기도 하지만 구성면에서는 구시대의 형식을 이어받은 데 지나지 않는다.

이 책 첫머리에 홈즈와 그리고 그와 공동 생활을 하고 있는 친구이자 탐정 이야기의 기록자이기도 한 왓슨과의 추리 문답이 나온다. 왓슨이 쓴 《주홍색 연구》에 대하여 홈즈가 불만을 표시하며 사정없이 비판하자, 그가 화를 내며 입을 다물어 버리는 장면이 묘사되어 있다. 그때 그는 상처 입은 다리를 치료하고 있었다. '얼마전 다리에 지자일 총알로 관통상을 입어 걷는 데는 그다지 지장이 없으나 기후가 바뀔 때마다 견딜 수 없는 통증을 느낀다'는 대목이 있다.

그런데 첫 작품 《주홍색 연구》에서는 자기 경력을 자세히 설명하며 마이완드 격전에 참가했을 때 지자일 총이 어깨를 관통하여 뼈가 으스러지고 쇄골 밑 동맥이 상했다고 되어 있다. 두 사람이 처음 만났을 때 홈즈는 그를 아프가니스탄에서 돌아온 사람이라고 맞췄는데, 그 추리의 과정에서 그는 열대 지방이며 더구나 영국 군의관이 어깨를 부상당할 만큼 곤란을 겪어야 하는 곳이라면 아프가니스탄 이외에는 없다고 하며 왼쪽 어깨의 부상을 언급했던 것이다.

두 작품 집필 기간의 공백은 3년쯤이었는데, 이 두 작품에서 그가 실수했다고는 도저히 여길 수 없는 모순이 있어 오랫동안 '셔얼로키언'을 괴롭혔다. '셔얼로키언'이란 홈즈를 열렬히 사랑하는 사람들로서 그들은 홈즈 이야기를 성전(聖典)이라고까지 불렀으며 작품 속에 나오는 사항을 거의 외고 있을 만큼 숙독하고 있다. 그리고 홈즈 이야기를 열심히 연구하기도 하고 개중에는 해학적인 논문을 내놓은 사람도 있었다. 그리하여 렉스 스타우트의 《왓슨은 여성이었다》는 논문은 크게 반응을 불러일으키기도 했었던 것이다.

그들의 입장이고 보면 왓슨이 부상을 입은 자리가 어디냐 하는 것도 쟁점이 될 문제인데, 갖가지 흥미있는 견해가 나왔다.

첫째, 두 번째로 입은 상처는 없다는 것이었다. 왓슨이 홈즈와 처음 대면했을 때 다리의 상처에 대한 이야기는 없었다. 8년 뒤의 《네 사람의 서명》 사건 때에 비하면 아프가니스탄에서 막 돌아왔을 때이니만큼 훨씬 심했을 것이다. 그것을 홈즈가 모른다는 것은 우스운 일이므로 이것은 왓슨이 거짓말을 한 것이 틀림없으며, 《네 사람의 서명》 당시 그를 괴롭힌 것은 치질이었다는 것이다.

둘째, 이 소설에 나오는 '보병의 총부리가 한밤중에 천막 속으로 불쑥 들어 왔기 때문에 소중하게 간직하고 있던 2연발총으로 쏘았다'는 설명이 씌어져 있는데, 그때 입은 상처로 왓슨은 다리에 상처 자국이 있긴 하나 그것은 자기 실수로 생긴 상처이며, 시간이 흐르자 두 개의 상처 자국의 원인을 한데 묶어 버렸다는 것이다.

셋째, 왓슨은 결혼을 했는데도 아이가 없는 것으로 보아 제2의 상처는 다리가 아니라 국부였다는 것이다.

넷째, 상처는 둘 다 마이완드의 싸움에서 입은 것으로 다리가 아니라 발뒤꿈치였다는 둥 여러 가지가 있다.

또 다른 설은 상처는 두 번 입었으나 마이완드에서는 어깨에만 상처를 입었다는 것이다. 왓슨이 다리에 관통상을 입었다는 말이 있을 뿐이니 달리 입증할 수는 없지만 홈즈가 왓슨의 다리에 동정하고 있는 것으로 미루어 보아 아프가니스탄이니 뭐니 하는 것은 거짓말이다, 홈즈는 방 안에서 권총 쏘는 연습을 하는 수가 있으므로 실수로 왓슨에게 상처를 입혔으며 그는 사랑하는 홈즈의 명예를 지켜 주기 위해 괴로운 거짓말을 하고 있다는 것이었다.

첫 번째 설명으로 전쟁터에서 상처를 입었다는 말은 취소되지만, 그렇다면 '왓슨이 어째서 거짓말을 했느냐'는 설명의 논거가 박약해진다. 두 번째 설명도, 또한 그 다음것도 적극적인 논거가 없다.

이렇듯 진지하면서도 어딘지 쓸데없는 말을 늘어놓은 듯한 연구가 홈즈 이야기 이외의 이야기에서 이루어진다면 참으로 흥미있는 일이겠으나, 또한 이른바 성전이기 때문에 이런 의욕도 일어났을 것이다.

도일은 제2작을 써 달라는 주문을 받고 용기를 얻었다. 의학을 버리고 문학에 몰두해야 겠다고 마음먹은 것도 당연하리라. 이 1890년에는 전에 쓰고 있던 《북극성 호의 선장(Captain of the Polestar, and other Jales)》, 《괴이(怪異)와 모험(Mysteries and Adventures)》, 낭만적이 아닌 '낭만'과 부제(副題)가 붙은 《거들스톤(Firm of Girdlestone)》도 나왔고 다음해에는 그의 자신있는 역사소설 《화이트 컴퍼니(White Company)》 세 권이 출판되었을 정도였다. 1891년에 창간된 〈스틀랜드〉지의 편집인 니운즈는 《네 사람의 서명》을 눈여겨 보고 홈즈 이야기를 의뢰했으며, 그것이 인연이 되어 그 뒤에 홈즈가 등장하는 모든 작품은 이 잡지가 1927년까지 독점했다.

코난 도일이 미스터리소설 작가인 줄은 모두 알고 있지만, 그에게 그밖의 다른 작품들이 또 있는 줄 아는 이는 드물 것이다. 그만큼 셜록 홈즈가 유명하기 때문이지만, 작품의 양으로 본다면 미스터리소설 아닌 작품 쪽이 미스터리소설의 몇 배나 될 만큼 많으며 그 하나하나가 저마다 도일만이 써낼 수 있는 독특한 재미를 갖추고 있다. 더욱이 도일은 살아 생전에 사람들의 물음에 대답하여 자기는 추리소설가가 아니라 역사소설가라고 분명하게 잘라 말했을 정도였다.

그러므로 셜록 홈즈 시리즈 말고는 다른 작품들을 살펴보는 것도 홈즈 매니아들에겐 의미가 있을 것이다. 종류별로 우선 세 가지로 나누어 볼 수 있다.

첫째는 역사소설이다. 여기에는 나폴레옹 시대의 이야기도 있으나 주된 작품들은 14세기 무렵에서 그 소재를 얻어 온 장편들이므로 오늘날 읽어 보면 일상생활의 감정면에서 많은 거리감이 느껴진다.

둘째는 과학소설이다. 과학소설이란 과학 그 자체의 진보와 떨어져서는 생각할 수 없다. 예를 들면 쥘 베르느(1828~1905)의 작품으로 《80일 간의 세계일주》가 있다. 시대는 조금 다르지만 메이플라워 호가 영국에서 처음으로 대서양을 횡단하여 미국으로 가는 데(1620) 60일쯤이 걸렸다는 점으로 미루어 보아 80일 만에 세계를 일주한다는 것은 그야말로 놀라운 일임에 틀림없었을 것이다. 그러나 제트 비행기가 있는 오늘날에 보면, 아무런 흥미가 없다.

도일의 과학소설은 장편이 세 편 있으며 이것들은 저마다 600페이지에 이르는 방대한 분량으로 이루어져 있는데, 베르느의 여러 작품들과 달리 오늘날까지도 아주 재미있고 흥미롭게 볼 수 있을 만하다.

다음으로 셋째 종류는 주로 단편들로, 〈모험 괴기〉라고 이름붙일 만한 것들이다. 여기에는 다음의 단편집들이 있다.

Round the Red Lamp(15)
Round the Fire stories(11)
Captain of Pole Star(10)
Danger, and Other Stories(9)

이것은 주된 네 권의 단편집이며, 괄호 안의 숫자는 그 안에 실린 작품 수이다. 비슷한 종류의 내용끼리 모아서 재편집하여 모두 1200페이지의 옴니버스로 출판했다. 단편의 종류는 모두 10 종류에 이르고 있다. 그리고 작품 수는 모두 76편이며, 괄호 안의 숫자를 합한 것과는 좀 다르다. 왜냐하면 잡지에는 발표되었으나 단행본으로는 엮어져 나오지 않은 것까지 포함했기 때문이다.

또한 도일은 21살인가 22살에 에든버러 대학 의과를 졸업한 뒤 호프 호라는 포경선의 의사가 되어 북극해로 간 일이 있었다. 기간은 반년쯤이었는데, 이 배를 타게 된 까닭은 동기생인 한 친구가 이 배에 취업할 예정이었으나 달리 더 좋은 자리가 있었기 때문에 도일에게 권한 전혀 우연한 일 때문이었다. 호프 호가 고래잡이를 끝내고 돌아오자, 이번에는 그보다 좀더 큰 배를 타게 되었다. 이 배는 아프리카 서해안을 3분의 2쯤 남쪽으로 내려가는 화객선이었다. 이 두 번의 항해는 모두 한 달쯤에 걸친 짧은 것이었지만 이때의 경험이 뒷날 그가 작품을 쓰는 데 많은 도움이 되었으리라고 여겨진다.

도일이 《공포의 골짜기》를 쓰던 중인 1914년에는 제1차 세계대전이 일어난다. 그는 정부의 명령으로 프랑스 및 이탈리아 전선을 순시하고, 그곳 영국 부대에 대한 보고서를 썼다. 그는 이 전쟁에서 아들 킹슬리가 부상을 입고 폐렴으로 숨을 거둔 뒤로 심령학 연구에 몰두하게 되었다. 그리하여 1915년에 이 방면의 저작을 처음 간행하고부터 세상을 떠날 때까지 약 10권을 완성시켰다. 또한 강연 등에서 홍보에 힘써, 그의 연구는 올리버 로저의 것들과 나란히 언급될 정도였다.

그는 그때까지 막연히 구별되었던 투시(독심술)와 교령술(交靈術)을 엄밀하게 구분했다. 투시나 천리안은 현재 살아 있는 사람의 영혼을 알고 불러내어 그것을 움직이거나 생존해 있었는지 어떤지 증명할 수 없는 영혼을 불러내는 움직이는 방법인데, 이러한 영매 행위는 신비한 기술로 여겨졌다. 교령술은 예전에 생존해 있었던 사람의 영혼이 이야기하는 것을 듣고 사진을 찍어서 그 존재를 확인하는 기술로서, 도일은 특히 이 방면에 관심을 가졌다. 그리고 그의 흥미를 가장 끌었던 것은 심령사진으로, 영매에 의하여 교령한 사진을 남의 손을 빌지 않고 그 자신의 필름과 카메라로 찍은 예를 많이 보고하여 교령술이 사술(詐術)이 아님을 논증하였던 것이다.

직관을 배제하는 추리에 그 바탕을 둔 추리작가와 교령술이 서로 어울리지 않을 듯하지만, 심령 현상의 옳고 그름에 대해서는 한 마디로 가벼이 잘라 말할 수가 없다. 사랑하는 아들의 죽음이 계기가 되어 심령학에 몰두한 도일은 적어도 과학적으로 충실하려고 노력했던 것이다.

《공포의 골짜기》 뒤로 독자의 열렬한 요망에 답하여 도일은 홈즈

이야기를 끊임없이 발표했다. 그것들은 7년에 걸쳐 발표한 12편으로, 《셜록 홈즈의 사건집》에 수록되었다.

그밖에 미스터리소설은 아니지만 괴기 모험적인 요소가 풍부한 작품이 꽤 많다. 1890년의 《북극성 호의 선장》과 《괴기와 모험》을 비롯하여 《클룸버의 비밀(1888)》은 독일에서 성인을 죽인 영국 장군이 40년 뒤에 기괴한 복수를 당하는 이야기이고, 《래플즈 하우의 소행(1892)》은 환금술(還金術)을 발견한 주인공의 기괴한 체험이며, 《빨강 등불을 둘러싸고(1894)》는 의학 방면의 흥미 깊은 단편집, 《콜로스코 호의 비극(1898)》은 백인 여행단이 아프리카 오지에서 미개인에게 사로잡혀 박해를 받는 모험 이야기, 《난롯가 이야기(1908)》는 추리적인 이야기집, 그리고 《최후의 갈리 선(1911)》도 모험 괴기 이야기집이다.

또한 과학소설로서는 《잃어버린 세계(1912)》《독가스 지대(1912)》《마라코트심해(1929)》 등이 있고 군인인 제럴을 주인공으로 한 모험담 시리즈도 세상에 알려져 있다.

도일은 1930년 7월 7일, 서섹스 주의 자택에서 숨을 거둘 때 71세였으며 추리소설만도 장편 4권, 단편 75편(사후 1편이 발견되었음)에 이르지만 분량은 결코 많지 않다. 그 가운데에는 평범한 작품도 섞여 있으나, 거의 미개척 분야였던 단편 추리소설이 한 편 한 편 저마다 특성을 갖추어 읽는 이로 하여금 경탄을 자아내게 한다. 오히려 장편 쪽에 어떤 역부족을 느껴 다른 요소를 빌려 와 덧붙이고 있지만, 홈즈와 왓슨이 빚어내는 우정과 신뢰는 읽는이를 이야기와 융합시켜 결코 지루하게 만들지 않는다. 시대적으로 보아서는 고색창연한 느낌이 들지만, 이 시리즈만큼 추리소설의 재미를 두루 갖추고 있는 작품도 드물며, 영구히 신선한 놀라움을 지닌 고전으로서 존재할 것임에 틀림없다.